윌리엄 셰익스피어 William Shakespeare

1564년 잉글랜드 스트랫퍼드어폰에이번(Stratford-upon-Avon)에서 비교적 부유한 상인의 아들로 태어났다. 엘리자베스 여왕 치하의 런던에서 극작가로 명성을 떨쳤으며, 1616년 고향에서 사망하기까지 37편의 작품을 발표했다. 그의 희곡들은 현재까지도 가장 많이 공연되고 있는 '세계 문학의 고전'인 동시에 현대성이 풍부한 작품으로, 전 세계 사람들의 마음을 사로잡고 있다. 크게 희극, 비극, 사극, 로맨스로 구분되는 그의 극작품은 인간의 수많은 감정을 총망라할 뿐 아니라, 인류의 역사와 철학까지도 깊이 있게 통찰하고 있다고 평가받는다. 고대 그리스 비극의 전통을 계승하고, 당시의 문헌 및 사회상을 반영하면서……자들의 공감과 사……인 작품들인 것이……이렇듯 깊은 감동을……인 대사도 큰 역할을……셰익스피어가 남겨 놓은 위대한 유산은 문학뿐 아니라 영화, 연극, 뮤지컬, 오페라와 같은 문화 형식, 나아가 심리학, 철학, 언어학 등 다양한 학문에서도 수없이 발견되고 있다.

옮긴이 최종철

연세대학교 영어영문학과를 졸업하고 연세대학교와 미네소타 대학교에서 문학 석사 학위, 미시건 대학교에서 문학 박사 학위를 받았다. 셰익스피어와 희곡 연구를 바탕으로 다수의 논문을 발표하였으며 현재 연세대학교 영어영문학과의 명예교수이다. 1993년부터 셰익스피어 작품을 운문 형식으로 번역하는 데 매진하여, '셰익스피어 4대 비극'인 『햄릿』, 『오셀로』, 『맥베스』, 『리어 왕』과 『로미오와 줄리엣』, 『한여름 밤의 꿈』, 『베니스의 상인』 등을 번역 출간했다.

세익스피어 전집 2   희극 Ⅱ

셰익스피어 전집 2

희극 II

윌리엄 셰익스피어
최종철 옮김

민음사

셰익스피어 전집의 운문 번역을 시작하며

셰익스피어가 그의 극작품에서 사용하는 언어는 형식상 크게 운문과 산문으로 나뉜다. 산문은 주로 희극적인 분위기나 신분이 낮은 인물들(꼭 그렇지는 않지만), 저급한 내용, 편지나 포고령, 또는 정신 이상 상태 등을 드러낼 때 쓰이고, 운문은 주로 격식을 갖추어 사상과 감정을 표현할 때 쓰인다. 여기에서 운문이라 함은 시 한 줄에 들어가는 음보의 수에 따라 몇 가지 종류가 있지만, 셰익스피어가 주로 사용하는 것은 소위 '약강 오보격 무운시'라 불리는 형식이다. 알다시피 영어에는 우리말과 달리 강세가 있으며, 강세를 받지 않는 음절 다음에 바로 강세를 받는 음절이 따라올 때 이 두 음절을 합쳐 '약강 일보'라 말하고, 이런 약강 음절이 시 한 줄에 연속적으로 다섯 번 나타날 때 이를 '약강 오보'라 부른다. 그리고 '무운'이란 각운을 맞추지 않는다는, 즉 연이은 두 시행의 끝에서 같은 음이 되풀이되지 않는다는 뜻이다. 모든 운문 형식 가운데 이 '약강 오보격 무운시'가 영어의 자연스러운 리듬에 가장 가까우며 셰익스피어가 그 대표적인 사용자이다. 그리고 산문은 이러한 규칙을 지키지 않는 대사를 말한다. 또한 두 형식은 시각적으로도 구

5

분되는데, 일정한 음보 수가 넘치면 시 한 줄이 끝나고 다음 줄로 넘어가는 운문과 달리 산문은 좌우 정렬로 인쇄되어 지면을 꽉 채우도록 배열된다. 극작품마다 운문과 산문의 사용 비율은 각기 다르지만 대부분은 운문이 전체 대사의 절반 이상을 차지하고 그 비율이 80퍼센트 이상인 희곡도 총 38편 가운데 22편이나 된다. 예를 들면 우리가 익히 아는 4대 비극의 경우, 운문과 산문 두 형식의 배분율 퍼센트는 『햄릿』이 75 대 25, 『오셀로』가 80 대 20, 『리어 왕』이 75 대 25, 『맥베스』가 95 대 5이다.

이렇게 셰익스피어 연극 대사의 대부분을 차지하는 운문을 어떻게 처리하느냐는 그의 극작품을 우리말로 옮길 때 매우 중요한 고려 사항이다. 시 형식으로 쓴 연극 대사를 산문으로 바꿀 경우 시가 가지는 함축성과 상징성 및 긴장감이 현저히 줄어들고, 수많은 비유로 파생되는 상상력의 자극이 둔화되며, 이 모든 시어의 의미와 특성을 보다 더 정확하고 아름답게 그리고 효율적으로 전달하는 도구인 음악성이 거의 사라지기 때문이다. 이 말은 물론 산문 번역으로는 이런 효과를 전혀 낼 수 없다는 뜻은 아니다. 하지만 시와 산문은 그 사용 의도와 용도 그리고 효과가 많이 다르기 때문에 어느 쪽을 택하느냐에 따라 그 결과는 상당히 다르게 나타날 수 있다. 일반적으로 산문 번역은 정확성을 기하는 데는 좋지만, 시적 효과와 긴장감이 떨어지고, 말이 길어지는 경향 때문에 공연 대본으로 쓰일 경우 공연 시간을 필요 이상으로 늘릴 가능성이 있다. 따라서 가장 이상적인 선택은 셰익스피어 극작품의 운문 대사를 시적 효과와 음악성을 살리면서 동시에 정확성도 확보하는 우리말 번역일 것이다.

그렇다면 셰익스피어 연극 대사의 대부분을 차지하는 영어의 '약강 오보격 무운시'를 그에 상응하는 우리말 시 형식으로 어떻게 옮겨 올 수 있을까? 두 언어가 여러 가지 면에서 다르기 때문에 영어의 음악과 리듬을 우리말로 꼭 그대로 재생할 수는 없다. 그러나 모든 언어는 나름대로의 소리를 배열하여 고유의 리듬을 만들어 낼 수 있는 기본 능력을 갖추고 있다. 그렇기에 영어 음악성의 100퍼센트 복제가 아니라 그와 유사한 그러나 우리말에 독특한 리듬의 재생을 목표로 한다면 방법이 없는 것도 아니다. 이에 역자는 그 해결책으로 우리말의 자수율을 생각해 보았다. 그리고 영어 원문의 '무운시' 번역에 우리 시의 기본 운율인 삼사조와 그것의 몇 가지 변형을 적용해 보았다. 즉, 우리말 대사 한 줄의 자수를 최소 열두 자에서 최대 열여덟 자로 제한하고 그 안에서 적절한 자수율을 찾아보았다. 그 결과 셰익스피어의 '오보'에 해당되는 단어들의 자모 숫자와 우리말 12~18자에 들어가는 자모 숫자의 평균치가 거의 비슷하다는 사실을 알게 되었다. 사람이 한 번의 호흡으로 한 줄의 시에서 가장 편하게 전달할 수 있는 음(의미)의 전달 양은 영어와 한국어가 별로 차이가 없다는 사실을 발견한 셈이다. 이는 또한 셰익스피어 극작품의 시행 한 줄 한 줄이 시로서만 가치를 가지는 것이 아니라, 처음부터 배우들이 말하는 연극 대사로서의 기능을 염두에 두고 쓰였다는 사실을 고려해 볼 때 더욱 자연스러운 발견이었다. 이렇게 우리말의 자수율로 영어의 리듬을 대체할 수 있었을 뿐만 아니라 우리말 시 한 줄의 길이 제한 안에서 영어 원문의 뜻 또한 최대한 정확하게, 거의 뒤틀림 없이 담을 수 있었다.

역자는 이 방법을 1993년 『맥베스』 번역(민음사)에 처음 사용하였고 그 후 지금까지 같은 식으로, 그러나 상당한 변화와 개선을 거치면서 『햄릿』, 『오셀로』, 『리어 왕』, 『로미오와 줄리엣』, 『한여름 밤의 꿈』, 그리고 가장 최근에는 『베니스의 상인』 번역(모두 민음사 세계문학전집)에 사용하였다. 또한 이번 셰익스피어 전집도 극작품은 모두 같은 방법으로 번역하였고 앞으로 출간될 나머지 작품들 또한(소네트와 시는 원래 시 형식으로 쓰였기 때문에 말할 것도 없이) 같은 식으로 번역할 것이다.

끝으로 이러한 우리말 운문 대사가 실제로 어떤 효과를 내는지 궁금한 독자들은 해당 부분을 소리 내어 읽어 보면 그 리듬을 쉽게 느낄 수 있을 것이다. 그리고 이 번역과 다른 셰익스피어 번역을 비교해 보면(대부분 산문 또는 시행의 길이 제한을 두지 않는 불완전한 운문 형식으로 되어 있는데) 그 차이점을 바로 알아차릴 수 있을 것이다.

2014년 봄
최종철

셰익스피어 전집의 운문 번역을 마치며

사실 셰익스피어 전집 번역은 내가 처음부터 작정하고 시작한 일은 아니었다. 막대한 분량(희곡만 해도 서른여덟 편), 상당히 오래된 외국어인 영어(정확히는 초기 근대 영어), 상세한 각주 없이는 이해하기 힘든, 그리고 있어도 끝내 또렷하게 해석할 수 없는 수많은 단어, 구절, 문장 등의 장벽으로 인해 당시 내게 주어진 능력과 시간을 넘어서는 작업이라고 생각했기 때문이다. 그래서 1993년 민음사에서 한국 최초로 『맥베스』 운문 번역을 선보였을 때만 해도 내 목표는 소박했다. 산문 번역 일색이던 한국 셰익스피어 학계에, 그리고 그것이 셰익스피어 극작품의 유일한 대사 전달 방식이라고 알던 대부분의 독자와 관객에게 우리말 운문 번역이 가능하다는 사실, 그것이 원작 대사의 음악성을 우리말로 살리는 데 가장 적합하고 유효한 방식이라는 사실을 알리고 싶었다. 이 목표는 몇 번의 시행착오 끝에 『햄릿』을 비롯한 비극 몇 편과 『한여름 밤의 꿈』을 비롯한 희극 몇 편이 민음사 세계문학 전집을 통해 독자들에게 널리 소개되었을 때 상당한 수준으로 달성되었다. 왜냐하면 다른 역자들의 운문 번역이 나타나기 시작한 점으로 미루어 짐작건대 이러한 형식의 번역이 어느 정도 이 땅에 정착하였다는 사실을 알 수 있었고, 그에 대한 독자들의 반응 또한 나쁘지 않았기 때문이다. 그래서 정년퇴직을 앞둔 2010년경 내 목표는 셰익스피어의 수많은 작품 가운데 소위 명작이라고 불리는 극작품 열여섯 편을 골라 선집 형식으로 출판하는 것으로 확장되었다. 그러다가 이 선집의 출간 계획을 논의하는 과정에서 민음사 측이 전집을 제안하였고, 그동안 얻은 약간의 자신감과 지나간 번역 과정에서 느꼈던 수많은 고통 속의 희열(멋진 시행들이 우리말 운율을 타고 춤출 때)에 눈먼 나는 그 제안을 받아들였다. 그 결과 총 열 권의 전집 가운데 네 권(1·4·5·7권)의 희곡을 2014년에, 한 권의 시집(10권)을 2016년에, 마지막으로 나머지 다섯 권(2·3·6·8·9권)의 희곡을 2024년에 내놓게 되었다. 이로써 셰익스피어 전집 번역의 삼십 년 여정이 드디어 끝을 보게 되었다.

그렇다면 역자는 왜 삼십 년이나 셰익스피어 번역에 몰두하게 되었을까? 다시 말하면 셰익스피어의 작품에 무슨 마력이나 흡인력이 있어 그 긴 세월 동안 갖은 고생을 마다하지 않고 시간과 노력을 바치게 되었을까? 거기에 무슨 가치가 얼마나 있기에 그랬을까? 이에 대한 대답은 크게 두 가지로 가능하다. 첫 번째는 객관적으로, 역사적으로 이미 입증된 가치를 말할 수 있다. 민음사 전집의 모태가 되는 최초의 전집은 지금으로부터 꼭 4백 년 전인 1623년에 영어로(당연히!) 출간된 제1 이절판(The First Folio)이었다. 셰익스피어 서거 칠 년 후 그의 동료 배우이던 헨리 콘델과 존 헤밍이 극단에 남은 자료들을 모아 편집하고 출간한 이 전집은 그 후 4백 년 동안 나온 모든 단행본과 전집, 그리고 번역본의 원조라는 사실뿐 아니라 이 전집이 아니면 영원히 사라질 뻔했던 열여덟 편의 극작품(『맥베스』,

『십이야』, 『태풍』, 『줄리어스 시저』, 『잣대엔 잣대로』 등)을 포함한 것으로 유명하다. 또한 이 전집에 바친 추도사에서 셰익스피어 생전에 그와 명성을 다투던 작가 벤 존슨은 그를 일컬어 "어느 한 시기가 아니라 시대를 초월한 작가"라고 극찬한 것으로도 유명하다. 물론 그 후 셰익스피어와 그의 작품들에 대해 쏟아진 찬사는 '셰익스피어 숭배(Bardolotry)'라는 신조어를 낳을 정도로 부지기수여서 여기에 일일이 나열할 수조차 없다. 750여 권이 간행되었고, 그중 235권이 현존한다고 알려진 초판본 한 권의 현재 가치는 무려 약 1천만 달러(2020년 크리스티 경매에서)였다고 한다. 돈이 모든 것의 척도는 아니지만 이 금액은 셰익스피어의 작품이 어떤 평가를 받는지 단적으로 보여 준다.

셰익스피어 전집의 가치에 대한 두 번째 대답은 다분히 주관적이라고 하겠다. 번역 과정에서 역자가 몸으로 느끼고 깨달은 점이니까. 하지만 지금 이 전집을 손에 넣고 읽으려는 독자들에게 역자는 이것 하나만은 분명히 말할 수 있다. 셰익스피어를 읽은 후의 삶은 그 전에 비해 무언가가 달라져 있을 것이라고. 무엇보다도 정서적으로 풍성해질 것이라고. 왜냐하면 독자들은 그의 작품의 향연에 초대받아 다음 세 가지 진수성찬을 맛볼 테니까. 첫 번째는 말, 말, 말의 진수성찬이다. 셰익스피어가 지금도 영어권에서 통용되는 수많은 신조어를 만들어 냈다는 사실, 라틴어와 그리스어 계통의 개념어와 앵글로·색슨 계통의 쉬운 토박이말을 적절히, 기가 막히게 잘 섞어 썼다는 사실은 영어가 아닌 우리말 번역에서는 많이 희석되거나 사라져서 분간하기 힘들다. 하지만 비교적 쉬운 영어를 적재적소에 사용하여 엄청난 무게의 뜻을 실은 예는 우리말 번역에서도 그 빛을 잃지 않는다. 실례로 햄릿의 마지막 대사 "그 나머진 침묵이네."를 보자. 그의 "침묵"은 말장난으로 시작하는 그의 첫 등장 대사 "촌수는 좀 줄었지만 차이는 안 줄었죠."와 대비될 때 갖가지 의미의 파장을 낳는다. 그의 수많은 말과 말이 결국 말 없는 침묵을 위한 준비였단 말인가? 이렇게 무의미의 침묵 속 으로 사라질 삶인데 뭣 때문에 "존재할 것이냐, 말 것이냐,"로 그토록 고민했단 말인가? 그의 죽음의 침묵 속에는 과연 어떤 일들이 일어날까? 그곳은 폴로니우스를 죽인 죄로 벌 받는 지옥일까, 아니면 호레이쇼의 바람대로 천사 노래 들리는 천국일까? 이런 유의 끝 모를 상상이 모두 침묵이라는 마지막 말에 담겨 있고, 그 모든 뜻은 셰익스피어가 의도적으로 고른 한 단어 와 그 단어가 처한 극작품의 맥락 안에 담겨 있다. 그리고 이런 종류의 언어 사용은 『햄릿』한 작품에, 한 장면에 국한되지 않고 전집 도처에 깔려 있다.

두 번째는 수많은 감동적인 이야기의 진수성찬이다. 세 딸에게 효심 경쟁을 시키고 가장 마음에 드는 말을 하는 딸에게 왕국의 가장 비옥한 3분의 1을 주려 했던, 그러나 막내딸의 말 없음을 뜻 없음으로 오해하여 결국 죽게 만드는 리어왕의 이야기, "내가 시저를 덜 사랑해서가 아니라 로마를 더 사랑했기 때문에" 그를 죽였다고 말했지만 시저 사후에 벌어진 로마의 대혼란을 초래했고, 결국 비극적인 죽음을 맞이하는 브루투스의 이야기, 초자연적인 신들과 상류 귀족들과 천한 장인들이 한여름 밤의 꿈처럼 뒤엉켰다가 다시 제자리로 돌아오는, 그 와중에 유일하게 여신인 티타니아와 진짜 사랑을 나눈 다음 그 꿈에서 깨어나는 보텀의 이야기, 꼽추로 태어나 형제와 조카들을 죽이고 왕권을 차지하지만 그 과정에서 저지른 악행과 감언이설의 약발이 떨어져 비참한 최후를 맞이하는 리처드 3세 이야기, 이처럼 인간이 처할 수 있는 거의 모든 상황과 심리 상태, 인간이 맺을 수 있는 거의 모든 관계를 다루는 셰익스피어의 이야기는 그것이 결국 우리 이야기(실제가 아니라 잠재적으로)이기 때문에, 게다가 잘 짜인 이야기이기 때문에 우리의 흥미를 일으킬 수밖에 없고, 일단 읽기 시작하면 끝까지 좇아갈 수밖에 없게 만든다.

마지막 세 번째는 갖가지 인물의 진수성찬이다. 여기에서 인물이란 말과 행위를 통하여 이야기를 전달하는 주체인 배우 역할을 하는 사람과 그 사람의 성격을 통틀어 가리키는 말이다. 그리고 셰익스피어 전집에는 우리가 인간 세상에서 직접 또는 간접으로 겪을 수 있는 거의 모든 부류의 인물이 등장한다. 그런데 이들 모두는 아무리 전형적인 단역이라 하더라도 그 나름의 특성이 있고, 어느 두 인물도 성격이 겹치지 않는다. 예를 들면 『맥베스』에 등장하는 자객 1은 뱅쿠오를 죽이려고 기다리는 살인자의 모습과 전혀 어울리지 않는 시적인 대사를 말한다. "줄무늬 석양빛이 서쪽 하늘 물들이며/ 길 늦은 나그네는 여관에 닿으려고/ 잦은 박차 가하고 우리의 표적도/ 가까이 오는구나."(3.3.5~8) 살의를 품고 석양의 아름다움을 노래하는 이 자객은 우리의 예상을 완전히 깨면서 앞으로 닥칠 살인 행위의 끔찍함을 고운 시어로 포장한다, 아주 태연하게. 이러한 상반되거나 이질적인 두 감정의 공존은 비극의 주연급 인물로 가면 더욱 두드러진다. 데스데모나를 너무나 사랑하고 그렇기 때문에 죽여야 한다는 오셀로 내면의 갈등은 그 두 가지 감정이 모두 강력하면서 진실이기 때문에 더욱 사실적으로, 그리고 강력하게 독자의 마음을 '괴롭게' 뒤흔들어 놓는다. 그러나 희극의 여성 주인공들은(『십이야』의 비올라처럼) 이런 갈등을 겪지 않는다. 그들은 사랑하는 남자의 어떤 실수도 기꺼이 받아들일 준비가 되어 있다. 이처럼 셰익스피어 전집에는 상황과 장르와 분위기에 따라 달라지는 성격의 인물들이 끝없이 등장하고, 이들은 궁극적으로 우리 모두의 자화상이기 때문에 우리는 그들의 말과 행위에 반응할 수밖에 없다.

이렇게 세 가지 향연을 제공하는 셰익스피어 전집을, 그것도 세종대왕님 덕분에 영어 원본의 시적인 리듬을 한글 운문으로 바꿔 놓은 민음사 전집을 손에 넣은 독자들은 이제 어떻게 해야 할까? 역자는 여기에서 제1 이절판 편집자들의 권유를 인용하려 한다. 그들은 당시의 "대단히 다양한 독자들에게" 그를, 그러니까 셰익스피어의 작품을 "읽고 또 읽고, 또 읽으라고" 했다.

2023년 겨울

최종철

차례

일러두기

1. 번역에 사용한 저본 및 참고본은 각 작품의 「역자 서문」에 밝혀 두었다.

2. 고유명사의 표기는 국립 국어원의 외래어표기법을 따르는 것을 원칙으로 하였다. 다만 이미 굳어져 널리 쓰이고 있는 표기 등은 예외를 두었다.

3. 원문에서 의도적으로 어법에 맞지 않게 쓴 표현은 그대로 살려 번역하거나 일부 방언을 사용하였고 각주로 표시하였다.

4. 독자의 편의를 위해 대사의 행수를 5행 단위로 표기하였으며, 이는 원문의 길이와 전체적으로는 거의 같지만 완벽하게 일치하지는 않는다. 한 행이 계단식 배열로 표시된 것은 1) 한 인물이 같은 행을 나누어 말하거나 2) 둘 이상의 인물이 같은 행을 나누어 말하는 경우이다.

5. 막의 구분 없이 장면의 연속으로만 진행되었던 셰익스피어 당시의 공연 관행을 반영하기 위하여 막과 장의 숫자만 명기하고 장소는 각주에서 설명하였다.

말괄량이 길들이기

The Taming of The Shrew

역자 서문

셰익스피어의 희극 『말괄량이 길들이기』는 그의 다른 희곡들과 달리 앞부분에 두 단계의 도입부를 두고 있다. 첫째 도입부는 땜장이 슬라이가 술집 주모로부터 그가 깨뜨린 유리잔값을 내놓으라는 요구를 받고 버티다가 잠이 들었는데, 때마침 사냥을 나온 한 영주가 그를 발견하고 자기 저택으로 데려가 그를 영주로 둔갑시킨 다음, 그날 자신을 찾아온 유랑 극단에게 그에게 보여 줄 연극 공연을 지시하는 것이 주된 내용이다. 둘째 도입부는 그렇게 급조된 부인과 하인들에 둘러싸인 슬라이가 자신이 영주라는 사실을 좀 힘겹게 받아들이고, 그들과 함께 배우들이 연기하는 극중극, 즉 『말괄량이 길들이기』를 보기 시작하는 것으로 끝난다.

그렇다면 관객들이 이런 도입부를 통과하게 만드는 극작가의 의도는 무엇일까? 그것을 알기 위해 우리는 이 도입부의 주인공 슬라이라는 인물과 그가 지금 처한 상황을 알 필요가 있다. 왜냐하면 『말괄량이 길들이기』는 한마디로 슬라이가 꾸는 꿈의 형태로 펼쳐지고, 그 꿈에는 그의 가장 급박하고도 절박한 소망들이 투영되어 있기 때문이다. 그럼 우선 슬라이는 누구인가? 자신의 소개에 따르면 그는 "크리스토퍼 슬라이, 버튼 히스의 슬라이 노인 아들, 행상 출신으로 쇠 빗 만드는 교육을 받았고, 상황이 바뀌어 곰지기를 하다가 지금은 현직 땜장이"이다.(도입부 2.17~20) 주모에게는 "정복자 리처드와 함께 온" 자신의 고귀한 조상을 들먹이지만(도입부 1.4) 그것은 뻥이고, 실은 차가운 맨바닥에서 자야 하는 신세로 "웃옷이라고는 등짝뿐이고, 양말이라고는 다리뿐이며, 신이라고는 발뿐"(도입부 2.8~9)일 만큼 가난하다. 한마디로 돈 한 푼 없는 천한 땜장이다. 그런 그가 지금 싸구려 유리잔 하나 값을 물어 줄 돈이 없어 주모에게 구박받고, 바야흐로 순경에게 잡혀갈 처지에 놓여 있다. 그래서 그가 갑자기 귀하신 신분의 영주가 되어 아름다운 부인과 함께 연극을 보는 꿈을 꾸고, 그 주된 내용이 부유한 남자들이 순전히 돈의 힘으로 욕망과 결혼을 거래하는 일과, 쥐꼬리만 한 빚 독촉으로 자기를 괴롭히는 주모와 같은 고약한 말괄량이를 무자비하게 길들이는 일이라는 사실은 조금도 놀랍지 않다. 그는 꿈속의 부귀를 만끽하면서 그동안 욕망과 금전의 문제에서 자신을 억압하고 무시했던 여성들에게 최대한 복수한다.

이 극의 도입부는 이처럼 앞으로 벌어질 본 연극의 내용을 암시하고 그것에 동기를 부여하는 일차적인 역할을 수행한다. 하지만 도입부의 역할은 여기에만 머물지 않는다. 그에 대한 인상은 본 연극이 끝날 때까지 관객들의 뇌리에 남아 그들이 인물들의 행위를 해석할 때 하나의 지침을 제공한다. 그것은 관객들에게 꿈의 특성인 과장과 왜곡, 비현실성과 덧없음을 계속 상기시키면서 인물들의 행동을 너무 심각하게 실제로 받아들이지 않고 거리를 유지하게끔, 그래서 그들의 행동에 직설적으로 감정적으로 반응하는 게 아니라 객관적인 자세로 너그러이 웃으면서 받아들일 수 있게 해 준다. 왜냐하면 페트루키오가 카타리나를 길들일 때 보여 주는 온갖 엽기적인 언행은 페트루키오의 진심이 아니라 온갖 박해와 서러움을 겪은 슬라이의 마음을 반영하는 것이니까. 또한 페트루키오의 성품을 드러내기보다는 슬라이의 신분과 교육, 경제력과 경험(특히 여성과의 관계에서)의 수준을 이성의 여과 없이 적나라하게 보여 주는 것이니까.

이런 맥락에서 봤을 때 결혼식 날 페트루키오가 괴상망측한 복장과 행동으로 그녀에게 압도적인 창피를 안기고 주례 신부에게 행패를 부리는 장면, 카타리나를 데리고 집으로 돌아가는 길에 말 등에서 진창 속으로 떨어진 그녀를 팽개치고 도와주지 않는 장면, 집에 와서 온갖 치사한 이유를 대며 그녀를 안재우고 안 먹이는 장면, 온갖 생트집을 잡으며 그녀를 위해 새로 지은 모자와 가운을 물리치는 장면, 처갓집으로 가는 길에 낮에 뜬 해를 달이라고, 노인을 아가씨라고 우기며 억지 부리는 장면, 이런 장면들은 너무 가학적이고 야비하고 유치하고 과장되고 억지스러워 그 현실성이 의심받는다. 즉, 그것은 마치 페트루키오가 슬라이의 욕망을 앵무새처럼 외우는 것처럼 들린다. 그랬을 때 그런 장면들에 내재된 심각성은 옅어지거나 사라지고 관객들은 그것의 비현실적인 과장에 웃음 짓게 된다.

그리고 페트루키오의 꿈속 같은 행동 양식은 그의 가장 커다란 전리품, 카타리나의 완전 항복 선언 또한 미덥지 못하게 만든다. 그녀는 극의 마지막 장면에서 갓 결혼한 남편들의 부름에 응하지 않았던 두 여인, 과부와 비안카를 남자들 앞으로 끌고 와 지금까지 그녀의 대사에서 볼 수 없었던 비유와 수사법을 동원하여 남편과 아내 간의 엄격한 위계질서 그리고 그에 따른 아내의 도리를 다음과 같이 설파한다.

남편은 당신의 주인님, 생명이고 보호자,
머리이며 군왕으로, 당신을 보살피고
당신의 생계 위해 바다와 땅 양쪽에서
쓰라린 노동에 자기 몸을 맡기며,
당신이 집에서 따뜻이 편안히 누웠을 때
폭풍우 밤에도 차가운 낮에도 깨 있는데
그가 당신 손에서 갈망하는 공물은
사랑과 고운 모습, 진정한 복종일 뿐으로 —
그토록 큰 빚에 너무 작은 보답이죠.
신하가 군주에게 지켜야 할 도리,
바로 그걸 여자는 남편에게 지켜야죠.
그녀가 외고집 짜증에다 시무룩 뚱하고
명예로운 남편 뜻에 복종하지 않는다면
더럽게 다투는 반역자, 사랑하는 주인님께
감사할 줄 모르는 역도가 아니면 뭐겠어요?
여자들이 평화 위해 무릎 꿇어야 할 때
전쟁하려 한다거나, 봉사하고 사랑하고
복종하게 돼 있는데, 지배, 패권, 세력을
추구하려 할 만큼 단순해서 난 부끄러워요.
....
그러니 그 배짱 버리고, 소용없으니까,
남편의 발밑에 두 손 뻗고 엎드려요.
그러한 순종의 표시로, 그가 기분 좋다면
그이 마음 편하도록 내가 당장 그리하죠.　　　(5.2.152~185)

　　하지만 카타리나의 이 절대복종 선언은 몇 가지 점에서 그
진정성을 의심받는다. 첫째, 그것은 너무 급작스럽고 완벽하고

철저하여 진심일까 의문시된다. 더군다나 카타리나는 얼마 전까지만 해도 천하의 못된 말괄량이로 소문나지 않았던가. 둘째, 그것은 지금까지 페트루키오가 카타리나에게 가한 육체적이고 심리적인 협박에 대한 조건 반사가 아닐까 염려된다. 셋째, 카타리나가 제기한 남성의 우월적 지위와 그에 대한 여성의 복종은 한 번도 그녀의 관심사가 아니었다. 그녀의 말괄량이 처녀 시절이나 결혼 후에 페트루키오의 길들이기에 본격적으로 말려들어 세뇌되는 동안에도 그녀의 반응은 그의 억지와 변덕과 비논리에 가능한 한 이성적으로 반발하다가 할 수 없이 수용하는 단계에 머물렀지 그것을 남녀의 주도권 싸움으로 해석해 본 적이 없다. 그래서 그녀가 막판에 보이는 절대복종은 그녀의 생각이 아니라 마치 남편 페트루키오(그리고 그의 입을 빌려 전달되는 슬라이)의 소망을 무의식적으로 전달하는 듯한 느낌을 준다. 그리고 마지막으로 카타리나의 항복 선언은 그녀의 제부가 된 루첸시오에 의해 그것이 남편의 기분을 일시적으로 맞춰 주려는 가식적인 과장일지도 모른다는 의심을 받는다. 왜냐하면 페트루키오가 그녀에게 "자, 케이트, 자러 가요."라며 먼저 퇴장했을 때 카타리나와 더불어 무대 위에 남아 있던 호르텐시오는 "가 보게. 자네는 못된 말괄량이를 길들였어."라고 말하지만 루첸시오는 "그런데 저렇게 길들여진다면 놀라운 일이오."라고 말하며(5.2.190~195) 그녀의 변화에 약간은 회의적인 시각을 드러내기 때문이다. 이처럼 이 극의 도입부에 제시된 인물과 주제는 극이 끝날 때까지 극의 이해와 해석에 커다란 영향을 미친다.

끝으로 이번 번역은 바버라 호지던 편집의 아든 3판(The Arden Shakespeare, 3rd Edition) 『말괄량이 길들이기』를 기본으로 하고, G. 블레이크모어 에번스 편집의 리버사이드 셰익스피어 판과, 조너선 베이트와 에릭 라스무센 편집의 로열 셰익스피어 컴퍼니 판을 참조했다. 본문의 주에 나타나는 '아든', '리버사이드', 'RSC'는 이들 판본을 가리킨다. 그리고 편리함을 목적으로 한글 『말괄량이 길들이기』의 대사 행수를 5단위로 명기했으며 이는 원문의 행수와 정확히 일치하지 않음을 밝힌다.

등장인물

도입부

크리스토퍼 슬라이	땜장이
여주인	주모
영주	
바돌로매	영주의 시동
사냥꾼들 하인들	영주의 시종들
배우들	

극중극

바티스타 미놀라	파도바의 부자 시민
카타리나	그의 맏딸
비안카	그의 둘째 딸
페트루키오	베로나의 신사
그루미오	그의 종복
호르텐시오	페트루키오의 친구, 비안카의 구혼자
루첸시오	피사의 신사, 비안카의 구혼자
트라니오 비온델로	루첸시오의 하인들
그레미오	부자 노인, 비안카의 구혼자
빈센시오	루첸시오의 아버지
상인	만토바 출신
과부	호르텐시오의 아내
커티스	페트루키오의 집사
나다니엘 필립 조제프	페트루키오의 하인들

니콜라스 ┐
피터   ┘
양복쟁이
잡화상

수행원들, 하인들(월터, 슈가숍, 그레고리,
가브리엘, 아담, 레이프), 순경

도입부 1

크리스토퍼 슬라이와 여주인 등장.

슬라이　당신을 조져 버릴 거야, 정말.

여주인　차꼬나 차라, 이 악당아!

슬라이　이 잡것아, 슬라이 가문에 악당은 없어. 연대기를 들여
　　　다봐, 우린 정복자 리처드와 함께 왔어. 고로, 간략히,
　　　세상일에 신경 쓰지 마. 꺼져!　　　　　　　　　　　　5

여주인　당신이 깬 유리잔값, 안 물어낼 거야?

슬라이　그래, 한 푼도 못 문다. 난 개소리 그만 듣고, 차가운 땅
　　　바닥 침대로 가서 몸이나 녹여야지.

여주인　이건 내가 치료 약을 알아, 순경을 꼭 데려와야 해.

　　　　　　　　　　　　　　　　　　　　　　　　(퇴장)

슬라이　순경이든, 검경이든, 안경이든 법정에서 답해 주지. 난　　10
　　　꼼짝도 않을 거야, 이것아. 오라고 해, 기꺼이.

　　　　　　　　　　　　　　　　　　　　　　　　(잠든다.)

뿔 나팔 소리. 사냥에서 돌아오는 영주, 사냥꾼 둘과
다른 사람들을 데리고 등장.

영주　사냥꾼은 개들을 잘 보살펴 주도록 해.
　　　메리먼은 쉬게 하고 — 가엾게도 거품 무네. —
　　　클라우더는 깊이 짖는 암캐와 같이 묶어.
　　　못 봤어, 얘, 은둥이가 산울타리 끝에서　　　　　　　　15

도입부 1 장소
잉글랜드의 시골.

4행 정복자 리처드
슬라이는 사자왕 리처드를 정복자 윌리
엄과 혼동했을 수 있다. (RSC)

	거의 다 사라진 냄새를 얼마나 잘 맡았는지?	
	그 개는 이십 파운드에도 안 넘겨줄 거야.	
사냥꾼 1	아니, 벨먼도 그놈만큼 훌륭해요, 영주님.	
	냄새를 완전히 잃었을 때에도 짖었고	
	오늘은 가장 희미한 것을 두 번이나 맡았죠.	20
	정말이지, 더 나은 놈이라고 봅니다.	
영주	넌 바보로구나. 에코가 그만큼 빠르다면	
	그에게 그런 개 열둘 값을 매길 거야.	
	하지만 저녁들 잘 먹이고 모두 다 돌봐 줘,	
	내일 다시 사냥을 나갈 작정이니까.	25
사냥꾼 1	예, 영주님.	
영주	이게 뭐야? 죽었나, 취했나? 봐, 숨은 쉬나?	
사냥꾼 2	쉽니다, 영주님. 술에 녹지 않았다면	
	이 침대는 너무 추워 저리 깊이 못 잘걸요.	
영주	오, 괴물 짐승, 정말로 돼지처럼 누워 있군!	30
	흉악한 죽음아, 네 모습은 참 더럽고 역겹다.	
	이보게들, 나는 이 술꾼에게 장난을 칠까 해.	
	어떨까, 만약 그를 침대로 옮긴 다음	
	향기로운 옷 두르고 손가락에 반지 끼워	
	최고로 맛있는 잔칫상을 침대 곁에 차린 뒤	35
	그가 깨어났을 때 멋진 시종 곁에 두면,	
	그럼 이 거지는 제 주제를 모르지 않을까?	
사냥꾼 1	틀림없이, 영주님, 그럴 수밖에요.	
사냥꾼 2	깨고 나면 세상이 이상해 보이겠죠.	
영주	아첨하는 꿈이나 하찮은 환상과 똑같겠지.	40
	그를 들어 올려라, 이 농담을 잘 꾸려 봐.	
	가장 멋진 내 방으로 조용히 옮긴 뒤에	

화려한 내 그림을 사방 벽에 다 걸어라.
따뜻한 증류수로 더러운 그 머리를 감기고
향나무를 태워서 그 거처에 향을 뿜어. 45
그가 깨어났을 때 악사들을 대기시켜
아름다운 천상의 소리를 내게 하고.
그가 혹시 말을 하면 곧바로 대령하여
복종하는 공경의 저자세를 취하면서
'어른께서 명하실 게 뭣인지요?'라고 해. 50
한 사람은 장미수 가득 넣고 꽃을 뿌린
은 대야를 들고서 그를 시중 들도록 해.
또 하나는 물병을, 셋째는 수건 들고
'어른께서 손을 식히시렵니까?'라고 해라.
누군가는 값비싼 정장을 준비하여 55
그에게 어떤 의복 입을지 물어보고,
또 하나는 사냥개와 말 얘기를 하면서
부인께서 그의 병을 한탄하신다고 해.
그가 발광했었다고 설득한 다음에
그렇다고 그러면, 꿈꾸시는 거라고 해, 60
그는 그냥 강력한 영주님일 뿐이니까.
이걸 하되 자연스레 한다면, 이보게들,
대단히 빼어난 오락이 될 것이네,
신중하게 관리를 잘한다면 말이지.

사냥꾼 1 영주님, 장담컨대 저희가 참으로 성실히 65
역할을 해내서 그는 바로 우리가 말하는
그 사람이라고 생각하게 될 겁니다.

영주 조용히 들어 올려 침대로 데려가고
그가 깨어났을 때 각자의 임무를 다하라.

(몇 사람이 슬라이를 데리고 나간다. 나팔 소리)
이봐, 저 나팔 소리가 뭣인지 알아봐.   70

                        (하인 하나 퇴장)

어떤 귀족 신사가 여행을 좀 하다가
여기에서 몸을 쉴 작정인 것 같구나.

하인 등장.

웬일이냐, 누구냐?
하인   황송하나 어르신,
영주님께 봉사해 드리려는 배우들입니다.

배우들 등장.

영주 가까이 오라 하라. —   75
      아, 친구들, 잘 왔네.
배우들   감사드리옵니다.
영주 오늘 밤 나와 함께 머무를 작정인가?
배우 1 영주께서 저희의 존경을 받아 주신다면요.
영주 진심으로 그러겠다. 내 기억에 이 친구는
      전에 한번 농부의 장남 역을 했었어. —   80
      그때 자넨 숙녀에게 구애를 참 잘했어.
      자네의 이름은 잊었지만 그 역할은 분명코
      잘 들어맞았고 자연스레 연기했어.
배우 2 어르신 말뜻으론 소토인 것 같습니다.
영주 아, 바로 그거야. 넌 그걸 빼어나게 해냈어.   85
      — 그런데 자네들은 때맞춰 내게 왔네,

더군다나 내가 곧 장난을 치려 하고
자네들의 재주가 큰 도움을 줄 수 있으니까.
오늘 밤 한 영주가 자네들의 극을 들을 터인데,
자네들의 자제력이 난 상당히 미심쩍어.   90
그분의 이상한 행동을 눈여겨보고는 —
그 어른은 연극을 한 번도 못 들어서 —
자네들이 즐거운 감정을 좀 터뜨리며
그분의 비위를 상할까 봐 그런다네. 정말로,
자네들이 웃는다면 그는 참지 못할 거야.   95

배우 1   걱정하지 마십시오, 그 사람이 세상에서
         최고의 괴짜라도 저희는 참을 수 있답니다.

영주   여봐라, 넌 이들을 곳간으로 데려가서
       모두들 우호적인 환영을 받게 하라.
       이 집에서 가능한 건 모자람이 없게 해.   100

                    (한 사람이 배우들을 데리고 퇴장)

       — 이봐, 넌 내 시동 바돌로매한테 가서
       그가 완전 부인처럼 차려입게 조처해라.
       그런 뒤 이 술꾼의 방으로 그를 안내하고는
       그를 '마님'이라 하고 경의를 표하라.
       내 말이라 전하고, 내 호의를 얻을 테니   105
       그에게 기품 있는 행동을 하라고 해,
       귀부인들이 그들의 주인님께 행한 것을
       그가 관찰했던 바와 꼭 같이 말이다.
       그러한 존경을 그가 그 술꾼에게
       조용한 목소리와 몸 낮춘 절로써 표하고   110
       이렇게 말하라 해, '당신의 부인이며
       당신의 공손한 아내가 존경을 표하고

사랑을 알려 드릴 어르신의 명령은 뭐지요?'
그런 다음 친절한 포옹과 유혹적인 키스로
그의 가슴 쪽으로 머리를 기울인 채,   115
지나간 칠 년 동안 가난하고 역겨운
거지 이상으로는 자신을 평가 않던 그에게,
고귀한 남편의 건강이 회복된 걸 보고서
넘치는 기쁨의 눈물을 흘리라고 해라.
만약 그 소년에게 계산된 눈물의   120
소나기를 쏟아 낼 여자의 천품이 없다면,
그런 속임수에는 양파가 제격인데
손수건에 넣어서 비밀히 갖다 대면
어쨌거나 강제로 눈물을 쏟을 거야.
최대한 서둘러 이 일을 급히 조처하도록.   125
곧 네게 더 상세한 지시를 내리마.   (하인 하나 퇴장)
난 알아, 이 소년은 숙녀의 우아함, 목소리,
걸음걸이, 행동을 잘 흉내 낼 거야. 난 그가
이 술꾼을 부르는 '여보' 소리 듣고 싶고,
수하들이 이 천것에게 경의를 표하면서   130
어떻게 웃음을 참아 낼 것인지 보고 싶다.
들어가서 조언하마, 아마도 내 존재가
지나치게 들뜬 기분 가라앉혀 줄 거야,
안 그러면 극단으로 치달을 테니까.   (함께 퇴장)

도입부 2 장소   잉글랜드의 시골.

도입부 2

위에서 술꾼 슬라이와 하인 세 명이 의복, 대야, 물병 및

다른 비품을 가지고 영주와 함께 등장.

슬라이 제발이지, 약한 술 한 병 주게.

하인 1 영주님, 백포도주 한잔하시렵니까?

하인 2 어르신, 이 과일 조림 좀 맛보시렵니까?

하인 3 어르신, 오늘은 무슨 옷 입으시려는지요?

슬라이 난 크리스토퍼 슬라이요. — '어르신', '영주님' 하지 5
마쇼. 생전에 백포도주는 못 마셔 봤고, 과일 조림을
주겠다면 쇠고기 조림을 주시오. 내게 무슨 옷 입을 건
지 절대 묻지 마쇼, 내게 웃옷이라고는 등짝뿐이고, 양
말이라고는 다리뿐이며, 신이라고는 발뿐이랍니다.
— 아니, 때로는 내 발이 신보다, 또는 가죽 덮개 사이 10
로 삐져나온 내 발가락 같은 신보다 더 크니까 말입
니다.

영주 하늘은 어르신의 잡념을 끊어 주시옵소서!
오, 그만한 혈통 가진 강력한 분께서,
그만한 재산과 높은 평판 가지신 분께서 15
그토록 더러운 악령에 사로잡히시다니.

슬라이 뭐요, 날 미치게 만들고 싶어요? 내가 크리스토퍼 슬
라이, 버튼 히스의 슬라이 노인 아들, 행상 출신으로
쇠 빗 만드는 교육을 받았고, 상황이 바뀌어 곰지기를
하다가 지금은 현직 땜장이 아닌가요? 메리언 해케트, 20
윈코트의 뚱보 주모에게 물어보쇼, 나를 모르는지. 만
약 그녀가 내 술값만 해도 십사 펜스가 아니라고 한다
면, 나를 기독교권에서 가장 커다란 거짓말쟁이로 점

찍어 놓으쇼. 허 참, 난 정신 나간 거 아니오. 여기
에 — 25

하인 3　오, 그 때문에 부인께서 한탄하십니다.

하인 2　오, 그 때문에 하인들이 축 처져 있답니다.

영주　그래서 친척들이 당신 집을 피합니다,
당신의 이상한 광증에 내쫓겨서 말이죠.
오, 귀한 어른, 당신의 출신을 생각하고 30
옛 생각을 추방에서 되불러 온 다음
이 비굴한 천한 꿈을 추방하십시오.
시종들이 어떻게 시중드나 보십시오,
각자가 임무 위해 당신 손짓 기다려요.
음악 들으실래요? (음악) 쉿, 아폴로가 연주해요, 35
새장 속의 밤꾀꼬리 스물도 노래하고.
아니면 주무시겠어요? 세미라미스 위하여
일부러 장식한 욕정 어린 침대보다
더 부드럽고도 향기로운 의자로 모시죠.
걷겠다고 하시면 땅 위에 꽃 뿌리죠. 40
아니면 승마는 어때요? 당신의 말들은 다
황금과 진주 박힌 마구를 갖출 것입니다.
매사냥이 좋아요? 그대는 아침 종달새보다
높이 솟는 매들을 가졌어요. 사냥이요?
그대 사냥개들은 하늘의 응답을 부르고 45
텅 빈 땅의 날카로운 반향을 일으킬 겁니다.

하인 1　토끼 사냥 하신다면 당신의 사냥개는

35행 아폴로
음악과 노래의 신, 특히 현악기와 관련
이 많다. (아든)

37행 세미라미스
관능적인 육욕으로 알려진 아시리아의
전설적인 왕비. (아든)

	큰 수사슴만큼 날쌔고 — 예, 노루보다 빨라요.
하인 2	그림 좋아하세요? 곧바로 가져오죠,
	아도니스는 냇가에, 비너스는 사초 속에
	꼭꼭 숨어 있는 걸 그렸는데, 그 사초는
	나부끼는 사초들이 바람과 막 장난하듯
	그녀 숨에 흔들리며 희롱하는 듯해요.
영주	우리는 처녀 적의 이오도 보여 드릴 터인데,
	그녀가 어떻게 속았고 급습을 당했는지,
	벌어진 그 행위처럼 생생하게 그려졌답니다.
하인 3	아니면 다프네가 가시덤불 숲속을 헤매며
	피 흘린다 장담할 정도로 다리가 긁히고
	그 모습에 슬퍼하는 아폴로가 우는데,
	대단히 솜씨 좋게 피눈물을 그렸어요.
영주	당신은 영주이고 오로지 영주이십니다.
	당신에겐 부인이 있는데 저무는 이 시대의
	그 어떤 여자보다 훨씬 더 아름다우십니다.
하인 1	또 그녀가 당신 땜에 흘렸던 눈물이
	짓궂은 홍수처럼 그 얼굴을 덮치기 전에는
	그녀가 세상에서 가장 고운 여자였죠. —
	지금도 그녀는 그 누구에게도 안 뒤져요.
슬라이	내가 영주님이고 그런 부인, 있다고?
	혹시나 꿈인가? 아니면 여태껏 꿈꿨나?

50

55

60

65

50행 아도니스
비너스의 사랑을 받았으나 수퇘지의 엄
니에 찔려 죽은 청년.
54행 이오
조브에게 강간당하고 어린 암소로 변신

된 처녀.
57행 다프네
아폴로의 눈에 띄어 쫓기다가 월계수로
변신된 요정.

	자는 건 아니다. 난 보고, 또 듣고, 말하고,	70
	향내 맡고 부드러운 물건도 만진다.	
	내 목숨 걸고서, 난 진짜 영주이고	
	땜장이도, 크리스토퍼 슬라이도 아니야.	
	좋아, 여기 짐 앞으로 짐의 부인 데려오고	
	다시 말하는데, 약한 술 한 병도 가져와.	75
하인 2	막강한 어르신, 손 씻으시렵니까?	
	오, 정신을 차리셔서 저흰 정말 기쁩니다.	
	오, 다시 한번 당신이 누군지만 아셨으면.	
	지난 십오 년 동안 꿈속에 계셨어요.	
	깨났다 하더라도 잠자듯 깨나셨답니다.	80
슬라이	지난 십오 년 동안 — 맙소사, 많이 잤네.	
	근데 그 세월 내내 난 말이 통 없었어?	
하인 1	아, 예, 영주님, 대단히 시시한 말씀만요.	
	여기 이 멋진 방에 누워 있긴 했지만	
	집 밖으로 쫓겨났다, 그렇게 말하셨고,	85
	그 선술집 여주인에게 욕을 막 퍼부으며	
	봉인한 술통 아닌 돌 동이를 가지고 왔다고	
	저기 영주 재판소에 데려가겠다고 하셨죠.	
	때로는 시실리 해케트를 부르셨답니다.	
슬라이	음, 그 여자는 그 선술집 여주인의 하녀야.	90
하인 3	아니 근데, 당신은 그 선술집도 그 하녀도	
	당신이 꼽으신 사람들도 모르시는데요. —	
	스티븐 슬라이와 그리트의 존 냅스 노인과	
	피터 터프, 헨리 핌퍼넬과 같은 이들 —	
	또 그 같은 이름의 사람들 스무 명도,	95
	그들은 여태껏 없었고, 아무도 못 봤어요.	

슬라이	그러면 주님의 은덕으로 내가 잘 회복됐군.
모두	아멘.
슬라이	고맙네. 이 일로 보답을 받을 거야.

부인으로 변장한 시동 바돌로매,

시종들과 함께 등장.

바돌로매	고귀한 영주님, 어떻게 지내세요?	
슬라이	음, 잘 지내네, 먹을 게 충분히 있으니까.	100
	내 아내는 어디 있지?	
바돌로매	여기요, 영주님. 무얼 원하시는지요?	
슬라이	당신이 내 아낸데 나에게 '여보' 안 해?	
	하인들은 '영주'라 해야지만 난 당신 서방인데.	
바돌로매	여보이자 영주님, 영주이자 여보예요.	105
	전적으로 순종하는 저는 당신 아내예요.	
슬라이	그건 잘 알고 있어. — 그녀를 뭐라고 해야지?	
영주	'마님'이요.	
슬라이	'앨스 마님?' 아니면 '조안 마님?'	
영주	'마님'밖엔 안 됩니다, 영주들이 그러니까.	110
슬라이	아내 마님, 그들 말이 난 꿈을 꾸었고	
	십오 년쯤 아니면 더 오래 잤다고 그러오.	
바돌로매	예, 그 세월은 저에게 삼십 년과 같았어요,	
	그 세월 내내 당신 침대 밖으로 쫓겨났죠.	
슬라이	대단하군. 하인들은 물러가 있어라.	115

(영주와 하인들 함께 퇴장)

	마님, 당신의 옷을 벗고 침대로 지금 가요.
바돌로매	삼세번 고귀하신 영주님, 간청컨대

하루나 이틀 밤, 그것도 안 되면
해 질 때까지라도 용서해 주십시오.
당신의 의원들이 특별히 당부키를   120
이전의 질병이 재발할 위험이 있으니
전 당신의 침대를 멀리해야 한답니다.
이것이 제 변명의 이유가 됐으면 합니다.

슬라이　음, 난 할 수 있게 됐으니까 그렇게 오래 미룰 수는 없
소. 그래도 난 다시 꿈에 빠지고 싶진 않소. 그래서 내   125
몸의 욕심을 무시하고 미룰 거요.

하인 한 명 등장.

하인　어르신의 배우들이 당신의 쾌차 소식 듣고서
즐거운 희극을 연기하러 왔답니다.
의원들은 그게 아주 적절하다 여기면서
당신 피가 너무나 큰 슬픔에 굳었고 —   130
우울증은 광란의 유모란 걸 아니까 —
연극을 꼭 들으시고, 천 가지 액을 막아
수명을 늘려 주는 기쁨과 여흥으로
마음을 돌리시면 좋겠다고 생각했답니다.

슬라이　허 참, 들을 거야. 연극을 하라고 해. 희극물이란 건 크   135
리스마스 재주넘기나 공중제비 아닌가?

바돌로매　아뇨, 영주님, 보다 더 즐거운 거랍니다.

슬라이　뭐, 술래잡기 같은 거?

바돌로매　　　　　　　　　　　얘기 같은 거랍니다.

슬라이　좋아, 우린 그걸 볼 거야. 자; 아내 마님, 내 곁에 앉아
서 이 세상은 흘려보냅시다. 우리가 더 젊어지진 않을

테니까.

1막 1장

팡파르. 루첸시오와 하인 트라니오 등장.

루첸시오   트라니오, 예술의 온상인 이 고운 파도바를
          보고 싶은 큰 욕망을 가졌기 때문에
          난 위대한 이탈리아의 즐거운 정원인
          비옥한 롬바르디아에 도착하게 되었고,
          아버지의 사랑과 허락을 받은 데다   5
          그의 호의와 함께 — 산전수전 다 겪은
          신뢰할 하인인 — 네 동행도 있으니까,
          우리는 이곳에서 숨 고른 다음에
          배움과 적절한 학문의 길 운 좋게 가 보자.
          근엄한 시민들로 이름난 피사에서   10
          이 몸과 아버지는 처음으로 출생했고 —
          그분은 벤티볼리 가문 출신 빈센시오인데 —
          온 세상에 큰 장사를 하시는 상인이다.
          피렌체에서 자란 그 빈센시오의 아들은
          아버지가 품은 희망 다 이루기 위하여   15
          덕행으로 행운을 꾸미는 게 어울릴 것이다.
          그러니까 트라니오, 난 공부를 하는 동안
          미덕과 또 특별히 미덕을 통하여
          이루어질 수 있는 행복을 다루는

1막 1장 장소 파도바.

그런 철학 분야를 추구할 것이야.　　　　　　　20
네 생각을 말해 봐, 난 얕은 못 떠나서
깊은 물속으로 뛰어들어 포만으로
갈증을 가라앉히려는 사람처럼
피사를 버리고 파도바로 왔으니까.
트라니오　　용서해 주십시오, 지체 높은 주인님,　　　　25
저 또한 당신과 꼭 같은 마음인데,
감미로운 철학의 단맛을 빨려는 결심을
이렇게 계속 갖고 계셔서 기쁩니다.
근데 다만, 주인님, 우리가 이 미덕과
도덕적 훈련에 정말 감탄하는 동안　　　　　　30
빌건대, 금욕주의자나 멍청이가 되거나
아리스토텔레스의 절제에 확 빠져
오비디우스를 완전히 포기하진 맙시다.
당신의 지인들과 논리를 따지고
일상적인 대화에서 수사학을 연습하며,　　　　35
생기의 촉발엔 음악과 시학을 쓰시고
수학과 형이상학은 당신의 비위에
맞는단 사실을 알았을 때 열중하십시오.
쾌락이 없는 곳엔 이득도 없답니다.
한마디로, 가장 좋아하는 걸 공부해요.　　　　40
루첸시오　　좋은 충고 대단히 고맙네, 트라니오.
비온델로, 네가 만약 상륙해 있었으면
우리는 곧바로 준비를 갖추고

32행 아리스토텔레스　　　　　33행 오비디우스
그리스의 철학자.　　　　　　　로마의 시인, 『사랑의 기술』의 저자.

파도바에서 생기게 될 친구들 접대에
알맞은 숙소를 잡을 수도 있었는데.   45
근데 잠깐 멈춰 봐, 이게 무슨 모임이지?

트라니오   주인님, 우리의 도착을 환영하는 행렬이요.

바티스타가 그의 두 딸, 카타리나와 비안카를 데리고 등장.
말라깽이 노인 그레미오, 비안카의 구혼자 호르텐시오 등장.
루첸시오와 트라니오는 곁으로 물러선다.

바티스타   신사분들, 더 이상 날 조르지 마시오,
내 결심이 얼마나 굳은지 아실 테니.
즉, 내 맏딸의 남편을 구하기 전에는   50
둘째 딸을 내주지 않겠다는 겁니다.
만약 둘 중 하나가 카타리나를 사랑하면,
난 둘을 잘 알고 많이 좋아하니까
마음껏 구애토록 허락해 드리지요.

그레미오   차라리 혼쭐을 내야지. 내겐 너무 센 여자요.   55
저, 호르텐시오, 아내로 누구든지 괜찮소?

카타리나   부탁인데, 저를 이 작자들 사이에서
웃음거리 만드는 게 아버지 뜻이에요?

호르텐시오 '작자'요, 아가씨? 뭔 말이죠? 그 성질이
더 곱고 더 순하지 않는 한 작자는 없어요.   60

카타리나   참말로, 당신은 겁낼 필요 전혀 없을 거예요.
필시, 그건 그녀 마음에 반의 반도 없으니까.
있대도, 그녀의 관심은 분명코 삼발이 의자로
당신 골통 후려치고 얼굴에 피 칠하며
당신을 바보 취급 하는 데 있을 겁니다.   65

호르텐시오	주여, 그런 온갖 마귀에서 우리를 구하소서!
그레미오	주여, 저도 그리하소서.
트라니오	쉿, 주인님, 멋진 소일거리가 있네요.
	확 미친 계집이 아니라면 놀랍도록 드세요.
루첸시오	하지만 난 침묵하는 다른 여자에게서
	처녀들의 온순한 행동과 겸손을 봐.
	조용해, 트라니오.
트라니오	좋습니다, 주인님. 입 다물죠, 실컷 봐요.
바티스타	신사분들, 난 내가 했던 말을 잠시 후에
	입증하기 위하여 — 비안카, 넌 들어가.
	그리고 기분 나빠 하지 마라, 비안카야,
	그럼에도 너를 덜 사랑하진 않을 테니.
카타리나	예쁜 응석받이 같으니! 눈을 찔러서라도 우는 게 상책
	이야, 그럴 이유를 안다면 말이지.
비안카	언니는 내가 슬퍼하는 걸로 만족해 줘.
	— 아버지의 뜻을 저는 겸손히 따를게요.
	제 책과 악기가 친구들이 될 거예요,
	그것들을 쳐다보며 혼자 연습할 테니까.
루첸시오	들어 봐, 트라니오, 미네르바의 말소리야.
호르텐시오	바티스타 씨, 그렇게 이상하게 굴 겁니까?
	난 우리의 호의 땜에 비안카가 비탄해서
	유감이랍니다.
그레미오	바티스타 씨, 그녀를 왜
	이 지옥의 여자 악마 때문에 가두고
	그 혀의 죗값을 그녀가 갚게 하오?

70

75

80

85

84행 미네르바 로마 신화에서 지혜의 여신.

바티스타   신사분들, 진정들 하시오. 난 결심했어요.   90
         들어가라, 비안카.   (비안카 퇴장)
         난 저 애가 음악과 악기와 시에서
         가장 큰 기쁨을 얻는다고 아니까
         젊은 재를 가르치기 알맞은 교사들을
         내 집 안에 둘 겁니다. 호르텐시오 당신이나   95
         그레미오 씨께서 아는 사람 있으면
         추천해 주시오. 재주 있는 자에겐
         난 매우 친절하고, 나 자신의 자식들을
         잘 키우는 일에는 아낌없을 테니까.
         그럼 잘 있어요. — 카타리나, 넌 남아라,   100
         비안카와 난 좀 더 의논할 게 있으니까.   (퇴장)

카타리나   나도 갈 수 있다고 믿는데, 왜 못 가지? 뭐야, 시간을
         배정받아야 해, 내가 마치 있을 때와 떠날 때를 모르는
         것처럼? 하!   (퇴장)

그레미오   당신은 악마 어미한테나 어울릴 여자야! 당신의 자질   105
         은 너무 훌륭해서 당신을 붙잡을 사람은 여기엔 아무
         도 없소. 호르텐시오, 여자들의 사랑은 우리가 손톱을
         같이 붙어 가며 사이좋게 계속 기다릴 만큼 크지는 않
         다네. 우린 운수가 꽉 막혔어. 잘 가게. 그래도 난 비안
         카에게 품은 사랑 때문에 어떻게든 그녀가 기뻐하는   110
         걸 가르칠 적임자를 만나면 그녀 아버지에게 추천할
         것이네.

호르텐시오 나도 그러지요, 그레미오 씨. 근데 제발 한마디만. 우
         리 싸움의 본질로 봐서 협상은 절대 안 되지만, 이젠
         알아 두시오, 숙고해 보건대 우린 둘 다 — 이 고운 아   115
         가씨에게 다시 한번 접근하여 비안카의 사랑을 구하

	는 행운의 경쟁자가 될 수 있으려면 — 특별한 것 하
	나를 열심히 만들어 내야 하오.
그레미오	제발, 그게 뭔가?
호르텐시오	그야, 그녀 언니의 남편을 구하는 거죠. 120
그레미오	남편이라고? 악마겠지.
호르텐시오	남편이란 말입니다.
그레미오	악마란 말이네. 호르텐시오, 자네는 그녀 아버지가 대
	단한 부자이긴 하지만, 지옥과 결혼할 만큼이나 바보
	같은 남자가 있다고 생각하나? 125
호르텐시오	허 참, 그레미오. 그녀의 요란한 아우성을 듣는 게 당
	신이나 나에겐 참을 수 없는 일이지만, 아니, 봐요, 세
	상엔 좋은 녀석들도 있어서 그들을 만날 수만 있다면,
	그녀를 모든 결점과 함께 돈도 넉넉히 챙겨서 데려갈
	겁니다. 130
그레미오	그건 알 수 없지만, 난 차라리 다음과 같은 조건으로
	그녀의 지참금만 챙기겠네. 즉, 매일 아침 장터 십자가
	에서 채찍을 맞는다는 조건 말일세.
호르텐시오	참말로, 당신 말마따나 사과들이 썩었을 땐 고르기 어
	렵죠. 하지만, 자, 이 법적인 장애물로 우린 친구가 됐 135
	으니 이 관계는 우리가 바티스타의 맏딸이 남편을 얻
	게끔 도움으로써 그의 막내딸이 풀려나서 남편을 가
	질 때까지 우호적으로 유지될 거요. — 그런 다음 새
	롭게 싸웁시다. 어여쁜 비안카! 승자에게 행복을. 가장
	빨리 달리는 자가 반지를 얻는답니다. 어떻소, 그레미 140
	오 씨?
그레미오	동의하고, 그녀에게 철저히 구애하고 결혼하고 같이
	자서 그녀를 그 집에서 치워 주는 자에게 난 파도바 최

	고의 말을, 구애를 시작하라고 줬더라면 좋았을걸. 가	
	세. (그레미오와 호르텐시오 함께 퇴장)	145
트라니오	저, 제발 말해 보세요, 사랑이 갑자기	
	저렇게 거세게 사람을 붙잡을 수 있는지?	
루첸시오	오, 트라니오, 난 그게 사실임을 알 때까진	
	그럴 수 있거나 그럴 거라 생각지 못했어.	
	근데 봐, 내가 서서 한가로이 보는 동안	150
	난 사랑의 꽃 팬지의 효력을 알았고	
	이제는 분명하게 너에게 고백한다,	
	카르타고 여왕에게 안나가 그랬던 것처럼	
	내게 소중한 만큼 믿을 만한 너에게.	
	트라니오, 난 불타고 갈망해. 트라니오,	155
	이 얌전한 소녀를 못 가지면 난 사라져.	
	조언해 줘, 트라니오, 넌 할 수 있으니까.	
	도와줘, 트라니오, 그럴 줄로 아니까.	
트라니오	주인님, 지금은 당신을 꾸짖을 때가 아니고	
	욕설로는 마음속의 애정을 못 쫓아냅니다.	160
	사랑이 당신을 찍었으면 별수 없죠,	
	최저의 몸값으로 감금에서 풀려나요.	
루첸시오	애, 참 고맙다. 계속해, 난 이걸로 만족해,	
	네 충고가 옳아서 그 나머진 위안일 테니까.	
트라니오	주인님은 그 처녀를 너무 오래 쳐다봐서	165
	아마도 핵심은 놓치신 것 같습니다.	

153행 안나
카르타고의 여왕 디도는 여동생 안나에
게 아이네이아스에 대한 사랑을 고백
한다.

168행 아게노르의 딸
조브가 황소로 변신하여 크레타로 데려
간 에우로페.

루첸시오	오, 맞아, 얼굴에서 고운 미색 보았는데,
	아게노르의 딸과 같은 것으로, 그 때문에
	위대한 조브가 크레타의 해변에 무릎 꿇고
	그녀의 손 높이로 자기 몸을 낮추었지. 170
트라니오	더 보진 못했어요? 그 언니가 호통을 시작해
	사람의 귀로는 못 견딜 소음 폭풍
	어찌 일으켰는지 주목하진 못했어요?
루첸시오	트라니오, 그 산호 입술을 여닫는 것도 봤고,
	그녀는 진짜로 공기에 숨결 향을 뿌렸어. 175
	내가 본 그녀의 모든 건 신성하고 예뻤어.
트라니오	아니, 그럼, 최면에서 꺼내야 할 때로군.
	─ 저, 제발 깨어나세요. 그 처녀를 사랑하면
	얻는 데 전심전력하시죠. 상황은 이래요.
	그녀의 언니는 참 못됐고 고약해서 180
	그 아비가 그녀를 치워 버릴 때까지는
	주인님 애인은 집 처녀로 살아야만 하고,
	그래서 그가 꼭꼭 가두어 뒀답니다,
	청혼자들에게 시달려선 안 될 테니까요.
루첸시오	아아, 트라니오, 참으로 잔인한 아비야. 185
	근데 그가 그녀를 가르칠 똑똑한 교사들을
	구하려고 애를 좀 쓰는 건 몰라봤어?
트라니오	예, 알지요, 주인님. ─ 이제는 계획도 짜 놨고.
루첸시오	나도 그래, 트라니오.
트라니오	주인님, 제가 볼 때
	우리 둘의 발명품은 완전 일치합니다. 190
루첸시오	네가 먼저 얘기해 봐.
트라니오	당신이 교사 되어

그 처녀의 가르침을 담당하는 것이죠.
그게 당신 안입니다.

루첸시오　　　　　　　　　맞았어. 되겠어?

트라니오　불가능합니다. 그 누가 당신 역을 맡아서
빈센시오 아들로 파도바에 있으면서　　　　　　　　195
집안을 꾸리고 공부하며 친구를 환영하고
동포를 방문하여 연회를 열어 주죠?

루첸시오　그만, 진정해, 내가 다 계획해 놨으니까.
우린 아직 그 어느 집에도 안 가 봤고
우리의 얼굴로는 주인인지 하인인지　　　　　　　　200
명확하게 구별 못 해. 그러니 이력하자.
네가 나 대신에 주인 해라, 트라니오,
집과 지위, 하인들을 나처럼 유지해.
나는 다른 사람이 — 피렌체 사람이나
나폴리 사람이나 피사의 천민이 되겠다.　　　　　　205
모의를 했으니 실천하자. 트라니오, 곧바로
옷을 벗고 내 채색 모자와 외투를 받아라.

　　　　　　　　　　　　　(그들은 겉옷을 바꿔 입는다.)

비온델로가 오면 널 시중들 거야, 하지만
내가 먼저 마술을 써 그의 입을 봉할게.

트라니오　그러실 필요 있죠.　　　　　　　　　　　　210
한마디로, 이것은 주인님의 뜻이므로
묶인 저는 복종해야 합니다. — 출발 때
부친께서 저에게 당부하셨으니까.
'내 아들을 잘 돌봐 주어라'라는 말씀,
전 그게 다른 뜻이었다고 생각지만　　　　　　　　215
루첸시오가 되는 데 만족한답니다.

	전 루첸시오 님을 많이 사랑하니까요.	
루첸시오	트라니오, 그래 줘, 루첸시오는 사랑하니까.	
	그리고 노예가 되더라도, 갑자기 나타나	
	상처 입은 내 눈 홀린 그 처녀를 얻을 거야.	220

비온델로 등장.

	저 악당이 오는구나. 야, 어디에 있었어?	
비온델로	어디에 있었냐? 아니, 원, 어디에 계십니까? 주인님,	
	제 동료 트라니오가 당신 옷을 훔쳤어요, 아니면 당신	
	이 그의 것을 훔쳤어요, 아니면 양쪽이? 제발, 뭔 일이	
	죠?	225
루첸시오	야, 이리 와. 지금은 농담할 때가 아냐.	
	그러니 네 행동을 이 시각에 맞춰 봐.	
	네 동료 트라니오가 내 목숨을 구하려고	
	내 옷을 걸치고 내 용모를 흉내 내고,	
	난 탈출하려고 그의 것을 빌렸다.	230
	내가 상륙한 뒤에 벌어진 싸움에서	
	난 누구를 죽였고, 발각된 것 같아서야.	
	넌 그를 시중 들어, 당부컨대 적절하게,	
	난 목숨을 구하려고 여길 떠날 테니까.	
	이해하지?	
비온델로	제가요? 하나도 못 하죠.	235
루첸시오	또한 '트라니오'는 조금도 입에 올리지 마,	
	트라니오는 루첸시오로 바뀌어 버렸어.	
비온델로	팔자 한번 좋아졌네, 나도 그래 봤으면.	
트라니오	난 그럴 수 있어, 정말로, 얘, 루첸시오가	

	바티스타 막내딸 갖는 소망 진짜로 이루면.	240
	하지만, 야, 나 말고 주인님을 위해서 말인데,	
	넌 온갖 모임에서 신중히 행동하길 권고한다.	
	나 혼자 있을 때 난 물론 트라니오이지만	
	다른 모든 곳에선 네 주인님 루첸시오야.	
루첸시오	가자, 트라니오.	245
	내가 이 구혼자들 가운데 끼려면 네가 직접	
	실행할 게 하나 더 남았어. 왜냐고 물으면	
	그 이유는 타당하고 중대하다고만 해 둘게.	

(함께 퇴장)

연극 제공자들, 위에서 얘기한다.

하인	어르신, 졸면서 연극엔 신경 안 쓰시는군요.	
슬라이	아냐, 성녀 앤에 맹세코, 신경 써. — 훌륭한 내용이야,	250
	확실히. 이런 게 더 많이 나오나?	
바돌로매	영주님, 막 시작했는데요.	
슬라이	이건 아주 빼어난 작품이오, 부인 마님. 좀 끝났으면	
	좋겠네. (그들은 앉아서 주목한다.)	

1막 2장
페트루키오와 그의 하인 그루미오 등장.

페트루키오	베로나여, 난 너와 한동안 작별하고

1막 2장 장소 파도바, 호르텐시오의 집 앞.

파도바의 내 친구들, 하지만 누구보다
최고로 아끼고 검증된 친구인 호르텐시오,
그를 보려고 한다. ─ 이게 분명 그 집이야.
여봐라, 그루미오, 두들기란 말이다.   5

그루미오   두들겨요? 누구를 두들겨야 하는데요? 어르신을 목욕
한 자라도 있나요?

페트루키오   악당아, 여기를 세게 두들기란 말이다.

그루미오   당신의 거기를요? 아니, 주인님, 제가 뭔데 당신의 거
기를 두들긴단 말입니까?   10

페트루키오   악당아, 나를 위해 이 문을 두들기란 말이야.
잘 때려, 안 그럼 그 골통을 두들겨 주겠다.

그루미오   주인님이 싸움꾼 되셨네. 당신을 먼저 치면
누구에게 최악 사태 벌어질지 전 알아요.

페트루키오   안 할 거야?   15
참말로, 야, 두들기지 않겠다면 당겨 주마.
어떻게 "아야" 할지 시험해 볼 거야.
(그가 그루미오의 귀를 비튼다.)

그루미오   살려 줘요, 여러분! 주인님이 미쳤어요.

페트루키오   이젠 내가 시킬 때 두들겨, 악당 놈아.

호르텐시오 등장.

호르텐시오   이런, 뭔 일이야? 늙은 친구 그루미오와 좋은 친구 페   20
트루키오? 베로나에선 다들 어떻게 지내?

페트루키오   호르텐시오 형, 다툼을 말리려고 나왔어?

6행 목욕 모욕.

"콘 투토 일 쿠오레 벤 트로바토"라고 할게.

호르텐시오 "알라 노스트라 카사 벤 베누토, 몰토 오노라토 시뇨
르 미오 페트루키오." 25
일어나, 그루미오. 우린 이 싸움을 사화할 거야.

그루미오 아뇨, 주인님이 문자를 쓰면서 뭘 우겨 대든 상관없어
요. 이게 제가 그의 하인 일을 관둘 합법적인 이유가
안 되는지 — 보십시오 — 그는 제게 자신을 두들기
고 세게 때리라고 시켰어요. 글쎄요, 하인이 자기 주인 30
을, 잘은 모르겠지만 아마도 맛이 많이 갔다고 해서 그
렇게 다루는 게 맞나요?
맹세코, 제가 먼저 그를 흠씬 두들겨 줬더라면
이 그루미오에게 최악의 사태는 안 왔겠죠.

페트루키오 둔한 녀석 같으니. 멋진 형, 호르텐시오, 35
저놈에게 이 집 문을 두들기라 했는데,
도대체 그럭하게 만들 수가 있어야지.

그루미오 문을 두들겨요? 오, 맙소사, 분명히 이렇게 말하지 않
았어요? '야, 여기를 두들겨, 여기를 때리고, 잘 두들기
고 또 세게 두들겨'라고? 그런데 이젠 문을 두들기라 40
고 했다고요?

페트루키오 야, 가 봐, 아니면 입 다물어, 충고한다.

호르텐시오 페트루키오, 참아, 내가 그루미오를 보증할게.
여하튼 그와 자네 관계는 퍽 애석하구먼. —
오래된, 신뢰할, 유쾌한 하인인데. 45
근데 귀한 친구야, 웬 행복한 바람 타고

23행 콘⋯트로바토
"진심으로 잘 만났어."

24~25행 알라⋯페트루키오
"우리 집에 온 걸 환영하네, 대단히 존경
하는 페트루키오 님."

오래된 그 베로나에서 파도바로 날아왔어?

페트루키오 이 세상에 청년들을 뿔뿔이 흩어 놓고,
경험할 게 별로 없는 집을 떠나 먼 곳에서
행운을 찾게 하는 바람이지. 줄이자면,   50
호르텐시오 형, 지금의 내 사정은 이러해.
아버지 안토니오께서 돌아가신 다음에
나는 내 자신을 이 미궁에 내던졌어,
운 좋게 아내 얻고 최대한 번성해 보려고.
난 지갑엔 금화를, 집에는 재물을 가졌고,   55
그래서 이 세상을 보려고 밖으로 나왔어.

호르텐시오 페트루키오, 그럼 난 솔직하게 자네가
고약하고 못생긴 아내 얻길 바라 볼까?
내 조언이 조금도 달갑지 않겠지만
그녀가 부자가, 대단한 부자가 되는 건   60
약속하지. 근데 자넨 너무 친한 친구여서
그녀를 얻는 건 안 바라네.

페트루키오 호르텐시오 형, 우리 같은 친구들 사이엔
몇 마디면 충분해. 그러므로 형이 만약
페트루키오의 아내가 될 만한 부자를 안다면 —   65
재산은 내 구혼 춤의 반주곡이니까 —
그녀가 플로렌티우스의 애인처럼 추해도,
시빌레처럼 늙었고 소크라테스의 크산티페나

67행 플로렌티우스
목숨을 구하려고 늙은 마녀와 결혼했는
데 그녀가 젊은 미녀로 바뀌는 전설의 주
인공. (아든)

68행 시빌레…크산티페
전자는 아폴로로부터 한 줌의 모래알 숫
자만큼 많은 햇수의 목숨을 부여받은 무
녀, 후자는 악처로 소문난 소크라테스의
아내.

더 나쁜 여자만큼 못됐고 고약해도
난 끄떡없거나 — 또는 내 애정의 칼날은   70
조금도 안 무뎌져. — 그녀가 저 부푼
아드리아 바다만큼 험악해도 말이야.
부자 아내 얻으려고 파도바로 왔는데,
부자 아낸 아마도 파도바에 있을 테지.

그루미오   아니, 보십시오, 나리, 그는 자기 뜻이 뭔지 솔직히 밝   75
히고 있어요. 허 참, 그에게 금을 충분히 주고 인형이
나 아기 모형, 아니면 입안에 이빨 하나도 없는 늙은
마녀랑 혼인시키세요. 그녀가 쉰두 필의 말만큼 많은
병에 걸렸대도, 허 참, 잘못된 건 없답니다. — 돈만 따
라 온다면.   80

호르텐시오   페트루키오, 우리가 이만큼 깊이 들어왔으니
내가 농담 삼아서 꺼내 본 걸 계속하지.
난 페트루키오 자네가 충분한 재산에다
젊고 예쁘면서도 숙녀에게 가장 잘 어울리게
양육된 아내에게 장가보내 줄 수 있네.   85
그녀의 유일한 결점은 — 충분한 결점인데 —
못 참을 정도로 성질이 못됐고
한도 없이 고약하고 고집불통이라서
내 상태가 지금보다 훨씬 더 나빠도
난 금광을 준대도 그녀와 혼인 않을 것이네.   90

페트루키오   호르텐시오, 잠깐만. 금의 힘을 형은 몰라.
그녀의 아버지 이름을 말해 주면 충분해,
난 그녀가 가을 구름 찢어질 때 천둥만큼
큰 소리로 꾸짖어도 접근해 볼 테니까.

호르텐시오   그녀의 아버지는 바티스타 미놀라로   95

상냥하고 예의 바른 신사분이라네.

그녀의 이름은 카타리나 미놀라고,

파도바에서는 호통치는 혀 때문에 유명해.

페트루키오   그녀는 모르지만 그 아버진 내가 알고

그분 또한 돌아가신 내 부친을 잘 알았어.   100

난 그녀를 볼 때까진, 호르텐시오, 안 잘 거야,

그러니까 이렇게 용감히 청하는데

우린 방금 만났지만 형을 두고 가게 해 줘 —

나와 함께 그쪽으로 안 갈 거면 말이야.

그루미오   제발, 나리, 그의 기분이 내킬 때 가게 해 주십시오.   105

맹세코, 그녀가 그를 저만큼 잘 안다면 호통은 그에

게 별 소용이 없다고 생각할 겁니다. 그녀는 그를 열

번쯤 불한당이라고 부를 수도 있겠죠. — 허 참, 그건

아무것도 아녜요. 그는 욕을 한번 시작하면 푸짐하게

할 겁니다. 실은 말이죠, 나리, 그녀가 잠시 그에 맞   110

선다 해도 그가 그녀의 얼굴에 말 폭탄을 하나 던져

그걸 심하게 일그러뜨리면, 그녀에겐 뜨고 볼 눈이

고양이만큼도 없을 겁니다. 당신은 그를 모르셔요,

나리.

호르텐시오   멈추게, 페트루키오, 나도 같이 가야겠어,   115

바티스타의 수중에 내 보물이 있으니까.

그는 내 생명의 보석을, 자신의 막내딸

아름다운 비안카를 가지고 있으면서

나와 다른 이들을 — 청혼자이면서

내 사랑의 경쟁자인 여럿을 — 막고 있어,   120

카타리나가 언젠가 구애를 받는 일은

내가 앞서 읊었던 결점들 때문에

불가능할 거라고 여기면서 말이야.

그래서 바티스타는 조치를 취했다네,

카트린 그 못된 것이 남편 얻을 때까진 125

비안카에게는 아무도 접근하지 못한다고.

그루미오 '카트린 그 못된 것' —

처녀의 칭호로는 최악의 칭호네요.

호르텐시오 이제 친구 페트루키오는 호의를 베풀어

근엄한 예복으로 변장한 나 자신을 130

비안카 가르칠, 음악에 조예 깊은 교사로

바티스타 노인에게 내놔야 할 것이네.

그래야 나는 이 계책으로 적어도

허락과 짬을 얻어 사랑을 얘기하고

의심 받지 않은 채 곁에서 구애할 수 있다네. 135

편지를 든 그레미오와, 교사 캄비오로 변장한
루첸시오 등장.

그루미오 못된 짓은 안 하는 곳이군. 봐요, 젊은이들이 늙은이들

속이려고 어떻게 머릴 맞대는지. 주인님, 주인님, 주변

을 살피세요. 저기 가는 게 누구죠, 하?

호르텐시오 조용해, 그루미오, 저건 내 연적이야.

페트루키오, 잠시만 지켜보게. 140

그루미오 잘생긴 청년인 데다가 사랑에 빠진 자야.

(페트루키오, 호르텐시오와 그루미오는 비켜선다.)

그레미오 오, 아주 좋소, 그 전표는 내가 잘 봤어요.

136행 못된…곳이군 비꼬는 조로 하는 말.

쉿, 선생, 그것들을 예쁘게 제본해 주시오,
(어찌 됐든 확실하게 다 사랑의 책으로)
그리고 그녀에겐 다른 강의 하지 마오.　　　　145
뭔 말인지 알 거요. 바티스타 씨의 사례금을
훨씬 더 넘을 만큼 커다란 축의금을
내가 더해 주겠소. 당신의 서류도 가져가서
향수를 아주 듬뿍 뿌리도록 하시오,
책을 받는 그녀는 향수 그 자체보다　　　　150
더 향기로우니까. 그녀에게 뭘 읽어 줄 거요?

루첸시오　　무엇을 읽어 주든 난 당신을 내 후원자로
당신 위해 간청할 테니까 스스로 그 자리에
줄곧 있는 것처럼 날 확고히 믿으시오.
예, 또 아마도 당신보다 더 성공적인 언어로 ―　　　　155
당신이 학자가 아니라면 ― 간청할 것이오.

그레미오　　오, 이 배움, 참으로 놀라운 것이구나!

그루미오　　오, 이 얼간이, 참으로 큰 바보구나!

페트루키오　　야, 조용해.

호르텐시오　　그루미오, 쉿. ― 안녕하시오, 그레미오 씨.　　　　160

그레미오　　그리고 잘 만났소, 호르텐시오 씨. 내가 어딜
가려는지 아시오? 바티스타 미놀라 댁이요.
난 그 고운 비안카의 선생을 잘 알아보겠다고
약속했었는데, 운 좋게도 학식과 행동에서
그녀의 요구에 들어맞는 이 청년을　　　　165
딱 만났고, 그는 시에도 또 다른 책들에도 ―
장담컨대, 좋은 것들일 텐데 ― 정통하오.

호르텐시오　　잘됐군요. 내가 만난 한 신사도 나를 도와
다른 선생 하나를 약속해 줬었는데,

아가씨를 가르칠 빼어난 악사죠. 그래서 난   170
내 고운 비안카를 보살피는 의무에서
조금도 안 뒤질 것이오, 매우 사랑하니까.

그레미오   나도 사랑하니까 행동으로 입증할 것이오.

그루미오   또한 자기 돈 자루로 입증하겠지.

호르텐시오   그레미오, 지금은 사랑 토로할 때가 아니오.   175
들어 봐요, 나에게 고운 말을 쓰겠다면
서로에게 같이 좋은 소식을 말하지요.
내가 이 신사를 여기서 우연히 만났는데
우리와 합의하는 조건이 맘에 들면
못된 카트린에게 구애할 거라고 합니다.   180
예, 지참금만 괜찮다면 결혼할 거랍니다.

그레미오   말한 대로 행한다면 좋지요.
호르텐시오, 그녀의 결점을 다 얘기했소?

페트루키오   성가시고 요란한 잔소리꾼으로 압니다.
그것이 다라면, 여러분, 문제없습니다.   185

그레미오   없다고 말했나요, 친구여? 어디서 오셨소?

페트루키오   베로나 태생의 안토니오 노인 아들입니다.
아버지의 사망 후에 내 재산은 내 거니까
좋은 시절 희망하고 오래 살길 바랍니다.

그레미오   오, 그런 아내와 산다는 건 이상할 것이오.   190
하지만 배짱이 있다면 맹세코, 덤벼 봐요.
당신의 모든 일엔 내 조력이 있을 거요.
하지만 이 살쾡이에게 구혼을?

페트루키오   당연하죠.

그루미오   구혼을 해야지. 암, 안 그럼 내가 그녀를 목맬 거야.

페트루키오   그 의도가 아니라면 내가 여길 왜 왔겠소?   195

약간의 소음에 내 귀가 풀 죽을 것 같아요?
내가 생전 사자의 포효를 못 들어 봤겠소?
바람에 부푼 저 바다가, 땀에 쓸려 성이 난
수퇘지처럼 날뛰는 걸 못 들어 봤겠소?
전장의 커다란 대포 소리, 또 하늘의   200
천둥 치는 천국의 포성을 못 들어 봤겠소?
격전에서 요란한 경종과 힝힝대는 군마들,
나팔의 날카로운 쇳소리를 못 들어 봤겠소?
그런 내게 농부가 불속에서 굽고 있는
밤이 주는 충격의 반도 못 한 소릴 내는   205
여자의 혓바닥 얘기를 들려줘요? 쯧쯧,
도깨비로 애들이나 겁줘요.

그루미오   그는 겁 안 내니까.

그레미오   호르텐시오, 잘 들어요.
이 신사는 운 좋게 도착했소, 짐작건대,
자신과 당신의 이익을 위해서 말이오.   210

호르텐시오 난 우리가 기부자들로서 그의 구혼 비용을
얼마든지 부담하겠노라고 약속했소.

그레미오   그럽시다. — 그녀를 그가 얻는 조건으로.

그루미오   멋진 저녁만큼이나 확실하면 좋겠군.

루첸시오처럼 멋지게 차려입은 트라니오와 비온델로
등장.

트라니오   여러분, 안녕하십니까. 실례지만 간청컨대, 바티스타   215
미놀라 씨 댁으로 가는 가장 빠른 길 좀 알려 주시겠습
니까?

비온델로	고운 딸이 둘 있는 — 그 사람 말씀입니까?
트라니오	바로 그야, 비온델로.
그레미오	이보시오, 그녀에게 뭔 볼일이 — .
트라니오	아마도 그와 그녀를 볼 테지만, 무슨 상관인데요?
페트루키오	어쨌든 꾸짖는 여자는 아니길 바랍니다.
트라니오	난 꾸짖는 이들은 싫습니다. 비온델로야, 가자.
루첸시오	(방백) 잘했어, 트라니오.
호르텐시오	저, 가기 전에 한마디만.
	얘기한 그 처녀의 청혼자가 — 맞나요, 아닌가요?
트라니오	만약에 그렇대도 그게 무슨 죕니까?
그레미오	아뇨, 더 이상 말없이 여길 떠나 준다면.
트라니오	아니, 이보시오, 이 거리는 당신만큼이나
	내게도 열렸잖소?
그레미오	하지만 그녀는 안 그렇소.
트라니오	간청컨대 무슨 이유 때문이죠?
그레미오	아시고 싶다면 그 이유는 그녀가
	그레미오 씨가 선택한 여인이기 때문이오.
호르텐시오	호르텐시오 씨의 선택 받은 여인이기 때문이오.
트라니오	여러분, 잠깐만. 당신들이 신사라면
	내 얘기도 공정하게 참고 들어 주시오.
	바티스타 씨는 고귀한 신사로서
	내 부친도 통 모르진 않으셨던 분이고
	그 따님이 지금보다 더 아름답다고 해도
	청혼자가 날 포함해 더 많을 수 있답니다.
	고운 레다의 딸에겐 구혼자가 천 명이었는데

220

225

230

235

240

240행 레다의 딸 스파르타의 왕비 헬레네. 트로이의 왕자 파리스가
그녀를 트로이로 데려갔다.

	고운 비안카에게 한 명 더는 당연하죠.
	그렇게 될 거요. 파리스가 홀로 성공하려고
	온다 해도, 루첸시오도 그중 한 명일 거요.
그레미오	허, 이 신사는 말발로 우릴 다 앞서겠어.
루첸시오	맘대로 하게 둬요, 곧 지칠 테니까.
페트루키오	호르텐시오, 이 말을 다 뭣 때문에 하고 있지?
호르텐시오	보시오, 실례지만 물어볼 게 있는데,
	바티스타의 따님을 본 적은 있나요?
트라니오	아뇨, 하지만 그에겐 둘이 있다 들었소.
	하나는 다른 쪽이 아름다운 정숙으로
	유명한 만큼이나 꾸짖는 혀 때문에 그렇소.
페트루키오	봐요, 봐, 첫째는 내 차지요, 손 떼시오.
그레미오	예, 그 과업이 열두 난제보다 더 크다 해도
	위대한 헤라클레스에게 맡깁시다.
페트루키오	이보시오, 이것만은 사실임을 알아 두시오.
	당신이 얻기를 원하는 그 막내딸에게
	그 부친은 구혼자의 접근을 다 막았고,
	맏딸이 그녀보다 먼저 결혼할 때까진
	어떤 남자에게도 약속하지 않을 거요.
	막내는 그때야 자유이고 그 전엔 아니오.
트라니오	그렇다면 날 포함한 우리들 모두를
	도와줄 남자는 바로 당신으로서
	만약에 길을 열고 이 위업을 이룬다면 ―
	맏이를 취하고, 우리가 막내에게 접근하게

245

250

255

260

253행 열두 난제 그리스의 영웅 헤라클레스가 해결한 열두 가지 불가
능해 보이는 과업.

	그녀를 풀어 주면 — 그녀 얼을 행운아는	265
	은혜를 잊을 만큼 무례하진 않을 거요.	
호르텐시오	거 좋은 말씀이고 잘 이해하셨군요.	
	당신도 청혼자 되기를 공언하였으므로	
	우리들 모두가 빚지고 있는 이 신사에게	
	반드시 우리처럼 보답해야 합니다.	270
트라니오	예, 나도 가만 안 있겠소. 그 표시로	
	다들 좋으시다면 오후에 시간을 보내면서	
	우리들 아가씨의 건강 위해 건배하고	
	법으로 맞서는 변호사들처럼 합시다,	
	열심히 싸우되 친구처럼 먹으며 마시기로.	275
그루미오, 비온델로	오, 빼어난 제안이오! 동료들, 갑시다.	
호르텐시오	정말 좋은 제안이니 그렇게들 합시다.	
	페트루키오, 환영식은 나에게 맡겨 주게. (함께 퇴장)	

2막 1장
카타리나와 비안카 등장.

비안카	착한 언니, 나를 계집종으로, 노예로 만들면서	
	나를 학대하지도 자신을 학대하지도 마. —	
	그건 내가 경멸해. 그런데 이 장신구들은	
	이 손을 풀어 주면 내가 벗어 버릴게,	
	응, 모든 옷을 속치마까지도 다 말이야.	5
	아니면 명하는 건 내가 다 실행할게,	

2막 1장 장소 파도바, 바티스타의 집.

손위를 대하는 예의는 아주 잘 아니까.

카타리나   청혼자들 가운데 누굴 가장 많이 사랑하는지
          명령이니 말해 봐, 시치미 떼지 말고.

비안카   정말, 언니, 살아 있는 남자들 가운데   10
          그 누구보다도 더 좋아할 수 있었던
          특별한 얼굴을 아직은 본 적 없어.

카타리나   뻔뻔한 것, 거짓이야. 호르텐시오 아니냐?

비안카   언니 맘에 든다면 여기서 맹세컨대,
          내가 직접 탄원하여 갖도록 해 줄게.   15

카타리나   오, 그럼 넌 재물이 더 좋은 모양이군.
          고운 옷 입혀 줄 그레미오 갖겠단 말이지.

비안카   그 사람 때문에 날 이렇게 미워해?
          아니 그럼, 농담이네, 난 이제야 언니가
          나하고 농담했을 뿐이란 걸 잘 알겠네.   20
          케이트 언니야, 제발 손 좀 풀어 줘.

카타리나   그게 장난이라면 나머지도 다 그랬어. (그녀를 때린다.)

                    바티스타 등장.

바티스타   아니, 뭐야, 이것아, 어찌 이리 건방지냐?
          비안카야, 비켜서라. 가엾은 것, 울고 있네.
          가서 바느질이나 해, 이 아이는 상관 말고.   25
          창피하다, 악마 같은 성질의 천것아,
          널 한 번도 학대 않은 저 애를 왜 학대해?
          너에게 모진 말로 대든 적 있었어?

카타리나   침묵으로 날 얕봐서 복수해 줄 거예요.

                              (비안카에게 달려든다.)

바티스타	뭐, 내가 보는 앞에서? — 비안카야, 넌 들어가.	30
	(비안카 퇴장)	
카타리나	아니, 왜 막아요? 아, 쟤가 당신 보물인 걸	
	이제야 알겠어요. 쟤는 남편 얻는데	
	나는 쟤 혼인날 맨발로 춤이나 춰야 하고,	
	당신이 쟬 아끼니까 처녀 귀신 돼야죠.	
	말 걸지 말아요, 난 가서 복수할 기회를	35
	찾아낼 수 있을 때까지는 울 거니까. (퇴장)	
바티스타	나만큼 비탄했던 신사가 있었을까?	
	근데 이게 누구야?	

그레미오. 비천한 캄비오로 변장한 루첸시오.
리치오로 변장한 호르텐시오와 함께 온 페트루키오.
그리고 루첸시오로 변장한 트라니오가 류트와
책을 든 시동 비온델로와 함께 등장.

그레미오	좋은 아침입니다, 이웃사촌 바티스타.	
바티스타	좋은 아침입니다, 이웃사촌 그레미오. 안녕하시기를	40
	빕니다, 신사분들.	
페트루키오	당신도 그러시길. 저, 카타리나라고 하는	
	곱고도 고결한 따님이 있지 않으신지요?	
바티스타	카타리나라고 하는 딸이 내게 있죠.	
그레미오	당신은 너무 어설프오. 조리 있게 시작해요.	45
페트루키오	실례지만 부당한 말씀이오, 그레미오 씨.	
	— 전 베로나 출신의 신사인데, 어르신,	
	그녀의 미모와 지성과 상냥함,	
	수줍음 가득한 정숙에다 놀라운 자질과	

	온순한 행동에 관한 얘길 듣고 나서	50
	저 자신이 과감히 당신의 집안에	
	열렬한 손님으로 나타나, 그토록	
	자주 들은 그 소문을 눈으로 확인하고	
	또 환대를 받으면서 드나들기 위하여	
	제 사람 하나를 당신께 바치는데,	55
	음악과 수학에 정통하여 그 분야에서는	
	그녀도 무지하진 않은 줄로 압니다만,	
	그녀를 충분히 가르칠 사람이랍니다.	
	아니 받아 주신다면 제게 부당하십니다.	
	만토바 태생에 이름은 리치오랍니다.	60
바티스타	잘 오셨소, 그리고 당신 덕에 그 사람도.	
	근데 내 딸 카타리나는 내가 알기로는	
	당신에게 맞지 않소. 내 비탄이 더 커진대도요.	
페트루키오	당신은 그녀를 보낼 뜻이 없다는 말이거나,	
	저와 함께하시는 게 안 좋은가 보군요.	65
바티스타	오해 마오, 난 내가 아는 것만 말하니까.	
	어디서 오셨소? 이름을 뭐라고 부르죠?	
페트루키오	이름은 페트루키오, 이탈리아 전역에	
	잘 알려진 인물인 안토니오의 아들이오.	
바티스타	잘 아는 분이오. 그분을 생각하며 환영하오.	70
그레미오	페트루키오, 당신 얘기는 존중하지만 가엾은 청원자	
	인 우리도 말 좀 하게 해 주시오. 물러서요, 당신은 놀	
	랄 만큼 앞서니까.	
페트루키오	오, 미안하오, 그레미오 씨, 난 막 하고 싶었소.	
그레미오	의심할 바 없소. 하지만 당신은 자신의 구애를 저주	75
	할 거요. 이웃사촌, 이건 아주 받을 만한 선물이오,	

분명히. 당신에게 친절의 빚을 누구보다 더 많이 졌던 나 자신은 같은 식으로 친절을 표하기 위해 이 학자를 무료로 당신께 드리는데, 그는 오랫동안 랭스에서 공부했고, 저 사람이 음악과 수학에 능통 80 한 만큼이나 그리스어와 라틴어 및 다른 언어에 그러하답니다. 이름은 캄비오요. 그의 봉사를 받아 주시오.

바티스타 백번 천번 고맙소, 그레미오 씨. 환영하오, 캄비오 님.
(트라니오에게) 그런데 신사분, 당신은 이방인처럼 머뭇 85
거리네요. 내가 좀 무례하게 이리 온 까닭을 알아봐도
될까요?

트라니오 용서하십시오, 어르신, 무례는 제 몫입니다.
저는 여기 이 도시에 이방인으로 와서
제 스스로 당신의 딸, 곱고도 고결한 90
비안카의 청혼자가 돼야 하기 때문이오.
또 맏딸을 우선하는 당신의 굳은 결심
제게도 알려지지 않은 바는 아닙니다.
제 요청은 오로지 이런 자유뿐입니다.
즉, 제 가문을 아시게 되었을 때 95
구혼자들 가운데 저 또한 환영받고
맘대로 접근해 호의를 입도록 해 주시오.
그리고 두 따님의 교육을 위하여
저는 여기 수수한 악기와 이 조그만
그리스와 라틴어 책 묶음을 바칩니다. 100

80행 랭스 프랑스 동북부의 도시로 1547년에 설립된 유명한 대학이
있는 곳. (아든)

받아 주신다면 그 가치는 클 것이옵니다.

바티스타   이름이 루첸시오인가요? 어디서 오셨지요?

트라니오   피사요, 어르신, 빈센시오의 아들이오.

바티스타   피사의 막강하신 분인데 — 난 그분을
          소문으로 잘 압니다. 아주 잘 오셨소.   105
          (호르텐시오에게) 당신은 류트를
          (루첸시오에게)   당신은 책 다발을 가지고
          학생들을 곧바로 만나게 될 것이오.
          거기 안에, 여봐라!

                     하인 한 명 등장.

                        이봐, 이 신사분들을
          딸들에게 데려가서 이들이 자기네
          교사라고 말해 줘. 잘 대우하라고 해.   110
          (하인, 루첸시오, 호르텐시오, 그 뒤에 비온델로 함께 퇴장)
          우리는 정원 안을 좀 걸어 다니다가
          저녁을 할 것이오. 극진히 환영하니
          다들 그리 생각해 주시기 바랍니다.

페트루키오 바티스타 씨, 전 사업 때문에 급해서
          구애하러 매일매일 올 수는 없답니다.   115
          당신은 제 부친을 잘 아셨고, 그를 통해
          그의 땅과 재물을 홀로 다 상속하여
          줄이기보다는 불려 놓은 저 자신도 아십니다.
          그러니 말하시죠, 제가 따님 사랑을 얻으면
          아내 삼는 제가 받을 지참금은 무엇인지?   120

바티스타   내가 죽은 다음에 내 땅의 절반과

이만의 금화를 소유하는 것이오.

페트루키오 그럼 전 그 지참금에 맞추어 확실하게
그녀가 저보다 오래 살아 과부가 됐을 때
제 땅과 임대 토지 모두를 줄 것이오.   125
그러니 구체적인 계약을 둘이서 작성하여
협약서를 쌍방 손에 넣도록 하시지요.

바티스타 예, 특별한 걸 완전히 얻었을 때 그러죠. ―
즉, 그녀 사랑, 그것이 최고로 중하니까.

페트루키오 그야 별것 아닙니다, 장인께 말씀드리지만   130
그녀의 교만만큼 저도 단호하니까요.
그리고 격렬한 두 불길이 만나는 곳에선
그 맹위를 키우는 물질은 타 버린답니다.
작은 불은 작은 바람 맞으면 커지지만
극도의 돌풍은 불을 죄다 꺼 버리죠.   135
전 그리할 테고 그녀는 제게 항복합니다.
저는 참 거칠어서 애 같은 구애는 안 하니까.

바티스타 자네가 구애를 잘하고 성공하길 바라네.
하지만 거친 말에 대비토록 하게나.

페트루키오 예, 철벽같이, 바람이 영원히 분다 해도   140
꿈쩍도 안 하는 산이 막고 있듯이요.

리치오로 변장한 호르텐시오. 머리가 깨진 채 등장.

바티스타 웬일로, 친구여, 왜 그렇게 하얘졌소?
호르텐시오 하얗게 보인다면 틀림없이, 겁나서요.
바티스타 허, 딸애는 훌륭한 음악가가 되겠습니까?
호르텐시오 생각건대 그녀는 군인이 될 것 같소.   145

쇠라면 그녀와 맞설까, 류트는 절대 아뇨.

바티스타 그럼 개를 류트에 길들일 순 없었나요?

호르텐시오 예, 그녀가 류트로 나를 길들였으니까.

난 그냥 그녀가 잘못 짚은 지판 보고

그녀 손을 구부려 운지를 가르치려 했는데,   150

그녀는 참 악마같이 못 참는 성질로

'이것이 지판이야?' 하면서 '지랄하네,'

라는 말과 더불어 내 머리를 내리쳐

내 골통이 그 악기를 부수고 나왔으며

난 마치 칼을 쓴 것처럼 류트 밖을 보면서   155

혼란된 채 거기에 한참 서 있었는데,

그녀는 그동안 '불한당' '제비족'에

'깽깽이꾼'처럼 더러운 말 스무 개를

날 욕하려 공부한 것처럼 썼답니다.

페트루키오 세상에, 이야말로 활기찬 처녀로다.   160

난 그녀를 전보다 스무 배나 더 사랑해.

오, 난 얼마나 그녀와 수다 떨고 싶은지!

바티스타 (호르텐시오에게)

자, 같이 가요, 그리 당황하지는 말고.

둘째 딸과 연습해 보도록 하시오.

개는 잘 배우고 친절에 고마워할 거요.   165

페트루키오 씨, 우리와 함께 갈 겁니까,

아니면 딸 케이트를 당신에게 보낼까요?

페트루키오 그리해 주시오.   (페트루키오만 남고 모두 퇴장)

난 여기서 기다리고,

그녀가 왔을 땐 기운차게 구애할 것이다.

그녀가 욕하면 그럼 난 솔직히 말해야지,   170

밤꾀꼬리만큼이나 곱게 노래한다고.
이맛살을 찌푸리면 이슬에 새로 씻긴
아침의 장미처럼 깨끗해 보인다고 할 거야.
그녀가 입 다물고 한마디도 안 하면
그럼 난 그녀의 유창함을 칭찬하고   175
감동적인 웅변을 토한다고 말해야지.
나를 쫓아낸다면 그녀 곁에 일주일을
있으라고 한 것처럼 고마워해야지.
혼인하길 거부하면 결혼 공고 신청하고
우리가 맺어질 날짜를 요구할 것이다.   180

                          카타리나 등장.

근데 여기 오는군. 자, 페트루키오, 말해라.
좋은 아침, 케이트, 내가 들은 당신 이름이니까.

카타리나   잘 듣긴 했지만 그건 좀 듣기가 어렵죠,
내 얘기 할 때면 카트린이라고들 하니까.

페트루키오   거짓말, 사실은 솔직한 케이트, 유쾌한 케이트,   185
또 때론 '케이트 못된 것'이라고들 하니까.
하지만 케이트, 기독교권에서 가장 예쁜 케이트,
케이트홀 케이트, 극히 멋진 내 케이트 —
맛있는 건 다 케이크, 그러므로 '케이트' —
내 마음 받아 줘요, 나의 위안 케이트여.   190
순한 그대 칭찬과 그대 미덕 얘기와
그대 미모 측정치를 도시마다 듣고 나서 —
그대에게 걸맞은 깊이로는 아니었지만 —
난 그대를 아내로 얻으려고 움직였소.

카타리나	'움직였다.' 여기로 움직인 자신을 곧바로	195
	뒤로 움직이세요. 처음부터 난 당신이	
	움직이는 가구인 줄 알았어요.	
페트루키오	아니, 어떤 가구 말이오?	
카타리나	의자죠.	
페트루키오	잘 맞췄소. 자, 내 위에 앉아요.	200
카타리나	나귀는 사람을 태우죠, 당신처럼.	
페트루키오	여자는 남자를 태우죠, 당신처럼.	
카타리나	당신처럼 닮은 말은 아녜요, 이 몸은.	
페트루키오	아, 케이트 님, 그대를 누르진 않을게요,	
	그대는 참 어리고 가벼운 줄 아니까. ─	205
카타리나	촌놈인 당신이 붙잡기엔 너무나 가볍고,	
	그럼에도 벌의 무게보다는 무겁지요.	
페트루키오	'벌의 무게?' 그럼 ─ 붕붕.	
카타리나	새가 잡아먹었네.	
페트루키오	오, 느린 날개 비둘기야, 새매에게 잡힐 거야?	
카타리나	아뇨, 비둘기는 잡아요, 파리 같은 것들을.	210
페트루키오	자, 당신은 말벌처럼 너무 화가 났어요.	
카타리나	내가 말벌 같다면 침 조심이 최고지요.	
페트루키오	그럼 내 해결책은 그걸 뽑는 거랍니다.	
카타리나	예, 그게 어디 있는지 그 바보가 안다면.	
페트루키오	말벌 침이 어딨는지 모를 사람 누구죠?	215
	꼬리에 있는데.	
카타리나	혀끝에 있는데.	
페트루키오	누구 혀죠?	
카타리나	당신 거죠, 꼬리 얘기 한다면. 그럼 안녕.	
페트루키오	뭐, 당신의 꼬리에 내 혀를 달고 간다고요?	220

아니, 돌아와요, 케이트 님, 난 신사요 —

카타리나   내가 시험해 보죠.   (그녀가 그를 때린다.)

페트루키오   나를 다시 때리면 맹세코, 주먹을 쓸 거요.

카타리나   그러면 문장을 잃겠지요.

만약 나를 때리면 당신은 신사가 아니고   225

신사가 아니라면 문장도 없으니까.

페트루키오   케이트가 문장관? 오, 그대 책에 날 넣어요.

카타리나   당신 문장 꼭대기엔 뭐가 있죠 — 수탉의 볏?

페트루키오   볏 없는 수탉이요, 케이트가 내 암탉 된다면.

카타리나   내 수탉은 못 돼요, 너무나 겁보처럼 울어서.   230

페트루키오   아니, 자, 케이트. 그렇게 쓴 표정은 안 돼요.

카타리나   신 능금이 보일 땐 그게 내 습관인데.

페트루키오   신 능금 없어요, 그러니 쓴 표정은 안 돼요.

카타리나   있어요, 있어요.

페트루키오   그럼 어디 보여 줘요.   235

카타리나   거울이 있다면 그러죠.

페트루키오   아니, 내 얼굴 말이오?

카타리나   미숙한 사람치곤 잘 알아맞혔군요.

페트루키오   자, 성 조지에 맹세코 난 너무 성숙했소.

카타리나   그런데 시들어 버렸죠.   240

페트루키오   걱정거리 때문이오.

카타리나   나는 걱정 안 해요.

페트루키오   아니, 봐요, 케이트. 참, 그렇게 도망 마요.

카타리나   머물면 짜증 날 거예요. 놔 줘요.

224행 문장 국가나 단체 또는 집안을 나타내기 위하여 사용하는 상징
적인 표지, 신사 신분의 표시.

| 페트루키오 | 아니오, 조금도. 당신은 지극히 친절하오. | 245 |

페트루키오   아니오, 조금도. 당신은 지극히 친절하오.   245
            거칠고 거만하고 뚱하다고 들었는데
            이제 보니 새빨간 거짓임을 알았소.
            상냥하고 잘 뛰놀며 극히 예의 바르지만
            말수가 느리고, 그래도 봄꽃처럼 고우니까.
            그대는 못 찡그리고, 삐딱하게 못 보며,   250
            성난 처녀들처럼 입술을 깨물거나
            말싸움에 기쁨을 느끼지 않으면서
            부드럽고 차분하고 상냥한 대화로
            그대 구혼자들을 온순하게 대접하오.
            세상은 왜 케이트가 절뚝거린다고 하지?   255
            오, 비방하는 세상아! 케이트는 개암나무
            가지처럼 쭉 곧고 날씬하고, 피부색은
            개암만큼 갈색이며, 그 열매보다도 더 달아.
            오, 걸어 봐요. 그대는 뒤뚱대지 않아요.
카타리나   바보야, 넌 가서 아랫것들에게나 명령해.   260
페트루키오   케이트의 고귀한 걸음이 이 방에 맞는 만큼
            디아나가 숲속에서 그런 적 있었던가?
            오, 그대가 디아나, 그녀는 케이트가 된 다음
            케이트는 순결하고 디아나는 놀아나길.
카타리나   이 멋진 말들은 다 어디서 배웠어요?   265
페트루키오   태생적인 재치에서 즉석으로 나옵니다.
카타리나   어머니 재치 없인 아들 재치 없겠죠.
페트루키오   내가 똑똑하지 않나요?
카타리나   예, 몸을 따뜻이 할 만큼은.

262행 디아나 사냥과 순결의 여신.

| 페트루키오 | 암, 그럴 거요, 케이트, 그대의 침대에서. | 270 |

페트루키오 암, 그럴 거요, 케이트, 그대의 침대에서. 270
그러니 이런 잡담 다 집어치우고
솔직히 말하죠. 당신이 내 아내 되는 데
부친이 동의했소, 지참금도 합의 봤고.
그러니 좋든 싫든 난 당신과 결혼하오.
자, 케이트, 난 당신 남편으로 적격이오. 275
그대를 퍽 좋아하게끔 만드는 그대 미모,
그 미모를 보여 주는 이 빛에 맹세코,
그대는 꼭 나하고만 결혼해야 하니까.

바티스타, 그레미오, 루첸시오로 변장한 트라니오 등장.

난 당신을 길들여 야생의 케이트를
다른 집안 케이트들처럼 유순한 케이트로 280
바꾸어 놓기 위해 태어난 남자니까.
부친이 오는군요. 절대 부인 마시오,
난 반드시 카트린을 아내 삼을 테니까.
바티스타 그런데 페트루키오 씨, 우리 딸하고는 얘기가 어떻
게 돼 가고 있소? 285
페트루키오 잘될밖에 없잖아요? 잘될밖에?
옆길로 빠지는 건 불가능할 겁니다.
바티스타 아니, 왜 그래, 딸애야? 우울해, 카트린?
카타리나 딸이라고 불렀어요? 확실히 말하지만
당신은 다정한 아버지의 배려를 보였어요, 290
나더러 반쯤은 미치광이, 뻔뻔하게
멋대로 할 생각하는 무모한 깡패에다
쌍욕 하는 녀석과 혼인하길 바라서요.

페트루키오	장인어른, 사실은 당신과 그녀 얘기 나누는	
	세상 사람 모두는 그녀를 잘못 얘기했어요.	295
	그녀가 못됐다면 계책을 쓴 겁니다.	
	고집 센 게 아니라 비둘기처럼 순하니까.	
	과격한 게 아니라 아침처럼 온화해요.	
	인내심으로는 또 하나의 그리젤다,	
	순결로는 로마의 루크레티아일 겁니다.	300
	결론으로, 우리 둘은 합의가 너무 잘 돼	
	일요일을 결혼 날로 잡게 되었습니다.	
카타리나	일요일에 네 목이 먼저 매달리게 해 주겠다.	
그레미오	잘 들어요, 페트루키오, 그녀가 당신 목이 먼저 매달리	
	게 해 준대요.	305
트라니오	이게 잘된 겁니까? 아, 그럼, 우리 역할 끝났네.	
페트루키오	진정해요, 신사들. 이 선택은 내가 하고,	
	그녀와 또 내가 좋다면 당신들이 어쩔 거요?	
	우리가 단둘이 있었을 때 계약하길	
	모임에선 그녀가 늘 못되기로 하였소.	310
	참말로, 그녀가 얼마나 날 사랑하는지	
	나도 믿기 힘듭니다. 오, 가장 친절한 케이트,	
	그녀는 내 목에 매달려 키스에 키스를	
	맹세에 맹세를 연이어 매우 빨리 퍼부어	
	눈 깜짝할 사이에 내 사랑을 얻어 냈소.	315
	오, 당신들은 풋내기! 남녀 둘만 있을 때	
	숫기 없는 녀석도 가장 못된 말괄량이를	

299행 그리젤다
아내다운 참을성과 복종의 본보기, 말괄
량이의 정반대. (아든)

300행 루크레티아
섹스투스 타르퀴니우스에게 강간당한
뒤 자결한 부인. (리버사이드)

	얼마만큼 길들일 수 있는지 보는 건 놀랍소.	
	— 그 손 쥐요, 케이트, 난 베니스로 가서	
	혼인날에 대비하여 예복을 살 것이오.	320
	— 잔칫상 봐 주세요, 장인, 손님도 부르고.	
	카트린은 분명히 아주 화려할 겁니다.	
바티스타	난 할 말을 잊었지만 자네 손 이리 주게.	
	천복을 누리게, 페트루키오, 혼약일세.	
그레미오, 트라니오	우리도 아멘하오. 증인이 돼 주겠소.	325
페트루키오	장인어른, 아내와 신사분들, 안녕히 계십쇼.	
	전 베니스로 갑니다. 일요일은 곧 와요.	
	우리는 반지, 물건, 멋진 옷을 걸칠 테니	
	키스해 주시오, 케이트, '일요일에 결혼하오.'	

(페트루키오와 카타리나 함께 퇴장)

그레미오	이렇게 급히 맺은 혼약이 또 있었을까?	330
바티스타	참, 여러분, 난 이제 상인 역을 하면서	
	위험한 사업을 미친 척 감행하오.	
트라니오	그 물건은 곁에서 썩어 가던 참인데	
	당신께 득 되거나 바다에서 사라질 것이오.	
바티스타	내가 좇는 이득은 조용한 혼인이오.	335
그레미오	그 사람이 조용하게 채 간 건 틀림없소.	
	근데 저, 바티스타, 둘째 따님 말인데.	
	지금이 우리가 오랫동안 기다렸던 그날이오.	
	난 당신 이웃이고 첫 청혼자였답니다.	
트라니오	근데 난 비안카를 말로 증언하거나, 당신들이	340
	생각으로 추측할 수 있는 것보다 더 사랑하오.	
그레미오	애송이, 자네는 나처럼 지극히는 사랑 못 해.	
트라니오	노인장, 당신 사랑 얼음이오.	

그레미오	자네 건 튀김이네.
	촐랑이는 물러서게. 나이가 밥 먹여 줘.
트라니오	하지만 숙녀 눈은 청년 보고 반짝이죠.	345
바티스타	신사들, 진정하오, 이 분쟁 내가 해결하겠소.

행동 보고 상을 줘야겠으니 둘 중에서
가장 큰 과부산을 보장할 수 있는 이가
비안카의 사랑을 얻을 거요.
자, 그레미오 씨, 무엇을 약속할 수 있소?   350

그레미오   첫째로, 알다시피, 도시 안의 내 저택엔
식기류와 금붙이, 그녀의 우아한 손 씻을
대야와 주전자가 화려하게 비치됐소.
벽걸이는 모두 다 티레산 양탄자고,
상아로 된 금고엔 금화가 꽉 찼으며   355
삼나무 궤 안에는 양탄자 침대보,
값비싼 의류와 천막 및 침대 덮개,
고운 아마, 진주로 장식된 터키 방석,
베니스의 금실로 수놓은 장식용 천,
백랍과 구리에다 집안과 살림에 필요한   360
모든 게 가득하죠. 또한 내 농장에는
우유 짜는 젖소가 백 마리나 있으며,
축사에는 살찐 황소 백이십 마리와
지참금에 해당하는 모든 게 다 있답니다.
나 자신은, 고백건대, 나이가 들었고   365
내가 내일 죽는다면 이게 그녀 것이오,

354행 티레 지금의 레바논. 조개류에서 추출한 분홍 또는 자줏빛 염
료로 유명했다. (아든)

	생전에 그녀를 내가 독점한다면 말이오.	
트라니오	'독점' 얘기, 잘 나왔소. 어르신, 들어 봐요.	
	전 부친의 상속인이면서 외아들로	
	제가 당신 따님을 아내로 맞는다면,	370
	전 부유한 피사 성벽 안에 있는 저택을	
	그레미오 노인이 파도바에 소유한 것만큼	
	멋진 걸로 서너 채 그녀에게 남기겠소,	
	거기에 더하여 비옥한 땅 한 해 수입	
	2만 두카트도. 이게 다 과부 재산 될 것이오.	375
	— 허 참, 난처해지셨나요, 그레미오 씨?	
그레미오	땅에서 일 년에 2만 두카트가 나와?	
	(방백) 내 땅을 다 합쳐도 그 액수엔 못 미쳐.	
	— 그게 그녀 것일 테고, 마르세유 항구에	
	지금 정박하고 있는 상선 셋을 더하지요.	380
	— 허, 내 상선 때문에 숨이라도 막혔소?	
트라니오	그레미오, 제 부친은 두 척의 갤리선과	
	열두 척의 방수 범선 외에도 큰 상선이	
	세 척이나 있답니다. 이것들과, 당신이	
	다음에 뭘 내놓든 그 두 배도 약속하죠.	385
그레미오	아니, 나는 다 내놨소. 더 이상은 없으니	
	그녀는 내 모든 재산보다 더는 못 가지오.	
	당신이 날 좋아한다면 나와 내 건 그녀 거요.	
트라니오	그럼 그 처녀는 당신의 확약에 의하여	
	무조건 내 것이고, 그레미오는 탈락했소.	390
바티스타	당신의 제안이 최고라고 고백해야겠네요.	
	부친이 그녀에게 약정서를 만들어 준다면	
	그녀는 당신 거요. 그렇지만 — 미안한데 —	

	당신이 부친 앞서 죽는다면, 과부산은?	
트라니오	그건 트집일 뿐이오. 그는 늙었고 전 젊어요.	395
그레미오	노인처럼 젊은이도 죽을 수 있잖은가?	
바티스타	자, 신사들, 난 이렇게 결정했소. 일요일에	
	알다시피 내 딸 카트린이 결혼할 겁니다.	
	― 자, 이제, 그다음 일요일엔 비안카가	
	약정서를 준다면 당신의 신부가 될 것이오.	400
	안 그러면, 그레미오 씨에게로.	
	그럼 난 떠나겠소, 그리고 둘 다 고맙소. (퇴장)	
그레미오	잘 가요, 이웃사촌. ― 난 자네가 겁 안 나.	
	이봐, 젊은 난봉꾼, 자네의 부친이 바보라면	
	저무는 나이에 자네에게 다 내주고	405
	얹혀서 살겠지. 쳇, 꿈같은 얘기야. 얘야,	
	늙은 이탈리아 여우, 그만큼 친절하지는 않아. (퇴장)	
트라니오	교활한 쭈그렁 영감탱이, 염병에나 걸려라!	
	난 끗발이 없는데도 허풍으로 이겼다.	
	머릴 써서 주인님께 득 되는 일 해야지.	410
	난 가상의 루첸시오가 빈센시오라고 하는	
	가상의 부친을 못 구할 이유가 없다고 봐.	
	놀라운 건 ― 보통은 아비가 자식을 낳는데	
	이 구애의 경우엔 내 재주가 통한다면,	
	자식이 아비를 낳아야 한다는 사실이다. (퇴장)	415

3막 1장

캄비오로 변장한 루첸시오,

리치오로 변장한 호르텐시오 그리고 비안카 등장.

루첸시오	악사는 좀 그만해요. — 너무 앞서 나가오.
	그녀 언니 카트린이 당신을 환영하며
	보여 줬던 대접을 그리 빨리 잊었나요?
호르텐시오	하지만 언쟁하는 현학자여, 이것은
	천국의 화음 지닌 여성 후원자랍니다.	5
	그러니 나에게 우선권을 넘기고
	우리가 음악으로 한 시간을 보냈을 때
	당신의 수업도 그만큼의 여유를 가질 거요.
루첸시오	터무니없는 바보, 음악이 왜 제정됐는지
	그 이유를 알 만큼도 읽은 게 없다니!	10
	인간의 마음을 공부나 일상의 노고 후에
	회복시켜 주려고 그것을 만든 게 아니겠소?
	그러니 철학을 내가 읽어 주도록 한 다음
	내가 잠시 쉴 동안 당신의 화음을 내놔요.
호르텐시오	이봐, 난 너의 이런 도전 못 참는다.	15
비안카	아니, 두 신사분들은 제 선택에 달린 걸
	두고 싸우시다니 저에게 이중으로 잘못해요.
	전 학교 안에서 매 맞을 학생이 아니니까
	시간이나 지정된 횟수에 매이지 않은 채
	제가 좋아하는 대로 수업을 받겠어요.	20

3막 1장 장소
파도바, 바티스타의 집.

4행 이것
호르텐시오가 들고 있는 류트.

	싸움을 다 끊기 위해 우리 여기 앉아요.	
	— 당신은 악기 들고 한동안 연주해요.	
	조율에 앞서서 이 사람의 강의가 끝나겠죠.	
호르텐시오	조율되면 그 강의를 그만 들을 거지요?	
루첸시오	그럴 일 절대 없소. 악기나 조율해요.	25
비안카	어디서 관뒀지요?	
루첸시오	여기요, 아가씨.	
	(읽는다.) "여기는 시모이스 흐르는 트로이 땅,	
	프리아모스 노왕의 높은 궁전 서 있었네."	
비안카	해석해 주세요.	30
루첸시오	"여기는", 내가 앞서 말했듯이, "시모이스", 난 루첸시	
	오인데, "흐르는", 피사의 빈센시오 어른의 아들로서,	
	"트로이 땅", 당신 사랑 얻기 위해 이렇게 변장했고,	
	"프리아모스", 구애하러 오는 그 루첸시오는, "노왕	
	의", 내 하인 트라니오로, "높은 궁전", 내 행세를 하면	35
	서, "서 있었네", 우리 둘이서 이 늙은 어릿광대를 속이	
	려는 겁니다.	
호르텐시오	아가씨, 악기가 조율됐어요.	
비안카	들려줘요. 오, 저런, 높은음이 거슬리네.	
루첸시오	구멍에 침 바르고 다시 조율해 보시지.	40
비안카	이젠 제가 그걸 해석할 수 있나 볼게요. "여기는 시모	
	이스 흐르는", 전 당신을 몰라요, "트로이 땅", 전 당신	
	을 못 믿어요, "프리아모스 노왕의", 그가 듣지 못하게	

28~29행 여기는…있었네
로마 시인 오비디우스의 『여걸들의 서
한』의 일부. 구혼자들에게 둘러싸인 페
넬로페는 이 구절을 남편 오디세우스에
게 써 보낸다.
시모이스는 트로이의 강, 프리아모스는
트로이의 왕이다. (아든)

	조심해요, "높은 궁전", 과신하지도 말고, "서 있었네",	
	절망하지도 마세요.	45
호르텐시오	아가씨, 이젠 조율됐어요.	
루첸시오	저음만 안 됐군.	
호르텐시오	저음은 맞는데 저급한 저 녀석이 삐걱대네.	
	저놈의 현학자는 참 불같고 주제넘어!	
	(방백) 이제, 맹세코, 녀석이 내 애인에게 치근대.	
	꼬맹이 현학자야, 내가 널 더 잘 지켜볼 거야.	50
비안카	때가 되면 믿겠지만 아직은 못 믿어요.	
루첸시오	불신하지 말아요, 아이아키데스는 분명코	
	할아버지 이름 따라 아이아스였으니까.	
비안카	선생님을 믿어야죠. 안 그러면 약속건대	
	줄곧 그 의문점을 따져보고 있을 걸요.	55
	하지만 됐어요. — 이제는 리치오, 당신에게.	
	선생님, 제가 둘 모두와 이렇게 정답다고	
	제발 그걸 나쁘게 받아들이지는 마세요.	
호르텐시오	당신은 걸으면서 잠시 자릴 비켜 줘요,	
	내 수업은 삼중창으로는 안 되니까.	60
루첸시오	형식을 꼭 지키신다? 그럼, 기다려야죠. —	
	감시도 해야지, 내가 속지 않았다면	
	우리 멋진 악사가 색정적이 돼 가니까.	
호르텐시오	아가씨, 그 악기를 만지기 이전에	
	내 운지의 이치를 배우려 한다면	65
	예술의 기초부터 시작해야 되겠기에	

52행 아이아키데스 트로이 전쟁에 참여한 그리스의 영웅 아이아스의
다른 이름. (RSC)

좀 더 짧고, 이 업종의 그 누구보다도
더 즐겁고, 핵심적, 효과적인 방식으로
당신에게 음계를 가르쳐 드리지요.
거기 글로 적어서 곱게 표기해 놨어요.   70

비안카 　아니, 음계는 오래전에 뗐는데요.

호르텐시오 　그래도 그 호르텐시오의 음계를 읽어 봐요.

비안카 　(읽는다.)

　　　"음계", 그건 나, 전 화음의 기초로서
　　　"레", 호르텐시오의 열정을 대변하오.
　　　"미", 비안카여, 남편으로 맞이하오,   75
　　　"파", 애정 다해 사랑하는 그 사람을.
　　　"솔", 한 음조로 두 음을 전달하오.
　　　"라", 나를 동정 안 해주면 난 죽어요.
　　이게 음계라고요? 쳇, 전 이런 거 싫어요.
　　옛 방식이 최고예요. 별난 창작 때문에   80
　　참된 규칙 바꿀 만큼 까다롭진 않다고요.

하인 한 명 등장.

하인 　아가씨, 부친께서 책은 다 덮어 두고
언니 방 꾸미는 일 도와주길 바라세요.
알다시피 내일이 혼인날이잖아요.

비안카 　두 선생님 모두 안녕, 전 가 봐야 해요.   85

　　　　　　　　　　　　　　(비안카와 하인 퇴장)

루첸시오 　처녀여, 그럼 나도 머물 이유 없군요.   (퇴장)

호르텐시오 　하지만 이 현학자는 들여다볼 이유 있어,
그는 마치 사랑에 빠진 것 같으니까.

그런데 비안카야, 네가 그 헤매는 눈길을
미끼마다 던질 만큼 천한 생각 한다면   90
널 원하는 자에게 잡혀가. 떠도는 걸 알면
호르텐시오는 마음 바꿔 너를 버릴 테니까.   (퇴장)

3막 2장

바티스타, 그레미오, 루첸시오로 변장한 트라니오,

카타리나, 비안카, 캄비오로 변장한 루첸시오,

다른 사람들 그리고 시종들 등장.

바티스타   루첸시오 씨, 카트린과 페트루키오가
            결혼해야 하는 날로 지정된 게 오늘인데,
            그런데도 우리 사위 소식은 없답니다.
            무슨 말이 날까요? 사제가 출석하여
            결혼의 예식을 거행하려 했을 때   5
            신랑이 없다면 얼마나 웃음거리입니까?
            루첸시오, 우리의 수치에 할 말이 있나요?

카타리나   나만의 수치죠. 사실 난 내 마음과 반대로
            변덕이 가득한 성질 급한 무법자,
            급하게 구애하고 느긋하게 혼인하려는   10
            그자에게 내 손을 억지로 줘야 해요.
            내가 말했잖아요, 그는 미친 바보였고
            무뚝뚝한 행동 속에 쓴 농담을 감췄다고.
            그리고 유쾌한 남자로 이름나기 위하여

3막 2장 장소 파도바, 바티스타의 집 앞.

천 명에게 구애하고 결혼 날짜 잡아 놓고, 15
잔치하고 친구들 초대하고 혼인 공고 한 뒤에
구애한 곳에선 결혼할 뜻 결코 없을 거라고.
이제 이 세상은 불쌍한 카트린을 가리키며
그러겠죠, '봐, 미친 페트루키오의 아내다,
그가 와서 결혼할 마음이 있다면 말이다.' 20

트라니오 진정해요, 카트린 님, 그리고 바티스타도.
분명코 페트루키오는 잘하려 할 뿐이오.
무슨 일로 약속을 못 지키는지는 모르나
무뚝뚝하긴 해도 그는 무척 현명하고,
웃기긴 하지만 동시에 정직한 사람이오. 25

카타리나 그래도 카트린이 그를 본 적 없었으면.

(울면서 퇴장, 비안카가 뒤따른다.)

바티스타 가 봐라, 애, 네 울음을 나무랄 순 없구나,
그 상처엔 완전한 성자도 짜증을 낼 텐데
성질을 못 참는 말괄량인 훨씬 더 심하겠지.

비온델로 등장.

비온델로 주인님, 주인님, 소식이요 — 낡은 소식인데 한 번도 30
못 들어 본 새 소식이요!

바티스타 새 건데 낡기도 해? 어떻게 그럴 수가 있느냐?

비온델로 아니, 페트루키오가 오는 게 새 소식 아닙니까?

바티스타 그가 왔어?

비온델로 아뇨, 어르신. 35

바티스타 그런데 뭐?

비온델로 오고 있답니다.

바티스타	언제 여기로 올 건데?
비온델로	제가 있는 이곳에 서서 거기 있는 당신을 볼 때죠.
트라니오	근데 말이야, 너의 낡은 소식은 뭐지?
비온델로	그야, 페트루키오가 새 모자 쓰고, 낡은 가죽 재킷과 세 번이나 뒤집은 낡은 바지 입고 온다는 거죠. 게다가 양초 통으로 쓰이던 장화 두 짝을 신었는데, 한쪽은 쬠쇠가 달렸고 다른 쪽은 부러진 쇠붙이 장식 두 개가 달렸어요. 읍내 무기고에서 꺼낸 낡고 녹슨 칼은 자루가 부러지고 칼집도 없답니다. 말은 엉덩이를 절뚝거리고 — 낡고 좀먹은 안장과 등자가 짝이 안 맞아서 — 게다가 비저에 걸려 진한 콧물을 쏟을 것 같았고, 구개종에 시달리며 피부병에 감염됐고 다리엔 연종이 가득하며, 관절은 종양으로 망가졌고 황달로 일그러졌으며, 이하선염은 치료 못 할 지경인 데다가 어지럼병으로 완전 엉망이 되었고, 기생충에게 파먹혔고, 척추가 확 굽었고 어깨가 빠졌으며, 앞다리는 안짱다리에 찌그러진 재갈 물고, 양가죽 굴레 띠는 말이 고꾸라지지 않도록 잡아당겼기 때문에 여러 번 찢어져 이젠 매듭으로 수선했으며, 뱃대끈 하나는 여섯 번이나 꿰맸고, 벨벳 모양 천으로 만든 여성용 껑거리끈엔 그녀 이름 두 글자가 장식 못에 곱게 새겨져 있었는데, 그것도 여기저기 실로 꿰매 놨어요.
바티스타	누가 같이 오는가?
비온델로	아, 어르신, 그의 종인데 모든 점에서 그의 말처럼 치장했답니다. 한쪽 다리엔 아마 양말을, 다른 쪽엔 투박한 천의 장화 양말을 신었는데, 붉고 푸른 줄로 대

40

45

50

55

60

님을 맸어요. 게다가 낡은 모자엔 사십 가지 기묘한   65
장식을 깃털 대신 꽂았는데 ─ 괴물, 참으로 옷 걸친
괴물로서 기독교도 시동이나 신사의 종 같지는 않았
어요.

트라니오 이상한 변덕으로 이런 복장 했겠지만
그는 자주 초라한 옷 입고 다녔답니다.   70

바티스타 어떤 식으로 오든 그가 온다니 기쁘네.

비온델로 아니, 어르신, 그는 안 옵니다.

바티스타 그가 온다고 하지 않았어?

비온델로 누구요? 페트루키오가 왔다고요?

바티스타 그래, 페트루키오가 왔다고.   75

비온델로 아뇨, 어르신, 그의 말이 그를 등에 태우고 온단 말입
니다.

바티스타 아니, 그게 그거잖아.

비온델로 　　아뇨, 성자에 맹세코,
　　당신에게 한 푼 걸죠,
　　말 한 필과 한 사람은   80
　　하나 이상이지만
　　그래도 많은 건 아니죠.

페트루키오와 그루미오 등장.

페트루키오 자, 이 한량들 어디 있지? 집에 누구 없소?

바티스타 자네, 잘 왔네.   85

페트루키오 그래도 잘하고 오진 않았죠.

바티스타 그래도 절뚝거리지는 않는구먼.

트라니오 내가 바랐던 만큼 잘 차려입지는 않았군요.

페트루키오	더 낮게 입었으면 이렇게 뛰어들었겠소?
	그런데 케이트는? 아름다운 내 신부는? 90
	장인은 어떠신지? 여러분, 찌푸린 것 같은데
	뭣 때문에 이 멋진 손님들이 응시하죠?
	무언가 놀라운 기념비나 혜성이나,
	기이한 전조라도 본 것처럼 말이오.
바티스타	이보게, 알다시피 오늘은 자네 혼인날이네. 95
	우리는 처음에 슬펐네, 자네가 못 올까 봐.
	이젠 더욱 슬프네, 이토록 못 갖춘 채 와서.
	에이, 그 옷 벗게, 자네의 지위에 창피해,
	엄숙한 우리의 축제에 꼴불견이라네.
트라니오	그리고 말해 줘요, 무슨 중한 일 때문에 100
	그토록 오래도록 아내에게 못 왔으며
	당신과는 전혀 다른 모습으로 왔는지?
페트루키오	말하면 지루하고 듣기에도 거북할 것이오.
	약속을 지키려고 온 것으로 충분하고,
	할 수 없이 빗나간 부분도 좀 있지만 105
	그건 내가 더 여유가 있을 때 여러분이
	모든 것에 크게 만족할 만큼 해명하죠.
	근데 케이트는? 난 그녀를 참 오래 떠났고,
	아침도 저물어 교회로 갔어야 할 때요.
트라니오	이 불경한 복장으로 신부를 보지 말고 110
	내 방으로 간 다음 내 옷을 입으시오.
페트루키오	아뇨, 난 정말 이렇게 그녀를 만날 거요.
바티스타	하지만 이렇게 결혼하진 않으리라 믿겠네.
페트루키오	꼭 이렇게 합니다. 그러니 말은 그만하시죠.
	그녀는 저의 이 옷이 아닌 저와 결혼합니다. 115

제가 만약, 이 초라한 복장을 바꿀 수 있듯이
그녀가 갖고 놀 제 것을 되찾을 수 있다면
케이트에게도 좋고 저에겐 더 좋겠죠.
하지만 신부에게 좋은 아침 인사하고
사랑의 키스로 권리를 봉인해야 할 때에   120
당신들과 잡담하는 난 정말 바보요.

(그루미오와 함께 퇴장)

트라니오   그의 미친 복장에도 의미가 좀 있군요.
가능하면 우리가 저 사람을 설득하여
교회로 가기 전에 더 좋은 옷 입힐게요.

바티스타   난 그를 따라가 이 일의 결과를 보겠네.   125

(그레미오, 비온델로 및 시종들과 함께 퇴장)

트라니오   그런데 말이죠, 우리에겐 당신의 사랑에
장인의 호의를 더해야 하는데, 그러려면
제가 앞서 나리께 알려 드린 것처럼
제가 꼭 한 사람을 구해야 합니다, 누구든 —
크게 상관없어요, 우리의 목적에 맞출 테니 —   130
그럼 그가 '피사의 빈센시오'가 될 것이고,
제가 약속한 것보다 더 커다란 금액을
파도바 여기에서 확인해 줄 겁니다.
그래서 당신은 조용히 희망을 즐기면서
어여쁜 비안카와 동의하에 결혼할 겁니다.   135

루첸시오   내 동료 교사가 비안카의 움직임을
대단히 꼼꼼히 지켜보지만 않는다면
도둑 결혼 하는 게 좋겠다고 생각해.
일단 그걸 실행하면 세상이 다 부정해도,
온 세상이 뭐라 해도 난 내 걸 지킬 거야.   140

트라니오	그것도 우리가 조금씩 살펴볼 작정이고,
	이번 일을 하면서 호기를 노려야죠.
	우리는 그레미오 노인과, 꼼꼼히 파고드는
	장인어른 미놀라, 교활한 연주자인
	색정적인 리치오를 모두 다 제 주인님, 145
	루첸시오를 위하여 속여 먹을 테니까.

그레미오 등장.

	그레미오 씨, 교회에서 오시는 길이오?
그레미오	학교 문을 나섰을 때처럼 기꺼이요.
트라니오	그런데 신랑과 신부는 집으로 오나요?
그레미오	신랑이라고요? 정말로는 종놈이죠. — 150
	거친 종놈이란 걸 그 처녀가 알 겁니다.
트라니오	그녀보다 더 못됐다? 그럴 순 없어요.
그레미오	허, 그자는 악마, 악마, 정말로 마귀요.
트라니오	허, 그녀는 악마, 악마, 악마의 어미요.
그레미오	쳇, 그에 비해 그녀는 양, 비둘기, 바보요. 155
	들어 봐요, 루첸시오 신사. 사제가 그에게
	카트린을 아내로 맞겠는가 물었을 때
	그는 '예, 제기랄' 소리를 너무나 크게 질러
	모두들 놀랐고, 사제는 성경을 떨어뜨렸는데,
	그가 그걸 몸을 굽혀 집으려 했을 때 160
	성질 급한 이 신랑이 그를 아주 세게 쳐서
	사제와 책, 책과 함께 사제가 쓰러졌소.
	그때 그는 '누구든 원하면, 일으켜 봐.' 그랬죠.
트라니오	그가 일어났을 때 그 여자는 뭐라 했소?

그레미오	덜덜덜 떨었죠, 그는 마치 목사가 자기를	165
	속이려 한 것처럼 발 구르며 욕했으니까.	
	하지만 여러 혼례 의식을 끝낸 다음	
	그는 술을 청했고, '건배'를 외쳤어요,	
	마치 배 위에서 폭풍이 지난 뒤 선원들과	
	흥청대며 마시듯. 독주를 쭉 들이켜고는	170

그레미오 덜덜덜 떨었죠, 그는 마치 목사가 자기를   165
        속이려 한 것처럼 발 구르며 욕했으니까.
        하지만 여러 혼례 의식을 끝낸 다음
        그는 술을 청했고, '건배'를 외쳤어요,
        마치 배 위에서 폭풍이 지난 뒤 선원들과
        흥청대며 마시듯. 독주를 쭉 들이켜고는   170
        빵 조각을 교회지기 얼굴에 다 뿜었는데,
        그 이유는 다름 아닌
        그자의 수염이 성기고 드문드문 났으며,
        그가 삼킨 빵 조각을 달라는 것 같아서죠.
        그런 다음, 그는 신부 목을 휘어잡아   175
        그 입술에 엄청난 쪽 소리로 키스하여
        입술이 떨어질 땐 온 교회가 울렸어요.
        그걸 보고 난 정말 창피해서 떠났고,
        내 뒤에 패거리가 오는 줄로 압니다.   (음악 연주)
        쉿, 들어 봐요, 악사들의 연주가 들리네요.   180

페트루키오, 카타리나, 비안카, 리치오로 변장한 호르텐시오,
        바티스타, 그루미오 그리고 다른 사람들 등장.

페트루키오 신사 친구 여러분, 수고에 감사드립니다.
        장인께선 오늘 저와 식사를 기대하고
        매우 큰 축하연을 준비하신 줄 알지만,
        전 급한 용무로 이곳을 떠나야 하기에
        여기에서 작별을 고할까 합니다.   185
바티스타 오늘 밤에 떠나려 한다는 게 말이 되나?
페트루키오 이 밤이 오기 전에 오늘 가야 합니다.

놀라실 건 없어요. 제 일을 아신다면
머무르기보다는 가라고 간청하실 겁니다.
그리고 존경하는 여러분, 제가 저 자신을   190
가장 잘 참으며 곱고도 고결한 이 아내에게
넘기는 걸 쳐다보신 모두에게 감사하오.
전 여길 떠나야 하니까 장인과 식사하고,
제게도 건배해 주시오. 그럼 다들 안녕히.

트라니오   식사 후까지는 머무르길 간청하오.   195

페트루키오   그럴 수 없는데요.

그레미오   내가 간청해 봅시다.

페트루키오   안 되겠는데요.

카타리나   내가 간청할게요.

페트루키오   만족하오.

카타리나   만족해서 머무르시렵니까?   200

페트루키오   당신이 머물 것을 간청해서 만족하오. ―
하지만 어떻게 간청하든 안 머물 것이오.

카타리나   자, 날 사랑한다면 머물러요.

페트루키오   그루미오, 내 말.

그루미오   예, 주인님, 준비됐어요. 귀리가 말을 먹었으니까.

카타리나   아니 그럼 ―   205
당신이 어떡하든 나는 오늘 안 가요.
아뇨, 내일도 ― 내 마음 내킬 때까지는.
문은 열려 있으니 당신은 갈 길을 가세요.
그 장화가 새것일 동안은 뛸 수 있죠.
나로서는 마음 내킬 때까지는 안 갑니다.   210
처음부터 그토록 험하게 구는 걸 보니까
당신은 멋지게 괴팍한 친구가 되겠어요.

페트루키오	오, 케이트, 진정해요, 제발 화는 내지 마오.
카타리나	화를 낼 거예요. 당신이 뭔 상관이죠?
	— 아버지, 조용해요. 그는 날 기다릴 거예요.	215
그레미오	예, 정말이지, 이제 끓기 시작하는군요.
카타리나	여러분, 결혼 피로연으로 가세요.

여자에게 저항하는 기질이 없으면

바보가 될 수도 있다는 걸 알겠어요.

| 페트루키오 | 그들은 갈 거요, 케이트, 당신 명령 따라서. | 220 |

— 신부를 돌보는 이들은 그녀 말을 들어요.

연회장으로 가서 흥청망청 노시오,

그녀의 처녀성에 잔을 채워 건배하고

미치도록 즐기든지 목매든지 하시오.

하지만 어여쁜 케이트, 그녀는 내 차지요. 225

— 아뇨, 위협하고 발 구르고, 응시 안달 마시오,

나는 내가 가진 것의 주인이 될 겁니다.

그녀는 내 물건, 내 동산, 내 집이고

내 가재도구이며, 논밭이고 헛간이며

내 말이고 황소에 당나귀, 뭐든지 됩니다. 230

그녀는 여기 있소. 감히 건드린다면

이 파도바에서 최고로 거만한 남자가

내 길을 막아도 고소할 것이오. — 그루미오,

무기를 뽑아라, 도적들이 우리를 에워쌌다.

네놈이 남자라면 네 마님을 구해라. 235

— 겁먹지 마시오, 예쁜이, 못 건드릴 것이오.

난 백만에 맞서서 당신의 방패가 될 것이오.

(페트루키오, 카타리나, 그루미오 퇴장)

| 바티스타 | 아니, 가게 해요. — 조용한 사람들 한 쌍이오. |

그레미오	빨리 안 갔으면 난 우스워 죽을 뻔했어요.
트라니오	온갖 미친 결혼 중에 이런 건 없었소.
루첸시오	아가씨, 언니를 어떻게 생각해요?
비안카	본인이 미쳤으니 미친 짝을 만났지요.
그레미오	분명코, 페트루키오는 케이트에게 콱 물렸소.
바티스타	이웃과 친구분들, 신랑과 신부는 없지만
	잔칫상 자리를 채우기 위하여 알다시피
	연회에서 과자는 모자라지 않을 거요.
	루첸시오, 자네는 신랑 자리 채워 주고,
	비안카를 언니의 좌석에 앉게 하라.
트라니오	어여쁜 비안카가 신부 연습 하는 거죠?
바티스타	그렇다네, 루첸시오. 자, 신사들, 갑시다. (함께 퇴장)

240

245

250

4막 1장

그루미오 등장.

그루미오	에잇, 지친 말, 미친 주인, 더러운 길은 다 염병에나 걸려라! 이렇게 녹초가 된 사람, 이렇게 더러워진 사람, 이렇게 피곤한 사람이 있었을까? 불을 지피라고 날 먼저 보내고 그들은 뒤에 와서 몸을 데우려고 해. 이제 내가 작은 냄비처럼 곧 달아오르지 않는다면 바로 내 입술은 이에, 혓바닥은 입천장에, 심장은 배에 얼어붙을 거야. 불을 만나 몸을 녹이기도 전에 말이야. 하지만 난 불을 피우면서 몸을 녹일 거야, 날씨를 보아 하

5

4막 1장 장소 페트루키오의 시골집.

니 나보다 더 튼튼한 사람도 감기 들 테니까. 야, 이봐,
커티스! 10

커티스 등장.

커티스 그렇게 차갑게 부르는 게 누구요?

그루미오 얼음장이야. 그게 의심된다면 넌 내 머리에서 목까지
만 뛰어도 어깨에서 발꿈치까지 쭉 미끄러져 내려갈
수 있을 거야. 불 좀 줘, 착한 커티스.

커티스 주인님과 아내분은 오셔, 그루미오? 15

그루미오 오, 그럼, 커티스, 그럼 — 그러니까 불 좀 줘, 불, 물을
끼얹진 말고.

커티스 그 여자, 소문처럼 뜨거운 말괄량이야?

그루미오 그랬지, 착한 커티스, 서리 맞기 전에는. 알다시피 겨
울이란 놈은 남자, 여자, 짐승을 길들여. 그놈이 나의 20
옛 주인님과 새 여주인, 나 자신과 커티스 녀석을 길들
여 놨으니까.

커티스 꺼져, 이 불알만 한 바보야, 난 짐승이 아냐.

그루미오 내가 겨우 불알만 해? 그럼 네 물건은 발만 하고, 내 것
도 최소한 그만큼은 길어. 그런데 불은 피울 거야, 아 25
님 내가 너를 우리 여주인에게 일러바칠까? 넌 그녀
손을 — 손닿을 곳에 와 계시니까 — 불 지피는 일에
느린 죄로 곧 느낄 거야, 너에겐 차가운 위안이 되겠지
만 말이다.

커티스 착한 그루미오, 제발 세상이 어떻게 돌아가는지 말해 30
줄래?

그루미오 차가운 세상이야, 커티스, 네 임무만 빼놓고 다. — 그

러니까 불을 줘. 주인님과 여주인이 거의 얼어 죽을 지
경이니까, 네 할 일 하고 받을 거 받아.

커티스 불은 준비됐어, 그러니까 착한 그루미오, 소식을 들려　35
줘 봐.

그루미오 그럼, 이러쿵저러쿵한 소식을 네가 원하는 만큼 들려
주지.

커티스 이봐, 넌 정말 야바위로 꽉 차 있어.

그루미오 허, 그러니까 불을 줘, 난 지독한 감기에 걸렸으니까.　40
요리사 어디 있어? 저녁은 준비됐고, 집안은 정돈됐
고, 밀짚은 깔아 놨고, 거미줄은 청소했고, 식당 하인
들은 새로운 면직물 옷 입고 흰 양말 신었으며, 모든
일꾼들은 혼례 예복 입었어? 사내들은 속이 곱고 계집
들은 겉이 고우며, 식탁보는 깔아 놨고, 모든 게 다 정　45
돈됐어?

커티스 다 준비됐어, 그러니까 제발 소식 좀 줘.

그루미오 첫째, 내 말은 지쳤고, 주인님과 여주인은 툭 떨어졌다
는 걸 알아 둬.

커티스 어디서?　50

그루미오 그들의 말안장에서 진창으로, 그래서 할 얘기가 생겼
단 말이야.

커티스 그거 들려줘, 착한 그루미오.

그루미오 귀 좀 빌리자.

커티스 자, 여기.　55

그루미오 이거다. (주먹으로 친다.)

커티스 이건 느끼란 얘기지 들으란 얘기가 아니잖아.

그루미오 그러니까 감각적인 얘기라고 하는 거야. 이 주먹질은
네 귀를 두드려 듣기를 간청하려는 것뿐이었어. 이제

	시작할게. 첫째, 우리는 진창 언덕길을 내려왔어, 주인 60
	님은 여주인 뒤에 타고 ─
커티스	둘이서 말 하나에?
그루미오	그게 너하고 무슨 상관인데?
커티스	그야, 말이 하나라서.
그루미오	네가 얘기해. 하지만 나를 방해 안 했으면 넌 그녀 65
	의 말이, 또 그녀는 그 말 아래로 어떻게 쓰러졌는
	지 들었을 거야. 또 너는 얼마나 수렁 같은 곳에서
	그녀가 얼마나 진흙을 덮어썼고, 말에 깔린 그녀를
	그가 어떻게 내버려 뒀으며, 그녀 말이 휘청거렸다
	고 그가 날 얼마나 때렸는지, 그녀가 어떻게 진흙 속 70
	을 걸어와 그를 내게서 떼 놓으려 했는지, 그가 얼
	마나 욕하고, 빌어 본 적 없던 그녀가 얼마나 빌었
	고, 난 얼마나 울었고, 그 말들은 어떻게 달아났으
	며, 그녀 말의 굴레는 어떻게 끊어졌고, 난 어떻게
	껑거리끈을 잃어 버렸는지 ─ 그 밖에도 이제는 망 75
	각 속에 사라져 넌 경험도 못한 채 네 무덤으로 돌
	아가야 할, 여러 가지 기억할 만한 일들을 ─ 들었
	을 거야.
커티스	그 계산에 의하면 그가 그녀보다 더 말괄량이네.
그루미오	맞아, 그가 집에 오면 너와 너희 모두 가운데 가장 80
	오만한 자도 그걸 알게 될 거야. 근데 내가 이 얘긴
	왜 하지? 나다니엘, 니콜라스, 필립, 월터, 슈가솝과
	나머지들 불러와. 머리를 매끈하게 빗고 푸른 외투
	를 솔질하고, 대님은 적당히 매라고 해. 왼다리 빼
	고 절하고, 자기들 손에 키스할 때까지는 주인님의 85
	말꼬리 털 하나라도 감히 못 만지게 해. 다들 준비

됐어?

커티스 됐어.

그루미오 불러와.

커티스 거기, 내 말 들려? 자네들이 여주인을 대면하려면 주 90
인님을 맞이해야 해.

그루미오 아니, 그녀의 얼굴을 바로 보지 왜.

커티스 누가 그걸 모르는데?

그루미오 너 같은데, 그녀를 대면하려고 동료들을 부르니까 말
이야. 95

커티스 그녀의 면목을 세워 주려고 부르는 거야.

네댓 명의 하인 등장.

그루미오 아니, 그건 그들이 세워 주는 게 전혀 아냐.

나다니엘 어서 와, 그루미오.

필립 안녕, 그루미오.

조제프 어이, 그루미오. 100

니콜라스 이 친구 그루미오.

나다니엘 안녕, 늙은 녀석.

그루미오 어서 와, 안녕, 어이, 이 친구, 인사는 그만큼으로 됐
어. 근데, 활기찬 내 동료들, 다 준비됐어, 모든 게 깔
끔해? 105

나다니엘 다 준비됐어. 주인님은 얼마나 가까운데?

그루미오 바로 코앞에, 지금쯤 말에서 내리셨어, 그러니까 — 제
기랄, 조용, 주인님 소리가 들려.

페트루키오와 카타리나 등장.

페트루키오	이놈들 어디 있어? 아니, 아무도 문 앞에서
	내 등자를 붙잡거나 말을 안 가져가?	110
	나다니엘, 그레고리, 필립은 어디 있어?
하인 모두	여기, 여기요, 여기요.
페트루키오	'여기요, 여기요, 여기요, 여기요!'
	이 멍청이 세련되지 않은 녀석들아.
	아니, 마중도, 배려도, 존경도 못 하냐?	115
	앞서 보낸 바보 같은 자식은 어디 있어?
그루미오	여기요, 앞서서도 바보였던 것처럼.
페트루키오	이 촌놈, 이 상놈의 보리 찧는 말 같으니,
	공원에서 날 만나고 이 불한당 놈들을
	함께 데려오라고 너에게 명했잖아?	120
그루미오	나다니엘의 외투가요, 다 끝나지 않았고,
	가브리엘의 덧신은 끈 구멍을 다 안 냈고,
	피터의 모자를 색칠할 도료가 없었고,
	월터 칼은 칼집에서 빠지지를 않았어요.
	아담과 레이프, 그레고리만 말끔하고	125
	그 나머진 해어지고 늙었고 거지꼴이었죠.
	그래도 그 상태로 당신을 보러 왔죠.
페트루키오	가, 불한당들, 어서 가서 내 저녁상 들여와.

(하인들 퇴장)

(노래한다.) 지나보낸 내 삶은 어디 있나?

그 사람들 어디 갔나 —   130

앉아요, 케이트, 잘 왔소. 휴, 휴, 휴, 휴.

하인들 저녁을 가지고 등장.

허, 언제 줘? — 아, 착한 고운 케이트, 기뻐해요.
　— 구두 벗겨, 이 불량배 악당들아, 뭐 하냐?
(노래한다.) 회색 교단 수사였어,
　　　　　길을 가고 있었는데 —　　　　　　　　　　135
저리 가, 불량배야, 넌 내 발을 뽑잖아.
한 대 맞고, 다른 쪽을 뽑을 땐 잘 해라.
　— 기뻐해요, 케이트. — 여기 물 좀. 여봐라!

하인 한 명, 물을 가지고 등장.

내 애견 트로일로스는? 야, 넌 나가서
내 사촌 페르디난드에게 이리 오라고 해 —　　　　　140
케이트, 당신이 키스하고 알아야 할 사람이오.
　— 내 실내화 어디 있어? 물은 좀 줄 거야?
자, 케이트, 씻어요, 진심으로 환영하오.
　— 이 상놈의 악당아, 떨어뜨릴 셈이야?

카타리나	참으세요, 제발요, 본의 아닌 잘못인데.	145
페트루키오	이 상놈의 먹통에다 귀 처진 녀석아.	

자, 케이트, 앉아요, 식욕이 동한 거 알아요.
식사 기도 하겠소, 어여쁜 케이트? 아님 내가?
　— 이건 뭐야 — 양고기?

하인 1	예.	150
페트루키오	누가 가져왔어?	
피터	제가요.	

139행 트로일로스　트로이 왕 프리아모스의 아들 가운데 하나. 여기에
서는 개의 이름.

페트루키오	이건 탔어, 그리고 딴 음식도 다 그래.
	이 개들은 다 뭐야? 불한당 요리사는?
	악당들아, 어찌 그걸 그 조리대에서 가져와

페트루키오   이건 탔어, 그리고 딴 음식도 다 그래.
이 개들은 다 뭐야? 불한당 요리사는?
악당들아, 어찌 그걸 그 조리대에서 가져와   155
안 반기는 나에게 이렇게 감히 내놔?
거기 있는 접시와 잔, 모두 다 가져가.
부주의한 골통들, 예의 없는 노예들아.
뭐, 투덜거려? 곧바로 너희를 손봐 주지.

(그루미오와 하인들 함께 퇴장)

카타리나   서방님, 제발 그리 안절부절 마세요.   160
그대로 만족하셨더라면 음식은 좋았어요.

페트루키오   분명히, 케이트, 탄 데다 말라붙었어요.
또한 난 특별히 그런 건 접촉 금지랍니다.
그것이 담즙을 만들어 화를 키우니까요.
그래서 우리 둘은 너무 익은 살코기를   165
먹는 것보다는 우리의 체질상
성마르기 때문에 굶는 편이 더 낫소.
참아요, 내일은 개선될 것이오.
그리고 오늘 밤 우린 함께 금식할 것이오.
자, 내 그대를 신방으로 데리고 가리다.   (함께 퇴장)   170

그루미오와 하인들 각각 등장

나다니엘   피터, 너 이런 거 본 적 있어?
피터   그는 그녀보다 더한 성미로 그녀를 죽여.

하인 커티스 등장.

그루미오	그는 어디 있어?
커티스	그녀 방 안에서

그녀에게 금욕의 설교를 하고 있어.　　　　　　　　　　175
또, 꾸짖고 욕하고 나무라서 그 딱한 여인은
어느 쪽으로 서서 쳐다보고 말할지 몰라서
꿈에서 갓 깨어난 사람처럼 앉아 있어.
저리 가, 저리 가, 그가 이리 오고 있어.

(그루미오와 하인들 함께 퇴장)

페트루키오 등장.

페트루키오	난 이렇게 신중히 지배하기 시작했고,　　　　180

이 일을 성공적으로 끝내기를 희망한다.
지금의 내 매는 굶어서 지극히 배고픈데
새를 덮칠 때까지는 배불리 못 먹인다,
먹이면 절대로 미끼를 안 쳐다보니까.
야생 매를 길들이는 나의 다른 방법은　　　　185
주인의 부름을 다가와 알게 하는 것이다.
즉, 퍼덕이며 날개 치고 순종 않는 솔개들을
안 재우는 것처럼 그것을 안 재우는 것이다.
그녀는 오늘 내내 못 먹었고 안 먹일 것이며,
간밤엔 못 잤고 오늘 밤도 안 재울 것이다.　　　　190
난 무언가 부당한 트집을 음식에서처럼
잠자리를 펴는 일에서도 잡을 거고
여긴 베개, 저긴 쿠션, 이쪽으론 덮개를,
저쪽으론 홑이불을 내던질 것이다.
암, 또한 난 이 소동 속에서도 모든 걸　　　　195

그녀를 정중히 돌보려고 한 것처럼 굴 거야.

그래서 결국에 그녀는 밤을 새울 것이고

우연히 깜박 졸면 난 욕하고 소란 피워

고함으로 그녀를 계속 깨워 놓을 거다.

이것이 친절로 아내를 죽이는 방법으로   200

난 이렇게 그녀의 미친 고집불통을 누를 거야.

말괄량이 길들이는 법을 더 잘 아는 사람은

지금 말을 하시오, 밝히는 게 자선이오.   (퇴장)

4막 2장

루첸시오로 변장한 트라니오,

리치오로 변장한 호르텐시오 등장.

트라니오   리치오 친구여, 루첸시오 나 말고 다른 사람을

비안카 아가씨가 좋아한다는 게 가능하오?

그녀는 분명 나를 격려하고 있는데.

호르텐시오   이봐요, 내 말을 확신시켜 주기 위해

비켜서서 그의 교수 방식을 주목해요.   5

비안카, 그리고 캄비오로 변장한 루첸시오 등장.

루첸시오   자, 아가씨, 읽은 데서 소득이 있나요?

비안카   읽어 준 작품이 뭐였죠? 그걸 먼저 알려 줘요.

4막 2장 장소   8행 『사랑의 기술』
파도바, 바티스타의 집 앞.   로마 시인 오비디우스의 책.

루첸시오	내가 밝힌 『사랑의 기술』을 읽어 줬죠.
비안카	그리고 그 기술의 달인이 되시기를.
루첸시오	그동안 예쁜 그댄 내 마음의 주인 되고. 10
호르텐시오	원, 진도 참 빠르네! 이제 말 좀 해 봐요,
	당신 애인 비안카가 루첸시오만큼 사랑한 자
	이 세상엔 없다고 감히 맹세했으니까 —
트라니오	오, 심술궂은 사랑이여, 여성의 변덕이여!
	이 일은, 리치오, 분명히 놀랍군요. 15
호르텐시오	더 이상 오해 마오, 이 몸은 리치오도,
	겉으로 보이는 것처럼 악사도 아니오.
	난 신사를 저버리고 저따위 천한 놈을
	신으로 떠받드는 여자를 위하여 변장하고
	이렇게 살기를 경멸하는 사람이오. 20
	난 호르텐시오로 불린다는 사실을 아시오.
트라니오	호르텐시오 씨, 난 비안카에 대한 당신의
	진심 어린 애정 얘기 여러 번 들었어요.
	근데 내 눈으로 그녀의 가벼움을 봤으니까
	당신과 더불어 난 당신이 만족해한다면 25
	비안카와 그녀 사랑 영원히 버리겠소.
호르텐시오	저들이 어떻게 키스하고 구애하나 보시오.
	루첸시오 씨, 악수해요, 또 여기서 확약건대
	난 절대 그녀에게 더는 구애 않을 테고,
	그녀는 어리석게 바쳤던 내 모든 호의를 30
	받을 자격 없으므로 정말로 버립니다.
트라니오	여기서 나 또한 꾸밈없이 같은 맹세 하겠소,
	그녀가 간청해도 절대 결혼 않겠다고.
	허, 저런! 짐승 같은 그녀의 구애 좀 보시오.

호르텐시오	그만 빼고 온 세상이 그녀를 싹 버렸으면. 35
	내 편에서 서약을 분명히 지키기 위하여
	난 부자 과부와 사흘 안에 결혼할 것이오.
	그녀는 내가 이 오만한, 경멸하는 야생 매를
	사랑한 만큼이나 오랫동안 날 사랑하였소.
	그러니 잘 있어요, 루첸시오 씨. 40
	여자들은 아름다운 얼굴 아닌 친절로
	내 사랑을 얻을 거요. 그럼 나는
	앞서 맹세한 것처럼 결연히 떠납니다. (퇴장)
트라니오	비안카 아가씨, 축복받은 연인의 상태에
	걸맞은 은총으로 축복받기 바랍니다. 45
	사실 전 귀한 애인, 당신을 무심코 얻은 뒤
	호르텐시오와 둘이서 맹세코 버렸어요.
비안카	트라니오, 넌 농담해 — 근데 둘 다 날 버렸어?
트라니오	예, 우리가 그랬어요.
루첸시오	리치오는 처리됐군.
트라니오	참, 그는 이제 하루 만에 구애하고 결혼할 50
	원기가 넘치는 과부를 얻게 될 겁니다.
비안카	그에게 기쁨이 있기를.
트라니오	예, 게다가 그녀를 길들일 겁니다.
비안카	그렇게 말했어, 트라니오?
트라니오	사실 그는 길들이기 학교로 갔어요. 55
비안카	길들이기 학교? 뭐, 그런 데가 있다고?
트라니오	예, 아가씨, 페트루키오가 거기 선생님인데
	말괄량이 길들이고 재잘대는 그 입 막는
	정확한 계책들을 딱 맞게 가르치죠.

비온델로 등장.

비온델로	오, 주인님, 주인님, 전 너무 오래 지켜보다 60

비온델로　오, 주인님, 주인님, 전 너무 오래 지켜보다　　60
　　　　　녹초가 됐지만, 우리의 목적에 충분한
　　　　　노인 천사 한 분이 언덕 내려오는 걸
　　　　　드디어 발견했답니다.

트라니오　　　　　　　　　　누군데, 비온델로?

비온델로　주인님, 장사치거나 현학잔데
　　　　　뭔지는 모르지만 정장을 입었고,　　65
　　　　　걸음과 용모가 분명히 아버님 같아요.

루첸시오　그래서 그이를 어쩌려고, 트라니오?

트라니오　그가 제 얘기를 속아서 믿게 되면
　　　　　전 그를 기꺼이 빈센시오처럼 만들어
　　　　　바티스타 미놀라에게 마치 그가 정확히　　70
　　　　　빈센시오인 것처럼 확신시킬 겁니다.
　　　　　애인을 데려가서 자릴 비켜 주십시오.

　　　　　　　　　　　　(루첸시오와 비안카 퇴장)

상인 한 명 등장.

상인　　　안녕하십니까.

트라니오　　　　　　　예, 당신도. 잘 오셨소.
　　　　　여행길이 먼가요, 아니면 다 왔나요?

상인　　　예, 한두 주 거리로는 가장 멀리 왔지만　　75
　　　　　그다음엔 위쪽으로 더 멀리 로마까지,
　　　　　목숨이 부지되면 트리폴리까지 가오.

트라니오　어디 태생이신지요?

상인	만토바요.
트라니오	만토바라고요? 허 참, 하느님 맙소사!
	근데 파도바로 왔소, 목숨을 조심 않고? 80
상인	목숨이요? 어째서요? 그건 중요하니까.
트라니오	만토바의 누구든지 파도바로 오는 건
	죽음이란 말이오. 그 원인을 모르시오?
	당신네 배들은 베니스에 잡혀 있고, 그 공작은
	당신네 공작과의 개인적인 분쟁으로 85
	그 사실을 공공연히 발표하고 선언했소.
	놀랍군요, 당신이 금방 온 게 아니라면
	그 사실이 공표된 걸 들었을 터인데.
상인	아아, 그렇다면 나에겐 더 나쁜 일이군요,
	난 피렌체에서 환전할 어음을 지녔고 90
	그것을 여기에서 전달해야 하니까요.
트라니오	그러면 난 당신에게 친절을 베풀어
	이렇게 할 것이고 이렇게 충고할 것이오. —
	근데 먼저, 피사에 가 본 적은 있나요?
상인	예, 피사에는 여러 번 가 본 적 있는데, 95
	피사는 존경받는 시민들로 유명하죠.
트라니오	그 가운데 빈센시오라는 분을 아시오?
상인	난 그를 모르지만 얘기는 들었어요,
	비교할 수 없는 부자 상인이라고.
트라니오	그분이 내 부친이오, 그리고 참말인데 100
	용모가 당신을 좀 닮으셨답니다.
비온델로	그건 사과와 굴이 닮았다는 말과 똑같은데, 그래도 상
	관없어.
트라니오	이 극한 상황에서 당신 생명 구하려고

그분 땜에 난 당신께 이 호의를 보이겠소. ― 105
당신이 빈센시오 어른과 비슷하단 사실이
최악의 불운은 아니라고 생각해 두시오.
그분의 이름과 신망을 당신이 취하고
내 집에서 친구처럼 묵게 될 것이오.
당신이 해야 할 역할을 꼭 하시고 ― 110
내 말 아시겠어요? 당신은 이 도시에
업무 끝날 때까지 그 상태로 머물 거요.
이게 만약 친절이면 받아들이시지요.

상인 오, 그러지요, 그리고 언제나 당신을
내 생명과 자유의 은인으로 여기겠소. 115

트라니오 그러면 같이 가서 이 일을 실행하죠.
가는 길에 이것을 이해시켜 드리지요.
즉, 여기선 내 부친을 매일 기다리는데,
바티스타라는 이의 딸과 나, 둘의 결혼에서
과부산을 보장해 주려고 온답니다. 120
이 모든 상황에서 내 지시가 있을 거요.
같이 가서 당신께 맞는 옷 좀 입히겠소. (함께 퇴장)

4막 3장
카타리나와 그루미오 등장.

그루미오 아뇨, 아뇨, 참말로, 목숨 걸고 전 못 해요.
카타리나 날 학대할수록 그이의 심술은 더 커 보여.

4막 3장 장소 페트루키오의 시골집.

아니, 그는 날 아사시키려고 결혼했어?
아버지의 문간에 온 거지들조차도
간청하면 곧바로 동냥을 받는다고.   5
안 그러면 딴 데서 자선을 맞이해.
그런데 간청하는 방법도 몰랐고
간청을 해야 할 필요도 없었던 난
못 먹어 굶주리고, 잠 못 자 어지럽고,
맹세로 쭉 깨어 있고, 소란으로 배를 채워.   10
이 모든 결핍보다 나를 더 괴롭히는 건
그이가 이 일을 완벽한 사랑의 이름으로,
마치 내가 자거나 먹으면 중병에 걸리거나
즉사할 거라고 말하듯이 하는 거야.
제발 가서 나에게 식사 좀 가져와. —   15
건강에 좋다면 무슨 음식이든지 괜찮아.

그루미오	소 발바닥 어떠세요?
카타리나	아주 좋아. 제발 그거 먹게 해 줘.
그루미오	그건 너무 화 돋우는 음식인 것 같네요.
	도톰한 천엽을 잘 구운 건 어떨까요? 20
카타리나	난 그거 좋아해. 착한 그루미오야, 가져와.
그루미오	모르지만 그것도 화 돋울 것 같네요.
	소고기 한 점과 겨자는 어떨까요?
카타리나	내가 정말 먹고 싶은 요리야.
그루미오	예, 하지만 겨자는 좀 너무 매운데. 25
카타리나	그러면 겨자는 관두고 소고기만.
그루미오	그렇게는 안 됩니다. 겨자만 드세요,
	안 그럼 그루미오의 소고기는 못 먹어요.
카타리나	그럼 둘 다, 하나 또는 네 맘대로 뭐든지.

그루미오	그렇다면 소고기는 빼놓고 겨자지요.	30
카타리나	가, 저리 가, 거짓되게 속이는 노예 놈아, (그를 때린다.)	
	넌 내게 음식이란 이름만 먹여 줘.	
	이렇게 내 불행에 의기양양해하는	
	너와 네 무리에게 슬픔이 내리기를.	
	가, 저리 가란 말이다.	35

페트루키오와 호르텐시오. 음식을 가지고 등장.

페트루키오	어때요, 케이트? 아니, 여보, 축 처졌소?	
호르텐시오	부인, 괜찮아요?	
카타리나	정말로, 뼛속까지 추워요.	
페트루키오	기운을 차리고 유쾌하게 날 쳐다보시오.	
	자, 여보, 보이지요, 얼마나 부지런히	40
	내가 직접 음식을 조리해 왔는지.	
	귀여운 케이트, 이 친절은 감사받을 만하오.	
	아니, 한마디도? 아 그럼, 싫다는 말이고	
	내 노고는 모두 다 소용없게 되었군요.	
	여기 이 요리를 가져가라.	45
카타리나	부탁해요, 놔두라고 하세요.	
페트루키오	최소한의 봉사도 감사를 받으니까 내 것도	
	당신이 그 음식을 먹기 전에 받을 거요.	
카타리나	당신께 감사해요.	
호르텐시오	페트루키오, 쯧쯧, 자네가 잘못했어.	50
	자, 케이트 부인, 내가 동무할게요.	
페트루키오	(호르텐시오에게)	
	호르텐시오, 날 사랑한다면 그거 다 먹어 버려.	

― 소중한 그 심장에 크게 좋을 테니까.
케이트, 빨리 먹고, 꿀 같은 내 사랑,
이제 우리 당신의 아버지 집으로 돌아가　　　　　　　　55
최고로 멋지게 주연을 벌입시다.
비단옷과 모자에다 금반지 끼고서,
주름 옷깃, 소맷동, 버팀 살과 장신구,
목도리와 부채에다 멋진 옷 두 벌과,
호박 팔찌, 염주 같은 온갖 치장 다 해요.　　　　　　60
뭐, 식사가 끝났소? 주름 장식 보물로
당신 몸을 꾸며 줄 재봉사가 기다리오.

　　　　　　　　　재봉사 등장.

이리 와, 재봉사, 장신구들 보여 주게.
그 가운을 펼쳐 봐.

　　　　　　　　　잡화상 등장.

　　　　　　　　그래 무슨 소식인가?
잡화상　나리께서 말씀하신 모자 여기 있습니다.　　　　65
페트루키오　아니 이건 죽사발을 본떠서 만들었어. ―
우단 접시 같잖아. 쳇, 쳇, 천박해, 추잡해.
아니 이건 조가비 아니면 호두 껍질,
노리개, 장난감, 싸구려, 아기용 모자야.
저리 치워. 자, 좀 더 큰 걸 보여 줘.　　　　　　　70
카타리나　더 큰 건 싫어요. 이게 지금 유행이고
귀부인들께서는 이런 모자 쓴답니다.

페트루키오	당신이 귀부인들처럼 순할 때 쓸 것이고
	그 전에는 안 되오.
호르텐시오	서둘러서 될 일 아냐.
카타리나	아니, 봐요, 허락받아 말할 수 있다 믿고 75
	난 말할 거예요. 난 애도 아기도 아니고,
	당신의 윗분들도 내 맘속 얘기를 견뎠으니
	그리 못하겠거든 귀 막는 게 최고겠죠.
	내 혀는 내 심장의 분노를 말할 테고,
	못하면 내 심장이 그걸 덮고 터질 텐데, 80
	그렇게 터지느니 난 말에서 최대한
	내 마음 가는 대로 자유로울 겁니다.
페트루키오	아니, 당신 말 맞아요. — 시시한 모자요,
	과자 껍질, 노리개, 비단 파이랍니다.
	그런 거 싫다 해서 난 당신이 참 좋소. 85
카타리나	날 좋아하든 말든 난 그 모자를 좋아하고,
	그것을 못 가지면 아무것도 안 가져요.
페트루키오	가운도? 아니, 음. 자, 재봉사, 보여 주게.

　　　　　　　　　　　　　　　　(잡화상 퇴장)

오, 맙소사, 이 무슨 무도회 물건이야?
이건 뭐지? 소매야? 대포 구멍 같잖아.　90
뭐, 구운 사과 과자처럼 아래위로 칼집 냈어?
여기저기 싹둑 쓱싹, 자르고 도려내어
이발소 시턴처럼 괴상하게 만들어 놨잖아?
아니, 도대체 넌 이걸 뭐라고 부르냐?

93행 시턴　악기의 목에 기괴한 조각을 한 류트, 이발소에서 흔히 연주
했다. (아든)

| 호르텐시오 | 그녀는 모자도 가운도 못 가질 것 같구먼. | 95 |

호르텐시오　그녀는 모자도 가운도 못 가질 것 같구먼.　95

재봉사　당신은 그것을 유행과 시대에 맞게끔
　　　　지시대로 잘 만들라 명하셨답니다.

페트루키오　암, 그랬지. 하지만 기억을 되살려 봐,
　　　　난 그걸 시대에 맞게끔 망치라곤 안 했어.
　　　　가, 온갖 도랑 다 넘어 집으로 달려가,　100
　　　　단골손님 나를 잃고 달려갈 테니까.
　　　　그건 안 사. 떠나, 그건 최대한으로 활용해.

카타리나　그보다 더 잘 짓고, 진기하고, 기분 좋고,
　　　　더 칭찬할 만한 가운은 본 적이 없어요.
　　　　당신은 날 꼭두각시 만들려는 것 같아요.　105

페트루키오　맞아요, 당신을 꼭두각시 만들려는 건 이자요.

재봉사　그녀 말은 어르신이 그녀를 꼭두각시 만들려 한다는
　　　　데요.

페트루키오　오, 괴물 같은 오만 좀 봐. 거짓이다, 실, 골무,
　　　　석 자, 두 자, 반 자, 세 치, 한 치밖에 안 되는　110
　　　　벼룩, 서캐, 겨울철 귀뚜라미 같은 놈아!
　　　　저리 가, 천 조각, 부스러기, 자투리야.
　　　　안 그러면 네 놈 자로 널 두들겨 패
　　　　일평생 네 수다를 생각나게 해 줄 테다.
　　　　분명히 말하는데 넌 그녀의 가운을 망쳤어.　115

재봉사　나리께서 속았어요. 이 가운은 제 주인이
　　　　지시한 꼭 그대로 지어졌단 말입니다.
　　　　그루미오가 어떻게 만들지 지시했답니다.

그루미오　난 그에게 지시는 안 했어, 옷감은 줬지만.

재봉사　하지만 어떻게 지어지길 바랐죠?　120

그루미오　그야, 바늘과 실로 지으라고 했지.

재봉사	하지만 자르라고 요청하지 않았어요?
그루미오	넌 많은 걸 손질했어.
재봉사	그랬지.
그루미오	날 손질하지는 마. 넌 많은 사람들에게 대들었어. 근 125 데 내게 대들지는 마. 내겐 손질도 대들기도 안 통할 거야. 네게 말하는데 난 네 주인에게 가운을 잘라 내 라고 했지 조각내라고 하진 않았어. 고로, 넌 거짓말 하고 있어.
재봉사	그럼, 여기 그 모양을 증언할 주문서가 있어요. 130
페트루키오	읽어 봐.
그루미오	주문서에 내가 그렇게 말했다고 그가 말하면, 그건 새 빨간 거짓입니다.
재봉사	'첫째, 느슨하게 몸에 맞는 가운 한 벌.'
그루미오	주인님, 제가 만약 '느슨하게 몸에 맞는 가운'이라고 135 한 적 있으면, 그 자락에 저를 꿰매 넣고 갈색 실패 바 닥으로 저를 죽도록 때리세요. 전 '가운 한벌'이라고 했어요.
페트루키오	계속하게.
재봉사	'둥글고 조그만 케이프를 붙이고.' 140
그루미오	케이프는 내가 인정해.
재봉사	'넓은 소매 하나 달고.'
그루미오	소매 둘은 내가 인정해.
재봉사	'소매는 공들여서 자를 것.'
페트루키오	그래, 그게 나쁜 짓이야. 145
그루미오	청구서에 있는 실수요, 주인님, 청구서에 있는 실수! 전 그 소매 둘을 잘라 내어 다시 꿰매라고 요구했고, 그건 네가 새끼손가락을 골무로 무장했대도 결투로

입증할 수 있어.

| 재봉사 | 내가 하는 말은 사실이야. 너와 결투할 만한 곳에서 만 | 150 |

재봉사　내가 하는 말은 사실이야. 너와 결투할 만한 곳에서 만 150
난다면 알게 될 테지만.

그루미오　곧바로 싸워 주지. 네 청구서 창 집어 들어, 네 잣대로
날 후려치면서 날 봐주지 마.

호르텐시오　맙소사, 그루미오, 그럼 그가 승산이 없어.

페트루키오　좋아, 간략히 말하지, 이 가운, 난 안 가져. 155

그루미오　옳은 말씀입니다, 제 여주인님 거니까요.

페트루키오　자, 들어 올려, 네 주인이 써먹게 가져 가.

그루미오　악당아, 네 목숨 걸고 안 돼! 우리 여주인의 가운을 들
어 올리고 네 주인이 먹는다고?

페트루키오　아니, 이봐, 그게 무슨 뜻이야? 160

그루미오　오, 주인님, 그 뜻은 당신이 생각하시는 것보다 깊답니
다. '우리 여주인의 가운을 들어 올리고 그의 주인이
먹는다고?' 오, 퉤, 퉤, 퉤!

페트루키오　(호르텐시오에게 방백)
호르텐시오, 저 재봉사에게 형이 돈을 준다고 해.
— 자, 가져가. 가 버려, 말은 더 하지 말고. 165

호르텐시오　재봉사, 가운값은 내가 내일 갚아 주지. —
그의 급한 말들을 불친절로 생각 말게.
어서 가, 주인에게 내 안부 전해 주게. (재봉사 퇴장)

페트루키오　자, 케이트, 우리는 장인 댁에 갈 거요,
바로 이 점잖은 초라한 복장으로. 170
지갑은 두둑하고 의복은 수수할 것이오,
마음이 우리 몸을 부유하게 만드니까.
또 태양이 가장 검은 구름 새로 비치듯이
명예는 가장 천한 옷을 뚫고 내다봐요.

어치가 종달새보다 더 소중한 이유가   175
그 깃털이 더 아름다워서 그럴까요?
아니면 독사가 채색된 그 피부로
눈을 만족시켜서 장어보다 더 좋나요?
아뇨, 착한 케이트, 이 수수한 차림과
초라한 치장에도 당신은 더 못하지 않아요.   180
만약 그게 창피하면 내 탓으로 돌려요,
그러니 장난쳐요. 우린 바로 떠난 다음
우리 장인 집에서 잔치하고 즐길 거요.
    — 하인들을 불러라, 곧바로 그에게 갈 테니까
말들을 가구 거리 끝으로 데려가라.   185
우리는 거기서 말을 타고, 거기까진 걷는다.
어디 보자, 지금이 7시쯤 된 것 같고,
거기엔 점심때면 당연히 갈 수 있어.

카타리나   감히 단언하건대, 지금 거의 2시라서
            거기에 가기 전에 저녁때가 될 거예요.   190

페트루키오   내가 말을 타기 전에 7시가 될 거요.
            내가 뭘 말하거나, 하거나, 할 생각을 하든지
            당신은 늘 반대하오. 이보게들, 관두자.
            난 오늘 안 갈 거야, 그리고 가기 전에
            시간은 내가 몇 시라고 말하는 게 될 거야.   195

호르텐시오   이거야, 원, 이 한량은 태양도 누르겠네.   (함께 퇴장)

4막 4장

루첸시오로 변장한 트라니오와
빈센시오 복장에 장화 신은 상인 등장.

트라니오	저, 이게 그 집인데 불러 봐도 좋겠소?
상인	예, 그럴 수밖에요. 내가 속지 않았다면
	바티스타 씨는 날 기억할 수 있을 거요.
	거의 이십 년 전에 우리가 제노바의 —
트라니오	페가수스 여관에 묵었을 때였는데.
	좋아요, 어찌 됐든 맡은 역을 다하시오,
	아버지에게 어울리는 엄격한 자세로.

비온델로 등장.

상인	보증하오. 근데 당신 시동이 왔군요.
	지시를 해 놓는 게 좋을 거요.
트라니오	얘는 걱정 마시오. 이봐라, 비온델로,
	이제 네 임무를 철저히 해, 충고한다,
	이분이 정확히 빈센시오라 여기고.
비온델오	쳇, 걱정 마요.
트라니오	바티스타에게 내가 시킨 심부름은 끝냈어?
비온델로	당신의 부친은 베니스에 계셨는데 오늘은
	당신이 파도바에서 그를 기다린다고 했어요.
트라니오	넌 꾀 많은 녀석이야. 술값으로 받아라.
	— 바티스타가 오는군. 근엄하게 보이시오.

4막 4장 장소 파도바, 바티스타의 집 앞.

바티스타와, 캄비오로 변장한 루첸시오 등장.

모자를 벗고 서 있다.

트라니오	바티스타 씨, 우연히 만나게 됐군요.
	─ 저, 이분이 제가 말씀드렸던 신사입니다. 20
	이제 좋은 아버지 역할을 해 주시면서
	저에게 비안카를 유산으로 주십시오.
상인	얘야, 잠깐. ─ 저, 실례지만, 빚을 좀 받으러
	파도바에 왔다가 내 아들 루첸시오가
	당신 딸과 그 자신 사이의 사랑이란 25
	중대사를 나에게 알려 주었답니다.
	또한 난 당신에 대하여 호평을 들었고,
	그는 당신 딸애를 ─ 걔는 그를 ─ 사랑해서
	너무 오래 그를 억누르지는 않으려고
	좋은 아비 심정으로 그를 맺어 주는 데 30
	만족하는 바이오. 그래서 당신이 나보다
	덜 좋지만 않으시면, 약간의 합의 뒤에
	난 그녀를 한뜻으로 며느리로 맞을 준비
	기꺼이 돼 있음을 알게 되실 겁니다.
	소문이 매우 좋은 당신께, 바티스타 씨, 35
	지나치게 꼼꼼한 요구는 못 하겠군요.
바티스타	저, 내가 해야 할 말을 용서해 주시오.
	솔직하고 짧은 말씀 내 마음에 꼭 듭니다.
	당신 아들 루첸시오의 내 딸 사랑
	정말로 사실이고, 그녀도 그를 사랑합니다. ─ 40
	아니면 둘이서 애정을 철저히 숨겼겠죠. ─
	그러므로 당신이 이렇게만 말한다면,

즉, 당신이 아버지답게 그를 대하고
내 딸에게 충분한 과부산을 넘긴다면
이 결혼은 성사됐고 다 끝난 것이오,   45
아들은 내 딸을 동의하에 얻게 될 테니까.

트라니오   예, 고맙습니다. 그러면 우리가 약혼하고
양쪽의 합의를 보증해 줄 장소로
어디가 최고인지 알고 계시는지요?

바티스타   내 집은 안 되네, 루첸시오, 알다시피   50
항아리도 귀가 있고 하인들도 많으니까.
게다가, 늙은 그레미오가 늘 귀를 기울여
어쩌면 우리 일이 중단될 수도 있네.

트라니오   그럼 괜찮으시다면 제 숙소로 하시죠.
부친도 거기에 계실 테니 그 일은 오늘 밤   55
거기에서 우리끼리 잘 처리될 겁니다.
여기 당신 하인을 통하여 딸을 불러오시죠.
제 시동이 공증인을 곧 데려올 겁니다.
최악은 이것인데, 즉, 아주 느닷없어서
식사는 초라하고 빈약할 것 같군요.   60

바티스타   난 그게 좋다네. 캄비오, 집으로 돌아가서
비안카 걔에게 곧 준비하라고 이르게.
자네가 원한다면 있었던 일 말해 주게.
루첸시오의 부친이 파도바에 도착했고,
걔는 왜 루첸시오의 아내 될 것 같은지.   65

(루첸시오 퇴장)

비온델로   오, 신들이여, 그녀가 그리되길, 진심으로.

트라니오   신들과 희롱할 생각 말고 넌 가 봐라.   (비온델로 퇴장)
— 바티스타 씨, 제가 길 안내를 할까요?

	어서 오십시오. 한 접시만 드실 것 같네요.	
	가시죠, 피사에선 더 낫게 대접할 겁니다.	70
바티스타	자네를 따르겠네. (함께 퇴장)	

캄비오로 변장한 루첸시오와 비온델로 등장.

비온델로	캄비오.	
루첸시오	왜 그래, 비온델로?	
비온델로	제 주인님이 당신에게 눈짓하며 웃는 거 보셨죠?	
루첸시오	비온델로, 그래서 뭐?	75
비온델로	참말로, 아무것도 아니지만 그는 나더러 여기 남아 자기 신호와 시늉의 의미 또는 교훈을 설명해 드리라고 했어요.	
루첸시오	제발 그 교훈을 해석해 줘.	
비온델로	그럼, 이렇습니다. 바티스타는 염려 없어요, 속임수가 득한 아들의 속이는 아버지와 얘기 중이라서.	80
루첸시오	그가 그래서 뭐?	
비온델로	그의 딸을 당신이 데리고 저녁 식사를 하러 가게 돼 있어요.	
루첸시오	그런 다음?	85
비온델로	성 누가 교회의 늙은 사제가 언제든 당신의 명령을 기다리고 있고요.	
루첸시오	그런데 이게 다 뭐야?	
비온델로	전 모르죠, 그들이 가짜 보증서 일로 바쁜 것 말고는. 그녀의 확약을 "독점 출판권과 함께" 받아 내세요. 사제와 서기 그리고 재력 있는 정직한 증인 몇 명을 교회로 데려가요. 이게 당신이 기대하는 바가 아니라면, 전	90

비안카에게 영원히 그리고 하루 더 안녕을 고하는 것
밖엔 할 말이 없답니다.

루첸시오   들어 볼래, 비온델로?   95

비온델로   전 기다릴 수 없어요. 전 어떤 계집이 토끼 속을 채울
파슬리 뜯으러 정원으로 갔다가 오후에 결혼한 것도
알아요. 당신도 그럴 수 있답니다. 그러니 안녕히 계
십시오. 제 주인님이 저를 지명하여 성 누가 교회로
가서 사제에게, 당신이 당신의 부속물과 함께 올 것   100
에 대비하여 준비를 해 놓으라고 말하라 그랬어요.

                                                        (퇴장)

루첸시오   그녀가 만족하면 갈 수 있고 또 갈 거야.
그녀는 기뻐할 터인데 내가 왜 의심하지?
무슨 일이 일어나든 난 솔직히 물을 거야.
캄비오가 그녀 없이 사는 건 불운일 테니까.   (퇴장)   105

4막 5장

페트루키오, 카타리나, 호르텐시오, 그루미오 등장.

페트루키오   맹세코, 다시 한번 장인의 집으로 갑시다.
맙소사, 저 달은 참 밝고도 멋지게 빛나네!

카타리나   달이요? 해랍니다. 지금은 달빛이 없어요.

페트루키오   대단히 빛나는 저것은 달이란 말이오.

카타리나   대단히 빛나는 저것은 해라고 압니다.   5

페트루키오   이제 내 어머니의 아들 걸고 — 그건 난데 —

4막 5장 장소 파도바로 가는 길.

달이나 별 또는 뭐든지 내 맘대로 될 거요,
안 그러면 절대로 장인 집엔 안 갈 거요.
(그루미오에게)
자, 가서, 우리의 말들을 다시 뒤로 돌려라.
— 언제나 반박하고, 반박하고, 반박만 해.　　　　10

호르텐시오　(카타리나에게)
저 사람 말대로 안 하면 절대로 못 가요.

카타리나　이만큼 왔으니까, 제발 가요, 앞으로.
또 저게 달이나 해, 좋다면 무엇이든
당신이 좋아해서 값싼 초라 불러도
그건 내게 앞으로 그럴 거라 맹세해요.　　　　15

페트루키오　저건 달이란 말이오.

카타리나　달인 줄로 알아요.

페트루키오　아니 그건 거짓이오, 축복받은 해니까.

카타리나　그러면 고마워라, 축복받은 해로군요,
하지만 당신이 아니라면 저건 해가 아니고,　　　　20
저 달은 당신의 마음처럼 곧바로 변해요.
당신이 어떻게 부르든 바로 그게 될 거고,
그래서 카트린에게도 그렇게 될 거예요.

호르텐시오　페트루키오, 잘했어, 전투에 이겼네.

페트루키오　좋아, 가자, 가, 볼링공은 이렇게 굴러가고　　　　25
불행하게 제 길을 벗어나진 말아야 해.

빈센시오 등장.

근데 잠깐, 이리 오는 일행은 누구지?
안녕하십니까, 규수여, 어디로 가시죠?

　　　　　　　　— 어여쁜 케이트, 말해 봐요, 진실로,
　　　　　　　　더 참신한 숙녀를, 저 뺨의 흰색과 붉은색의　　　　　30
　　　　　　　　저러한 전쟁을 쳐다본 적 있었소?
　　　　　　　　저 눈이 저 천사 얼굴에 어울리는 것만큼
　　　　　　　　어떤 별이 하늘을 곱게 빛내 준답니까?
　　　　　　　　— 곱고 고운 처녀여, 다시 한번 인사하오.
　　　　　　　　— 케이트여, 아름다운 그녀를 좀 안아 줘요.　　　　　35
호르텐시오　　그가 저 남자를 미치게 하겠군, 그를 여자로 만들어
　　　　　　　　놨으니 말이야.
카타리나　　　참신하고 아름다운 꽃봉오리 처녀여,
　　　　　　　　어디로 가시나요, 어디에 사시나요?
　　　　　　　　이토록 어여쁜 자식의 부모는 행복하고,　　　　　40
　　　　　　　　행운의 별들이 점지해 준 어여쁜 그대를
　　　　　　　　잠동무할 남자는 더 행복할 거예요.
페트루키오　　아니, 이런, 케이트, 안 미쳤길 바라오.
　　　　　　　　남자로서 — 늙었고, 주름졌고, 바랬고 시들어 —
　　　　　　　　당신이 말하는 것처럼 처녀가 아니오.　　　　　45
카타리나　　　용서해요, 노인장, 잘못 보는 제 눈이
　　　　　　　　저 태양 때문에 너무나 눈이 부셔
　　　　　　　　제가 보는 모든 것이 초록빛 같답니다.
　　　　　　　　전 이제 당신이 존경받는 노친인 줄 압니다.
　　　　　　　　저의 미친 오해를 제발 용서해 주세요.　　　　　50
페트루키오　　그러세요, 할아버지, 그리고 여행지가
　　　　　　　　어디인지 알려 줘요. — 저희 방향이라면
　　　　　　　　저희는 당신의 동행에 기뻐할 것입니다.
빈센시오　　　잘생긴 이여, 그리고 이상한 응대로
　　　　　　　　나를 무척 놀라게 한 유쾌한 아가씨여,　　　　　55

	내 이름은 빈센시오, 거주지는 피사이고,	
	파도바로 가려는 길인데, 거기에서	
	오래 못 본 내 아들을 만나려 합니다.	
페트루키오	아들의 이름은?	
빈센시오	루첸시오랍니다.	
페트루키오	운 좋게 만났군요. ― 아들에겐 더 운 좋고.	60
	근데 이제 지긋한 나이뿐 아니라 법으로	
	전 당신을 사랑하는 사돈으로 부르겠습니다.	
	제 아내, 이 숙녀의 여동생과 아드님이	
	지금쯤 결혼했을 것입니다. 놀라거나	
	비탄하진 마십시오. 그녀는 평판 좋고	65
	지참금이 풍족하며, 출신도 훌륭하고,	
	게다가 그 어떤 고귀한 신사의 배필에도	
	어울릴 수 있을 만큼 자격을 갖추었으니까.	
	제가 당신 빈센시오 노인을 안게 하고,	
	당신의 도착에 기쁨이 가득할	70
	정직한 당신 아들 같이 보러 가시죠.	
빈센시오	근데 그게 사실이오? 아니면 당신이	
	유쾌한 여행자들처럼 재미 삼아	
	앞지르는 일행에게 농담하는 건가요?	
호르텐시오	분명히 말하건대, 노인장, 사실이오.	75
페트루키오	자, 같이 가서 그것이 사실인지 보시죠,	
	저희의 첫 유희 때문에 못 믿으시니까.	

(호르텐시오만 남고 모두 퇴장)

호르텐시오	페트루키오, 이번 일로 난 용기를 얻었네.	
	과부에게 가 보고 그녀가 고집 세면	
	자네에게 배운 대로 비뚤어질 것이네.	(퇴장) 80

5막 1장

그레미오. 그런 다음 그에게 안 보이게 비온델로.

루첸시오, 비안카 등장.

비온델로	조용히 재빨리 해요, 사제는 준비됐으니까.
루첸시오	난 날아가, 비온델로. 근데 넌 집에서 그들이 널 어쩌다가 필요로 할지 모르니까 우리와 헤어져.

(루첸시오와 비안카 퇴장)

비온델로	아뇨, 참말로, 전 당신이 무사히 결혼하는 걸 보고 나서 주인님 집으로 되도록 빨리 돌아갈게요.　(퇴장)　5
그레미오	캄비오가 그동안 줄곧 오지 않다니 놀랍네.

페트루키오, 카타리나, 빈센시오, 그루미오가

수행원들과 함께 등장.

페트루키오	저, 여기가 그 문이고, 루첸시오 집입니다. 장인 댁은 조금 더 시장 쪽에 있고요. 전 거기로 가야 하니 여기에서 떠납니다.
빈센시오	가기 전에 술 한잔할 수밖에 없을 거요.　10 난 여기서 당신의 환영을 요구할 것이고, 분명히 환대가 좀 있을 것 같으니까.　(두드린다.)
그레미오	안에서는 바쁘니까 좀 더 세게 두드리는 게 가장 좋을 거요.

상인이 창밖을 내다본다.

5막 1장 장소 파도바, 루첸시오의 집 앞.

상인	문을 깨부술 것처럼 두드리는 게 누구요?	15
빈센시오	루첸시오 씨는 안에 있나요?	
상인	안에 있지만 말을 나눌 상황은 아니오.	
빈센시오	만약에 어떤 사람이 그에게 백이나 이백 파운드를 가	
	져와서 같이 즐거워하자고 한다면 어떻소?	
상인	그 몇백 파운드 당신이나 챙기시오. 내가 살아 있는 한	20
	그는 한 푼도 필요 없을 거요.	
페트루키오	거 봐요, 당신 아들은 파도바에서 많은 사랑을 받는다	
	고 제가 말씀드렸죠. — 저, 내 말 들려요, 자질구레한	
	일들은 관두고 제발 루첸시오 씨에게 부친이 피사에	
	서 오셔서 그와 얘기하려고 여기 문 앞에 서 있다고 전	25
	해 주시오.	
상인	거짓말이다. 그의 부친은 파도바로 와서 이 창문 밖을	
	내다보고 있어.	
빈센시오	당신이 그의 아버지요?	
상인	그렇소, 그 애 어미가, 그녀 말을 믿는다면 그렇다고	30
	하오.	
페트루키오	아니, 이런, 신사가! 아니, 다른 사람 이름을 몰래 쓰는	
	건 명백한 악행이오.	
상인	저 악당을 잡아라. 그가 이 도시에서 내 용모를 이용하	
	여 누구를 속이려는 게 확실해.	35

비온델로 등장.

비온델로	(방백) 난 그들이 교회 안에 함께 있는 걸 봤어. 신혼여	
	행 잘 하기를. — 근데 이게 누구야? 늙으신 주인님 빈	
	센시오가? 이제 우린 망했고 결딴났어.	

빈센시오	이리 와, 염병할 놈아.
비온델로	선택할 수 있으면 좋겠어요, 어르신.
빈센시오	이리 와, 이 불한당아. 뭐야, 날 잊어버렸어?
비온델로	잊어요? 아뇨, 어르신. 전 잊을 수가 없는데요. 생전에 한 번도 뵌 적이 없어서.
빈센시오	뭐야, 이 천하의 악당 놈아, 네 주인의 아버지인 빈센시오를 한 번도 못 봤다고?
비온델로	뭐요, 늙으신 고명하신 늙으신 주인님이라고요? 예, 참, 그분이 창밖을 내다보는 거 좀 보세요.
빈센시오	정말로 그래?　　　　　　　　　(그가 비온델로를 때린다.)
비온델로	살려줘요, 살려줘! 미친 사람이 날 죽여요.　　　(퇴장)
상인	살려줘, 아들아! 살려줘요, 바티스타 씨!
	(창문을 떠난다.)
페트루키오	케이트, 우린 비켜서서 이 분쟁의 끝을 봅시다.

40

45

50

상인은 하인들과 함께 아래에서, 그리고 바티스타와
루첸시오로 변장한 트라니오 등장.

트라니오	내 하인을 때리려 드는 당신은 누구요?
빈센시오	내가 누구냐고? 아니, 당신은 누구요? 오, 불멸의 신들이시여! 오, 화려한 악당! 비단 윗저고리, 벨벳 바지, 주홍색 외투에 빵모자야! 오, 난 망했다, 망했어. 내가 집에서 절약하는 동안 내 아들과 하인놈은 대학에서 다 써 버리다니.
트라니오	이봐요, 무슨 일이오?
바티스타	아니, 이 사람이 미쳤나?
트라니오	보시오, 차림으로는 맑은 정신의 노신사 같아 보이오

55

60

만 당신 말은 당신이 광인임을 드러내오. 아니, 이봐
요, 내가 진주와 금을 지닌들 그게 당신과 뭔 상관이
오? 난 좋은 아버지 덕택에 그런 걸 유지할 수 있는데
말이오.

빈센시오 네 아버지? 오, 악당, 그자는 베르가모에 있는 돛 수선   65
공이야.

바티스타 오해하셨소, 오해하셨소. 부탁인데, 그의 이름이 뭐라
고 생각하시오?

빈센시오 그의 이름? 마치 내가 그 이름을 모르는 것처럼 말하
네. 난 저 녀석을 세 살 먹은 이래로 줄곧 길러 왔고, 이   70
름은 트라니오요.

상인 저리 가, 이 미친 바보야. 그의 이름은 루첸시오고, 내
외아들이며 나, 빈센시오 씨의 토지 상속인이야.

빈센시오 루첸시오? 오, 이놈이 자기 주인을 죽였어! 놈을 잡아
요, 공작님의 이름으로 명령하오. 오, 내 아들, 내 아   75
들! 말해라, 이 악당아, 내 아들 루첸시오는 어디 있느
냐?

트라니오 순경을 불러요.

순경 등장.

이 미친놈을 감방으로 데려가라. 장인어른 바티스타,
그가 출두하도록 조처해 주십시오.   80

빈센시오 날 감방으로 데려가?

그레미오 멈춰요, 순경. 그는 감옥으로 안 갈 거요.

바티스타 말 마시오, 그레미오 씨. 내가 그를 감옥으로 보낼 거
라고 했소.

그레미오	바티스타 씨, 이 일에서 속아 넘어가지 않도록 조	85
	심해요. 난 감히 이쪽이 진짜 빈센시오라고 맹세합	
	니다.	
상인	어디 감히 맹세해 봐요.	
그레미오	아니, 감히는 맹세하지 못하오.	
트라니오	그럼, 내가 루첸시오가 아니라고 말하는 게 가장 좋을	90
	거요.	
그레미오	아뇨, 난 당신이 루첸시오인 줄 알아요.	
바티스타	이 늙다리도 데려가, 그와 함께 감방으로.	

비온델로, 루첸시오, 비안카 등장.

빈센시오	이방인들은 이렇게 끌려가면서 학대받을 수도 있지.	
	오, 괴물 같은 악당 놈!	95
비온델로	오, 우린 망가졌어요, 그리고 — 그는 저기 계셔요. 그	
	를 부인, 부정해요, 안 그럼 우린 싹 망했어요.	
	(비온델로, 트라니오와 상인은 가능한 한 빨리 퇴장)	
루첸시오	아버지, 용서해 주십시오. (무릎을 꿇는다.)	
빈센시오	내 아들이 살아 있어?	
비안카	아버지, 용서해 주세요.	100
바티스타	넌 뭔 죄를 지었느냐? 루첸시오 어디 있어?	
루첸시오	제가 진짜 빈센시오의 진짜 아들 루첸시오로	
	가짜 모조품들이 당신 눈을 흐려 놓은 동안에	
	결혼으로 당신의 따님을 가지게 됐습니다.	
그레미오	이건 우리를 다 속이려는, 분명한 증거가 있는 음모요.	105
빈센시오	저주받은 그 악당 놈, 이번 일로 날 그렇게 노려보며	
	속였던 트라니오, 어디 있어?	

바티스타	아니, 말해 봐, 이게 그 캄비오 아니냐?
비안카	캄비오가 루첸시오로 바뀌었답니다.
루첸시오	사랑이 이뤄 낸 기적이죠. 비안카에 대한 110
	제 사랑 때문에 전 트라니오가 도시에서
	제 행세를 하는 동안 그와 저의 신분을
	교환했고, 운 좋게도 제가 소망하였던
	지복의 항구에 드디어 도달했답니다.
	트라니오가 한 일은 제가 강제한 것이니 115
	저를 봐서 용서해 주십시오, 아버지.
빈센시오	날 감방으로 보내려 한 그놈의 코를 자를 거야.
바티스타	하지만 내 말 들어 보겠나? 자네는 내 호의를 구하지
	도 않고 내 딸과 결혼했어?
빈센시오	걱정 마시오, 바티스타, 우리가 만족시켜 드릴 테니 ─ 120
	꼭이요. 하지만 이 악당의 소행은 들어가서 복수할 거
	야. (퇴장)
바티스타	나도 이 악행의 깊이를 가늠해 봐야지. (퇴장)
루첸시오	창백해하지 마오, 비안카, 장인께서 난색을 표하지는
	않으실 거요. (루첸시오와 비안카 퇴장) 125
그레미오	탑은 무너졌지만 이들 틈에 끼어야지,
	희망은 다 꺼졌지만 잔치 몫은 남았어. (퇴장)
카타리나	서방님, 들어가서 이 소동의 끝을 봐요.
페트루키오	키스 먼저 해 주면, 케이트, 우린 가요.
카타리나	아니, 길거리 한복판에서요? 130
페트루키오	아니, 내가 창피한가요?
카타리나	아뇨, 맙소사 ─ 하지만 키스하기 창피해서.
페트루키오	그렇다면 집으로 다시 가요. ─ 야, 가자.
카타리나	아뇨, 키스해 줄게요. (그녀가 키스한다.)

	여보 제발 멈춰요.	
페트루키오	이거 다행 아니오? 자, 내 사랑 케이트.	135
	안 하는 것보단 늦기 전에 한 번도 좋아요.	

(함께 퇴장)

5막 2장

바티스타, 빈센시오, 그레미오, 상인, 루첸시오와

비안카, 페트루키오와 카타리나, 호르텐시오와 과부,

그루미오, 비온델로와 트라니오, 후식을 들여오는 하인들과

함께 등장.

루첸시오	오랜 우리 불협화음 드디어 사라지고	
	격렬한 전쟁의 끝에서, 휩쓸려 지나간	
	피난과 위험을 웃어넘길 시간이 왔습니다.	
	고운 내 비안카여, 부친을 환영해 드려요,	
	나도 같은 애정으로 장인을 환영하죠.	5
	페트루키오 형님, 카타리나 처형과	
	사랑하는 과부와 함께한 호르텐시오,	
	최고의 잔치를 즐겨요. 우리 집에 잘 왔소.	
	이 후식은 성대한 피로연 끝난 뒤의 배 속을	
	꽉 채워 주려는 겁니다. 앉아들 주시오,	10
	이제는 앉아서 먹으면서 잡담할 테니까.	
페트루키오	앉고 앉아 먹고 먹을 도리밖에 없구먼.	
바티스타	파도바의 친절이네, 사위 페트루키오.	

5막 2장 장소 파도바, 루첸시오의 집.

페트루키오	파도바엔 친절 빼곤 아무것도 없네요.
호르텐시오	우리 둘을 위하여 그 말이 참이면 좋겠네. 15
페트루키오	자, 맹세코, 호르텐시오는 과부가 겁이 나요.
과부	확실히 말하지만 그는 날 겁 못 줘요.
페트루키오	아주 민감하시지만 내 뜻을 놓쳤군요.
	호르텐시오가 당신을 무서워한다는 말이오.
과부	어지러운 사람이 세상이 돈다고 생각하죠. 20
페트루키오	솔직한 응답이오.
카타리나	부인, 그게 무슨 뜻이죠?
과부	그런 상상, 그가 일으키네요.
페트루키오	내가 일으킨 상상 — 호르텐시오는 그게 좋아?
호르텐시오	과부 말은, 그런 얘길 상상했다, 그거야. 25
페트루키오	아주 잘 수습했어. 과부는 키스로 답례해요.
카타리나	'어지러운 사람이 세상이 돈다고 생각하죠.' —
	그게 무슨 뜻인지 제발 내게 말해 줘요.
과부	당신의 남편은 말괄량이 걱정 땜에
	자신의 비애로 내 남편의 슬픔을 헤아리죠. 30
	그럼 이제 당신은 내 뜻을 알겠군요.
카타리나	참 고약한 뜻이군요.
과부	예, 당신을 뜻하니까.
카타리나	당신에 비하면 난 뜻밖으로 고약해요.
페트루키오	덤벼라, 케이트!
호르텐시오	덤벼라, 과부! 35
페트루키오	케이트가 그녀를 꺾는 데 백 마르크 걸게.
호르텐시오	그녀를 꺾는 일은 내가 해.
페트루키오	씨름꾼처럼 말했어. 형을 위해 건배할게.

(호르텐시오를 위해 건배한다.)

바티스타	그레미오, 재치 있는 이 친구들 어떻소?	
그레미오	정말이지 박치기를 서로들 잘하네요.	40
비안카	머리로 받아요? 눈치 빠른 사람이면	
	그 받는 머리에는 뿔이 났다 그러겠죠.	
빈센시오	예, 신부 아씨, 그 때문에 잠에서 깼어요?	
비안카	예, 하지만 겁먹진 않아서 다시 잘 거예요.	
페트루키오	아뇨, 안 됩니다. 당신이 시작했으니까	45
	붙잡아서 좋은 농담 한둘은 더 들어야죠.	
비안카	내가 당신 새 같나요? 난 숲을 옮길 테니	
	당신 활을 당기면서 나를 쫓아와 봐요.	
	다들 잘 오셨어요. (비안카, 카타리나, 과부 퇴장)	
페트루키오	나를 피해 달아났어. 이봐요, 트라니오,	50
	당신은 이 새를 못 맞혔어도 겨냥은 했었소.	
	그러니 쐈지만 못 맞힌 모두를, 위하여.	
트라니오	오, 예, 루첸시오가 저를 사냥개처럼 풀었고	
	그 개는 달리면서 주인 위해 사냥하죠.	
페트루키오	아주 빠른 비유지만 개 같은 데가 좀 있소.	55
트라니오	당신은 본인 위해 사냥하길 잘하셨소. —	
	당신의 사슴이 당신에게 반격을 했다죠.	
바티스타	오, 오, 페트루키오, 트라니오에게 당했어.	
루첸시오	트라니오, 그런 풍자 해 줘서 고마워.	
호르텐시오	자백해, 자백해, 그가 한 방 먹이지 않았어?	60
페트루키오	나를 좀 쓰라리게 했다고 자백하고,	
	그 농담은 나를 스쳐 지나갔으니까	
	십중팔구 당신 둘을 바로 해쳤을 거요.	
바티스타	자, 사위 페트루키오, 심각하게 말하는데	
	자네는 최악의 말괄량이를 얻은 것 같다네.	65

페트루키오	글쎄, 아니라니까요. 그러니 그 증거로
	각자가 자신의 아내를 부르러 보내고,
	그녀를 부르러 보냈을 때 그 아내가
	최고로 순종하여 처음 오는 사람이
	우리가 제안할 내기에 이기는 걸로 하죠. 70
호르텐시오	좋아. 내기의 금액은?
루첸시오	금화 이십.
페트루키오	금화 이십!
	나의 매나 사냥개면 그만큼 걸겠지만
	내 아내에게는 그것의 스무 배로 하겠네. 75
루첸시오	그러면 금화 백.
호르텐시오	좋아.
페트루키오	됐어. — 내기야.
호르텐시오	누가 먼저 시작하지?
루첸시오	내가 먼저 하지. 비온델로, 네 여주인에게 가서 내게
	오라고 해.
비온델로	갑니다. (퇴장) 80
바티스타	사위, 비안카가 오는 데 자네 몫의 반을 걸지.
루첸시오	절반은 싫어서 혼자 다 감당하겠습니다.

비온델로 등장.

	그래 무슨 소식이냐?
비온델로	저, 여주인 말씀이 바빠서 못 온다고 당신께 전하라 하
	셨어요. 85
페트루키오	뭐라고? '그녀는 바빠서 못 온다고?'
	그것이 답이야?

그레미오	암, 친절한 것이기도 하지.
	제발 당신 아내는 더 나쁜 답 안 보내길.
페트루키오	더 나은 걸 바랍니다.
호르텐시오	이봐, 비온델로, 가서 내 아내에게 간청하여 곧 내게 90
	오란다고 해. (비온델로 퇴장)
페트루키오	오호, '간청한다.' — 그렇다면 꼭 와야지.
호르텐시오	자네가 어떡하든 자네의 아내에겐

비온델로 등장.

	간청이 안 통할까 두렵네. 근데 내 아내는?
비온델로	그녀 말이, 당신은 멋진 장난 하신대요. 95
	안 오시겠다면서 당신이 오랍니다.
페트루키오	점점 나빠지는군. '안 오신다.' — 오, 더러워,
	견딜 수가 없구나, 참아 줄 수가 없어.
	여봐라, 그루미오, 네 여주인에게 가서
	나에게 오라고 명령한다고 해. (그루미오 퇴장) 100
호르텐시오	그녀 답은 내가 알지.
페트루키오	뭔데?
호르텐시오	안 올 거야.
페트루키오	더더욱 더러운 내 운명, 그걸로 끝이다.

카타리나 등장.

바티스타	이런 천지개벽이, 카타리나가 이리 와. 105
카타리나	어인 일로 절 부르러 보내신 거예요?
페트루키오	동생과 호르텐시오 부인은 어디 있소?

카타리나	휴게실 불 옆에서 이야기를 나눠요.
페트루키오	가서 이리 잡아 와요. 못 온다고 거절하면
	흠씬 패서 그들의 남편에게 데려와요. 110
	가라니까, 그들을 바로 이리 끌고 와. (카타리나 퇴장)
루첸시오	기적 얘기 한다면 이야말로 기적이오.
호르텐시오	그렇다네. 이게 뭔 징조인지 의아하군.
페트루키오	그야, 평화의 징조이고, 사랑과 조용한 삶,
	외경 어린 지배와 진정한 패권의 징조이지. 115
	요약하면, 달콤하고 행복한 것밖에 뭐겠어.
바티스타	이제 복 많이 받게, 사위 페트루키오!
	내기는 자네가 이겼고, 난 그들의 손실에
	이만의 금화를 더하여 줄 것이네,
	다른 딸을 위해 주는 다른 지참금이네. 120
	그녀가 바뀌어 전에 없던 사람이 됐으니까.
페트루키오	아뇨, 저는 아직 이 내기를 더 잘 이기면서
	그녀의 복종 표시 ― 그녀에게 새로 생긴
	미덕과 복종심을 ― 더 보여 드리지요.

카타리나, 비안카, 과부 등장.

	저 봐요, 그녀가 당신네 외고집 아내들을 125
	여자다운 설득의 포로로 데리고 오는 걸.
	카트린, 당신의 그 모자는 어울리지 않아요,
	그 장난감 벗어서 ― 발아래로 내던져요.
과부	주여, 제가 저 우스운 곤경에 처할 때까지는
	한숨 쉴 이유가 절대 없게 해 주소서. 130
비안카	쳇, 이 무슨 바보 같은 순종이란 말입니까?

루첸시오	당신도 그만큼 바보같이 순종했더라면.
	고운 비안카여, 난 당신의 현명한 순종 덕에
	저녁이 끝난 뒤로 오백의 금화를 잃었소.
비안카	내 순종에 돈을 건 당신은 더 큰 바보예요.	135
페트루키오	카트린, 고집 센 이 여자들이 남편 주인님에게
	어떤 순종 빚졌는지 말할 것을 명하오.
과부	저런, 저런, 농담이죠. 우린 듣지 않겠어요.
페트루키오	자, 어서, 하라니까. 제일 먼저 그녀에게.
과부	못 할걸요.	140
페트루키오	할 거란 말이오. '제일 먼저 그녀에게.'
카타리나	쯧쯧, 험악하고 불친절한 그 인상 좀 펴고
	경멸적인 눈총을 막 쏘아 대서 당신의
	주인님, 왕, 통치자를 다치지는 마시오.

그럼 당신 미모는 서리 맞은 풀밭처럼 꺼지고   145
명성은 강풍에 고운 망울 흔들리듯 다치며,
결코 적절하거나 사랑스러운 게 아녜요.
부아가 난 여자는 휘저은 샘물과 같아서
흙탕에다 밉상이고, 탁하고 안 예뻐서
그 상태론 아무리 건조해 목마른 사람도   150
한 방울도 안 마시고 손도 안 댈 겁니다.
남편은 당신의 주인님, 생명이고 보호자,
머리이며 군왕으로, 당신을 보살피고
당신의 생계 위해 바다와 땅 양쪽에서
쓰라린 노동에 자기 몸을 맡기며,   155
당신이 집에서 따뜻이 편안히 누웠을 때
폭풍우 밤에도 차가운 낮에도 깨 있는데
그가 당신 손에서 갈망하는 공물은

사랑과 고운 모습, 진정한 복종일 뿐으로 ―
그토록 큰 빚에 너무 작은 보답이죠.   160
신하가 군주에게 지켜야 할 도리,
바로 그걸 여자는 남편에게 지켜야죠.
그녀가 외고집 짜증에다 시무룩 뚱하고
명예로운 남편 뜻에 복종하지 않는다면
더럽게 다투는 반역자, 사랑하는 주인님께   165
감사할 줄 모르는 역도가 아니면 뭐겠어요?
여자들이 평화 위해 무릎 꿇어야 할 때
전쟁하려 한다거나, 봉사하고 사랑하고
복종하게 돼 있는데, 지배, 패권, 세력을
추구하려 할 만큼 단순해서 난 부끄러워요.   170
우리 몸은 왜 연하고 약하고 매끈하며
이 세상의 고역과 고통에 부적합할까요?
연한 우리 성품과 우리의 마음이
겉모습과 잘 맞아서 그런 게 아닐까요?
자, 자, 고집 세고 무력한 벌레들 같으니,   175
내 마음도 당신 둘 중 하나만큼 컸었고,
심장도 마찬가지, 이성은 아마도 더 커서
말대꾸와 찌푸리기 맞대결을 했었지요.
근데 이젠 알아요, 우리 창은 지푸라기,
힘 또한 그만큼 약하고, 연약함은 비교 불가,   180
최고처럼 보여도 사실은 최저일 뿐임을.
그러니 그 배짱 버리고, 소용없으니까,
남편의 발밑에 두 손 뻗고 엎드려요.
그러한 순종의 표시로, 그가 기분 좋다면
그이 마음 편하도록 내가 당장 그리하죠.   185

페트루키오	암, 참 멋진 여자야. 자, 케이트, 키스해 줘.
루첸시오	좋아, 잘했어, 노총각, 당신이 이겼어.
빈센시오	자식들이 유순하면 듣기가 아주 좋아.
루첸시오	여인들이 고집 셀 땐 귀에 거슬리지요.
페트루키오	자, 케이트, 자러 가요. 190
	셋이 결혼했지만 당신 둘은 끝장났어.
	— 당신은 비안카 가졌지만 내긴 내가 이겼고
	승자로서 당신의 멋진 밤을 기원하오.

(페트루키오 퇴장)

| 호르텐시오 | 가 보게, 자네는 못된 말괄량이를 길들였어. |
| 루첸시오 | 그런데 저렇게 길들여진다면 놀라운 일이오. 195 |

(함께 퇴장)

195행 무대 지시문
페트루키오가 앞서 퇴장한 상태에서 나   떤 순서로 어떻게 처리할 것인지는 결국
머지 세 사람의 마지막 "함께 퇴장"을 어   독자와 연출의 극 해석에 달려 있다.

베로나의 두 신사

The Two Gentlemen of Verona

역자 서문

　사랑과 우정의 갈등을 다루는 이 극에서 관객의 예상을 황당하게 벗어나는 일은 극이 거의 끝날 때까지 한 번도 일어나지 않는다. 베로나의 신사 발렌틴은 줄리아와 사랑에 빠진 친구 프로테우스를 고향에 남겨 두고 바깥세상의 놀라운 일들을 경험하려고 밀라노로 간다. 그리고 거기에서 밀라노 공작의 딸 실비아를 만나 사랑에 빠진다. 한편 줄리아와 결혼을 꿈꾸며 행복에 젖어 있던 프로테우스도 아들에게 세상 경험을 시키려는 아버지의 강압에 떠밀려 갑자기 밀라노로 오게 된다. 그리고 실비아를 만나자마자 첫눈에 그녀를 사랑한다. 하지만 이미 굳건해진 발렌틴과 실비아의 관계를 정상적인 방법으로는 깨지 못할 것을 아는 프로테우스는 술수를 써서 둘 사이를 갈라 놓으려 한다. 그래서 프로테우스는 발렌틴과 실비아의 야반도주 계획, 즉 발렌틴이 친구의 배신을 눈치채지 못하고 알려 준 도주의 방법과 시간을 그녀의 아버지 공작에게 일러바쳤고, 그 결과 자신의 계획이 사전에 들통난 발렌틴은 밀라노에서 추방된다. 그러다가 이 두 쌍의 청춘 남녀는 운명적으로 모두 한곳에서 만난다. 우선, 죽음을 각오하고 밀라노에 남으려던 발렌틴은 추방 음모의 장본인 프로테우스의 권유로 방랑 생활을 하다가 산적 패와 합류했고, 바로 그 산속으로 그를 찾아 나선 실비아가 들어왔고, 그녀를 뒤쫓는 프로테우스 역시 그곳에 도착했으며, 베로나를 떠난 프로테우스를 뒤따라 밀라노로 왔던 줄리아도 남장한 채 그의 시동이 되어 그와 함께 그곳에 와 있다.

이렇게 친구이자 연적이 된 두 신사와, 그들을 바보처럼 변함없이 사랑하는 두 아가씨가 모두 한곳에 모여 사랑과 우정의 갈등이 그 절정에 이르러 폭발하려는 시점에 이 극의 가장 황당한 사건이 벌어진다. 왜냐하면 발렌틴은 자신의 약혼녀 실비아를 겁탈하려는 시도가 좌절된 프로테우스가 "용서해 줘, 발렌틴. 진심 어린 슬픔이/ 죄에 대한 충분한 보석금이 된다면/ 그걸 여기 내놓겠다."라고 했을 때, 그의 말을 일말의 의심도 없이 받아들이면서 "그럼 됐어./ 다시 한번 난 너를 정직하다 여긴다."(5.4.74~78)라며 그를 단번에 깨끗이 용서하기 때문이다. 프로테우스의 누적된 사랑과 우정의 배신과 거짓말뿐만 아니라 목전의 성폭행 시도를 지켜본 관객들의 반응은 아랑곳하지 않은 채 말이다. 그런데 발렌틴의 얼토당토않은 행동은 여기에서 끝나지 않는다. 그는 프로테우스를 용서할 뿐만 아니라 "내 사랑이 명백하고 관대해 보이도록/ 내가 가진 실비아의 모든 걸 네게 준다."(5.4.82~83)라고 공언한다. 그동안 실비아와 그녀의 사랑을 얻기 위해 쏟은 모든 노력과 그 결과물을 마치 하나의 희생물처럼 우정의 제단에 기꺼이 바치듯이 말이다. 그리고 이 두 남자의 우정 어린 바보짓이 진행되는 동안 이들의 연인인 두 여자, 줄리아와 실비아의 반응 또한 이상하기 그지없다. 줄리아는 기절하면서 자신의 존재와 변함없는 사랑을 알리고, 실비아는 자신의 사랑이 두 남자 사이에서 거래의 대상이 되는 것을 뻔히 보면서도 아무런 말이 없다. 가타부타 한마디도 없다.

그렇다면 이 사태를 어떻게 해석해야 좋을까? 발렌틴의 '사랑'을 중심으로 몇 가지를 예시하면 다음과 같다. 첫째, 발렌틴의 말, "내 사랑이 명백하고 관대해 보이도록/ 내가 가진 실비아의 모든 걸 네게 준다."는 의도적으로 모호해서 그것을 "난 내 사랑을 실비아에게 준 것처럼 솔직하게 그리고 거리낌없이 내 사랑을 너에게 준다."라고 해석할 수 있다. 즉, 이때 발렌틴은 사랑과 우정을 동일시하는 그의 순수한 마음을 표현했을 뿐이다. 둘째, 발렌틴은 지금까지 우정의 규범을 믿고 거기에 사로잡혀 있기 때문에 그는 자신의 약혼녀를 강탈하려 했던 프로테우스에게 그녀를 기꺼이 넘겨주려 했으며, 극중에서 이런 자신의 바보짓이나 과도한 행동을 한 번도 인정한 적이 없다. 셋째, 발렌틴의 '사랑'은 단지 '우애 또는 우정'일 뿐이다. 그리고 마지막으로 발렌틴의 말은 무엇을 주겠다는 것이 전혀 아니고, 친구에 대한 자신의 무한한 애정을 그냥 내보이는 것일 뿐으로 자신의 사랑 말고는 그 무엇에 대한 소유권도 언급하지 않는다.

이 가운데 두 번째 해석이 내가 보기에는 가장 셰익스피어의 의도에 가까운 것 같다. 왜냐하면 두 남자의 우정 편향에 의한 사랑과 여성 무시가, 특히 그 편향성이 두 여성의 일관된 사랑과 그것의 수동적인 수용이나 침묵과 극명한 대조를 이룰 때 드러나는 남자들의 우스꽝스러운 모습이, 극작가가 이 황당한 사건을 지금의 순서로 보여 주는 주목적이라고 생각하기 때문이다. 두 신사는 자기들이 남자끼리의 우정을 진하게 주고받는 주인공들이라고 여기면서 우쭐해할지 모르지만 그 과정과 내막을 아는 관객들은 그들을, 그들에게 삶의 환희를 주는 사랑과 그것을 위해 그들의 철부지 바보짓을 참고 받아들이는 여인들의 헌신을 몰라보는 관념의 바보라고 여기며 쓴웃음을 짓지 않을 수 없다.

끝으로 이번 번역은 윌리엄 캐럴(William C. Carroll) 편집의 아든 3판(The Arden Shakespeare, 3rd Edition) 『베로나의 두 신사 (The Two Gentlemen of Verona)』를 기본으로 하고, G. 블레이크모 어 에번스 편집의 리버사이드 셰익스피어 판과, 조너선 베이트 와 에릭 라스무센 편집의 로열 셰익스피어 컴퍼니 판을 참조했 다. 본문의 주에 나타나는 '아든', '리버사이드', 'RSC'는 이들 판 본을 가리킨다. 그리고 편리함을 목적으로 한글 『베로나의 두 신사』의 대사 행수를 5단위로 명기했으며 이는 원문의 행수와 정확히 일치하지 않음을 밝힌다.

등장인물

공작	실비아의 아버지
발렌틴 ⎤ 프로테우스 ⎦	두 신사
안토니오	프로테우스의 아버지
투리오	발렌틴의 어리석은 경쟁자
에글라무르	실비아의 도망 주선인
여관 주인	줄리아의 숙소 주인
무법자들	발렌틴의 일행
스피드	발렌틴의 광대 같은 하인
란스	프로테우스의 광대 같은 하인
판티노	안토니오의 하인
줄리아	프로테우스의 애인
실비아	발렌틴의 애인
루체타	줄리아의 시녀
하인	공작의 시종

하인들과 악사들

1막 1장

발렌틴과 프로테우스 등장.

발렌틴 설득은 그만하게, 사랑하는 프로테우스,
집 지키는 청년은 늘 감각이 무디니까.
고귀한 네 애인의 그 달콤한 눈길에
네 젊은 나날이 욕망으로 매이지만 않았어도
나는 네 동행을 간청하여 저 바깥세상의   5
놀라운 걸 보자고 했을 거야, 네 청춘을
집에서 무료하게 재미없이 살면서
흐릿한 안일 속에 썩히기보다는 말이지.
근데 넌 사랑하니까 쭉 사랑해서 번성해,
나도 사랑 시작하면 꼭 그럴 테니까.   10
프로테우스 떠나려 해? 상냥한 발렌틴, 잘 가게.
여행 중에 우연히 희귀하고 주목할 만한 걸
보거든, 이 프로테우스 생각도 좀 해 주고.
행운을 만나거든 나도 네 행복에
동참하길 바라 줘. 그리고 위험할 땐,   15
네가 정말 위험에 휩싸이게 된다면
그 고충을 성스러운 내 기도에 맡기게,
내가 너 발렌틴의 복을 빌어 줄 테니까.
발렌틴 연애 책에 손을 얹고 내 성공을 기도해?
프로테우스 좋아하는 책을 놓고 널 위해 기도할게.   20
발렌틴 깊은 사랑 다루는 얕은 얘기 말이지 —
레안드로스가 어떻게 헬레스폰트를 건넜는지.

1막 1장 장소 베로나.

프로테우스	그것은 더 깊은 사랑의 깊이 있는 애기야,	
	그 남자는 발목까지 사랑에 빠졌었으니까.	
발렌틴	맞아. 넌 장화 목까지 사랑에 푹 빠졌는데도	25
	헬레스폰트에서 헤엄은 한 번도 안 쳤으니까.	
프로테우스	장화 목까지라고? 아니, 날 놀리지는 마.	
발렌틴	응, 그렇게, 너에겐 득 될 게 없으니까.	
프로테우스	뭐가?	
발렌틴	사랑에 빠지는 것, 그래서 신음으로 경멸을,	
	쓰라린 한숨으로 내숭을, 순간의 기쁨으로	30
	잠 못 드는 지루한 스무 밤을 사는 것 말이야.	
	우연히 얻으면 불운한 소득일지 모르고,	
	잃으면, 그러면 지독한 맘고생 얻는 거지.	
	어쨌든, 그것은 재주로 산 바보짓이거나	
	바보짓에 정복당한 재주꾼일 뿐이야.	35
프로테우스	고로 넌 추론으로 날 바보라 부르는군.	
발렌틴	고로 네 처지에선 그리될 것 같구먼.	
프로테우스	넌 사랑을 흠잡아. 난 사랑이 아니야.	
발렌틴	사랑은 네 주인이야, 너를 지배하니까.	
	또 그렇게 바보에게 매인 자는 내 생각에	40
	현명하단 기록이 남아서도 안 되네.	
프로테우스	그래도 작가들은 가장 고운 봉오리에	
	파먹는 자벌레가 살 듯이 최고의 감각에도	
	맹목적인 사랑이 깃들어 있다고 해.	
발렌틴	게다가 작가들은 가장 이른 봉오리가	45

22행 레안드로스
밤마다 헬레스폰트를 헤엄쳐 건너가 연 청년. 그가 죽자 그녀도 헬레스폰트에
인 헤로를 만나다가 어느 날 밤 익사한 몸을 던져 익사했다. (리버사이드)

피기 전에 자벌레에 파먹히듯 꼭 그렇게
어설픈 미숙한 재주꾼도 사랑에 의하여
봉오리 속에서 시들어 우둔해지면서
바로 그 전성기에 푸른빛과 앞으로 올
희망의 고운 결실 다 잃어버린다고 해.   50
하지만 내가 왜 어리석은 욕망의 신도인
너에게 시간을 허비하며 충고하지?
다시 한번 잘 있어라. 아버지가 길가에서
배 타는 날 보려고 내가 오길 기다리셔.

프로테우스   그럼 내가 거기까지 배웅할게, 발렌틴.   55
발렌틴   아냐, 소중한 프로테우스. 이제는 작별해.
           밀라노로 편지해서 네 사랑의 성공 여부,
           그리고 네 친구가 없는 동안 여기에서
           다른 어떤 일들이 생겼는지 들려줘.
           나도 네게 똑같이 내 소식을 전할게.   60
프로테우스   밀라노에 있는 네게 온갖 행복 찾아오길.
발렌틴   집에 있는 네게도, 그러니 잘 지내라.   (퇴장)
프로테우스   그는 명예, 그리고 난 사랑을 뒤쫓는다.
           그는 친구 떠나서 친구 품위 높이는데
           난 사랑 때문에 자신, 친구, 모든 걸 버린다.   65
           줄리아 그대여, 그대는 날 바꾸어 놓았소.
           내 공부에 소홀하고 시간을 허비하며
           좋은 충고 물리치고 세상을 얕보게 했으며,
           멍청하게 만들고 상사병 들게 했소.

스피드 등장.

| 스피드 | 프로테우스 님, 안녕. 제 주인님 보셨어요? | 70 |

스피드 　　　프로테우스 님, 안녕. 제 주인님 보셨어요?　　　　70

프로테우스　밀라노 가는 배에 오르려고 방금 갔어.

스피드 　　　그러면 십중팔구 이미 배를 타셨네요,

　　　　　　　그래서 전 주인 잃은 양이 된 셈이죠.

프로테우스　정말로 양은 종종 옆길로 새 버리지,

　　　　　　　양치기가 잠시만 멀어져도 말이야.　　　　　　75

스피드 　　　그럼 제 주인님은 양치기, 전 양이란 결론이죠?

프로테우스　그렇다.

스피드 　　　그렇다면 제 뿔은 깨어 있든 잠자든 그의 뿔이고요.

프로테우스　엉뚱한 답이로구먼, 양에겐 딱 맞기도 하고.

스피드 　　　그걸로 저는 늘 양이란 게 입증되네요.　　　　　80

프로테우스　맞아, 그리고 네 주인은 양치기고.

스피드 　　　아뇨, 그건 제가 추론으로 부정할 수 있답니다.

프로테우스　내가 그걸 또 다른 걸로 입증 못 한다면 난 정말 운이

　　　　　　　없겠지.

스피드 　　　양치기가 양을 찾지, 양이 양치기를 찾진 않아요. 근데　85

　　　　　　　전 주인님을 찾고 주인님은 저를 안 찾네요. 그러므로

　　　　　　　전 양이 아닙니다.

프로테우스　양은 여물 때문에 양치기를 따르는데, 양치기는 음식

　　　　　　　때문에 양을 따르진 않아. 넌 보수 때문에 네 주인을

　　　　　　　따르는데, 네 주인은 보수 때문에 널 따르진 않아. 그　90

　　　　　　　러므로 넌 양이야.

스피드 　　　그런 증거가 또 나오면 전 '음매' 할 겁니다.

프로테우스　근데 잘 들어. 너, 내 편지 줄리아에게 줬어?

스피드 　　　예, 길 잃은 양 제가, 치마 입은 양 그녀에게 당신 편지

　　　　　　　를 줬는데, 치마 입은 양 그녀는, 길 잃은 양 저에게 수　95

　　　　　　　고비로 아무것도 안 줬어요.

프로테우스	그렇게 많은 양을 키우기에는 여기 이 풀밭이 너무 좁아.
스피드	그 땅이 차서 넘친다면 암양을 파는 게 최고죠.
프로테우스	아냐, 그 점에서 넌 빗나갔어. 널 패는 게 최고야. 100
스피드	아뇨, 한 푼이라도 주시는 게 제가 편지를 전하는 데 도움이 될 겁니다.
프로테우스	잘못 들었어. 널 팬단 말이야 — 패대기치면서.
스피드	패다가 패대기쳐? 저를 빙빙 돌리시면 연애편지 전할 기운 하나도 없을걸요. 105
프로테우스	근데 그녀는 뭐라 했어?
스피드	(머리를 끄덕인다.) 예.
프로테우스	끄덕하고, 예 — 아니, 그건 '멍청이' 짓이야.
스피드	잘못 들으셨어요. 저는 그녀가 끄덕였다고 말하는데, 당신이 그녀가 끄덕였느냐고 물어서 '예'라고 말했답 110 니다.
프로테우스	그래서 그걸 합쳐 보니 '멍청이'란 말이다.
스피드	이제 그걸 합쳐 보는 고생을 하셨으니 고생의 대가로 그걸 받으시죠.
프로테우스	아냐, 아냐, 그건 그 편지 나른 대가로 네가 가져. 115
스피드	그렇다면 제가 당신을 기꺼이 참아 줘야겠네요.
프로테우스	아니, 뭘 참아 줘?
스피드	원 참, 그 편지 말이죠, 그걸 잘 참고 날랐는데도 수고비로 '멍청이'라는 말밖에 못 들어서요.
프로테우스	젠장, 넌 기지가 빠르단 말이야. 120
스피드	그런데도 당신의 느린 지갑을 앞지를 순 없죠.
프로테우스	자, 자, 말문을 열어 봐. 간단히, 그녀가 뭐랬어?
스피드	지갑을 여시죠, 그럼 돈과 말문 양쪽이 한꺼번에 트일

수 있답니다.

프로테우스	(그에게 동전을 한 닢 준다.)
	자, 수고비다. 그녀가 뭐랬어? 125
스피드	(동전을 검사한다.)
	정말로, 당신이 그녀를 얻기는 힘들 것 같은데요.
프로테우스	왜? 그녀로부터 그만큼은 알아낼 수 있었어?
스피드	전 그 어떤 사실도 알아낼 수 없었어요.
	예, 편지를 전달해도 금화 한 닢 없었죠.
	당신 마음 전해 준 저에게 아주 박했으니까 130
	당신이 마음을 밝힐 때도 박할까 봐 겁나요.
	정표로 돌덩이만 주세요, 쇠 같은 여자니까.
프로테우스	뭐, 한마디도 안 했어?
스피드	예, '수고비로 이거 받아.'라는 말도 없었어요. 당신은
	선심을 증명하기 위해 고맙게도 제게 닷 푼짜리 한 닢 135
	을 주셨군요. 그에 대한 보답으로 앞으로는 편지를 직
	접 전하시죠. 그럼, 제 주인님께 당신 안부 전해 드리
	죠. (퇴장)
프로테우스	가, 가, 어서 가, 네 배가 파선하지 않도록.
	넌 뭍에서 목이 매여 죽어야 할 운명이니 140
	네가 타는 그 배는 사라질 수 없단다.
	좀 더 나은 인편을 보내야 하겠구나.
	저따위 가치 없는 사자가 내 글을 전해서
	줄리아가 안 받아들였을까 봐 걱정된다. (퇴장)

줄리아와 루체타 등장.

줄리아	하지만 루체타야, 이젠 둘만 있으니까,	
	넌 내게 사랑에 빠지란 조언을 하고 싶어?	
루체타	예, 아가씨, 부주의로 안 넘어지신다면.	
줄리아	네 생각엔, 날마다 대화를 통하여	
	날 만나는 멋진 신사 방문객들 가운데	5
	누가 가장 훌륭한 연인인 것 같으냐?	
루체타	그 이름을 되풀이해 주시면 얕고도 단순한	
	제 재주에 따라서 마음을 밝혀 보죠.	
줄리아	저 고운 에글라무르 경은 어떻게 생각해?	
루체타	말 잘하고 우아하고 섬세한 기사지요.	10
	하지만 저라면 절대 선택 않겠어요.	
줄리아	부자인 메르카시오는 어떻게 생각해?	
루체타	그의 부는 좋지만 그 자신은 그렇고 그래요.	
줄리아	귀하신 프로테우스는 어떻게 생각해?	
루체타	어머, 어머, 바보짓에 휘둘리는 우리 좀 봐!	15
줄리아	뭔데? 그 이름에 왜 그렇게 열광해?	
루체타	죄송해요, 아가씨, 저처럼 하찮은 사람이	
	아름다운 신사분을 이렇게 평하려니	
	엄청난 수치심이 몰려와서 그럽니다.	
줄리아	나머지 모두처럼 프로테우스 평은 왜 못 해?	20
루체타	그렇다면, 전 그가 가장 좋다 생각해요.	
줄리아	그 이유는?	

1막 2장 장소 베로나, 줄리아 집의 정원.

루체타	제게는 여자의 이유밖에 없답니다,	
	그렇게 생각해서 그렇게 생각해요.	
줄리아	그래서 그에게 내 사랑을 줬으면 좋겠어?	25
루체타	예, 그것을 내버렸다 생각하지 않으시면.	
줄리아	허, 나머지 모두 중 그이만 청혼을 안 했어.	
루체타	하지만 당신을 가장 많이 사랑한다 생각해요.	
줄리아	말수가 적은 걸로 봐서는 사랑도 작을밖에.	
루체타	가장 깊이 감춘 불이 가장 크게 타는데요.	30
줄리아	사랑을 못 보여 주는 건 사랑이 없어서야.	
루체타	오, 사랑을 알리는 이들의 사랑이 가장 적죠.	
줄리아	그이 마음 알았으면.	
루체타	이 편지 읽어 봐요, 아가씨. (편지를 준다.)	
줄리아	"줄리아에게." 말해, 누가 보냈어?	35
루체타	내용에서 밝혀질 거예요.	
줄리아	말해, 말해, 누가 줬어?	
루체타	발렌틴 시동인데, 보낸 건 프로테우스 같아요.	
	당신께 직접 주려 했지만 도중에 저를 만나	
	제가 대신 받았어요. 그 잘못은 죄송해요.	40
줄리아	원, 수줍음에 맹세코, 잘난 중매쟁이야!	
	네가 감히 음탕한 글 감춰 둘 생각을 해?	
	내 젊음을 수군대며 음모를 꾸미려 해?	
	분명히 말하는데, 그것은 막중한 임무이고	
	너는 그런 자리에 딱 맞는 적임자야.	45
	자, 이 편지 받아라. 꼭 돌려주도록 해,	
	안 그러면 다신 내게 되돌아오지 마.	
루체타	사랑의 애원은 미움보단 사례금이 마땅하죠.	
줄리아	썩 물러가?	

루체타	그럴 테니 곱씹어 보세요.	(퇴장)
줄리아	그럼에도 그 편지를 훑어볼걸 그랬어.	50

줄리아   그럼에도 그 편지를 훑어볼걸 그랬어.   50
다시 불러 내가 꾸중하였던 그 잘못을
좀 저질러 달라고 비는 건 창피한 일이겠지.
바보 같은 계집애, 내가 처녀라는 걸 알면서
내 눈에 그 편지를 들이대지 않다니.
처녀들은 상대방이 '예'로 해석하기를   55
바라는 일에는 얌전히 '아뇨'라고 하니까.
쳇, 쳇, 이 바보 사랑은 정말 옹고집이어서
성마른 아기처럼 유모를 할퀴려 하다가
곧바로 확 수그러져 매에다 키스해!
난 기꺼이 루체타를 여기 두고 싶었으면서도   60
얼마나 막되게 그녀를 꾸짖어 쫓아냈나!
내면의 기쁨으로 가슴속 미소가 터졌는데
난 얼마나 화나서 이마를 찌푸렸나!
속죄하는 의미로 루체타를 다시 불러
지나간 바보짓에 용서를 구해야지.   65
이리 좀 와 봐! 루체타!

루체타 등장.

무슨 일이신지요?

줄리아   저녁때가 다 됐지?

루체타   그랬으면 좋겠어요,
아가씨가 성화를 이 하녀가 아니라
음식에 부리도록 말이죠. (편지를 떨어뜨렸다가 줍는다.)

줄리아   그토록 조심조심 집어 드는 그건 뭐지?   70

루체타	아무것도 아녜요.
줄리아	그럼 몸은 왜 굽혔어?
루체타	떨어뜨린 종이를 주워 올리려고요.
줄리아	그런데 그 종이가 아무것도 아니야?
루체타	저와는 아무 상관없는데요.

75

줄리아	그러면 상관있는 사람 위해 그냥 둬.
루체타	아가씨, 상관있는 곳에다 둘 수는 없어요,
	그릇된 해석자를 만나면 안 되니까.
줄리아	네 애인 중 누군가가 시로 편질 써 보냈어.
루체타	제가 곡을 붙여서 노래할 수 있도록요.

80

	음을 하나 주세요, 아가씨는 붙일 수 —
줄리아	그런 시시한 것에 가능한 최소를 붙여 줄게.
	'얕은 사랑' 곡조로 노래하는 게 최고야.
루체타	그렇게 가벼운 곡조엔 이게 너무 무거워요.
줄리아	무거워? 그러면 저음이 좀 있나 보지?

85

루체타	예, 그래도 아가씨가 노래하면 듣기 좋죠.
줄리아	왜 너는 안 되지?
루체타	그런 고음, 전 못 내요.
줄리아	그 노래 좀 보자. (편지를 받는다.)
	원, 이런 왈가닥 같으니!
루체타	그 곡조를 늘 지켜야 속이 풀릴 겁니다.
	그래도 전 그 곡조가 마음에 안 들어요.

90

줄리아	안 든다고?
루체타	예, 아가씨, 너무 날카로워요.
줄리아	왈가닥아, 넌 너무 건방져.
루체타	아녜요, 이제는 당신 음이 너무 탁해
	너무 거친 선율로 화음을 망치세요.

	당신 노래 채워 줄 중간 음만 빠졌어요.	95
줄리아	무례한 네 저음에 중간 음이 사라졌어.	
루체타	사실 전 프로테우스의 저음을 냈어요.	
줄리아	앞으론 이따위 잡소리로 날 괴롭히지 마.	
	이것이 사랑을 선언해서 말썽이야. (편지를 찢는다.)	
	넌 어서 저리 가고 이 종이는 내버려 둬.	100
	손가락을 댔다가는 내가 화를 낼 거야.	
루체타	무심한 척하시지만 또 다른 편지로	
	저렇게 화 돋우면 가장 좋아하실 거야. (퇴장)	
줄리아	그래, 그런 걸로 그렇게 화났으면 좋겠다.	
	오, 미운 손아, 그토록 다정한 얘기를 찢었어!	105
	상처 주는 말벌들아, 그토록 단 꿀 빨며	
	그걸 만든 벌들을 네 침으로 죽였어!	
	그 속죄로 난 이 찢긴 조각마다 키스할래.	
	봐, "친절한 줄리"라고 썼어. 불친절한 줄리아!	
	난 너의 배은망덕을 복수하는 셈치고	110
	험상궂은 돌덩어리에게 네 이름을 던지고	
	무시하는 네 마음을 경멸하며 짓밟겠다.	
	또 여긴 "상사병 난 프로테우스"라고 썼어.	
	불쌍한 상처받은 이름아, 내 가슴 침대에	
	너의 병이 완치될 때까지 머물러라,	115
	치유의 키스로 이렇게 닦아 줄 테니까.	
	"프로테우스"는 두세 번만 적어 놨네.	
	순풍아, 편지 안의 글자를 내가 다 찾기까지	
	잠잠해라, 한 단어도 불어 없애지 마라,	
	내 이름만 빼놓고. 그건 돌개바람으로	120
	거칠고 무섭게 튀어나온 바위로 실어 가	

포효하는 바닷속에 처박아 버려라.

봐, 이 한 줄엔 이름이 두 번이나 적혔어.

"불행한 프로테우스, 열정적인 프로테우스가

어여쁜 줄리아에게" — 이건 찢어 버릴 거야,　　　　　　125

하지만 안 그럴래, 그가 그걸 참 예쁘게

한탄하는 자신의 이름과 짝지어 놨으니까.

난 이렇게 그 둘을 포개지게 접어야지.

이제 키스, 포옹, 싸움, 뭐든지 맘대로 해.

루체타 등장.

루체타	아가씨, 저녁이 준비됐고, 부친께서 기다려요.	130
줄리아	그래, 가자.	
루체타	어머, 이 종잇조각을 밀고자로 여기 둬요?	
줄리아	그걸 중히 여긴다면 집는 게 최고겠지.	
루체타	아뇨, 전 그걸 버렸다고 꾸지람 들었어요.	
	그래도 감기가 들까 봐 여기엔 안 둘래요.	135

　　　　　　　　　　　　　　　　　(편지 조각을 줍는다.)

줄리아	넌 거기에 마음을 엄청 많이 쓰나 보네.	
루체타	예, 아가씬 보는 대로 말하실 수 있지만	
	저 또한 눈 감았다 여기셔도 본답니다.	
줄리아	그래, 그래, 그럼 우리 가 볼까?　　　(함께 퇴장)	

안토니오와 판티노 등장.

안토니오 말해 봐, 판티노, 내 동생이 그 수도원에서
         널 붙잡고 뭔 심각한 얘기를 했느냐?
판티노   그분 조카, 당신 아들 프로테우스 얘기요.
안토니오 왜? 뭣 때문에?
판티노   어른께서 아들이 청춘을
         집에서 보내게 두는 걸 의아해하셨죠,   5
         명망이 거의 없는 이들도 아들들을 —
         일부는 전쟁으로 내보내서 행운 찾게,
         일부는 머나먼 섬들을 발견하게,
         일부는 열심히 공부하는 대학으로 —
         출셋길 찾도록 밖으로 보내는데 말이죠.   10
         이런 활동 가운데 몇몇 또는 모두가
         당신 아들 프로테우스에게 맞는다며
         당신께 졸라 대어 그가 자기 시간을
         집에선 더 이상 안 보내게 하라고 하셨어요,
         그가 젊은 시절에 여행을 모르는 게   15
         노년에는 큰 손실이 될 거라 하시면서.
안토니오 그 문제는 네가 크게 졸라 댈 필요 없다,
         한 달 내내 난 그 일로 머리를 굴렸어.
         난 그가 시간을 잃는 것과, 이 세상 속에서
         시험과 교육을 못 받으면 완전한 인간이   20
         될 수 없단 사실을 크게 고려했단다.

1막 3장 장소 베로나, 안토니오의 집.

경험은 근면을 통하여 얻게 되고
빠르게 흐르는 시간으로 완성되지.
그러니 말해 봐, 어디로 보내야 최고지?

판티노   그의 친구, 발렌틴 청년이 황궁에서   25
황제의 시중을 든다는 사실을
어른께서 모르지는 않으실 줄 압니다.

안토니오   잘 알지.

판티노   그를 거기 보내시면 좋을 것 같습니다.
거기에서 말달리며 창 찌르는 연습 하고,   30
즐거운 담화 듣고 귀족들과 어울리며,
그의 젊은 나이와 고귀한 출신에
걸맞은 활동을 모두 다 직접 볼 것입니다.

안토니오   좋은 조언이구나. 충고를 잘해 줬다.
내가 그걸 얼마나 좋아하고 있는지   35
네가 알 수 있게끔 실행으로 보여 주마.
난 그를 최대한 가장 빨리 서둘러
황제의 궁정으로 급파할 것이다.

판티노   마음에 드신다면, 돈 알폰소 님이 내일
평판이 훌륭한 다른 신사분들과   40
황제께 인사하고, 그분의 뜻에 맞춰
봉사해 드리려고 여행을 떠나서요.

안토니오   훌륭한 동행이야 ― 프로테우스도 보내겠다.

프로테우스. 편지를 읽으며 등장.

25행 황궁
발렌틴은 1막 3장 내내 황제가 있는 황   의 다른 장면에서 실비아의 아버지는 밀
궁에 가 있다고 여겨진다. 하지만 이 극   라노 공작이다. (아든)

	때맞춰 오는구나! 우리 뜻을 터놔 보자.	
프로테우스	달콤한 님, 달콤한 글, 달콤한 삶!	45
	이게 그녀 마음의 대리인, 그녀의 필체이고,	
	이게 그녀 순결의 담보물, 사랑의 서약이다.	
	오, 양가의 부친께서 우리 사랑 칭찬하고	
	그분들의 동의로 우리 행복 이뤘으면!	
	오, 천상의 줄리아!	50
안토니오	웬일이냐? 거기서 읽는 게 뭔 편지냐?	
프로테우스	황송하나 아버님, 발렌틴이 보내온	
	안부 인사 한두 마디 적힌 건데	
	그를 떠나 이리 온 친구가 전했어요.	
안토니오	그 편지 좀 보자. 소식이 뭔지 보자.	55
프로테우스	아버님, 별 소식은 없지만 자기가 얼마나	
	행복하게 사는지, 얼마나 큰 사랑을 받는지,	
	또 황제의 호의를 날마다 입는지 적었고,	
	행운을 나눠 가질 저와 함께하기를 바랍니다.	
안토니오	그렇다면 넌 그의 바람을 어찌 생각하느냐?	60
프로테우스	아버님의 뜻을 믿는 사람인 저로서는	
	그 친구의 바람에 의존하진 않습니다.	
안토니오	내 뜻도 그 바람과 약간은 일치한다.	
	내가 이리 서두른다고 해서 놀라지 마,	
	내 뜻대로 할 테고 그걸로 끝이니까.	65
	난 네가 황제의 궁정에서 발렌틴과	
	시간을 좀 보내게 만들기로 결심했다.	
	그가 가족들에게 생활비를 얼마 받든	
	너도 같은 수당을 내게서 받을 거야.	
	내일은 길 떠날 준비를 하고 있어.	70

핑계는 대지 마라, 난 단호하니까.

프로테우스   아버님, 그리 빨리 대비할 순 없으니

하루이틀쯤은 숙고해 주십시오.

안토니오   필요한 건 뭐든지 나중에 보내 주마.

더 이상 지체 없이 넌 내일 가야 한다.   75

이리 와, 판티노, 네가 해야 할 일은

그의 여행 서두르는 것이야.   (안토니오와 판티노 퇴장)

프로테우스   난 이렇게 불에 탈까 겁나서 피하다가

바다에 푹 빠져 거기에서 익사한다.

아버지가 내 사랑에 반대할까 겁나서   80

줄리아의 편지를 안 보여 드렸다.

근데 그는 나 자신의 핑계를 이용하여

내 사랑을 완전히 뚝 잘라 버리셨다.

오, 이 사랑의 봄날은 사월 어느 하루의

불안한 영광과 얼마나 닮았는가,   85

방금도 태양의 미모를 다 보여 주다가

구름이 곧바로 모든 걸 앗아 가네.

판티노 등장.

판티노   프로테우스 님, 부친께서 찾으셔요.

서두르고 계시니 가 보시기 바랍니다.

프로테우스   그래 맞아, 내 마음도 거기에 동의해.   90

그럼에도 천 번이나 '안 돼.'라고 답한다.   (함께 퇴장)

발렌틴과 스피드 등장.

스피드	주인님, 장갑이요.
발렌틴	내 건 아냐 — 난 다 꼈어.
스피드	그러면 이게 당신 걸지도, 한 짝뿐이니까.
발렌틴	하? 어디 보자. 그래, 이리 줘, 내 거야.
	신성한 것 덮어 주는 아름다운 장식품.
	아, 실비아, 실비아! 　　　　　　　　　　　　5
스피드	(부른다.) 실비아 아가씨! 실비아 아가씨!
발렌틴	이봐, 왜 그래?
스피드	그녀가 들리는 데 있지 않아서요.
발렌틴	아니, 누가 너더러 그녀를 부르랬어?
스피드	당신께서요, 안 그럼 제가 오해했군요. 　　　　　10
발렌틴	글쎄, 넌 항상 눈치가 너무 빨라.
스피드	근데 요전엔 너무 느리다고 야단맞았어요.
발렌틴	관둬. 말해 봐, 실비아 아가씨를 알아?
스피드	당신께서 사랑하는 그 여인이요?
발렌틴	아니, 넌 내가 사랑에 빠진 걸 어떻게 알아? 　　　15
스피드	원 참, 이런 특징으로요. 첫째, 당신은 프로테우스님
	처럼, 반항아처럼 팔짱 끼는 걸 배웠어요. 붉은가슴
	울새처럼 사랑 노래를 즐기고, 역병에 걸린 사람처
	럼 혼자 걸으며, 에이비시를 잊어버린 학생처럼 한

2막 1장 장소
밀라노, 공작의 궁전.
1행 장갑
스피드는 분명 실비아의 장갑을 집어 드 는 것 같다. 이 장면을 연출하기 위해 실비아가 무대 위를 지나가며 장갑을, 때로는 고의적으로 떨어뜨리게 할 수 있다. (아든)

숨 쉬고, 할머니를 묻고 난 계집애처럼 울며, 식이요   20
법 하는 사람처럼 굶고, 도둑맞을까 봐 겁내는 사람
처럼 깨어 있으며, 만성절 연회 맞은 거지처럼 애처
롭게 말하세요. 보통 때는 웃는 게 수탉의 꼬끼오 같
았고, 걸음은 사자들 가운데 한 마리 같았으며, 금식
은 바로 식사 후에 했고, 심각해 보일 때는 돈이 없   25
어서 그랬어요. 그런데 지금 당신은 애인 때문에 변
신했으니 당신을 쳐다볼 때면 주인님이라고 생각하
기 힘들어요.

발렌틴   이 모든 게 다 나한테서 드러나?

스피드   모든 게 다 밖으로 드러나요.   30

발렌틴   나를 뚫고? 그럴 순 없어.

스피드   당신을 뚫고? 예, 분명히, 당신을 꿰뚫는 건 아주 간단
해서 누구보다 쉬우니까요. 그리고 당신은 이런 어리
석은 짓들에 너무 뚫려서 그것들이 당신 안으로 들어
왔어요. 그러고는 유리병 속의 오줌처럼 밖으로 빛나   35
니까 모두들 당신을 보고는 의사처럼 당신의 질병에
대해 논평한답니다.

발렌틴   그런데 이봐, 네가 실비아 아가씨를 알아?

스피드   그녀가 식사할 때 당신이 막 응시하던 여인이요?

발렌틴   그런 것도 지켜봤어? 바로 그 여인이야.   40

스피드   근데 전 그녀를 몸으론 몰라요.

발렌틴   넌 내가 그녀를 응시한 건 알면서도 몸으론 모른단 말
이냐?

스피드   그녀는 못생기지 않았나요?

발렌틴   매력적이라고 할 만큼 곱지는 않아, 애.   45

스피드   주인님, 그건 저도 아주 잘 알아요.

발렌틴	네가 뭘 아는데?
스피드	그녀는 미녀로 보일 만큼 — 당신에게는 — 곱지 않다는 사실요.
발렌틴	내 말은 그녀는 미모도 빼어나지만 매력은 무한하다는 뜻이야.
스피드	그 이유는 한쪽은 화장 때문이고, 다른 쪽은 전혀 셀 수가 없어서죠.
발렌틴	어째서 화장이야? 또 어째서 셀 수가 없어?
스피드	원 참, 고와지려고 얼마나 화장을 했는지 어떤 남자도 그녀의 미모를 셀 수가 없잖아요.
발렌틴	넌 나를 어떻게 평가해? 난 그녀의 미모를 세고 있는데.
스피드	그녀가 변형된 뒤로는 본 적이 없으시죠.
발렌틴	변형된 지 얼마나 오래됐지?
스피드	당신이 그녀를 사랑하신 뒤로 줄곧.
발렌틴	난 그녀를 본 뒤로 줄곧 사랑했고, 그녀를 늘 아름답다고 봐.
스피드	그녀를 사랑하시면 그녀를 볼 수 없답니다.
발렌틴	왜?
스피드	사랑은 눈먼 신이니까요. 오, 당신이 제 눈을 가졌거나, 프로테우스 님이 대님 풀고 다닌다고 꾸짖었을 때 당신이 보이곤 했던 눈빛을 가졌으면.
발렌틴	그럼 내가 뭘 보는데?
스피드	당신의 지금 이 바보짓과 그녀의 극심한 변형을요. 그는 사랑에 빠져 바지에 맬 대님을 못 봤고, 당신도 사랑에 빠져 자기가 입을 바지를 못 보니까.
발렌틴	그럼, 얘, 너도 사랑에 빠진 것 같구나, 오늘 아침엔 네

50

55

60

65

70

가 닦아야 할 내 구두를 못 봤으니까.

스피드   맞아요, 제 침대와 사랑에 빠졌었죠. 고맙습니다, 제   75
          사랑을 매질해 주서서. 그래서 전 당신의 사랑을 더 용
          감하게 꾸짖게 됐답니다.

발렌틴   결론적으로, 난 그녀에게 연정을 품었어.

스피드   태워 버리세요, 그럼 연정이 그칠 겁니다.

발렌틴   간밤에 그녀는 내게 자기가 사랑하는 사람에게 글을   80
          써 달라고 요구했어.

스피드   그렇게 하셨어요?

발렌틴   했지.

스피드   글이 삐뚤빼뚤하지 않았나요?

발렌틴   아니, 얘, 내가 할 수 있는 한 잘 썼단다.   85

실비아 등장.

          쉿, 그녀가 왔어.

스피드   (방백)
          오, 빼어난 인형극! 오, 빼어난 인형! 이제 그가 그녀에
          게 해설을 해 줄 거야.

발렌틴   숙녀님 아가씨께 천 번의 좋은 아침.

스피드   (방백)
          오, 좋은 오후잖아요! 예절이 너무 과하셔.   90

실비아   추종자 발렌틴 당신에게도 2천 번의 좋은 아침.

스피드   (방백)
          그가 그녀에게 이자를 붙여 줘야 하는데 그녀가 그에
          게 붙여 주네.

발렌틴   요구하신 그대로 이름 없는 당신의

비밀 친구분에게 당신 편지 썼는데,   95

숙녀님께 복종하는 마음만 아니라면

크게 하고 싶지는 않은 일이었어요.

(그녀에게 편지를 준다.)

실비아 고마워요, 추종자님, 참 멋지게 쓰셨네요.

발렌틴 정말이지 아가씨, 아주 힘들었어요.

누구에게 가는 건지 몰랐기 때문에   100

매우 의심스럽게 되는대로 썼답니다.

실비아 이토록 큰 수고는 너무 크다 여기서서?

발렌틴 아뇨, 아가씨. 당신께 이로우면 쓸 것이니

천 번이 되더라도 명을 내려 주십시오.

그렇지만 —   105

실비아 예쁘게 마치시네. 아, 다음 말은 짐작되도

말은 않을 거예요. 그렇지만 상관없죠.

그렇지만 받으세요. (편지를 내민다.)

그렇지만 고마워요,

지금부터 고생은 더 안 시킬 거라는 뜻으로.

스피드 (방백)

그렇지만 시킬 테지, "그렇지만!" 하면서.   110

발렌틴 무슨 말씀이신지? 그게 맘에 안 드세요?

실비아 아뇨, 아뇨, 글을 아주 우아하게 쓰셨어요.

하지만 그러고 싶지는 않았다니 받으세요.

(편지를 다시 내민다.)

아뇨, 받으세요.

발렌틴 아가씨, 당신 것이랍니다.

실비아 예, 예, 제 부탁에 당신이 쓴 것이죠.   115

근데 받진 않을래요. 당신 것이랍니다.

	더 감동적으로 써 주기를 원했어요.	
발렌틴	괜찮으시다면 또 하나 써 드리죠.	
실비아	그걸 쓰면 저를 위해 읽어 봐 주시고,	
	마음에 드시면 그렇고, 안 드셔도 그렇죠.	120
발렌틴	제 마음에 든다면, 아가씨? 그러면요?	
실비아	아, 당신 맘에 든다면 수고비로 가지세요.	
	그러니 추종자님, 좋은 아침. (퇴장)	
스피드	(방백)	
	오, 숨은 농담, 불가사의하면서 안 보여서	
	얼굴 위의 코, 또는 종탑 위의 풍향계 같구나!	125
	그녀는 애원하는 주인님, 그녀의 학생을	
	애원하는 자에서 선생이 되도록 가르쳤다.	
	오, 빼어난 방책이다, 더 나은 거 들어 봤어?	
	필경사 주인님이 자신에게 그 편지를 써야 해?	
발렌틴	이봐, 왜 그래? 뭐야, 너 자신과 논증하고 있어?	130
스피드	아뇨, 전 시를 짓고 있었어요. 논리적인 사람은 당신이	
	랍니다.	
발렌틴	뭣 하려고?	
스피드	실비아 아가씨의 대변인이 되려고요.	
발렌틴	누구에게?	135
스피드	당신에게요. 아니, 그녀는 한 가지 방편을 통해 당신에	
	게 구애해요.	
발렌틴	무슨 방편?	
스피드	편지라고 말해야겠죠.	
발렌틴	아니, 그녀는 내게 글을 쓴 적 없었어.	140
스피드	그럴 필요가 뭐 있어요, 당신이 당신에게 글을 쓰게 했	
	는데. 아니, 이 농담 못 알아차렸어요?	

발렌틴	응, 내 말 믿어.
스피드	당신 말은 못 믿죠, 진짜로. 하지만 그녀가 진지한 건
	알아차렸어요?

145

발렌틴	전혀 몰랐어, 화난 말을 한 번 한 것 말고는.
스피드	아니, 그녀는 당신께 편지를 줬잖아요.
발렌틴	그건 내가 그녀의 친구에게 쓴 편지잖아.
스피드	그런데 그 편지를 그녀가 배달했고, 그것으로 끝이랍
	니다.

150

발렌틴	더 나빠지지 않았으면 좋겠어.
스피드	장담컨대, 잘됐어요.
	당신은 그녀에게 종종 썼고 그녀는 얌전해서
	아니면 여유가 없어서 응답을 못 했거나,
	아니면 사자에게 마음을 들킬까 봐 겁나서

155

	애인이 애인에게 편지를 직접 쓰게 했답니다.
	전 이 모든 걸 적힌 대로 말합니다, 적힌 데서 찾았으
	니까. 왜 상념에 잠겼어요? 식사 시간입니다.
발렌틴	난 식사했어.
스피드	예, 하지만 들어 보세요. 사랑은 카멜레온처럼 공기를

160

	먹고 살지만, 전 양식으로 자라는 사람이어서 기꺼이
	밥을 먹고 싶답니다. 오, 당신 애인처럼 되지 마시
	고 — 동정, 동정을 좀 보여요! (함께 퇴장)

2막 2장
프로테우스와 줄리아 등장.

2막 2장 장소 베로나, 줄리아의 집.

프로테우스	진정해요, 친절한 줄리아.
줄리아	그래야죠, 해결책이 없으니까.
프로테우스	돌아올 수 있을 때 돌아올 겁니다.
줄리아	등 돌리지 않으면 더 일찍 돌아오겠지요.
	줄리아를 위하여 이 기념물 간직해요.

5

(그에게 반지를 준다.)

프로테우스	그럼 우리 교환하죠. 자, 이걸 받아요.

(그녀에게 반지를 준다.)

줄리아	그리고 신성한 키스로 이 계약을 봉인해요.

(그들은 키스한다.)

프로테우스	나의 참된 지조를 보여 줄 내 손이오.
	내가 그대 줄리아를 위하여 하루라도
	한숨을 쉬지 않고 한 시간이 지난다면

10

	그 뒤에 따라오는 시간엔 더러운 불행이
	사랑을 잊어버린 나를 고문하기를.
	아버지가 내가 오길 기다려요, 대답 마요.
	밀물 때랍니다. ─ 아니, 그 눈물의 밀물 말고.
	그럼 난 필요 이상 지체해야 합니다.

15

	줄리아, 잘 있어요. (줄리아 퇴장)
	뭐, 한마디도 없이 갔어?
	암, 참사랑은 그래야지, 그건 말을 못 한다.
	진심은 말보다 행동이 더 잘 꾸며 주니까.

판티노 등장.

판티노	프로테우스님, 부친이 기다려요.
프로테우스	가, 간다고.

아, 이 이별에 가엾은 연인들은 입 다무네.　　　　　20

(함께 퇴장)

2막 3장

란스, 자신의 개 땡감과 함께 등장.

란스　　아니, 난 이 시간이 되돌아올 때까지 울음을 그치지
　　　　않을 거야. 바로 이 결점을 란스 가족 모두가 가졌
　　　　어. 나도 저 탱아처럼 내 목슬 받았고 프로테우스 님
　　　　과 함께 횡재의 궁전으로 가고 있다. 내 생각에 이
　　　　땡감, 내 개는 살아 있는 개 중에 가장 모진 놈이야.　　5
　　　　아버지는 통곡하고, 누이는 울고, 우리 하녀는 왕왕
　　　　거리고, 우리 고양이도 앞발을 비벼 대며 온 집안이
　　　　대혼란에 빠졌는데도 이 비정한 개새끼는 눈물 한
　　　　방울 안 흘렸어. 놈은 돌이고, 바로 조약돌이며, 놈
　　　　에게 개보다 더한 동정심은 없어. 유대인이라도 우　　10
　　　　리의 이별을 봤더라면 울었을 거야. 아니, 할머니조
　　　　차, 그렇지, 앞을 못 보는데도 내가 떠난다니까 눈
　　　　이 멀 정도로 울었어. 아니, 어땠는지 보여 줄게요.
　　　　이 신은 내 아버지랍니다. 아니, 이 왼쪽 신이 아버
　　　　지죠. 아니, 아니, 이 왼쪽 신은 어머니랍니다. 아　　15
　　　　니, 이건 어느 쪽도 될 수 없어요. 예, 그렇죠, 그렇
　　　　죠, 바닥이 안 좋으니까. 가운데 구멍이 난 이 신이

2막 3장 장소
베로나, 길거리.
3~4행 나도…있다

"탱아"는 성경에 나오는 돌아온 탕아를,
"목슬"과 "횡재"는 '목을'과 '황제'를 잘못
발음한 것.

어머니고, 이게 아버지죠. 젠장 — 이겁니다. 자, 보
세요, 이 지팡이는 누이인데, 그렇죠, 그녀는 백합
처럼 희고 막대만큼 작답니다. 이 모자는 우리 하   20
녀, 낸이고. 난 개랍니다. 아뇨, 개는 그 자신이고 내
가 그 개랍니다. 오, 그 개는 나고, 나는 나 자신이
죠. 암, 그럼, 그럼. 이제 난 아버지에게 갑니다. "아
버지, 축복해 주세요." 이제 그 신은 우는 바람에 한
마디도 못 하네요. 이제 난 아버지에게 키스합니   25
다. — 저런, 그는 계속 울어요. 이제 난 어머니에게
가요. 오, 그녀가 이제 미친 여자처럼 말할 수 있었
으면! 글쎄, 난 그녀에게 키스해요. 여기에 대고 말
이죠. — 어머니 입냄새가 진동하네. 이제 난 누이
에게 갑니다. 그녀의 신음을 주목해요. 근데 그 개   30
는 그동안 줄곧 눈물 한 방울 안 흘리고 말 한마디
없어요. 하지만 내가 어떻게 눈물로 먼지를 잠재우
는지 보세요.

판티노 등장.

| 판티노 | 란스, 어서, 어서 가! 배에 올라! 네 주인님은 배를 타
셨고, 넌 거룻배로 서둘러 따라가야 해. 뭔 일이야? 이   35
봐, 왜 울어? 어서 가, 바보야, 더 지체하다가는 조수
를 놓칠 거야. |
| 란스 | 그 조수는 놓쳐도 상관없어, 어느 누가 조수로 삼았어
도 가장 몰인정한 조수니까. |
| 판티노 | 가장 몰인정한 조수가 뭔데?   40 |
| 란스 | 그야, 여기 내 조수 역을 하는 게, 땡감이지. |

판티노	쯧쯧, 이봐, 내 말은 네가 물때를 놓칠 거란 거고, 물때
	를 놓치면 네 여행을 놓치고, 여행을 놓치면 네 주인님
	을 잃고, 네 주인님을 잃으면 네 일자리를 잃고, 네 일
	자리를 잃으면 ─ 내 입은 왜 막아?	45

란스	네가 혀를 잃을까 봐 걱정돼서.
판티노	내가 왜 혀를 잃는데?
란스	얘기하다가 끊겨서.
판티노	네 혀나 끊어져라!
란스	그 조수와 여행과 주인님과 일자리와 이 조수를 잃는	50
	다고? 아니, 이봐, 만약 강이 말랐으면 내 눈물로 채워
	줄 수 있고, 바람이 안 불면 내 한숨으로 배를 움직일
	수도 있어.
판티노	자, 어서 가자, 이봐. 난 널 부르러 왔어.
란스	그럼, 어떻게든 불러 봐.	55
판티노	갈 거야?
란스	좋아, 갈 거야.	(함께 퇴장)

2막 4장

발렌틴, 실비아, 투리오와 스피드 등장.

실비아	추종자여!
발렌틴	아가씨?
스피드	주인님, 투리오 님이 당신에게 인상 써요.
발렌틴	그래, 얘, 사랑해서.

2막 4장 장소 밀라노, 공작의 궁전.

스피드	당신은 아니죠.	5
발렌틴	그럼 내 아가씨지.	
스피드	그에게 한 방 먹여 주시면 좋겠어요.	(퇴장)
실비아	추종자여, 표정이 슬프세요.	
발렌틴	진짜로요, 아가씨, 그래 보일지도.	
투리오	안 그런데 그래 보인다고요?	10
발렌틴	아마 그런 모양이죠.	
투리오	가짜들이 그렇지요.	
발렌틴	당신이 그렇소.	
투리오	내가 안 그런데 그래 보이는 게 뭐죠?	
발렌틴	현명해 보이는 거죠.	15
투리오	그 반대라는 증거는 뭐죠?	
발렌틴	당신의 어리석음이죠.	
투리오	어디서 내 어리석음을 읽죠?	
발렌틴	당신 조끼에서 읽죠.	
투리오	내 조끼는 두 겹인데.	20
발렌틴	좋아요, 그럼 당신 어리석음을 두 겹으로 만들죠.	
투리오	뭐요!	
실비아	아니, 화났어요, 투리오 님? 안색을 바꿨어요?	
발렌틴	내버려 두세요, 아가씨, 그는 카멜레온과 같은 부류의 사람이니까.	25
투리오	그래서 당신이 숨 쉬는 공기 속에 살기보다는 당신 피를 더 먹고 싶어 하오.	
발렌틴	그런 말이군요.	
투리오	암요, 이번에는 행동도 할 거요.	
발렌틴	잘 압니다. 당신은 늘 시작하기도 전에 끝내지요.	30
실비아	멋진 말의 일제 사격이네요, 신사분들, 빨리 쏘기도 했	

고요.

발렌틴　정말입니다, 아가씨, 그렇게 시킨 분에게 고맙죠.

실비아　추종자여, 그게 누구죠?

발렌틴　고운 숙녀, 당신이죠, 당신이 불을 붙였으니까. 투리오　35
님은 당신의 표정에서 기지를 빌리고, 자기가 빌린 것
을 당신이 있는 데서 적절히 쓴답니다.

투리오　이봐요, 당신이 내 말에 일일이 대꾸하다 보면 당신의
기지는 파산할 거요.

발렌틴　잘 압니다. 당신에겐 말의 보고는 있지만 내 생각에, 　40
하인들에게 줄 다른 보물은 없군요. 그들의 헐벗은 제
복으로 보건데 당신의 헐벗은 말만 먹고 사는 것 같으
니까.

공작 등장.

실비아　관둬요, 신사분들, 관둬요. 아버지가 오셨어요.

공작　실비아, 딸애야, 넌 단단히 둘러싸였구나. 　45
발렌틴 군, 부친의 건강은 좋다네.
좋은 소식 가득 실은 친구들의 편지엔
뭐라고 할 텐가?

발렌틴　　　　　　　각하, 그들이 보냈으면
그 행복한 사자는 누구든 감사하죠.

공작　자네와 동향인 돈 안토니오를 아는가? 　50

발렌틴　예, 각하, 제가 그 신사분을 아는데,
훌륭한 사람이고 명성 또한 훌륭하며
매우 좋은 평판을 받을 만하답니다.

공작　그에게 아들이 있잖은가?

발렌틴	예, 각하, 그러한 부친의 영예와 존경을	55
	받을 만한 자격이 충분한 아들이죠.	
공작	그를 잘 아는가?	
발렌틴	저 자신인 듯이요. 저희는 어렸을 적부터	
	서로 친교하였고 시간을 같이 보냈답니다.	
	또한 저 자신은 한가한 게으름뱅이로서	60
	제 노년을 천사처럼 완벽하게 감싸 줄	
	시간의 달콤한 혜택을 놓쳤지만	
	프로테우스 군은, 이름이 그렇습니다만,	
	자신의 나날을 유익하게 사용했답니다.	
	나이는 젊었지만 경험은 노인 같고,	65
	머리는 미성숙했지만 판단은 익었는데	
	한마디로, 그에 대한 지금 저의 찬사는 다	
	그 사람의 가치에 훨씬 못 미치니까	
	신사를 꾸며 주는 품위를 다 갖춘 그는	
	몸과 또 마음에서 완벽하옵니다.	70
공작	맙소사, 그가 만약 그 정도로 훌륭하면	
	황비의 사랑을 받을 자격 있는 만큼	
	황제의 고문관이 되기에도 알맞겠군.	
	그런데, 이보게, 이 신사가 고관대작들의	
	추천장을 가지고 내게 와서 여기에서	75
	한동안 시간을 보낼 작정이라고 해.	
	자네가 환영 않을 소식은 아닌 것 같구먼.	
발렌틴	제가 뭘 소원한 게 있었다면, 바로 그였습니다.	
공작	그럼 그의 가치에 합당한 환영을 해 주게.	
	실비아, 네게도 당부한다, 투리오에게도.	80
	발렌틴에게는 재촉할 필요도 없겠지.	

	그를 내가 이곳으로 곧바로 보내겠네.	(퇴장)
발렌틴	숙녀께 제가 말씀드렸던 신사로서	
	애인이 수정 같은 모습으로 그의 눈을	
	잡아 놓지 않았다면 저와 함께 왔습니다.	85
실비아	그녀가 충성의 저당물로 딴 물건을 잡고서	
	아마도 그건 이제 풀어줬나 보군요.	
발렌틴	아뇨, 분명, 아직도 그녀의 죄수인 것 같아요.	
실비아	아니 그럼, 그는 눈이 먼 상태고, 눈이 먼데	
	당신 찾는 자기 길은 어떻게 볼 수 있죠?	90
발렌틴	그야, 아가씨, 사랑 눈은 스무 쌍이니까요.	
투리오	사랑은 눈이 전혀 없다고 하던데요.	
발렌틴	투리오, 당신 같은 연인들을 볼 때겠죠,	
	사랑은 평범한 물건엔 눈 감을 수 있어요.	

프로테우스 등장.

실비아	그만해요, 그만해. 그 신사가 오는군요.	95
발렌틴	잘 왔네, 프로테우스! 아가씨, 간청컨대	
	특별한 호의로 환영을 확인해 주십시오.	
실비아	당신이 소식을 자주 듣고 싶었던 그이라면	
	여기로 온 환영은 그이의 가치로 보증되죠.	
발렌틴	아가씨, 그입니다. 숙녀께선 이 사람을	100
	숙녀의 제 동료 추종자로 받아 주십시오.	
실비아	이리 높은 추종자에 너무 낮은 아가씨죠.	
프로테우스	아닙니다, 숙녀시여, 추종자가 너무 천해	
	이렇게 훌륭한 아가씨를 못 쳐다봅니다.	
발렌틴	자격 없단 논란은 관두게. 숙녀께선	105

	그를 당신 추종자로 받아 주십시오.	
프로테우스	저의 존경 말고는 자랑 않을 것입니다.	
실비아	그리고 보답 없는 존경은 절대로 없었죠.	
	추종자님, 비천한 여인에게 잘 오셨어요.	
프로테우스	다른 누가 그 말 하면 사생결단 낼 겁니다.	110
실비아	당신이 잘 와서요?	
프로테우스	당신을 비천하다 해서요.	

하인 등장.

하인	아가씨, 부친께서 얘기하길 원하세요.	
실비아	분부대로 하겠다. (하인 퇴장)	
	─ 함께 가요, 투리오님. ─	
	새로운 추종자 님, 다시 한번 환영해요.	
	둘이서 고향 얘기 하도록 해 드리고,	115
	그것이 끝나면 우리도 듣기를 기대해요.	
프로테우스	둘이서 숙녀를 찾아뵙겠습니다. (실비아와 투리오 퇴장)	
발렌틴	자, 말해 봐. 떠나온 곳에선 다들 어때?	
프로테우스	자네의 친구들은 잘 있고 안부를 전했네.	
발렌틴	자네 쪽은 잘들 지내?	
프로테우스	떠날 땐 다 건강했어.	120
발렌틴	자네의 숙녀는? 자네의 사랑은 잘 자라지?	
프로테우스	자네는 내 사랑 얘기에 지겨워하곤 했어.	
	연애 얘기 안 좋아하는 줄로 아는데.	
발렌틴	맞는데, 프로테우스, 그런 삶이 이제는 변했어.	
	난 사랑을 경멸한 대가로 속죄를 해 왔네.	125
	사랑은 고압적인 생각으로 나에게	

쓰린 금식, 참회의 신음과 밤의 눈물,
가슴 시린 낮의 한숨이라는 벌을 줬지.
나의 사랑 경멸을 복수라도 하듯이
사랑은 종이 된 내 눈에서 잠을 쫓고   130
가슴속의 슬픔을 지켜보게 만들었어.
오, 프로테우스, 사랑은 막강한 군주로서
나를 정말 제압하여 그의 벌에 비견할
비통함은 없으며, 그를 위한 봉사에 비견할
희열은 이 지상에 없다고 고백하네.   135
난 이제 사랑이 주제가 아니면 대화 않고
순전히 사랑이란 이름만 듣고도
금식 깨고 식사하고 잠도 잘 수 있다네.

프로테우스   그만해. 자네 눈 속에서 자네 행운 읽었어.
이것이 자네가 그토록 숭배하는 우상인가?   140

발렌틴   바로 그녀, 천상의 성자 같지 않은가?

프로테우스   아니, 하지만 지상의 귀감이기는 해.

발렌틴   신성하다 불러 주게.

프로테우스   그녀에겐 아첨 못 해.

발렌틴   나에겐 아첨해 줘, 사랑은 칭찬에 기쁘니까.

프로테우스   자넨 내가 아팠을 때 쓴 약을 줬으니까   145
나도 같은 처방을 자네에게 써야겠네.

발렌틴   그러면 진실을 말해 줘. 신성하지 않다 해도,
그럼에도 구품천사 하나는 시켜 줘,
지상의 모든 피조물보다는 탁월하게.

프로테우스   내 애인만 빼놓고.

발렌틴   친구야, 아무도 빼놓지 마,   150
내 사랑에 반대하고 있는 게 아니라면.

프로테우스	나는 내 애인을 선호할 이유가 있잖아?
발렌틴	나도 네가 그녀를 선호하게 도와줄게.
	그녀가 내 숙녀 치맛자락 받드는 영예를
	얻게 해 줄 테니까. 안 그러면 천한 땅은
	그녀의 의복에 키스할 기회를 갖게 되고
	그래서 그토록 큰 호의로 오만해져
	여름꽃 깔보고 뿌리를 못 내리게 만들며
	거친 겨울 영원히 이어지게 할 테니까.
프로테우스	허 참, 발렌틴, 이게 무슨 왕 허풍 떨기야?
발렌틴	용서해, 프로테우스, 모든 가치 해체하는
	그녀의 가치에 비하면 내 찬사는 다 허탕이야.
	그녀는 유일해.
프로테우스	그럼 홀로 놔둬야지.
발렌틴	절대로 안 될 일! 이봐, 그녀는 내 것이고
	그런 보물 가진 나는 스무 개의 바다를,
	그 모래는 다 진주, 물은 감로, 바위는
	순금인 것으로 가졌다고 할 만큼 부자야.
	넌 내가 애인에게 혹했단 사실을 아니까
	너에게 신경 쓰지 않더라도 용서해 줘,
	어리석은 내 연적이, 재산이 거대하단
	그 이유만으로 그녀의 아버지가 아끼는데,
	그녀와 둘이서 나갔고 난 뒤따라가야 해.
	사랑이란 알다시피 질투가 심하니까.
프로테우스	그런데 그녀도 널 사랑해?
발렌틴	암, 우리는 약혼했어. 게다가 결혼할 시간도
	우리가 도주할 갖가지 묘책과 더불어
	결정됐어. 그녀의 창문에 꼭 오를 방법과

155

160

165

170

175

줄로 만든 사다리, 내 행복을 얻기 위한
모든 수단 다 갖췄고 거기에 합의했어.
착한 프로테우스, 내 방으로 함께 가서   180
이 일들을 어떡할지 조언으로 도와줘.

프로테우스 앞서가게. 난 물어서 따라갈 테니까.
난 항구로 간 다음 내가 꼭 써야 할
몇 가지 필수품을 배에서 내려야 해,
그런 다음 곧 자네를 찾아갈 것이네.   185

발렌틴 서둘러 줄 텐가?

프로테우스   그럴게.   (발렌틴 퇴장)

열기가 또 다른 열기를 쫓아내 버리듯이,
못 하나가 힘으로 다른 못을 빼내듯이
옛사랑에 대한 내 기억도 꼭 그처럼
새로운 대상에 의하여 완전히 잊혔다.   190
내가 이런 논리 없는 논리를 펴도록 하는 게
내 눈인가, 아니면 발렌틴의 칭찬인가,
참 완벽한 그녀인가, 거짓된 내 범죄인가?
그녀는 곱지만 내 사랑 — 정말로 사랑했던 —
줄리아도 그랬는데, 이제는 내 사랑이 녹아서   195
밀랍으로 빚은 상이 불에 닿은 것처럼
옛것의 흔적은 하나도 보이지 않는다.
발렌틴에 대한 내 열정도 차가운 것 같고
이전처럼 그를 사랑 않는다. 오, 하지만
난 그의 숙녀를 너무너무 사랑하고,   200
그 이유로 난 그를 아주 적게 사랑한다.
난 이렇게 분별없이 사랑 시작하는데
분별이 더해지면 그녀에게 얼마나 혹할까?

여태껏 난 그녀의 겉만 쳐다봤는데도
내 이성의 밝은 빛은 그 능력을 잃었다.　　　　　　　205
근데 내가 그녀의 완벽한 모습을 본다면
눈멀게 되지 않을 까닭이 없을 거다.
빗나간 내 사랑을 멈출 수 있다면 그럴 테고,
안 되면, 그녀를 얻는 데 내 재주를 써야지.　　　(퇴장)

2막 5장

스피드와 자기 개, 땡감을 데려온 란스 등장.

스피드　　란스, 내 정직성에 걸고 밀라노에 온 걸 환영해.

란스　　　너 자신에게 위증하진 마, 상냥한 청년아, 난 환영 못
　　　　　받으니까. 나는 늘 이렇게 생각해, 즉, 사람은 목이 매
　　　　　달릴 때까진 망하는 게 아니고, 또 술값 내고 주모가
　　　　　'환영'이라고 할 때까진 어느 곳이든 환영 못 받은 거　　5
　　　　　라고 말이야.

스피드　　이런 엉뚱한 녀석. 내가 곧 너와 함께 술집으로 갈 텐
　　　　　데, 거기선 오 페니 하나만 주면 넌 환영을 오만 번이
　　　　　나 받을 거야. 근데, 이봐, 네 주인님은 줄리아 아가씨
　　　　　와 어떻게 헤어졌어?　　　　　　　　　　　　　　10

란스　　　허 참, 그들은 진지하게 끌어안은 다음 아주 곱게 농담
　　　　　조로 헤어졌어.

스피드　　그런데 그녀가 그와 결혼할까?

란스　　　아니.

2막 5장 장소　밀라노, 길거리.

스피드	그럼 어째? 그는 그녀와 결혼할까?
란스	그도 아냐.
스피드	뭐야, 그들이 깨졌어?
란스	아니, 둘 다 물고기 한 마리처럼 멀쩡해.
스피드	그렇다면, 그들에게 그건 어떤 상태인데?
란스	허 참, 그건 이래. 그의 상태가 좋으면 그녀의 상태도 좋아.
스피드	이런 바보 같으니! 네 말 못 알아듣겠어.
란스	이런 멍청이 같으니, 그걸 모른단 말이야! 내 지팡이조차도 내 말은 알아들어.
스피드	네가 하는 말을?
란스	암, 내가 하는 행동도. 이것 봐, 내가 기댈 뿐인데도 지팡이는 내 마음 알잖아.
스피드	정말 널 알아 모시고 있네.
란스	그야, 아는 것과 알아 모시는 건 다 같은 거니까.
스피드	하지만 사실을 말해 줘, 혼인이 성사될까?
란스	이 개한테 물어봐. 놈이 '예' 하면 될 거고, '아뇨' 해도 될 거야. 꼬리를 흔들면서 아무 말이 없어도 될 거고.
스피드	그럼 결론은 될 거란 말이군.
란스	넌 내게서 그런 비밀을 우화를 통하지 않고는 알아낼 수 없을 거야.
스피드	난 그런 식으로 알아내도 좋아. 근데 란스, 내 주인님이 눈에 띄는 연인이 됐다면 어쩔래?
란스	난 그를 달리 안 적이 결코 없어.
스피드	그게 뭔데?
란스	눈에 띄는 연 말이야, 네가 그렇다고 하듯이.

15

20

25

30

35

40

스피드	허, 이런 상놈의 자식, 넌 내 말을 오해했어.
란스	허, 이런 바보, 난 너 말고 네 주인님 얘기 했어.
스피드	정말로, 내 주인님이 뜨거운 연인이 됐다니까.
란스	허, 정말로, 난 그가 사랑 속에서 자신을 불태워도 개
	의치 않아. 내키거든 나와 함께 술집으로 가. 안 그러
	면 넌 히브리 유대인이고 기독교인의 이름은 가질 자
	격이 없어.
스피드	왜?
란스	네겐 기독교인과 함께 술집으로 갈 만큼의 자선심도
	없으니까. 갈 거야?
스피드	언제든지.

45

50

(함께 퇴장)

2막 6장

프로테우스 홀로 등장.

프로테우스 줄리아를 떠나면 난 맹세를 깨게 되고
이 고운 실비아를 사랑해도 맹세를 깨게 되며,
친구에게 잘못하면 난 크게 맹세 깬다.
내게 처음 서약을 하게 했던 그 힘조차
나에게 이 삼중의 서약 파괴, 부추긴다,　　　　5
사랑은 날 맹세하게 했다가 맹세 깨게 하니까.
오, 매혹적인 사랑아, 너도 죄를 지었다면
유혹받은 부하인 나에게 변명을 가르쳐라.
처음에 난 반짝이는 별 하나를 흠모했다,

2막 6장 장소 밀라노, 공작의 궁전.

하지만 지금은 천상의 해님을 숭배해.   10
분별없이 한 서약은 분별로 깰 수 있고,
나쁜 것을 좋은 것과 바꾸는 재주를
배울 결심 없는 자는 재주도 없는 자야.
퉤, 퉤, 불경한 혀, 그녀를 나쁘다고 하다니,
넌 그녀의 탁월함을 영혼이 확인한 서약으로   15
이만 번이 넘도록 정말 자주 주장했어.
난 사랑을 그칠 수 없는데 그친다, 하지만
사랑을 꼭 할 데서 하려고 사랑을 그친다.
난 줄리아를 잃고 또 발렌틴도 잃는데,
그들을 지키려면 난 자신을 잃어야 해.   20
그들을 잃으면, 그 손실로 난 발렌틴 대신에
나 자신을, 줄리아 대신에 실비아를 찾는다.
나는 나 자신에게 친구보다 더 소중해,
사랑은 늘 그 자체로 가장 소중한 데다
실비아가 — 그녀를 곱게 빚은 하늘은 증언하길 —   25
줄리아는 검둥이일 뿐임을 밝히니까.
나의 줄리아 사랑은 죽었음을 기억하며
그녀가 살아 있단 사실을 난 잊을 것이고,
실비아를 더 달콤한 친구 만들 목표로
발렌틴을 내 적으로 간주할 것이다.   30
난 지금 발렌틴을 배신하지 않고는
흔들림 없다는 걸 나에게 입증 못 해.
그는 오늘 밤중에 줄사다리 가지고
경쟁자인 나를 자기 조언자로 삼아서
천상의 실비아 방 창문으로 오르려 해.   35
이제 곧장 난 이들의 변장과 의도된 도주를

그녀 아버지에게 알릴 텐데, 그럼 그는
완전히 격노하여 발렌틴을 추방할 것이다,
자기 딸을 투리오와 맺어 주려 하니까.
하지만 발렌틴이 없으면 난 교묘한 꾀로써   40
멍청한 투리오의 둔한 짓 재빨리 막을 거야.
사랑아, 이런 계책 꾸며낼 기지를 내게 줬듯
목적을 빨리 이룰 날개도 빌려줘라.   (퇴장)

2막 7장

줄리아와 루체타 등장.

줄리아   조언해 줘, 루체타. 귀한 애야, 날 도와줘.
         그리고 내 생각 전체가 확연하게
         글로 적혀 새겨진 석판 같은 너에게
         친절한 사랑으로 정말 탄원하건데,
         이 몸이 어떻게 순결을 지키면서   5
         사랑하는 프로테우스에게로 여행할지
         가르쳐 준 다음 괜찮은 수단도 말해 줘.
루체타   아 이런, 갈 길은 지루하고 멀어요.
줄리아   참으로 경건한 순례는 가냘픈 걸음으로
         왕국들을 지나가도 지루하지 않단다.   10
         사랑의 날개 달린 여인에겐 훨씬 더 그렇고,
         프로테우스님처럼 성스럽게 완벽하고
         매우 귀한 분에게 날아갈 때에도 그렇단다.

2막 7장 장소 베로나, 줄리아의 집.

루체타	프로테우스가 돌아올 때까지 참으시죠.
줄리아	오, 그 모습이 내 영혼의 음식인 줄 모르니?	15
	내가 아주 오랫동안 그 음식을 갈망하며
	굶주리고 있었던 그 기근 상태를 동정해 줘.
	사랑의 내적인 감촉을 네가 알기만 해도
	넌 말로써 사랑의 불 끄려 하기보다는
	찬 눈으로 불을 피우는 게 더 빠를 거야.	20
루체타	저는 그 사랑의 뜨거운 불 끄려는 게 아니라
	그 불이 이성의 한계 넘어 타지 않게
	극단적인 그 맹위를 줄이려 한답니다.
줄리아	네가 그걸 덮으면 덮을수록 더 세게 타.
	잔잔하게 흥얼대며 흘러가는 물결은	25
	알다시피 막히면 못 견디고 격노해도,
	순탄한 그 진로를 방해받지 않을 때는
	순례 여행 가는 길에 지나치는 사초들
	한 포기 한 포기에 부드럽게 키스하며
	매끄러운 돌멩이로 고운 음악 만들어 내.	30
	또 그렇게 구불구불 많은 구석 거쳐서
	기꺼이 장난하며 저 거친 바다로 흘러가.
	그러니 날 가게 해 주고 진로를 막지는 마.
	난 잔잔한 시내처럼 차분할 것이며
	마지막 걸음으로 애인에게 다가갈 때까지	35
	지루한 걸음을 모두 다 놀이로 여길 테고,
	축복받은 영혼이 큰 소동 지난 뒤에
	천국에서 쉬듯이 거기에서 쉴 거야.
루체타	그런데 복장은 어떡하고 가실 거죠?
줄리아	여자 같음 안 되겠지, 음탕한 남자들과	40

무절제한 만남은 피하고 싶으니까.
친절한 루체타, 평판 좋은 시동에게
어울릴 것 같은 옷가지 좀 마련해 줘.

루체타	아니 그럼, 아가씬 머리를 잘라야 하셔요.	
줄리아	아니, 얘, 난 그걸 비단 줄로 묶어 올려	45
	유별난 참사랑 매듭을 스무 개나 달 거야.	
	기발한 모습 하면 나의 실제 나이보다	
	더 많은 청년처럼 될 수 있을 거야.	
루체타	아가씨, 바지는 어떠한 모양으로 할까요?	
줄리아	'주인님, 둘레가 얼마인 주름치마 입을지	50
	말씀해 주십시오.' 이런 말에 맞게끔 해.	
	뭐, 네가 가장 좋아하는 형태로 해, 루체타.	
루체타	바지엔 앞자루가 있어야 하는데요, 아가씨.	
줄리아	안 돼, 안 돼, 루체타, 꼴사나워 보일 거야.	
루체타	아가씨, 핀 꽂을 앞자루 하나 없는 통바지는	55
	지금은 핀 하나의 값어치도 없답니다.	
줄리아	루체타, 나를 사랑할 테니, 네 생각에	
	적당하고 가장 예의 바른 걸 가져다줘.	
	하지만, 계집애야, 이토록 무모한 여행을	
	시도하고 있는 나를 세상은 어떻게 평할까?	60
	난 그 일로 추문이 생길까 봐 걱정이야.	
루체타	그런 생각 하신다면 가지 말고 집에 있죠.	
줄리아	아니, 그렇게는 안 할 거야.	
루체타	그러면 오명은 신경 쓰지 마시고 그냥 가요.	
	도착해서 프로테우스가 당신 여행 좋아하면	65

53행 앞자루 당시 남자 바지 앞부분에 달았던 장식용 앞주머니.

떠났을 때 누가 기분 나쁜지는 상관없죠.
전 그가 즐거워하지 않을까 봐 걱정돼요.

줄리아   그건 내게 가장 적은 걱정이야, 루체타.
천 번의 서약과 바다 같은 눈물과,
무한한 사랑의 증거로 봤을 때   70
난 프로테우스 님의 환영을 장담해.

루체타   그런 건 다 속이는 남자들의 종이에요.

줄리아   그토록 천하게 그걸 쓰면 천한 남자들이야!
하지만 프로테우스의 별자리는 더 진실해.
그의 말은 계약서고 맹세는 기적이며,   75
사랑은 진지하고 생각은 무구하며,
눈물은 마음이 보내온 순수한 사자이고,
그 마음은 하늘과 땅만큼 거짓과 멀었어.

루체타   당신이 갔을 때 그렇기를 하늘에 빕니다.

줄리아   넌 나를 사랑할 테니까 그이의 진심에   80
부정적인 의견 품는 잘못은 범하지 마.
그를 사랑해야지만 내 사랑을 받을 테니
곧바로 나와 함께 방으로 간 다음
갈망 어린 내 여행에 필요한 물건으로
무엇을 갖춰야 하는지 살펴봐 줘.   85
내 것은 모두 다 네 처분에 맡긴다,
내 재산과 내 땅과 내 평판까지도.
그 대신 날 여기서 급파해 주기만 해.   (함께 퇴장)

공작, 투리오. 그리고 프로테우스 등장.

공작   투리오 군, 잠시만 자리를 비켜 주게.

           우리 둘은 상의할 비밀이 좀 있다네.   (투리오 퇴장)

           자, 프로테우스, 뭔 일인지 말해 주겠는가?

프로테우스 자비로우신 각하, 제가 폭로하려는 건

           우정의 법칙으론 감춰야 하지만   5

           자격 없는 저에게 베풀어 주셨던

           각하의 자비로운 호의를 떠올릴 때,

           전 의무의 재촉으로 세상 어떤 이득도

           제게서 못 끌어낼 것을 발설하렵니다.

           군주님께 알리건대, 제 친구 발렌틴이   10

           오늘 밤 따님을 훔쳐 갈 작정이고

           저 자신도 그 음모에 관여하고 있습니다.

           당신께선 따님을 그녀가 미워하는

           투리오에게 주기로 결정하신 줄 아는데

           그녀를 이렇게 도둑질 당하시면   15

           연로하신 당신께 크게 분한 일일 테죠.

           그래서 전 제 의무 때문에 제 친구의

           의도된 목표를 감춰서, 당신의 머리 위에

           당신을 짓누를 큰 슬픔을 때 이른 무덤에

           이르실 때까지 쌓아 올리기보다는   20

           차라리 그를 좌절시키기로 결정했습니다.

공작   프로테우스, 정직한 자네 걱정 고맙고,

3막 1장 장소 밀라노, 공작의 궁전.

보답으로 내 생전에 뭐든지 요구하게.
그들의 이 사랑은 나도 종종 보았다네,
그들은 아마 내가 푹 잔다고 여겼을 때에도.   25
그리고 발렌틴 군에게 그녀와의 교제와
내 궁정 출입을 금할 생각 종종 했네.
하지만 의심하는 내 추측이 빗나가
부당하게 그를 모욕할까 봐 두려워서 —
그건 내가 늘 피했던 성급한 행동인데 —   30
난 그에게 온화한 얼굴을 보였고, 그로써
자네가 지금 내게 밝힌 걸 찾아내려 했다네.
또 자네가 내 걱정을 알아차릴 수 있도록
난 철없는 청춘은 빨리 유혹받음을 알고서
밤마다 그녀를 탑 위층에 숨겨 두고   35
그 열쇠는 나 자신이 항상 몸에 지닌다네.
그래서 그녀를 그곳에서 못 꺼내 가.

프로테우스 　공작님, 그가 그녀 창문을 어떻게 오르고
줄사다리 가지고 그녀를 어떻게 내릴지
그 수단을 둘이서 마련했단 사실을 아십시오.   40
그것을 가지러 이 젊은 애인은 지금 갔고,
그것을 가지고 이쪽 길로 곧 오는데,
여기서 괜찮으시다면 붙잡을 수 있답니다.
하지만 공작님, 그 일을 교묘히 처리해서
제 폭로가 의심을 안 받게 해 주십시오.   45
친구가 미워서가 아니라 당신을 사랑해서
제가 이 계략을 공표하게 됐으니까.

공작 　내 명예를 걸고서 자네가 뭔 정보를
나에게 줬는지 그는 절대 모르게 할 걸세.

프로테우스	전 갑니다, 공작님, 발렌틴이 오는군요.	(퇴장)	50
공작	발렌틴 군, 어딜 그리 급히 가나?		
발렌틴	황공하옵니다만 친구에게 제 편지를		
	전해 줄 사자가 기다리고 있는데,		
	전 그걸 전달하러 가는 중이랍니다.		
공작	대단히 중요한 게 들었는가?		55
발렌틴	그 내용은 이 몸이 각하의 궁정에서		
	건강하게 잘 지낸단 뜻밖엔 없습니다.		
공작	그렇다면 괜찮겠군. 잠시 나와 머무르게.		
	나와 매우 상관있는 일들을 자네에게		
	터놓을 참인데, 비밀을 꼭 지켜 주게나.		60
	자네도 모르지 않겠지만, 난 내 딸을		
	내 친구인 투리오와 맺어 주려 애썼네.		
발렌틴	각하, 저도 잘 아는데 이 혼인은 분명코		
	호화롭고 고귀할 것입니다. 게다가 이 신사는		
	미덕, 선심, 가치와 자질로 꽉 차 있어		65
	고운 따님과 같은 아내에게 어울릴 테고요.		
	그녀가 그를 좋아하도록 못 만드셨나요?		
공작	음, 정말, 그녀는 외고집에 뚱하고 심술궂고,		
	오만하고 반항하며 뻣뻣하고 불효해서		
	자기가 내 딸이란 사실도 고려 않고		70
	나를 자기 아버지로 겁내지도 않는다네.		
	그래서 말하는데 그녀의 이 자만심이,		
	숙고해 보니까, 나의 그녀 사랑을 앗아 갔어,		
	그리고 전에 난 그녀가 나머지 내 노년을		

	자식의 효도로 돌봐 줄 거라고 여겼지만	75
	지금 난 새 아내를 맞기로 확고히 결심하여	
	그녀를 들일 자만 있다면 내주려 한다네.	
	그러니 그녀는 미모를 지참금 삼으라지,	
	나와 내 재산을 높이 평가 않으니까.	
발렌틴	각하께선 제가 뭘 해 주기를 바라시죠?	80
공작	여기 이 베로나의 한 숙녀가 있는데,	
	난 연모하지만 그녀는 까다롭고 수줍으며	
	낡은 내 웅변을 전혀 평가 않는다네.	
	그래서 난 이제 자네를 교사로 삼고 싶네. —	
	오래 전에 구애 법을 잊어버렸으니까.	85
	게다가 이 시대의 유행도 변했어. —	
	어찌 어떤 식으로 행동해야 그녀가	
	해처럼 빛나는 눈길로 날 존중할지 알려 주게.	
발렌틴	그녀가 말을 무시한다면 선물로 얻으시죠.	
	벙어리 보석이 종종 그 조용한 특성으로	90
	생생한 말보다 여자 맘을 정말 움직이지요.	
공작	하지만 그녀는 내가 보낸 선물을 경멸했어.	
발렌틴	여잔 때로 가장 만족스러운 걸 경멸하죠.	
	다른 걸 보내세요, 절대 포기 마시고.	
	첫 경멸은 뒤 사랑을 더욱 키워 주니까.	95
	그녀가 찡그리면 당신이 미워서가 아니라	
	당신 사랑 더 많이 얻으려고 그러죠.	
	꾸중을 한다 해서 가라는 건 아닙니다,	
	그런 바보들은 혼자 두면 미칠 테니까요.	
	그녀가 뭐라고 말하든 거절은 아닙니다,	100
	'가세요.'라는 말이 '꺼져요!'는 아니니까.	

그들의 매력을 아첨, 칭찬, 그리고 격찬해요.
더 검을 순 없어도 천사 얼굴이라고 하세요.
혀 달린 남자가 그 혀로 여자 하나
얻지 못한다면 분명코 남자가 아닙니다.   105

공작   하지만 내가 말한 그녀는 가족들이
한 젊은 재산가 신사에게 주기로 약속했고,
남자들의 방문은 엄격히 금지되어
낮에는 아무도 그녀에게 접근 못 해.

발렌틴   그렇다면, 저라면 밤에 방문할 겁니다.   110

공작   암, 하지만 문은 다 잠겼고 열쇠를 숨겨 둬
밤에는 누구도 출입이 안 된다네.

발렌틴   그녀의 창문으로 들어가면 누가 막죠?

공작   그녀 방은 지상에서 뚝 떨어져 높이 있고,
툭 튀어나와서 분명히 목숨 거는 모험을   115
감행하지 않고서는 아무도 못 오르네.

발렌틴   그렇다면 교묘히 줄로 만든 사다리에
고정 장치 한 쌍 붙여 위쪽으로 던진 다음
용감한 레안드로스가 모험을 한다면
또 다른 혜로의 탑 등정에 도움을 주겠죠.   120

공작   자, 자네는 혈통 좋은 집안의 신사니까
그 사다리 어디서 구할지 알려 주게.

발렌틴   언제 쓰실 생각이죠? 말씀해 주십시오.

공작   바로 오늘 저녁에. 사랑은 가질 수 있는 건
뭐든지 갈망하는 어린애 같으니까.   125

발렌틴   일곱 시까지는 그 같은 사다리를 가져오죠.

119행 레안드로스 1막 1장 22행의 주 참조.

공작	하지만 잘 듣게. 나 혼자 가는데 어떻게
	사다리를 거기로 가장 잘 나르지?
발렌틴	공작님, 그것은 가벼워서 외투가 꽤 길면
	그 밑에 넣어 갈 수 있을 것입니다.

130

공작	자네의 것만큼 길면 이 경우에 맞겠는가?
발렌틴	예, 공작님.
공작	그러면 자네 외투 좀 보여 줘.
	비슷한 길이로 나도 하나 구하려고.
발렌틴	공작님, 이 경우엔 뭔 외투든 맞습니다.
공작	외투를 입으려면 옷차림은 어떡하지?

135

제발 자네 외투를 걸쳐 보게 해 주게.

(발렌틴의 외투를 받으면서 편지 한 통과 그 밑에 숨겨진
줄사다리를 발견한다.)

이게 무슨 편지야? 뭐라고? "실비아에게?"

그리고 여기엔 내 작업에 알맞은 도구도.

용감하게 이 봉인을 어디 한번 뜯어 보자.

(읽는다.) "내 생각은 밤마다 실비아와 머물고,

140

그것은 내 노예로 내가 날려 보냈다.

오, 그 주인이 그처럼 가볍게 오갈 수 있다면

무감각한 그것이 누운 곳에 자신이 묵으리라.

내 전령인 생각을 그 순수한 가슴에 쉬게 하오.

그런데 그것에게 그리 가라 졸랐던 왕인 나는

145

내 하인의 행운이 본인에겐 없어서

큰 호의로 그것을 축복했던 그 호의를 저주하오,

153행 파에톤
메롭스의 아내 클뤼메네가 낳은 태양신
헬리오스의 아들, 아버지의 허락을 얻어
태양신의 불마차를 몰다가 실수하여 지
구를 다 태울 뻔했고, 결국 조브의 번개
를 맞아 죽었다. (아든)

내가 그걸 보냈기에 난 자신을 저주하오,
군주가 있어야 할 곳에 그것이 머무니까."
이건 뭐지?   150
"실비아, 난 오늘 밤 그대를 해방시킬 것이오."
그렇군. 이것은 그 목적을 달성할 사다리고.
파에톤, 너는 저 메롭스의 아들인데
왜 하늘의 마차를 끌려는 야심을 품고서
과감한 헛짓으로 이 세상을 태우려 해?   155
별들이 네 위에 비친다고 거기에 닿으려 해?
가라, 이 미천한 침입자, 자만하는 노예 놈아,
알랑대는 미소는 동급의 짝에게나 보이고
네 공적이 아니라 내 참을성 때문에
여길 떠날 특권을 얻었다고 생각해라.   160
너에게 베풀었던 모든 호의보다도,
지나치게 많지만, 이 일로 내게 더 감사해라.
하지만 네가 만약 가장 빨리 서둘러
짐의 궁정 떠나는 데 걸리는 시간보다
더 오래 내 영토 안에서 머문다면   165
맹세코 내 격노는 내가 여태 딸이나
너에게 품었던 사랑을 훨씬 넘어설 것이다.
어서 가, 난 네 헛된 변명을 안 들을 테지만
넌 목숨을 아낄 테니 급히 여길 떠나라.   (퇴장)

발렌틴 그러면 사는 고문보다는 차라리 죽을까?   170
그 죽는 건 내게서 추방되는 것인데
실비아가 바로 나다. 그녀를 떠나는 추방은
자신을 떠나는 자신의 — 치명적인 추방이다.
실비아를 못 보는데 무슨 빛이 빛일까?

실비아가 없는데 뭔 기쁨이 기쁨일까?   175
그녀가 있다고 여기고 완벽한 그 모습을
양식으로 삼는 게 아니라면 말이다.
밤중에 실비아가 내 곁에 없다면
밤꾀꼬리 소리도 들리지 않는다.
대낮에 실비아를 바라보지 않는다면   180
나에게 바라볼 대낮은 거기 없다.
그녀는 내 본질이고 그 고운 영향으로
이 몸이 길러지고, 밝혀지고, 간직되고
살아 있지 않는다면 내 존재는 사라진다.
죽음 같은 그의 선고 피해도 죽음은 못 피해.   185
여기에 남으면 죽음을 기다릴 뿐이지만
여기를 피한다면 삶을 멀리 피하니까.

프로테우스와 란스 등장.

프로테우스   달려, 애, 달려, 달려가 그를 찾아내.
란스   여기요, 여기!
프로테우스   뭐가 보여?   190
란스   우리가 찾는 그분이요. 머리카락 한 올도 안 보이지만
           발렌틴이랍니다.
프로테우스   발렌틴이라고?
발렌틴   아냐.
프로테우스   그럼 누구야? 그의 유령?   195
발렌틴   그도 아냐.
프로테우스   그럼 뭐야?
발렌틴   헛것이야.

란스	헛것이 말할 수 있나요? 주인님, 때려 볼까요?	
프로테우스	누굴 때리려 하는데?	200
란스	헛것을요.	
프로테우스	그만둬, 악당아.	
란스	왜요, 주인님, 헛것을 때릴 텐데. 제발 — .	
프로테우스	야, 관두라 그랬어. 발렌틴 친구여, 한마디만.	
발렌틴	내 귀는 막혀서 희소식을 듣지 못해,	205
	나쁜 게 너무 많이 이미 꽉 차 있어.	
프로테우스	그럼 난 침묵 속에 내 것을 묻을 거야,	
	가혹하고 불유쾌한 데다 나쁘니까.	
발렌틴	실비아가 죽었어?	
프로테우스	그건 아냐, 발렌틴.	
발렌틴	신성한 실비아 사랑할 발렌틴은 정말 없어.	210
	그녀가 날 부인했나?	
프로테우스	그도 아냐, 발렌틴.	
발렌틴	실비아가 날 부인했다면 발렌틴은 없겠지.	
	그럼 뭐가 소식인데?	
란스	저, 당신이 추방되었다는 포고령이 있는데요.	
프로테우스	네가 추방됐다는 거 — 오, 그게 소식이라네. —	215
	여기에서, 실비아에게서, 친구인 내게서.	
발렌틴	오, 난 이미 그 비탄을 양식으로 삼았고	
	이제는 넘치는 그것에 물리게 될 거야.	
	실비아는 내가 추방된 것을 알고 있어?	
프로테우스	그럼, 그럼. 또 그녀는 그 판결을 듣고는,	220
	번복되지 않는다면 효력을 가질 텐데,	
	눈물이라 부르는 무른 진주 한 섬을	
	그 잔인한 아버지의 발 앞에 바치면서	

겸손한 자신을 무릎 꿇고 함께 내놨는데,
쥐어짜는 그 손은 지금 막 비탄으로   225
창백해진 것처럼 흰색이 정말 어울렸다네.
하지만 접은 무릎, 순수하게 치켜든 손,
슬픈 한숨, 깊은 신음, 흐르는 은빛의 눈물도
무자비한 그녀의 부친 마음 못 뚫었고,
발렌틴은 만약에 잡히면 죽어야 한다네.   230
게다가 그녀의 간섭에 화가 많이 난 그는
그녀가 네 처벌의 취소를 탄원할 때
그녀에게 철통같은 감옥행을 명령하며
가두어 두겠다는 쓴 위협을 여러 번 했다네.

발렌틴   그만해, 다음으로 나에게 해 줄 말이   235
내 생명에 악영향을 끼치는 게 아니라면.
끼친다면, 제발 그걸 끝없는 내 슬픔의
마지막 노래로 내 귀에 불어넣어.

프로테우스   어쩔 수 없는 일로 한탄하길 그치고
한탄하는 그 일에 도움 될 걸 공부해 봐.   240
시간은 모든 선의 유모이자 양육자야.
넌 여기 머물면 네 애인을 볼 수 없어.
게다가 머물다간 네 생명이 줄어들어.
희망은 연인의 지팡이야, 가지고 나가서
절망적인 생각에 맞서서 휘둘러.   245
넌 여길 뜨지만 네 편지는 올 수 있고,
나한테 쓴 거니까, 난 그걸 네 애인의
바로 그 우윳빛 흰 가슴에 전달할게.
지금은 자세히 설명할 시간이 아니야.
자, 나는 널 데리고 성문을 통과할 터인데,   250

　　　　　　나와 헤어지기 전에 네 연애와 관련된
　　　　　　모든 것을 나에게 상세하게 얘기해 줘.
　　　　　　실비아를 사랑할 테니까, 너 말고 그녀 위해
　　　　　　네 위험을 고려하고 나와 함께 떠나자.
발렌틴　　　란스야, 부탁인데, 내 시동을 보거든　　　　　　　　　　255
　　　　　　서둘러 가 북문에서 나를 만나라고 해 줘.
프로테우스　야, 가서 걔를 찾아내. 가자, 발렌틴.
발렌틴　　　오, 사랑하는 실비아! 불운한 발렌틴!

　　　　　　　　　　　　　　(발렌틴과 프로테우스 퇴장)

란스　　　　난 그냥 바보인데, 보십시오, 그래도 주인님이 좀 악
　　　　　　당이라고 생각할 머리는 있답니다. 근데 그가 한 군　　　260
　　　　　　데만 악당이면 상관없어요. 내가 사랑에 빠진 줄 아
　　　　　　는 사람은 지금 없지만 난 사랑에 빠졌고, 말 여러 마
　　　　　　리를 가지고도 내게서 그 사실 또는 내가 사랑하는
　　　　　　게 누군지를 끌어낼 수 없답니다. 그래도 여자이고,
　　　　　　근데 어떤 여자인지는 저 스스로 말 안 할 겁니다. 그　　265
　　　　　　래도 우유 짜는 처녀인데 처녀는 아니에요, 산파들을
　　　　　　부른 적이 있었으니까. 그래도 하녀랍니다, 주인님의
　　　　　　하녀이고 급료 받고 일하니까. 그녀는 물새 사냥개보
　　　　　　다 자질이 더 많은데, 그건 헐벗은 기독교인치고는
　　　　　　꽤 많은 겁니다. (종이 한 장을 꺼낸다.) 여기 그녀의 상　　270
　　　　　　태를 적은 목록이 있어요. (읽는다.) “첫째, 그녀는 가
　　　　　　져오고 나를 수 있다.” 허, 말이라도 그 이상은 못 해.
　　　　　　아니, 말은 못 가져오고 나를 수만 있잖아. 그러므로
　　　　　　그녀는 짐말보다 나아. “항목. 그녀는 우유를 짤 수
　　　　　　있다.” 보십시오, 손이 깨끗한 하녀에겐 향기로운 장　　275
　　　　　　점이랍니다.

스피드	안녕하십니까, 란스 씨? 무슨 소식이라도 있나요?
란스	소식? 아니, 먹을 게 없는데 소식을 어떻게 해.
스피드	저런, 그 못된 버릇은 여전하군, 말꼬리 잡기 말이오.
	근데 당신의 종이엔 무슨 소식이오? 280
란스	네가 여태 들은 소식 중 가장 검은 소식.
스피드	이봐, 왜? 얼마나 검은데?
란스	그야, 잉크처럼 검지.
스피드	내가 좀 읽어 볼까.
란스	에잇, 이 돌대가리, 넌 글을 못 읽잖아. 285
스피드	거짓말, 읽을 수 있어.
란스	내가 시험해 볼게. 말해 봐, 널 낳은 게 누구야?
스피드	허 참, 내 할아버지의 아들이지.
란스	오, 이 까막눈 게으름뱅이! 네 할머니의 아들이었어.
	이걸로 네가 못 읽는다는 게 입증됐어. 290
스피드	그럼, 바보야, 자, 네 종이로 시험해 봐.
란스	(그에게 종이를 준다.)
	자, 니콜라스 성인이 널 도와주시기를.
스피드	"첫째, 그녀는 우유를 짤 수 있다."
란스	암, 그건 할 수 있지.
스피드	"항목. 그녀는 좋은 맥주를 빚는다." 295
란스	그리고 거기에서 '좋은 맥주 빚는군요, 복 많이 받으시
	오.'라는 속담이 나와.
스피드	"항목. 그녀는 꿰맬 수 있다."
란스	그건 "박을 수도 있소?"라는 말과 거의 같아.
스피드	"항목. 그녀는 조일 수 있다." 300

란스	한 여자가 남자를 조일 수 있는데 지참금이 얼만지 마음을 조일 필요가 뭐 있어?
스피드	"항목. 그녀는 빨고 닦을 수 있다."
란스	그건 특별한 장점이야, 그럼 그녀는 빨리지도 닦이지도 않을 테니까.

305

스피드	"항목. 그녀는 돌릴 수 있다."
란스	그녀가 물레를 돌려서 생활할 수 있다면 난 이 세상에서 편히 살 수 있겠네.
스피드	"항목. 그녀에겐 이름 모를 장점들이 많다."
란스	그건 "사생아 장점들"이란 말과 거의 같아, 그것들은 정말 애비를 모르고 그래서 이름이 없으니까.

310

스피드	다음엔 그녀의 단점이야.
란스	장점의 뒤꿈치를 바싹 따라오네.
스피드	"항목. 금식 때는 입냄새 때문에 그녀에게 키스하면 안 된다."

315

란스	그 약점은 금식을 깨는 걸로 고칠 수 있겠네. 계속 읽어.
스피드	"항목. 그녀 입은 달콤하다."
란스	그건 그녀의 나쁜 입냄새를 보상해 주는군.
스피드	"항목. 그녀는 자면서 말한다."

320

란스	그건 그녀가 말하면서 자지만 않으면 상관없어.
스피드	"항목. 그녀는 말수가 적다."
란스	오, 악당, 이런 걸 단점 가운데 하나로 적다니! 말수가 적은 건 여자의 유일한 장점이야. 제발 그걸 빼내서 그녀의 주된 장점 자리에 올려 줘.

325

스피드	"항목. 그녀는 오만하다."
란스	그것도 빼 줘. 그것은 이브의 유산으로 그녀에게서 빼

앗을 수 없어.

스피드 "항목. 그녀는 이가 없다."

란스 그것도 내겐 상관없어, 난 빵 껍질을 좋아하니까. 330

스피드 "항목. 그녀는 못됐다."

란스 글쎄, 그녀에겐 깨무는 이가 없다는 게 최고야.

스피드 "항목. 그녀는 자기 술맛을 자주 본다."

란스 그녀의 술이 좋다면 그녀가 그럴 거고, 안 그러면 내가
그럴 거야, 좋은 것들은 맛봐야 하니까. 335

스피드 "항목. 그녀는 너무 쉽게 준다."

란스 자기 혀는 그렇게 못 해, 말수가 적다고 적혀 있으니
까. 지갑도 그렇게 못 할 거야, 내가 닫아 놓을 테니까.
근데 또 다른 물건은 그럴 수 있는데, 그건 내가 어쩔
수 없어. 좋아, 진도 나가. 340

스피드 "항목. 그녀는 기지보다는 머리칼이, 머리칼보다는 약
점이, 약점보다는 재산이 더 많다."

란스 거기서 멈춰. 내가 그녀를 가질게. 그 마지막 조항에서
그녀는 서너 번쯤 내 것이었다가 아니었어. 그걸 다시
한번 읊어 봐. 345

스피드 "그녀는 기지보다는 머리칼이 더 많고 — ."

란스 기지보다 머리칼이 더 많다. 그럴 수 있어, 내가 증명
하지. 소금 통 뚜껑은 소금을 감춘다, 그러므로 소금보
다 더 크다. 기지를 덮는 머리칼은 기지보다 더 많다,
큰 게 작은 걸 감추니까. 다음은? 350

스피드 "머리칼보다는 약점이 더 많고 — ."

란스 그건 괴상해. 오, 그건 빠졌으면!

스피드 "그리고 약점보다는 재산이 더 많다."

란스 허, 그 말 때문에 약점들이 멋져 보이네. 좋아, 내가 그

녀를 가질게. 또 이 혼사가 맺어지면, 불가능한 건 없 355
으니까 — .

스피드 그런 다음엔 뭐?

란스 허, 그럼 난 너에게 네 주인님이 북문에서 널 기다린다
고 말해 주지.

스피드 나를? 360

란스 너를? 그래, 네가 뭔데? 그는 너보다 더 나은 사람도
기다렸어.

스피드 근데 그에게 꼭 가야 해?

란스 그에게 달려가야 해, 넌 너무 오래 지체해서 그냥 가는
걸로는 거의 도움이 안 될 테니까. 365

스피드 왜 더 일찍 말해 주지 않았어? 염병할 네놈의 연애 편
지! (퇴장)

란스 이제 그는 내 편지 읽은 일로 얻어터질 것이다. 교양
없는 노예 같으니라고, 비밀에 머리를 들이밀다니. 난
뒤따라가서 녀석이 벌 받는 거나 즐겨야지. 370

(퇴장)

3막 2장

공작과 투리오 등장.

공작 투리오 군, 발렌틴이 이제 그녀의 시야에서
추방당했으니 그녀의 자네 사랑 염려 말게.

투리오 그녀는 그의 망명 이후로 저를 가장 경멸하고

3막 2장 장소 밀라노, 공작의 궁전.

만남을 거부하며, 그녀를 얻으려고
앞뒤를 가리지 않는다고 저를 욕하셨어요.   5
공작 이 흐릿한 사랑의 자국은 얼음에 새겨진
형상과 같아서 한 시간만 열 받으면
사라져 물이 되고 그 형체를 잃는다네.
좀 있으면 그녀의 언 마음도 녹을 테고
가치 없는 발렌틴은 잊힐 것이라네.   10

프로테우스 등장.

그래, 프로테우스 군, 자네의 동포는
짐의 그 포고령에 따라서 떠났는가?
프로테우스 갔습니다, 공작님.
공작 내 딸은 그가 가서 비탄하고 있다네.
프로테우스 좀 있으면, 공작님, 그 비탄은 묻히겠죠.   15
공작 나도 그리 믿지만 투리오의 생각은 다르네.
프로테우스, 내가 너를 좋게 평가하므로 —
포상을 받을 만한 표시를 좀 보여 줬으니까 —
난 너와 더 기꺼이 상의할 것이야.
프로테우스 제 충성을 입증하는 시간보다 더 오래   20
각하를 쳐다보며 살진 않게 하십시오.
공작 넌 내가 얼마나 기꺼이 투리오와 내 딸의
혼인을 성사시키려는지 알고 있지?
프로테우스 예, 공작님.
공작 그리고 넌, 내 생각에, 그녀가 얼마나   25
내 뜻에 맞서고 있는지도 모르진 않겠지?
프로테우스 발렌틴이 여기에 있었을 땐 그랬지요.

공작	맞아, 그리고 심술궂게 꾸준히 그런다.
	우리가 어떻게 해야지 그녀가
	발렌틴 사랑 잊고 투리오 군 사랑하지? 30
프로테우스	최고의 방법은 여자들이 대단히 미워하는
	거짓됨, 비겁함, 그리고 천한 혈통,
	이 셋으로 발렌틴을 비방하는 것입니다.
공작	음, 근데 걔는 미워서 한 말이라 생각할걸.
프로테우스	예, 그의 적이 그것을 전하면요. 35
	그래서 그것은 그녀가 자신의 친구라고
	여기는 사람이 상세히 들려줘야 합니다.
공작	그러면 자네가 그를 비방해야겠네.
프로테우스	그런데 공작님, 전 내키지 않습니다.
	그것은 신사에겐 좋지 않은 임무로서 40
	막역한 친구와 맞선다면 특별히 그렇죠.
공작	자네의 좋은 말이 그에게 이롭지 못할 땐
	자네의 비방도 절대 그를 해치지 못하네.
	따라서 이 임무는 자네의 친구가
	간청하는 거니까 좋지도 나쁘지도 않다네. 45
프로테우스	잘 설득하셨습니다, 각하. 그 무슨 말로든
	제가 그를 헐뜯어서 임무 완수한다면
	그녀는 그를 오래 사랑 못 할 것입니다.
	하지만 그녀의 발렌틴 사랑이 죽더라도
	투리오 사랑이 생기는 건 아닙니다. 50
투리오	그래서 그를 감은 그녀의 사랑을 풀 때면
	그것이 얽히어 무용지물 안 되도록

44행 자네의 친구 공작 자신.

　　　　　　나에게 꼭 되감기게 만들어야 하고,
　　　　　　그러려면 당신이 발렌틴 군의 가치를
　　　　　　헐뜯은 그만큼 나를 꼭 칭찬해야만 하오.　　　　　55
공작　　　　그리고 프로테우스, 우린 감히 자넬 믿네.
　　　　　　발렌틴의 보고에 의하여 알기로는
　　　　　　자넨 이미 사랑 신의 굳건한 신도로서
　　　　　　쉽사리 배신하고 변심할 순 없으니까.
　　　　　　그 보증을 근거로 자네는 실비아와　　　　　　60
　　　　　　긴 얘기를 할 수 있는 곳으로 접근하여 ─
　　　　　　그녀는 기가 죽고 슬픈 데다 우울하여
　　　　　　자네 친구 대신 온 자네를 기뻐할 터인데 ─
　　　　　　거기서 그녀가 나이 어린 발렌틴을 미워하고
　　　　　　내 친구를 사랑하게 설득할 수 있을 거야.　　　65
프로테우스　제 능력이 닿는 만큼 성사시킬 것입니다.
　　　　　　근데 당신 투리오는 열렬함이 부족해요.
　　　　　　그녀의 욕망을 잡기 위해 구슬픈 소네트로
　　　　　　끈끈이를 놔야 하고, 그렇게 지은 시는
　　　　　　섬긴다는 서약으로 가득 차야 한답니다.　　　　70
공작　　　　암, 하늘의 영감 얻은 시의 힘은 대단하지.
프로테우스　그녀의 미모라는 제단에 당신의 눈물과
　　　　　　한숨과 심장을 바친다고 말하시오.
　　　　　　잉크가 다 마를 때까지 쓴 다음 눈물로
　　　　　　그걸 다시 적시고, 그런 성심 밝혀 줄　　　　75
　　　　　　감동적인 시 몇 줄을 짜맞춰 보시오.
　　　　　　오르페우스의 류트 줄은 시인의 힘줄로서
　　　　　　그 금빛 연주는 철석도 약하게,
　　　　　　호랑이도 길들게, 큰 고래도 심해 떠나

모래밭 위에서 춤추게 할 수 있었으니까.　　　　　80
비참하게 애통하는 비가가 끝난 뒤에
밤에는 달콤한 악사들과 숙녀 방의
창문으로 찾아가, 그들의 악기에 맞추어
비탄조로 노래해요. 밤의 깊은 침묵은
감미롭게 불평하는 슬픔에 잘 맞을 겁니다.　　　85
오로지 이것만이 그녀를 얻을 거요.

공작　　그 교육을 보아하니 사랑에 빠졌었군.

투리오　　난 그대의 충고를 오늘 밤 실천할 것이오.
그러니 내 지휘관, 친절한 프로테우스여,
우리는 곧 이 도시 안으로 들어가　　　　　90
음악에 조예 깊은 신사들을 고릅시다.
난 이 일에 도움 주고 당신의 멋진 충고
행동에 옮겨 줄 소네트 한 편이 있답니다.

공작　　착수하게, 신사들!

프로테우스　　저녁 식사 뒤까지 공작님을 모신 다음　　　95
그 후에 저희의 행로를 결정하겠습니다.

공작　　바로 지금 착수하게. 안 따라와도 돼.　　(함께 퇴장)

4막 1장

발렌틴, 스피드, 무법자 몇 명 등장.

무법자 1　　동료들, 꿋꿋이 서 있어. 행인이 하나 보여.

77행 오르페우스　음악으로 동물과 바　　의 전설적인 악사. (RSC)
위, 나무까지 매혹할 수 있었던 그리스　　4막 1장 장소　밀라노 교외의 숲.

무법자 2	열이라도 쫄지 말고 놈들을 해치우자.
무법자 3	서라, 몸에 지닌 것들을 우리한테 던져라.
	안 그러면 앉혀 놓고 샅샅이 뒤질 테다.
스피드	주인님, 우린 망했어요. 여행객 모두가
	대단히 겁내는 게 이 악당들입니다.
발렌틴	친구들 — .
무법자 1	그것은 아닌데. 우린 당신 적들이요.
무법자 2	쉿! 그의 말을 들어 보자.
무법자 3	그러자, 내 수염에 맹세코 멋진 사람이니까.
발렌틴	그러면 난 잃을 재물이 없다는 걸 아시오.
	난 역경에 빠져 있는 사람이란 말이오.
	내가 가진 재산은 이 누추한 의복인데
	여기에서 그것을 내게서 벗겨 가면
	가진 것의 전부이자 핵심을 뺏어 가오.
무법자 2	어디로 여행하오?
발렌틴	베로나로.
무법자 1	어디서 왔소?
발렌틴	밀라노에서.
무법자 3	거기에 오래 묵었소?
발렌틴	열여섯 달쯤인데 더 오래 머물 수도 있었소,
	기구한 운명에 막히지 않았다면 말이오.
무법자 1	뭐, 거기에서 추방됐소?
발렌틴	그렇소.
무법자 2	무슨 죄목으로?
발렌틴	이제는 되뇌는 것으로도 아픈 일 때문이오.
	난 사람을 죽였고, 그걸 크게 후회하오,
	하지만 난 싸움에서 부정한 이점이나

5

10

15

20

25

	저급한 배신 없이 남자답게 살해했소.	
무법자 1	아니, 그리된 일이면 절대 후회 마시오.	30
	하지만 그렇게 작은 죄로 추방됐소?	
발렌틴	그렇소, 또 그런 판결을 달게 받아들였소.	
무법자 2	여러 나라 말을 하오?	
발렌틴	젊어서 한 여행 덕에 그 점은 운 좋았소,	
	안 그러면 여러 번 불행에 빠졌을 것이오.	35
무법자 3	로빈 후드의 뚱보 수사 대머리에 맹세코,	
	이 친구가 거친 우리 무리의 왕이라면.	
무법자 1	모실 거야. 이보게들, 한마디만.	

(무법자들은 떨어져서 얘기한다.)

스피드	주인님, 합쳐요.	
	존경받는 종류의 도둑질이랍니다.	
발렌틴	조용해, 이놈아.	40
무법자 2	말해 봐요, 뭐라도 의지할 걸 가졌소?	
발렌틴	내 운명밖에는 없소.	
무법자 3	그럼 알아 두시오, 우리 몇은 신사로서	
	무절제한 청춘의 광기로 말미암아	
	위엄 있는 분들의 모임에서 쫓겨났소.	45
	나 자신도 공작과 가까운 인척이자	
	상속인인 한 숙녀를 몰래 빼내 가려고	
	모의한 대가로 베로나 시에서 추방됐소.	
무법자 2	난 만토바에서 한 신사를, 성질나서	
	그 심장을 칼로 찌른 대가로 그리됐소.	50

36행 뚱보 수사   터크 수사. 셰익스피어는 이탈리아가 아니라 대단히
영국적인 무법자 로빈 후드의 전설을 불러낸다. (아든)

무법자 1	나 또한 그와 같은 경범죄로 그리됐소.
	하지만 요점은, 우리의 잘못을 쭉 말한 건
	이 무법 생활의 변명이 될 수가 있어서요.
	또 일부는 당신이 미남의 풍채를 지녔고,
	본인의 말로는 외국어를 아는 데다	55
	우리가 우리의 처지에서 대단히 모자라는
	완벽성을 갖춘 사람이라는 걸 알고서 —
무법자 2	정말로 우리는 당신이 추방됐기 때문에
	다른 무엇보다도 그래서 당신과 협상하오.
	우리의 지도자가 되는 것에 만족하오?	60
	당신의 역경을 잘 받아들이면서
	여기 이 황야에서 우리처럼 살겠소?
무법자 3	어쩔 거요? 우리와 한패가 되겠소?
	'예' 한 다음 우리들 모두의 대장이 되시오.
	그대를 존경하고 그대의 지배를 받겠소.	65
	우리의 지도자, 왕으로 사랑할 것이오.
무법자 1	하지만 우리의 예의를 경멸하면 죽이겠소.
무법자 2	우리 제안 떠벌리며 살진 못할 것이오.
발렌틴	그 제안을 받아들여 당신들과 살겠소,
	단, 죄 없는 여자들, 불쌍한 행인들에게는	70
	난폭한 짓 하지는 않는다는 조건으로.
무법자 3	예, 우리도 그런 추한, 천한 행동 혐오하오.
	함께 가요. 그대를 우리 일당에게 데려가
	우리가 소유한 모든 보물 보여 주고, 그것을
	우리와 더불어 그대의 처분에 맡기겠소. (함께 퇴장)	75

4막 2장

프로테우스   난 이미 발렌틴에게 거짓을 말했고
　　　　　　이제는 투리오에게도 부정직해야 한다.
　　　　　　그를 추천한다는 구실로 나는 내 사랑을
　　　　　　추진할 허가를 받았다. 하지만 실비아는
　　　　　　가치 없는 내 선물로 타락시키기에는　　　　　　　5
　　　　　　너무나 아름답고, 참되고, 신성하다.
　　　　　　그녀에게 나의 참된 충심을 단언하면
　　　　　　그녀는 친구에게 거짓된 날 나무라고,
　　　　　　그녀의 미모를 기린다고 서약하면
　　　　　　내가 사랑하였던 줄리아를 배신하면서　　　　　　10
　　　　　　어떻게 위증을 했는지 생각해 보라 한다.
　　　　　　하지만 그녀의 모든 즉석 야유에도,
　　　　　　그중의 최소에도 연인의 희망은 꺼질 텐데,
　　　　　　내 사랑은 사냥개처럼 그녀가 내찰수록
　　　　　　더 크게 자라나 계속해서 아양 떤다.　　　　　　　15

　　　　　　　　　투리오와 악사들 등장.

　　　　　　투리오다. 이제 우린 그녀의 창문에 다가가
　　　　　　그녀 귀에 저녁의 노래를 좀 들려줘야 해.
투리오　　　아, 프로테우스 님, 우리 앞서 기어들었나요?
프로테우스　예, 투리오 님, 당신도 알다시피 사랑은

4막 2장 장소 밀라노, 실비아의 창문 아래.

	못 걸으면 기어서 봉사할 테니까요.	20
투리오	예, 하지만 여기에선 사랑 않길 바라오.	
프로테우스	그래도 합니다, 안 그럼 여기를 떠나겠죠.	
투리오	누구를? 실비아?	
프로테우스	예, 실비아를 — 당신 위해.	
투리오	그러는 당신에게 고맙소. 자, 신사분들,	
	소리 한번 내 봅시다, 잠시 동안 활기차게.	25

여관 주인과 소년 세바스찬의 복장을 한 줄리아 등장.

여관 주인	근데 젊은 손님, 기분이 좀 으울해 보이는데, 정말 왜	
	그러시오?	
줄리아	아, 주인장, 그건 내가 즐거울 수 없어서요.	
여관 주인	자, 즐겁게 해 드리죠. 음악을 들을 수 있는 곳으로	
	데려가서 당신이 찾던 그 신사도 보게 해 드리지요.	30
줄리아	근데 그의 말도 들리나요?	
여관 주인	예, 그럴 거요.	
줄리아	그건 음악일 겁니다. (음악이 연주된다.)	
여관 주인	쉿, 들어 봐요!	
줄리아	그 사람도 이들 사이에 있소?	35
여관 주인	예, 하지만 조용히 들어 봅시다.	

노래

실비아가 누구지? 어째서

26행 으울 '우울'을 잘못 발음한 것.

연인들이 다 그녀를 기리지?
그녀는 성스럽고 곱고도 현명해.
하늘이 그런 은혜 내리셨어,   40
　　그녀를 찬미할 수 있도록.

그녀는 고운 만큼 친절해?
친절과 미모는 둘이 같이 사니까
사랑은 눈먼 자신 도우려고
그녀의 눈으로 간 다음   45
　　거기에서 도움 받고 머물러.

그럼 우리 실비아를 노래하자,
실비아는 가장 빼어나다고.
그녀는 둔한 이 땅 위에 있는
모든 생명체보다 더 빼어나.   50
　　그녀에게 화환을 가져가자.

여관 주인	이런, 전보다 더 슬퍼졌소? 이봐요, 괜찮소? 음악이 즐겁지 않은 모양이오.
줄리아	잘못 짚었소. 저 악사가 즐겁지 않소.
여관 주인	왜요, 예쁜 젊은이?　　　　　　　　　　　　　　55
줄리아	연주를 잘 못해서요, 어르신.
여관 주인	어째서, 줄을 못 맞췄나요?
줄리아	아녜요. 그런데도 아주 잘 못해서 바로 내 심금을 비통하게 울리네요.
여관 주인	귀가 밝군요.　　　　　　　　　　　　　　　　60
줄리아	예, 귀가 먹었으면 좋겠어요. 그것 때문에 내 심장이

내려앉아요.

여관 주인 당신은 음악을 즐거워하지 않는 것 같소.

줄리아 저렇게 거슬릴 땐 전혀요.

여관 주인 들어 봐요, 음악이 얼마나 멋지게 변하는지! 65

줄리아 예, 그 변화가 짜증 나요.

여관 주인 그들이 늘 한 가지만 연주하면 좋겠소?

줄리아 한 사람은 늘 한 가지만 연주하면 좋겠어요. 하지만 주
인장, 이 프로테우스 님 말인데 그가 이 규수를 자주
찾아가나요? 70

여관 주인 그의 하인 란스가 내게 했던 말을 전하죠. 그는 그녀에
게 홀딱 반했답니다.

줄리아 란스는 어디 있소?

여관 주인 개를 찾으러 갔는데, 주인님의 명령으로 그것을 내일
그의 여인에게 선물로 가져가야 한답니다. 75

줄리아 쉿, 비켜서요. 그들이 헤어져요.

프로테우스 투리오 님, 걱정 마요. 내가 잘 애원해서 당신은 내 계
책이 빼어나다 말할 거요.

투리오 만날 곳은?

프로테우스 　　　　　　그레고리 성자 우물.

투리오 　　　　　　　　　　잘 있어요.

(투리오와 악사들 함께 퇴장)

실비아, 위쪽에 등장.

프로테우스 숙녀께 좋은 저녁 인사를 올립니다. 80

실비아 신사분들, 음악에 감사를 표합니다.
말한 게 누구였죠?

프로테우스	숙녀께서 순수한 그의 진심 아신다면
	목소리로 빨리 알아낼 만한 사람이죠.
실비아	프로테우스 님이죠.	85
프로테우스	프로테우스로서 당신의 추종자죠, 숙녀님.
실비아	그 말뜻은?
프로테우스	당신 마음 얻겠단 말이죠.
실비아	소원대로 해 드리죠. 내 뜻은 바로 이것,
	즉, 당신이 곧 집에 가서 자는 거랍니다.
	교활하고 위증하고 거짓된 배신의 남자여,	90
	당신은 내가 그리 얄팍하고 지각 없어
	서약으로 그토록 많은 이를 속였던
	당신의 아첨에 넘어갈 거라고 여겼나요?
	돌아가요, 돌아가서 애인에게 보상해요.
	이 몸은 — 창백한 이 밤의 여왕께 맹세코 —	95
	당신 요청 허락할 마음이 도무지 없어서
	잘못된 청을 하는 당신을 멸시하고,
	말 걸며 허비한 바로 이 시간 때문에
	곧바로 나 자신을 꾸짖을 작정이랍니다.
프로테우스	제가 한 숙녀를, 임이여, 사랑한 건 인정하나	100
	그녀는 죽었어요.
줄리아	(방백) 내가 말한대도 거짓이야,
	그녀가 안 묻힌 건 내가 확신하니까.
실비아	그렇대도 당신 친구 발렌틴은 살아 있고,
	난 그와, 당신이 증인인데, 약혼했잖아요.
	그런데도 당신은 귀찮게 날 조르며	105
	그를 욕보이는 게 부끄럽지도 않나요?
프로테우스	난 또한 발렌틴도 죽었다고 들었어요.

실비아	그럼 나도 그렇다고 여겨요, 내 사랑은
	그 무덤에 묻혔으니 분명히 알아 둬요.
프로테우스	상냥한 숙녀여, 내가 그걸 파내게 해 줘요.
실비아	당신 숙녀 무덤에 가 그녀 것을 부르거나
	적어도 그 무덤에 당신 것을 매장해요.
줄리아	(방백) 그는 저 말 못 들었어.
프로테우스	아가씨, 당신의 마음이 그토록 완고하면
	제 사랑을 위하여 당신 초상 주십시오,
	당신 방에 걸려 있는 초상화 말입니다.
	전 거기에 말을 걸고 한숨 쉬며 울 겁니다.
	완벽한 당신의 실체가 다른 곳에
	헌납되었으므로 저는 그냥 그림자고
	당신 그림자에게 참사랑을 구하겠소.
줄리아	(방백) 그것이 실체라도 당신은 분명 그걸 속이고
	지금의 나와 같은 그림자로 만들겠죠.
실비아	당신의 우상이 되는 걸 난 아주 혐오해요.
	하지만 거짓된 당신은 그림자 숭배와
	거짓 형체 예배에 잘 어울리니까
	아침에 사람을 보내면 그걸 보내 줄게요.
	그러니 잘 쉬어요. (퇴장)
프로테우스	아침 처형 기다리는
	불운한 자들이 밤새우듯 쉴 겁니다. (퇴장)
줄리아	주인장, 가 볼까요?
여관 주인	맙소사, 깊이 잠들어 있었네.
줄리아	부탁인데, 프로테우스 님은 어디에 묵어요?
여관 주인	그야, 우리 집에요. 참말로, 거의 동텄네요.
줄리아	아뇨. 하지만 내가 여태 깨어 있던 가운데

110

115

120

125

130

가장 길고 최고로 무거운 밤이었답니다.   (함께 퇴장)

4막 3장

에글라무르 등장.

에글라무르　　실비아 아가씨가 나에게 알릴 게 있다며
　　　　　　오라고 간청했던 때가 바로 지금이다.
　　　　　　무언가 나를 크게 쓰실 일이 있나 보다.
　　　　　　아가씨, 아가씨!

실비아, 위에서 등장.

실비아　　　　　　　　누구요?
에글라무르　　　　　　　　　추종자에 친구로서
　　　　　　숙녀님의 명령을 기다리고 있답니다.　　　　　　5
실비아　　　에글라무르 님, 수없이 좋은 아침 맞으세요.
에글라무르　숙녀님도 그만큼 맞으시기 바랍니다.
　　　　　　숙녀님, 전 당신이 내리신 명에 따라
　　　　　　당신이 저에게 명령하실 임무가
　　　　　　무엇인지 알고자 이리 일찍 왔답니다.　　　　　10
실비아　　　오, 에글라무르, 당신은 신사로서 —
　　　　　　아첨이라 생각 마요, 맹세코 아니니까 —
　　　　　　용감하고 현명하며 인정 많고 노련해요.
　　　　　　당신은 내가 저 추방된 발렌틴에 얼마나

4막 3장 장소 밀라노, 실비아의 창문 아래.

깊은 호감 품었는지, 또 어떻게 아버지가   15
나를 저 허황된, 바로 내 영혼이 혐오하는
투리오와 강제로 결혼시키려는지 알아요.
당신도 사랑을 했었고, 당신의 숙녀이자
참사랑이 죽어서 그 무덤에 동정을
맹세했던 때만큼 비탄이 자신의 가슴을   20
찌른 적은 없었다고 말하는 걸 들었어요.
에글라무르 님, 난 발렌틴에게, 만토바로,
그가 묵고 있다고 들은 곳에 가려 해요.
그런데 가는 길이 위험하기 때문에
난 당신의 값진 동행 정말로 바라고,   25
당신의 믿음과 명예에 의존한답니다.
아버지의 분노를 역설 말고, 에글라무르,
내 비탄, 숙녀의 비탄을, 그리고
몹시도 불경한 혼사를 피하려고,
그런 것엔 천운 따라 늘 재앙이 내리기를,   30
여기서 도망치는 행위의 정당성을 생각해요.
난 정말 바다의 모래만큼 슬픔이 가득한
바로 그런 마음으로 당신에게
나와 동무하면서 가 주기를 바라고,
안 된다면 홀로 떠날 모험을 할 수 있게   35
당신에게 내가 한 말 숨겨 주기 바랍니다.

에글라무르 아가씨, 전 당신의 고통을 썩 동정하고
그 동기가 고결함을 알고 있기 때문에
당신과 함께 길을 가는 데 동의하며,
저에게 닥칠 일은 당신에게 온갖 행운   40
바라는 그만큼 조금도 개의치 않습니다.

언제 가시렵니까?

실비아   다가오는 밤에요.

에글라무르 어디서 만나 뵙죠?

실비아   패트릭 수사의 암자요,

거기에서 신성한 고해를 할 겁니다.

에글라무르 숙녀님을 저버리지 않을게요.   45

좋은 아침입니다, 아가씨.

실비아   좋은 아침, 친절한 에글라무르 님.   (함께 퇴장)

4막 4장

란스. 그의 개 땡감을 데리고 등장.

란스   어떤 사람의 하인이 그에게 개짓을 하면, 아시죠,
골치 아프답니다. 내가 새끼 때부터 기른 녀석, 눈
도 못 뜬 그의 형제자매 넷이 골로 갔을 때 빠져 죽
지 않게 구해 준 이 녀석 말입니다. 난 그를 정확히
'개는 이렇게 가르치는 겁니다."라고 하듯이 가르쳤   5
어요. 난 그를 주인님의 선물로 실비아 아가씨에게
전달하라는 심부름으로 왔는데, 내가 식당으로 들
어서자마자 그는 그녀의 접시로 걸어가서 그녀의
닭다리를 훔쳤어요. 오, 개새끼가, 모두가 있는 데
서 자신을 못 말리는 건 더러운 일이야! 난, 말하자   10
면, 진정 개가 되려는 자세를 가진 녀석, 이를테면
만사에서 개 노릇을 하는 녀석을 갖고 싶답니다. 내

4막 4장 장소 밀라노, 실비아의 창문 아래.

가 그보다 지혜가 더 많지 않아서 그가 한 짓에 기분 상했더라면, 그는 그 일로 진짜 목매달렸을 거라고 생각하고, 확실히 말하지만 그는 그 때문에 벌 받았어요. 여러분이 판단할 겁니다. 그는 공작님 식탁 아래에 있던 신사 같은 개 서너 마리 사이에 끼어들었어요. 그가 거기서 오줌을 — 맙소사! — 깔긴 지 얼마 안 되어 방 안의 모두가 냄새를 맡았죠. "저 개 쫓아내." 누가 그랬죠. 또 누구는 "저건 누구 개새끼야?" 그랬고, 셋째는 "패서 쫓아내." 그랬고, 공작님은 "목매달아." 그랬어요. 난 전에 그 냄새에 대한 지식이 있었기 때문에 그게 땡감이란 걸 알고, 개들을 패는 친구에게 가죠. "친구여," 내 말은, "그 개를 패 줄 작정인가?" 그의 말은, "그야, 당연하지." 내 말은, "자넨 그에게 더욱더 잘못하네. 자네가 알고 있는 그 일은 내가 했어." 그는 더 이상 소란 피우지 않고 나를 패서 방 밖으로 쫓아내죠. 자기 하인을 위해 이렇게 할 주인이 몇이나 되겠어요? 아니, 맹세코, 난 그가 빼앗아 먹은 죽 때문에 차꼬를 찬 적도 있었답니다, 안 그랬으면 그는 처형됐죠. 난 그가 죽인 거위 때문에 칼을 쓴 적도 있었죠, 안 그랬으면 그는 벌 받았을 겁니다. (땡감에게) 넌 지금 이런 거 생각 안 하지. 아니, 오히려 난 내가 실비아 아가씨와 작별했을 때 네가 친 장난을 기억해. 내가 명하지 않았어, 항상 날 주목하고 내가 하는 대로 하라고? 내가 언제 다리를 들고 양갓집 규수 치마에 오줌 누는 거 봤어? 그런 장난 내가 치는 거 본 적 있냐고?

프로테우스와 세바스찬 행세를 하는 줄리아 등장.

프로테우스	이름이 세바스찬? 크게 맘에 드는데	40
	내가 곧 너에게 할 일을 좀 주겠다.	
줄리아	좋을 대로 하시죠, 제 능력껏 하지요.	
프로테우스	그러길 바란다. (란스에게) 야, 이 상놈의 자식아,	
	너는 요 이틀 동안 어딜 그리 쏘다녔어?	
란스	원 참, 주인님, 저에게 시킨 대로 그 개를 실비아 아가	45
	씨에게 가져갔죠.	
프로테우스	근데 내 작은 보물에 뭐라고 하셨어?	
란스	원 참, 당신 개는 똥개고, 그런 선물에는 똥개 같은 감	
	사로 충분하다고 하셔요.	
프로테우스	근데 내 개는 받으셨어?	50
란스	아뇨, 정말로 안 받았어요. 걔를 여기로 다시 가져왔답	
	니다.	
프로테우스	뭐야, 이걸 내가 보낸 것으로 내놨단 말이야?	
란스	그럼요, 그 다람쥐만 한 개는 장터에서 망나니 애새끼	
	들에게 뺏겼고, 그래서 그녀에게 제 것을 내놨는데, 그	55
	건 작은 거 열 마리만큼 큰 개고, 그러므로 더 큰 선물	
	이잖아요.	
프로테우스	가, 썩 물러나, 그리고 내 개를 다시 찾아,	
	안 그러면 다시는 내 눈에 띄지 마.	
	가라 했어! 나를 괴롭히려고 남아 있어?	60
	종놈이 날 끝없이 창피하게 만드는군.	

(란스, 땡감과 함께 퇴장)

세바스찬, 내가 너를 쓰게 된 이유는
일부는 내 일을 어느 정도 신중하게

할 수 있는 청년이 필요해서 그렇지만 —
저 건너 골통은 믿을 수가 없으니까 —   65
주로 네 얼굴과 네 행동 때문인데,
그 둘은 내 점술이 날 속이지 않는다면
훌륭한 교육과 행운과 진심을 증언해 줘.
그래서 내가 널 쓴다는 걸 알아 둬.
이 반지를 네 몸에 지니고 곧 가서   70
실비아 아가씨께 전달해. 그것을 나에게
전달했던 여인은 나를 많이 사랑했어.

줄리아   정표를 보내다니 사랑을 안 했나 봅니다.
그대 죽기라도 했나요?

프로테우스   아니, 살았다고 생각해.

줄리아   아아!   75

프로테우스 '아아' 소린 왜 지르지?

줄리아   그녀를 동정할
수밖에 없어서요.

프로테우스   뭣 때문에 동정해?

줄리아   그녀는 당신을, 당신이 실비아 숙녀를
사랑하는 것만큼 사랑한 것 같아서요.
그녀는 자기 사랑 잊은 그를 꿈꾸고,   80
당신은 당신 사랑 상관 않는 그녀에게 혹했죠.
사랑이 그토록 어긋난 게 애석해요.
그 생각을 하니까 '아아' 소리 내게 되요.

프로테우스 글쎄, 그 반지를 드리고 이 편지도
함께 전해. 그녀 방은 저기야. 숙녀에게   85
신성한 초상화 약속을 상기시켜 드린다 해.
용무가 끝나거든 내 방으로 서둘러 와,

	난 거기에 슬피, 홀로 남아 있을 테니까. (퇴장)
줄리아	이런 용무 보려는 여인이 몇이나 있을까?

아아, 불쌍한 프로테우스, 당신은 여우를   90
당신의 양치기로 쓰고 있는 셈이에요.
아아, 불쌍한 바보, 왜 내가 온 마음 다하여
이 몸을 경멸하는 그이를 동정하지?
그녀 사랑 때문에 그이는 날 경멸하고,
그이 사랑 때문에 난 그를 동정해야만 해.   95
나는 이 반지를 그가 날 떠났을 때
내 호의를 기억하게 하려고 주었다.
그런데 난 지금 불행한 심부름꾼으로서
얻고 싶지 않은 걸 간청할 참이고,
거절당하고 싶은 걸 가져갈 참이며,   100
헐뜯고 싶은 그의 신의를 칭찬할 참이다.
내 주인의 참되고 확고한 애인은 나지만
나 자신을 속이고 배신하지 않는 한
나는 내 주인에게 참된 종은 될 수 없다.
그래도 그를 위해 구애하되 퍽 차갑게,   105
확실히, 그의 성공 안 바라듯 해 볼 거야.

실비아, 시중 받으며 등장.

안녕하십니까. 부탁인데 실비아 아가씨와
말할 수 있는 곳에 절 데려가 주십시오.

실비아	내가 만약 그녀라면 뭔 볼 일이 있는 거죠?
줄리아	당신이 그녀라면 제가 전할 전갈을 110

참고 들어 주시기를 간청하옵니다.

실비아	보낸 이가 누구죠?
줄리아	제 주인 프로테우스 님이요, 아가씨.
실비아	오, 초상화 때문에 보냈지요?
줄리아	예, 아가씨.

115

실비아	우술라, 거기 내 초상화 가져와. (그녀가 그걸 가져온다.)
	주인님께 갖다줘요. 내 말도 전하세요,
	마음 바꿔 잊어버린 줄리아란 여인이
	그의 방엔 이 영상보다 더 잘 맞을 거라고.
줄리아	아가씨, 이 편지 정독해 보시죠.

120

(그녀에게 편지 한 통을 준다.)

죄송해요, 아가씨, 제가 막 무심결에
전달하지 말아야 할 글을 드렸네요.
이것이 숙녀님께 가는 편지랍니다.

(앞선 편지를 되가져가고 다른 걸 준다.)

실비아	부탁인데 그걸 다시 보도록 해 줘요.
줄리아	그건 안 됩니다. 아가씨, 죄송해요.

125

실비아	거기, 멈춰요.
	당신 주인 글귀는 쳐다보지 않겠어요.
	이런저런 선언과 갓 나온 서약으로
	가득한 줄 아니까. 근데 그는 그것을
	내가 찢는 이 글처럼 쉽게 깰 거랍니다.

130

(그 편지를 찢는다.)

줄리아	아가씨, 그는 이 반지도 숙녀께 보냈어요.
실비아	그걸 내게 보내다니 그에겐 더 수치네요.
	그건 그가 떠나올 때 줄리아가 줬다고
	천 번이나 말하는 걸 내가 들었으니까.
	거짓된 그의 손은 그 반지를 모독해도

135

　　　　　　난 줄리아에게 그런 큰 잘못은 안 할래요.

줄리아　　그녀가 당신께 고마워합니다.

실비아　　그게 무슨 말이죠?

줄리아　　그녀를 아껴 줘서 고마워요, 아가씨.

　　　　　　딱한 규수, 주인님이 매우 학대한답니다.　　　　　　140

실비아　　그녀를 아시나요?

줄리아　　거의 제 자신을 아는 만큼 잘 알지요.

　　　　　　그녀의 고뇌를 생각하며 저는 정말

　　　　　　백 번을 따로따로 울었다고 단언해요.

실비아　　프로테우스가 버렸다고 여기는 것 같네요?　　　　145

줄리아　　그렇게 생각하고, 그게 그녀 슬픔의 원인이죠.

실비아　　굉장히 고운 여인 아닌가요?

줄리아　　지금보다, 아가씨, 더 고운 여인이었지요.

　　　　　　주인님의 큰 사랑을 받는다고 여겼을 때

　　　　　　그녀는 제 판단에 당신만큼 예뻤어요.　　　　　　150

　　　　　　하지만 그녀가 거울을 무시하고

　　　　　　햇빛 쫓는 가면을 던져 버린 이후로

　　　　　　공기 쏘인 그녀 뺨의 장미는 말라 죽고

　　　　　　그녀의 백합 색깔 얼굴은 볕에 타서

　　　　　　이제는 저처럼 시커멓게 됐답니다.　　　　　　　155

실비아　　키는 얼마쯤이었나요?

줄리아　　제 높이만 하죠. 왜냐하면 성령강림절에

　　　　　　우리의 즐거운 야외극을 다 공연했을 때

　　　　　　청년들이 저에게 여자 역을 맡겼고

　　　　　　전 줄리아 아가씨의 가운을 걸쳤는데,　　　　　160

　　　　　　제게 꼭 맞아서 모두의 판단에 의하면

　　　　　　그 의상은 저를 위해 지은 것 같다 했고,

그래서 그녀 키가 저만하다는 걸 압니다.
또 그때 전 그녀를 진심으로 울게 했죠,
구슬픈 역을 연기했으니까요. 아가씨,　　　　　　　　165
그것은 테세우스의 위증과 부당한 도망에
격렬히 반응하는 아리아드네였는데,
제 눈물로 너무나 생생하게 연기해서
불쌍한 그 처녀는 거기에 감동 받아
쓰라리게 울었죠. 그래서 바로 그 슬픔을　　　　　　　170
속으로 못 느끼면 전 죽는 게 더 낫겠죠.

실비아　착한 청년, 그녀는 당신에게 빚졌네요.
아아, 딱한 숙녀, 외로이 버려졌어!
당신 말을 생각하니 나도 눈물 나네요.
지갑이요, 청년. 당신이 그녀를 사랑하니　　　　　175
이것을 당신의 고운 애인 위하여 줄게요.
잘 있어요.　　　　　　　　　　(실비아와 시녀들 퇴장)

줄리아　만약에 또 만나면 그녀가 고마워할 거예요.
고결한 규수이고, 온순하며 아름다워.
그녀가 내 여주인의 사랑을 매우 존중하니까　　180
주인님의 구애는 확 식어 버리기 바란다.
아아, 사랑이 자길 갖고 막 놀 수 있다니!
이게 그녀 초상화다. 어디 보자, 내 생각에
나도 그런 머리를 올리면 이 얼굴도
그녀의 이것만큼 완전 예쁠 것이다.　　　　　　185

167행 아리아드네
크레타섬의 왕 미노스의 딸. 그리스의
영웅 테세우스를 도와 미노타우로스를
처치하게 해 준다. 그러나 그는 그녀를

낙소스섬에 버린다.
180행 내 여주인
줄리아 자신. 그녀는 줄곧 세바스찬 역
할을 하고 있다.

내가 나를 너무 과찬하는 게 아니라면
이 화가는 그녀에게 좀 아첨했어.
그녀 머린 갈색인데 내 것은 샛노랗다.
그 차이가 그가 사랑하는 데서 전부라면
난 그런 색깔의 가발을 구할 테다.   190
그녀 눈은 유리 회색, 내 것도 그렇다.
맞아, 하지만 그녀의 이마는 낮은데 난 높아.
이 바보 사랑이 눈먼 신이 아니라면
그녀일 땐 그가 평가하는데 나일 땐
평가 받지 못하게 하는 게 무엇일까?   195
자, 영상아, 이리 와서 이 영상에 맞서 봐,
너의 경쟁자니까. (초상화를 본다.)
                    오, 너 감각 없는 형체여,
넌 숭배, 키스, 사랑, 애모를 받겠지만
그의 우상 숭배에 분별력이 있다면
내 실체가 널 대신할 조각상이 될 거야.   200
난 너를, 날 친절히 대했던 네 여주인 때문에
친절히 대하겠다. 안 그럼, 조브에 맹세코,
내 주인님께서 너를 사랑 않도록
보지도 못하는 네 눈을 확 긁어 냈을 거야.   (퇴장)

5막 1장

에글라무르 등장.

5막 1장 장소 밀라노, 수녀원.

에글라무르	태양은 서쪽 하늘 금칠하기 시작했고,
	지금이 실비아가 페트릭 수사의 암자에서
	나를 만날 바로 그 시간이 되었다.
	꼭 올 거야, 연인들이 약속된 시각을,
	여정에 박차를 거세게 가하여
	일찍 온 게 아니라면, 어기진 않으니까.

5

실비아 등장.

	저기에 오는군. 아가씨께 행복한 저녁을!
실비아	아멘, 아멘. 어서 가요, 착한 에글라무르,
	수도원 담 근처의 작은 문 밖으로 나가요.
	염탐꾼 몇 명이 따를까 봐 겁나요.
에글라무르	걱정 마요. 숲까진 10마일도 안 되니까.
	거기에 닿으면 우리는 충분히 안전해요. (함께 퇴장)

10

5막 2장
투리오, 프로테우스, 세바스찬 행세를 하는
줄리아 등장.

투리오	프로테우스 님, 실비아는 내 청에 뭐라 하죠?
프로테우스	오, 전보다 온순해졌다는 걸 알았지만
	당신의 몸매에는 반대를 했답니다.
투리오	뭐요? 내 다리가 너무 길다고?

5막 2장 장소 밀라노, 공작의 궁전.

| 프로테우스 | 아뇨, 너무 작다고요. | 5 |

| 투리오 | 오, 장화를 신어서 좀 통통하게 만들겠소. |

| 줄리아 | (방백) |
| | 하지만 사랑은 싫으면 때려도 안 가죠. |

| 투리오 | 내 얼굴은 어떻다고 하죠? |

| 프로테우스 | 희고 곱다는데요. |

| 투리오 | 엉큼한 거짓말쟁이요, 내 얼굴은 검은데. | 10 |

| 프로테우스 | 하지만 진주는 희고 곱죠. 또 옛말에 |
| | "아름다운 여인 눈엔 검둥이도 진주"라죠. |

| 줄리아 | (방백) 맞아요, 여인 눈을 멀게 했던 진주지요, |
| | 그걸 쳐다보느니 난 차라리 눈을 감겠어요. |

| 투리오 | 내 화술은 얼마나 좋아하죠? | 15 |

| 프로테우스 | 당신이 전쟁 얘기를 하면 싫답니다. |

| 투리오 | 하지만 사랑과 평화를 얘기할 땐 좋겠지요. |

| 줄리아 | (방백) 하지만 당신이 입 다물면 정말 더 좋겠죠. |

| 투리오 | 내 용맹성에 대해선 뭐라 하죠? |

| 프로테우스 | 오, 그건 의심하지 않아요. | 20 |

| 줄리아 | (방백) 겁쟁이인 줄 아니까 그럴 필요 없지요. |

| 투리오 | 내 출신에 대해선 뭐라 하죠? |

| 프로테우스 | 가문이 좋답니다. |

| 줄리아 | (방백) 맞아요, 신사가 바보 됐으니까. |

| 투리오 | 내 재산도 고려하나요? | 25 |

| 프로테우스 | 아, 예, 동정도 합니다. |

| 투리오 | 어째서요? |

| 줄리아 | (방백) 이런 바보가 그걸 갖고 있으니까. |

| 프로테우스 | 임대해서 없으니까. |

줄리아	공작님이 오셨네요.
공작	이보게, 프로테우스 군! 이보게, 투리오! 30
	둘 중 누가 최근에 에글라무르를 봤는가?
투리오	전 아뇨.
프로테우스	저도 아뇨.
공작	내 딸은?
프로테우스	못 봤어요.
공작	그럼 걔는 발렌틴 촌놈에게 달려갔고,
	에글라무르가 그녀와 함께 있어.
	사실이네, 로렌스 수사가 참회하며 35
	숲속을 방랑할 때 그 둘을 만났다네.
	그 사람은 잘 알아봤고, 그녀라고 추측한
	바로 그 여인은 가면 써서 확신은 못 했어.
	게다가 그녀는 오늘 저녁 패트릭 암자에서
	고해할 작정이었는데 거기에 없었어. 40
	그런 정황 증거로 그녀의 도주는 확실해.
	그러므로 부탁인데 얘기하다 지체 말고
	자네들은 곧바로 말 위에 오른 뒤
	그들이 달아난 만토바로 이어지는
	산기슭 언덕에서 나를 만나도록 하게. 45
	친절한 신사들은 서둘러 날 따르라. (퇴장)
투리오	아니, 행운이 그녀를 따르는데 도망쳐서
	어리석은 계집애가 되는 길을 가다니.

37행 그 사람 에글라무르.

난 무모한 실비아를 사랑하기보다는

에글라무르에게 복수하러 따라간다. (퇴장) 50

프로테우스 나 또한 실비아와 함께 간 에글라무르를

미워하기보다는 그녀 사랑 얻으러 따라간다. (퇴장)

줄리아 나 또한 실비아를 미워하기보다는

사랑 위해 떠난 사랑 막으러 따라간다. (퇴장)

5막 3장

실비아와 무법자들 등장.

무법자 1 자, 자, 참아. 우린 당신을 우리 대장에게 데려가야 해.

실비아 난 이보다 천 배나 더한 불행 겪어서

이런 걸 어떻게 참으며 견딜지 배웠다.

무법자 2 자, 그녀를 데려가자.

무법자 1 그녀와 함께 있던 신사는 어디 갔지? 5

무법자 3 민첩한 발이 달려 우리 앞서 달아났어.

하지만 모제스와 발레리우스가 쫓고 있어.

넌 그녀를 데리고 숲의 서쪽 끝으로 가.

대장이 거기 있어. 우리는 도망자를 쫓을게.

잡목 숲은 포위돼서 그는 못 빠져나가. 10

(둘째와 셋째 무법자 함께 퇴장)

무법자 1 자, 난 당신을 대장의 동굴로 데려가야 해.

겁먹지 마, 그가 품은 마음은 고귀해서

여자를 함부로 다루지는 않을 거야.

5막 3장 장소 밀라노 교외의 숲.

실비아 　오, 발렌틴, 난 이걸 당신 위해 견뎌요!　(함께 퇴장)

5막 4장

발렌틴 등장.

발렌틴 　사람은 학습하면 습관이 생기게 마련이야!
　　　　　나는 이 그늘진 황무지, 무인 숲을
　　　　　번창한 사람 많은 도시보다 잘 견딘다.
　　　　　난 여기 홀로 앉아 아무 눈에 안 띈 채
　　　　　밤꾀꼬리 불평하는 곡조에 맞춰서　　　　　　　　　5
　　　　　내 고민을 조율하고 비탄을 노래한다.
　　　　　오, 나의 이 가슴속에 거주하는 그대여,
　　　　　그 저택을 오랫동안 비워 두지 마시오,
　　　　　황폐해지면서 그 건물이 무너져
　　　　　그 과거가 기억에서 지워지지 않도록.　　　　　　　10
　　　　　당신의 존재로 날 복구시켜요, 실비아.
　　　　　상냥한 요정이여, 외로운 이 연인 품어 주오.
　　　　　　　　　　　　　　　　　　　　　　(안에서 외침)
　　　　　오늘의 이 외침과 소란은 대체 뭐야?
　　　　　이것은 자기네 뜻이 법인 내 동료들인데
　　　　　불운한 나그네를 쫓고 있는 모양이다.　　　　　　　15
　　　　　그들은 날 많이 아끼지만 난 그들의
　　　　　무례한 폭행을 막으려고 대단히 애쓴다.

5막 4장 장소　밀라노 교외의 숲.

프로테우스, 실비아, 세바스찬 행세를 하는 줄리아

등장.

발렌틴아, 물러나. (옆으로 비켜선다.)

　　　　　여기로 오는 게 누구야?

프로테우스　아가씨, 전 이 일을 당신 위해 했답니다.

(당신의 추종자가 뭘 하든 평가 않으시지만)　　　　20

목숨 걸고, 전 당신의 순결과 사랑을

강탈하려 했었던 자로부터 당신을 구했어요.

보상으로 고운 눈길 한 번만 보내 줘요.

이보다 더 작은 선물은 애걸할 수 없으며

더 작은 건 분명코 안 주실 것입니다.　　　　25

발렌틴　　(방백) 보고 듣는 이것은 참으로 꿈같구나!

사랑아, 잠시 참을 인내심을 빌려줘라.

실비아　　오, 난 정말 비참하고 불행한 사람이다!

프로테우스　제가 오기 전에는, 아가씨, 불행하셨지요.

하지만 제가 와서 행복하게 해 드렸죠.　　　　30

실비아　　당신이 다가와 난 가장 불행하게 됐어요.

줄리아　　(방백) 저도요, 당신에게 그가 다가갔을 때.

실비아　　내가 만약 배고픈 사자에게 잡혔어도

거짓된 프로테우스가 나를 구출하느니

그 짐승의 아침밥이 되었을 거예요.　　　　35

오, 이 몸의 발렌틴 사랑은 하늘이 아시고,

그 목숨은 나에게 영혼만큼 소중해!

또한 난 꼭 그만큼, 더는 불가능하니까,

거짓되고 위증한 프로테우스를 혐오해요.

그러니 물러가요, 더 졸라 대지 말고.　　　　40

프로테우스	무슨 험한 행동인들, 그것이 죽음에 필적해도,
	순한 눈길 한 번 위해 제가 시도 않겠어요?
	오, 사랑받는 여자들이 사랑을 못 할 때
	그것은 사랑의 저주이고 늘 입증된답니다.
실비아	사랑받는 프로테우스가 사랑을 못 할 때죠.

45

당신의 첫째 최고 사랑인 줄리아 맘 읽어요.
당신은 그때 정말 소중한 그녀 두고 신의를
천 개의 서약으로 찢었고, 그 모든 서약은
나를 사랑하기 위한 위증으로 전락했죠.
남은 신의 없어요, 그보다 훨씬 더 나쁘게 50
양다리 걸친 게 아니라면. 하나로도 너무 많은
복수의 신의보단 영 없는 게 더 나아요.
당신은 가짜로 진실한 친구예요!

프로테우스   사랑에서
그 누가 친구를 존중하죠?

실비아   프로테우스만 빼고 다.

프로테우스 아뇨, 감동적인 언어의 부드러운 기운으로 55
당신을 더 온순하게 절대로 못 바꾼다면
난 당신을 군인처럼 칼끝으로 구애하고,
사랑의 본질에 맞서 사랑할 거요. ― 강제로.

                                                (그녀를 붙잡는다.)

실비아 맙소사!

프로테우스   내 욕망에 강제 굴복시킬 거요.

발렌틴 (앞으로 나온다.)
불한당아, 거칠고 무례한 그 손 떼라, 60
이 못된 부류의 친구야!

프로테우스   발렌틴!

발렌틴	신의도 사랑도 없는 넌 흔해 빠진 친구야,
	지금은 친구가 다 그러니까! 배신자 넌
	내 희망을 짓밟았다. 내 눈으로 안 봤으면
	설득될 수 없었어. 난 이제 친구가 있다고	65
	감히 말 않겠다. 있다면 네가 반증할 테니까.
	한 사람의 오른손이 가슴에게 위증하면
	누구를 신뢰하지? 프로테우스, 난 너를
	더는 절대 신뢰하지 못하고, 너 때문에
	이 세상을 이방인 취급해서 유감이다.	70
	사적인 상처가 가장 커. 오, 극악한 시대다,
	모든 원수 가운데 친구가 최악이 되다니!
프로테우스	수치심과 죄의식이 나를 망가뜨린다.
	용서해 줘, 발렌틴. 진심 어린 슬픔이
	죄에 대한 충분한 보석금이 된다면	75
	그걸 여기 내놓겠다. 진정으로, 난 여태껏
	죄지었던 만큼이나 고통받아.
발렌틴	그럼 됐어.
	다시 한번 난 너를 정직하다 여긴다.
	뉘우침에 만족하지 않는 자는 하늘과 땅,
	어느 쪽 소속도 아니야, 그 둘은 기쁘니까.	80
	참회로 영원한 그분의 격노가 진정됐어.
	또한 내 사랑이 명백하고 관대해 보이도록
	내가 가진 실비아의 모든 걸 네게 준다.
줄리아	아, 불행한 나! (기절한다.)
프로테우스	그 애 좀 돌보게.
발렌틴	아니, 얘야!
	짓궂긴! 왜? 뭔 일이야? 고개 들고 말을 해.	85

줄리아	오, 착하신 분, 제 주인님이 반지 하나를 실비아 아가
	씨에게 전하라고 하셨는데, 제가 소홀해서 못 전해 드
	렸어요.
프로테우스	애, 그 반지 어디 있어?
줄리아	여기요, 이겁니다. (그에게 반지를 준다.) 90
프로테우스	뭐? 어디 보자.
	아니, 이건 내가 줄리아에게 준 반지잖아.
줄리아	오, 용서해 주세요, 제가 실수했어요.
	실비아에게 보내신 건 이 반지랍니다.
	(다른 반지를 보여 준다.)
프로테우스	근데 넌 이 반지 어떻게 얻었지? 출발할 때 95
	난 이걸 줄리아에게 줬어.
줄리아	그리고 줄리아 본인이 저에게 줬어요. —
	그리고 줄리아 본인이 여기로 가져왔죠.
	(자신의 정체를 밝힌다.)
프로테우스	뭐? 줄리아?
줄리아	모든 당신 서약의 과녁이 되었고, 100
	그것을 가슴 깊이 지녔던 여인을 보세요.
	당신은 위증으로 내 가슴 정말 자주 찢었죠!
	오, 프로테우스, 이 옷 보고 붉히세요.
	내가 이 뻔뻔한 복장을 했다는 사실에
	창피해하세요, 사랑의 변장 속에 105
	수치심이 살아 있다면요.
	수줍게 말하자면, 여자들의 변모는
	남자들의 변심보단 더 작은 오점이죠.
프로테우스	남자들의 변심보다? 맞아요. 맙소사, 남자가
	변치만 않는다면 완벽하죠. 그 과오 하나로 110

	결점이 차올라 온갖 죄를 다 짓게 되지요.	
	무절조는 시작도 되기 전에 엇나가오.	
	실비아보다도 줄리아 얼굴에서 더 꽃다운 걸	
	변치 않은 내 눈으로 못 찾을 게 뭐겠어요?	
발렌틴	자, 자, 양편에서 손을 이리 주게나.	115
	이 행복한 결합을 맺어 준 난 축복 받길.	
	이런 두 친구가 오래 원수 되는 건 불쌍해.	
프로테우스	하늘을 증인 삼아 난 영원히 소원을 이뤘네.	
줄리아	나도요.	

무법자들, 공작 및 투리오와 함께 등장.

무법자들	잡아라, 잡아라, 잡아라!	
발렌틴	아서라, 아서! 나의 주군 공작님이시다.	120
	각하께선 총애 잃은 자에게 잘 오셨습니다,	
	추방당한 발렌틴입니다.	
공작	발렌틴 군!	
투리오	실비아가 저기 있고 실비아는 내 것이오.	
발렌틴	투리오, 물러나요, 아니면 죽음을 맞으시오.	
	내 격노의 범위 안에 들어오지 마시오,	125
	실비아를 당신 거라 하지 말고. 또 그러면	
	베로나도 당신을 못 지키오. 그녀는 여기 섰소.	
	그녀를 소유한답시고 손만 대 보시오. —	
	내 애인 쪽으로 숨만 내쉬어도 도전하오.	
투리오	발렌틴 님, 그녀에게 난 관심 없어요, 난.	130
	난 자기를 사랑하지 않는 여자 위해 자신을	
	위태롭게 하는 남자 바보일 뿐이라 여겨요.	

난 그녀를 요구 않소, 그러니 내 건 아뇨.

공작 넌 더더욱 타락했고 비천한 자로다,
그녀를 위하여 여태껏 노력해 왔는데 135
그따위 하찮은 까닭으로 버리다니 —
자, 내 조상님들의 명예에 맹세코,
난 자네의 기백을 찬양하네, 발렌틴,
또, 황녀의 사랑 받을 자격 있다 생각해.
알아 둬라, 난 여기서 앞선 비탄 다 잊고 140
모든 원한 취소하며, 너를 다시 불러와
무쌍한 네 장점에 새 자격을 주면서
그 사실을 이렇게 확인한다. 발렌틴 군,
그대는 신사이고 좋은 가문 출신이네.
실비아를 가지게, 그녀를 얻을 만하니까. 145

발렌틴 각하, 행복 주는 이 선물에 감사하옵니다.
전 이제 당신께, 당신 따님 위하여
요청 하나 들어주시기를 간청하옵니다.

공작 그것이 무엇이든 네 것으로 허락한다.

발렌틴 제가 함께 지냈던 이 추방된 남자들은 150
훌륭한 자질을 타고난 이들이옵니다.
그들이 여기서 범한 짓은 용서해 주시고
그들을 유배에서 다시 불러 주십시오.
그들은 개조됐고 공손하며 매우 착해
큰일에 쓰기에 알맞사옵니다, 공작님. 155

공작 잘 설득하였다. 그들과 널 용서한다.
그들의 장단점을 아는 대로 처리하라.
자, 가자. 행렬, 환희, 희귀한 의식으로
모든 불협화음을 갈무리할 것이다.

발렌틴	걸어가는 도중에 제가 감히 용감하게	160
	우리끼리 얘기로 각하를 웃게 해 드리죠.	
	이 시동을 어찌 생각하십니까, 각하?	
공작	매력 있는 소년이라 생각해. 붉어졌어.	
발렌틴	분명코 공작님, 소년을 넘어선 매력이죠.	
공작	그게 무슨 말인가?	165
발렌틴	황공하나 길을 가며 말씀드리겠는데,	
	여태껏 생긴 일에 놀라실 것입니다.	
	자, 프로테우스, 자네는 사랑이 들통나는	
	얘기만 들어도 그걸로 속죄가 될 거야.	
	그런 다음, 한 행복을 위하여 두 혼인을	170
	같은 날 한 잔치로 한집에서 같이하자. (함께 퇴장)	

사랑의 수고는 수포로

Love's Labour's Lost

역자 서문

　이 극이 거의 마무리될 즈음에 부왕의 부음을 들은 프랑스 공주는 귀국을 결심한 뒤 결혼을 재촉하는 나바라 국왕에게 다음과 같이 대답한다. 지금은 백년가약을 맺을 시간이 너무 짧을 뿐 아니라 그녀는 그의 서약을 믿지도 않으니까 "세상의 온갖 쾌락들과는 동떨어진/ 외지고 초라한 암자로" 재빨리 간 다음 일 년을 다 채울 때까지 기다려 달라고. 이 일 년 동안의 금욕에도 그의 사랑이 변하지 않는다면 그때 결혼해 주겠노라고. 왜냐하면 그녀가 판단하기에 그의 사랑은 그의 젊은 혈기가 피워 낸 화려한 꽃봉오리일 뿐으로 "서리와 금식과 험한 숙소, 헐벗은 옷" 속에서는 오래가지 못할 테고, 그래서 이런 시련을 견뎌 내는지 꼭 확인해야 그 진정성을 믿을 수 있다고 말한다.(5.2.788~804) 이는 물론 프랑스 공주만의 태도는 아니다. 카트린은 뒤멘에게 일 년 후에 "수염과 양호한 건강과 정직성"(5.2.811)을 기대하고, 마리아는 롱빌에게 열두 달의 인내를 바란다.(5.2.820~821), 그리고 로잘린은 베로운에게 실없는 농담으로 죽어 가는 병자들을 웃길 수 있는지 일 년 동안 실험함으로써 그 자신의 "비웃는 기질"을 죽일 것을 요청한다.(5.2.845~856) 이렇게 공주와 세 처녀는 모두가 한마음으로 나바라 국왕과 세 청년 구혼자들의 사랑을 경박한 장난으로 여기면서 혼인 결정을 유보한다.

그렇다면 이들 네 남자의 사랑의 수고는 왜 이런 유보적인 퇴짜를 맞게 되었을까? 무슨 까닭으로 그들이 그토록 바라는 사랑의 결실을 맺지 못하게 되었을까? 이런 관점에서 보았을 때 그들의 첫 번째 패착은 극의 도입부에서 보이는 나바라 국왕 페르디난드의 미숙한 애정관에 있다. 그가 젊은 신하 셋에게 삼 년의 공부를 통해 불멸의 명성을 얻자고 했을 때 그는 사랑이 그에게 찾아오리라고 예상하지 못했다. 아니, 오히려 그는 사랑을 수면욕이나 식욕처럼 "지성을 헛된 기쁨 쪽으로 유혹"하는 장애물(1.1.70~71)로 생각했다. 이는 그가 추구하는 불멸의 목표가 거기에 이르는 과정에 대한 충분한 성찰 없이 얼마나 가볍게, 즉흥적으로 정해졌는지를 단적으로 보여 준다. 특히나 그가 사랑에 빠지기 쉬운 나이의 혈기 왕성한 청년이란 사실을 고려했을 때 그렇다. 따라서 그가 공부를 위한 금녀의 서약을 확인하자마자 그것을 스스로 어길 수밖에 없게 되는 것은 어찌 보면 당연한 일이다. 그는 중대한 외교적 임무를 띠고 그를 곧 방문할 프랑스 공주를 막을 도리가 없기 때문이다.

게다가 이 금녀의 서약은 유식한 네 귀족 남자가 거기에 서명하기 전에 벌써 무식한 평민 남자 골통에 의해 고의적으로 깨져 버렸다. 시골뜨기 골통이 젖 짜는 처녀 자크네타와 궁정 근처에서 희롱하다가 무적함대에게 발각되어 잡혀 왔기 때문이다. 국왕은 "계집과 함께 있다 잡히면 일 년 징역"(1.1.275)이라는 칙령을 어긴 골통에게 "밀겨와 물만 먹고/ 일주일을 굶"는(1.1.286~287) 판결을 내린다. 하지만 그것은 왕과 그의 동료들이 엄청나게 부풀린 맹세의 목적과 그 심각성에 비하면 가볍기 이를 데 없는 벌이다. 그리고 자신도 곧 금녀의 서약을 깨야 할 처지를 고려하여 이렇게 우스꽝스러운 벌을 내릴 수밖에 없는 국왕의 처지 또한 옹색하다. 그런 다음 무적함대는 방금 내린 국왕의 '엄벌'을 비웃기라도 하듯이, 더 정확하게 말하면 그에 대해 아무런 의식이나 거리낌 없이 자크네타와 사랑에 빠졌다는 사실을 그의 시동 티끌에게 장황하게 밝힌다. 그러고는 가택 연금의 벌을 받기 위해 자기 집으로 잡혀가는 그녀를 만나 자신의 사랑을 고백하고, 그녀를 위해 소네트를 쓰고 여러 권의 큰 책을 내겠다고 맹세한다.

이렇게 무식한 하층민들이 먼저 보여 주는 사랑의 '모범'을 왕과 귀족들이 피할 수 있을까? 그렇지 않다는 사실을 우리는 곧 프랑스 공주의 수행원인 부아예를 통해 알 수 있다. 상대방의 눈에서 마음을 읽어 내는 데 탁월한 재주를 가진 이 노귀족이 보기에 나바라 국왕은 공주를 만났을 때 바로 연정에 "감염" 됐고(2.1.229), 그 연정은 너무 뻔히 드러나 그는 단지 "그의 눈이 밝힌 것을 말로 했을 뿐"이라고 주장한다.(2.1.250) 그리고 그의 판단이 옳다는 사실은 그 이후에 보이는 국왕의 말과 행동에 수십 수백 배로 확대되어 확인된다. 물론 나바라 국왕과 프랑스 공주의 만남에서 사랑 병에 걸린 사람은 국왕뿐만이 아니다. 이미 한 번씩 만나 상대방에게 호감을 가졌던 베로운, 뒤멘, 롱빌은 로잘린, 카트린, 마리아를 다시 만나 서로의 관심을 확인하고 이들 세 남자도(여자들은 내숭을 떨지만) 사랑에 빠진다.

그런 다음 네 남자는 그들의 사랑을 소네트 형식으로 표현하고 전달한다. 하지만 네 여인은 그들의 진심을 의심하고 그들의 말이 행동으로 입증될 때까지 받아들이기를 거부한다. 왜냐하면 수천 편에 달하는 그들의 시는 모두 카트린의 말처럼 "천박하게 긁어다 모아 놓은 위선의/ 거대한 변형이고, 심원한 어리석음"(5.2.51~52)에 지나지 않기 때문이다. 그리고 이런 현

학과 모순과 과장과 왜곡의 정점에 베로운의 '검은 여인 찬가'
가 있다. 그는 아마도 약간 가무잡잡한 피부색을 지닌 로잘린
을 최고의 미녀로 둔갑시키면서 전통적인 미의 기준을 완전히
뒤바꾼다. 그래서 그녀의 안색은 당시의 유행을 바꿀 것이고,
그녀처럼 "완전히 아니 고운 얼굴은 안 곱다."라고 단언한
다.(4.3.254) 베로운의 이런 궤변에 나머지 모두는 때로는 반론
을 펴거나 때로는 동조하면서 그녀를 한껏 희화화하면서 즐거
워한다. 이렇게 그들의 사랑은 첫 번째 패착을 의식하거나 바
로잡을 생각 없이, 수포로 돌아가는 두 번째 패착을 둔다.

그들의 세 번째, 마지막 패착 역시 앞선 둘과 마찬가지로 사
랑에 대한 그들의 무지와 경박함과 성급함의 결과이다. 극의
분기점이라 할 수 있는 4막 3장에서 네 명의 연인은 그들이 무
시했던 큐피드로부터 어떤 복수를 당하고 있는지, 그들이 서로
에게 감추려 했던 비밀이 무엇인지를 서로에게 차례로 들키면
서 그 실체를 인정하게 된다. 그리고 그들이 빠진 격정의 수렁
에서 빠져나올 유일한 길은 그들의 사랑 금지 맹세를 깨고 그
것을 실천에 옮기는 방법밖에 없다는 사실을 깨닫는다. 그래서
그들이 택한 방법이 바로 모스크바 사람처럼 변장하고 연인들
을 찾아가 사랑을 호소하는 가면극이었다. 그런데 이는 네 여
인이 원하는 직접적이고 진솔한 사랑의 호소와는 정반대되는
방식이었고, 결과적으로 그들의 사랑이 그만큼 공허하고 위선
적인 가면일 뿐이라는 사실을 소네트에 이어 다시 한번 확인시
켜 주는 결과를 낳는다. 더군다나 그들의 위장술은 숲속에서
그들의 모의를 엿들은 부아예에 의해 사전에 들통났고, 그들
의 의도를 좌절시키려는 공주의 술책, 즉, 정표 바꿔치기에 의
해 사랑의 대상을 오인하고 엉뚱한 연인에게 고백하는 참담한
결과를 불러온다. 네 남자는 사랑에 대해 수많은 시를 읽고 공

부했지만, 정작 그 대상의 특징도 식별하지 못하는 무식과 무능력을 드러낸 셈이다. 그들에게 참사랑은 그들의 학식을 자랑하기 위한 도구, 거기에 빠졌다고 상상하면서 느끼는 즐거움의 수단, 실체와 분리된 환상 속의 언어유희에 불과했던 셈이다. 네 남자는 처음부터 두드러지게 드러났던 이 사실을 극의 마지막에 가서야 알아채고 반성하고 고치겠다고 맹세하지만 이미 때는 늦었고, 그들의 바보짓을 지켜본 여인들은 그들의 행적을 근거로 사랑의 완전한 거절이 아닌 결혼의 일 년 유보라는 현명한 결정을 내린다.

이렇게 네 남자의 사랑의 수고가 수포로 돌아가는 과정만 따져 보면 이 극은 상당히 심각해 보일 수도 있다. 하지만 이 극의 본질은 희극이고, 거기에는 반드시 우리에게 웃음과 즐거움을 선사하는 말과 행동, 사건과 상황이 있기 마련이다. 이 극을 읽는 과정에서 저절로 찾아오는 수많은 웃음거리는 독자에게 맡기고 여기에서는 그 가운데 세 가지를 짚어 보기로 하자. 그 첫째로 무적함대의 시동 티끌의 촌철살인을 들 수 있다. 무적함대가 그에게 "난 공작님과 삼 년을 같이 공부하기로 약속했어."라고 했을 때 티끌은 "그건 한 시간이면 할 수 있어요, 나리."(1.2.33~34)라고 대답한다. 그가 다시 그건 불가능하다고 했을 때, 티끌은 하나를 세 번 말하면 삼이 되고 거기에 년을 붙이면 삼 년이 된다면서 그렇게 삼 초 안에 해결될 일을 왜 삼 년씩이나 고생하느냐고 반문한다. 그런데 이 말에 담긴 웃음은 삼이라는 숫자에 들어가야 할 숱한 시간과 노력에 대해 — 국왕의 목표를 달성하려면 — 아무런 생각도 없고 그 뜻도 모르는 무적함대뿐만 아니라 그 목표의 실현 가능성을 전혀 고려하지 않았던 국왕과 그의 동료들 또한 겨냥하고 있다. 이렇게 간단하게 해결될 일을 — 허황된 꿈이니까 — 왜 삼 년씩이나 고행을 마다하지 않는지 티끌은 도저히 이해할 수 없고, 나이 어린 꼬마의 판단이 어른 귀족들보다 더 낫다는 사실은 극이 시작된 지 사흘도 되기 전에 귀족들의 서약이 깨지는 것으로 증명된다. 티끌의 현명함에 미소 짓지 않을 수 없는 광경이다.

둘째는 로잘린의 급소 찌르기 장면이다. 베로운은 극의 막바지에서 그의 사랑이 사실은 "미사여구, 지나치게 정확한 비단결 말,/ 세 겹의 과장법, 영리하게 뽐내는 말,/ 현학적인 비유법"(5.2.407~409)에 지나지 않았음을 고백하고 지금부터는 그의 마음을 소박한 "예"와 정직하고 분명한 "아뇨"로 표현하겠다고 맹세한다. 그러면서 그녀에 대한 그의 사랑은 온전하고 "무균열, 무결함"임을 강변한다. 그러나 로잘린은 그의 사랑이 여전히 수사법에 집착하는 말뿐이라는 사실을 간파하고 "그 '무'자 좀 빼 줘요."(5.2.417)라고 응수한다. 즉, 그의 사랑이 진정이고 순수하다면 어려운 문자로 그것을 과장하고, 훼손하고, 오염시키지 말라는 뜻이다. 이렇게 문자에는 문자로, 현학에는 현학으로 맞서 그의 습관적인 자기 자랑을 한 방에 무찌르는 로잘린의 기지에 우리는 응원의 미소를 보내지 않을 수 없다.

그리고 셋째로 극의 끝 무렵에 선보이는 극중극 장면에서 국왕과 귀족들의 제 발등 찍기를 들 수 있다. 홀로페르네스 교사, 나다니엘 부목사, 아드리아노 무적함대, 촌뜨기 골통과 티끌 꼬마가 선보이는 '아홉 명사'가 공연되는 내내(5.2.530~714) 국왕과 귀족들은 그들이 표방하는 실존 인물들과 실제 배우들 사이의 엄청난 괴리를 지적하며 배우들을 때로는 놀리면서 비웃고 때로는 그들의 행동을 방해하고 중단시키면서 이런저런 촌평을 가한다. 그러나 그들이 간과하는 한 가지 중요한 사실은 그들이 그토록 웃음거리로 만드는 배우들의 처지가 그들을 놀리는 본인들과 크게 다르지 않다는 점이다. 왜냐하면 국왕과 그의 세 동료가 추구했던 거대한 목표와 그것이 완전히 좌절되고 변질된 지금의 상황을 봤을 때 그들은 다름 아닌 용두사미로 끝난, 아니 그보다 더 못한 네 명사와 같기 때문이다. 따라서 그들의 비웃음은 어설픈 연기를 하는 배우들이 아니라 불멸의 명성을 추구했으나 그것을 얻으려고 노력하기도 전에 중단한 자신들을 향해야 한다. 물론 본인들은 이 사실을 모르고 또 알려고도 하지 않지만 독자나 관객들은 그것을 알고 그들을 향해 비판적인 미소를 지을 것이다.

끝으로 이번 번역은 우드후이센(H. R. Woudhuysen) 편집의 아든 3판(The Arden Shakespeare, 3rd Edition)『사랑의 수고는 수포로(Love's Labour's Lost)』를 기본으로 하고, G. 블레이크모어 에번스 편집의 리버사이드 셰익스피어 판과, 조너선 베이트와 에릭 라스무센 편집의 로열 셰익스피어 컴퍼니 판을 참조했다. 본문의 주에 나타나는 '아든', '리버사이드', 'RSC'는 이들 판본을 가리킨다. 그리고 편리함을 목적으로 한글『사랑의 수고는 수포로』의 대사 행수를 5단위로 명기했으며 이는 원문의 행수와 정확히 일치하지 않음을 밝힌다.

등장인물

페르디난드	나바라 국왕
베로운 ┐	
롱빌	국왕을 시중드는 귀족들
뒤멘 ┘	
프랑스 공주	
로잘린 ┐	
마리아	공주를 시중드는 시녀들
카트린 ┘	
부아예	공주를 시중드는 귀족
마르카데 씨	사자
돈 아드리아노 무적함대	스페인 기사, 허풍쟁이
티끌	그의 시동
홀로페르네스	교사
나다니엘	부목사
앤서니 우둔	순경
골통	광대
자크네타	젖 짜는 여자
산림관	

공주를 시중드는 귀족들
국왕을 시중드는 검둥이들과 다른 사람들

1막 1장

나바라 국왕 페르디난드, 베로운, 롱빌과

뒤멘 등장.

국왕   살아생전 모두가 얻으려 애쓰는 명성이

　　　　 우리들 무덤의 동판 위에 새겨져서

　　　　 죽음의 치욕 겪는 우리를 빛내 줄 때,

　　　　 우리는 지금의 노력으로 만물을 삼키는

　　　　 시간에도 불구하고 그것의 예리한 낫날을 　　　　 5

　　　　 무디게 만들면서, 영원을 통째로

　　　　 상속받는 영광을 차지할 수 있으리라.

　　　　 그러므로, 용감한 정복자들이여 — 그렇지,

　　　　 자네들은 자신의 감정과 이 세상 욕망의

　　　　 거대한 군대에 맞서서 전쟁을 벌이니까 — 　　　　 10

　　　　 짐의 최근 칙령은 구속력이 강할 거다.

　　　　 나바라는 이 세상의 기적이 될 것이고

　　　　 짐의 이 궁정은 살아가는 기술을

　　　　 차분히 명상하는 학원이 될 것이네.

　　　　 베로운, 뒤멘, 롱빌, 자네 셋은 　　　　 15

　　　　 내 동료 학자로서 삼 년이란 기간 동안

　　　　 나와 함께 살기로, 또 여기 이 문서에

　　　　 적혀 있는 규정을 지키기로 맹세했네.

1막 1장 장소
나바라, 국왕의 수렵장. 극 전체가 같은
장소에서 벌어진다.
1~7행 살아생전…있으리라
도치된 문장. "차지할 수 있을 때…빛내

리라."라고 하는 게 보통이다. (아든)
5행 낫날
할아버지의 모습으로 의인화된 시간이
들고 있는 큰 낫의 날.

서약은 지나간 일, 이제는 서명하라,
이 안의 가장 작은 조항만 어겨도   20
제 손으로 제 명예를 떨어뜨릴 테니까.
맹세했듯 행동할 각오가 돼 있다면
그 깊은 서약에 서명하고 지키기도 하라.

롱빌   전 결심했습니다. 그냥 삼 년 굶지요 뭐.
이 몸은 쇠해도 마음은 잔치 벌일 겁니다.   25
배부르면 뇌는 비고, 맛있는 음식은
허리는 살찌우나 두뇌는 싹 말려 버리죠.   (서명한다.)

뒤멘   경애하는 전하, 뒤멘은 고행하겠습니다.
그는 이런 조잡한 세상사의 기쁨을
조잡한 세상의 천한 노예들에게 던집니다.   30
철학으로 살고 있는 여러분과 더불어
사랑과 부, 호사를 멀리하고 버립니다.   (서명한다.)

베로운   저는 둘의 확언을 되풀이할 수밖에요.
이만큼, 주상 전하, 전 이미 맹세를 했는데,
즉, 여기에서 삼 년간 살며 공부하기로요.   35
하지만 다른 엄한 규율도 있답니다.
예컨대 그 기간엔 여자를 못 보는 것인데,
거기엔 안 올라 있기를 무척이나 바라죠.
또 한 주에 하루는 음식에 손 안 대고
게다가 매일매일 한 끼만 먹는 건데,   40
거기엔 안 올라 있기를 바랍니다.
그런 다음 밤엔 오직 세 시간만 잠자고
하루 종일 눈 감는 걸 보여선 안 되는데,
밤 내내 편안한 마음으로 쿨쿨 자고
한나절도 어두운 밤처럼 보내는 저로선   45

	거기에 안 올라 있기를 무척이나 바라죠.	
	오, 숙녀들 안 보고, 공부에 금식에 못 자는 건	
	불모의 과업으로 너무나 지키기 힘들어요.	
국왕	자넨 이미 맹세해서 발뺌하지 못하네.	
베로운	황송하오나, 전하, 아니라고 말씀드립니다.	50
	전 전하와 공부하며 이 궁정에 삼 년 동안	
	머물 것이라는 맹세만 했을 뿐입니다.	
롱빌	베로운, 자네는 그것과 나머지도 맹세했어.	
베로운	맞지만 틀렸네, 그때 난 농담으로 맹세했어.	
	알려 주게, 공부의 목적이 무엇이지?	55
국왕	그야, 안 하면 모르는 걸 알려는 것이지.	
베로운	상식으론 못 꿰뚫는 것들을 말씀이죠?	
국왕	암, 그것이 공부의 신성한 보상이지.	
베로운	그렇다면, 그런 공부 전 맹세코 할 겁니다,	
	제가 알지 못하게 금지된 걸 알기 위해.	60
	예컨대, 성찬이 특별 금지 사항일 때	
	어디서 잘 먹을 수 있을지 공부하죠.	
	아니면 상식으론 아가씨가 안 보이면	
	어디서 멋진 아가씨들을 만날지 공부하죠.	
	아니면 지키기 너무 힘든 맹세를 하고선	65
	그건 깨되 제 신념은 안 깨는 공부 하죠.	
	공부의 소득이 이렇고, 이 공부가 그렇다면	
	아직도 모르는 걸 공부해서 알 겁니다.	
	이걸 맹세시키시면 절대 반대 않겠어요.	
국왕	그것들은 공부를 꽤 방해하는 장애물로	70
	우리의 지성을 헛된 기쁨 쪽으로 유혹해.	
베로운	그야, 기쁨은 다 헛되지만 최고로 헛된 건	

아픔을 아프게 구입해서 떠안는 것이죠.
예컨대, 아플 만큼 뚫어지게 책을 보며
　진리의 빛 구하는데, 그동안 진리는　　　　　　　　　　　75
그 사람의 시력을 배신하며 망쳐 놓죠.
　빛이 빛을 구하다가 빛의 빛을 빼앗기죠.
그래서 어둠에서 빛 있는 곳 찾기 전에
눈을 잃음으로써 당신 빛은 어두워지지요.
저에겐 눈을 더 고운 눈에 고정함으로써　　　　　　　　　80
　흐릿해진 그것이 그 눈을 주시하여
그 때문에 그것이 빛을 얻는, 진정으로
　눈이 즐거워지는 법 공부하게 해 주시죠.
공부는 하늘에서 빛나는 태양과 같아서
　무례하게 바라보면 깊이 탐색 못 하고,　　　　　　　　85
터벅터벅 걷는 자는 딴 사람의 책을 통한
　상식적인 근거밖엔 얻는 게 거의 없죠.
붙박이별 모두에게 이름을 붙여 주는
　이 지상의 대부들은 하늘의 빛 공부해도
그게 뭔지 모르고 길을 걷는 자들보다　　　　　　　　　90
　빛나는 밤이 주는 이득은 더 못 챙기죠.
너무 많이 아는 건 소문만 아는 거고,
이름이야 대부라면 다 붙일 수 있답니다.
국왕　　읽기 반대 이론이라, 참 많이도 읽었군.
뒤멘　　학문의 진전을 다 막다니, 큰 진전이로군.　　　　95
롱커빌　밀밭에서 밀은 뽑고, 잡초는 키우는군.
베로운　풀 먹는 거위들이 알 낳을 때 봄이 와.

89행 지상의 대부　별들의 이름을 짓는 천문학자.

뒤멘	어째서 그런가?
베로운	때와 또 장소가 맞아서.
뒤멘	조리는 없는데.
베로운	부조리는 좀 있겠지.
국왕	배로운은 봄의 첫 봉오리를 풀 죽이며
	심술궂게 깨무는 무서리와 같구먼.
베로운	예, 그렇다고 치지요. 왜 거만한 여름은
	새들이 노래할 까닭도 없는데 뻐겨야죠?
	제가 왜 미숙아의 출산에 기뻐야죠?
	꽃단장한 오월에 제가 눈을 안 바라듯
	크리스마스에 장미꽃을 원하지도 않으며
	제철에 자라는 걸 각각 좋아한답니다.
	지금 공부하기에는 너무 늦은 전하 또한
	우물로 달려가 숭늉 찾고 계십니다.
국왕	그럼 자넨 빠지게. 집으로 가, 베로운. 안녕.
베로운	아뇨, 전하, 전 당신과 함께하길 맹세했고,
	당신이 천사 같은 지식 위해 할 수 있는 말보다
	무식을 위하여 더 많이 말했지만
	그래도 제가 맹세한 것을 지키고 삼 년간
	나날이 속죄할 자신은 있습니다.
	서류를 주십시오, 읽어 보게 해 주시면
	가장 엄한 계율에도 제 이름을 적지요.
국왕	이렇게 순종하여 수치를 잘도 모면하는군.
베로운	(읽는다.)
	"제1조. 나의 궁정 1마일 안으로는 그 어떤 여자
	도 못 들어올 것이다." — 이게 공포됐습니까?
롱빌	나흘 전에.

100

105

110

115

120

베로운	벌칙을 좀 볼까요. — "어기면 그녀는 혀가 잘릴 것
	이다." 이 벌칙은 누가 정했죠?
롱빌	참말로, 내가 했네.
베로운	친절한 경이 왜?
롱빌	엄벌 줘서 그들을 여기에서 쫓으려고.
베로운	예절에 어긋나는 위험한 법이네.

"제2조. 만약에 어떤 남자가 공포된 3년의 기간 안에
여자와 얘기하다 발각되면, 그는 궁정의 나머지 사람
들이 궁리해 낼 수 있는 공개적인 수치를 견뎌야 할 것   130
이다."

이 조항은, 전하, 본인이 어기셔야 합니다,
　잘 아시다시피 프랑스 왕 따님이 —
우아미와 완벽한 위엄 갖춘 아가씬데 —
　아키텐을 그녀의 노쇠하고 병들고   135
몸져누운 부친에게 양도하는 문제로
　전하와 얘기하러 사절로 오십니다.
그러므로 이 조항은 헛되이 정했거나
　경탄할 공주께선 헛되이 오십니다.

| 국왕 | 경들의 의견은? 허, 그걸 아주 깜박했군.   140 |
| 베로운 | 그래서 공부란 언제나 빗나간답니다. |

뭘 하고 싶은지 공부하는 동안에
해야 할 일 잊고서 못 하게 되니까요.
그리고 공부해서 달성한 최고의 목표는
불탄 도시 같은 건데, 얻었지만 잃었죠.   145

국왕	우린 이 법령을 할 수 없이 없애야 해.
	그녀는 완전 불가피하게 여기에 묵어야 해.
베로운	우린 모두 불가피한 이유로 삼 년 안에

맹세를 삼천 번도 더 깨게 될 겁니다.
개인은 다 각자의 성향을 가지고 태어나   150
　힘이 아닌 특별한 섭리에 지배되니까요.
제가 약속 어기면 이렇게 변호할 겁니다,
'완전 불가피하게' 맹세를 깼다고.
그리 알고 이 법령 전체에 제 이름을 적는데,
　그것을 최소한이라도 어기는 사람은   155
영원한 수치를 뒤집어쓸 것입니다.
　유혹은 저 또한 남들처럼 받겠지만
제가 이 서약을 매우 꺼리는 것 같아도
끝에 지킬 끝 사람이 될 거라고 믿습니다.   (서명한다.)
그런데 활기찬 여흥을 베푸실 건 없나요?   160

국왕　그야 있지. 스페인의 한 세련된 여행자가
　여기 짐의 궁정에 출몰하고 있는데,
세상의 온갖 새 유행에 빠삭한 사람으로
　머릿속에 경구 제작 공장을 가졌으며,
자만하는 자기 혀가 빚어내는 음악이   165
　매혹적인 화음인 듯 황홀해하는 자,
예의만 차리는 자로서, 옳고 그른 양쪽이
　분쟁의 판관으로 선택한 자라네.
무적함대라고 하는 이 환상의 산물이
　우리들 공부의 막간에 고상한 언어로   170
이 세상 싸움에서 사라진 황갈색 스페인의
　수많은 기사들의 공적을 서술할 것이네.
경들이 무엇에 기뻐할지 난 모르겠지만
단언컨대, 난 그의 거짓말을 듣고 싶고
또한 그를 내 음유시인으로 쓸 것이네.   175

베로운　그 무적함대는 참으로 빼어난 사람으로
　　　　　갓 찍어 낸 말을 쓰는 유행의 기사지요.
롱빌　　촌뜨기 골통과 그자는 놀림감이 될 테고,
　　　　그렇게 공부하는 삼 년은 짧을 뿐이랍니다.

　　　　　　　　편지를 가진 우둔 순경과 골통 등장.

우둔　　어느 쪽이 공작님 본인이신지요?　　　　　　　　　　　　180
베로운　이쪽이네, 친구. 왜 그러나?
우둔　　저는 몸소 그분 자신을 대포한답니다, 전하의 순경이
　　　　니까요. 하지만 저는 그분 자신을 혈육으로 보고자
　　　　합니다.
베로운　이분이네.　　　　　　　　　　　　　　　　　　　　　　185
우둔　　무적함…… 무적함 씨가 당신께 안부를 던집니다. 악
　　　　행이 퍼졌어요. 이 편지가 더 알려 줄 겁니다.
골통　　나리, 그 안의 내욕은 저에 관한 겁니다.
국왕　　그 뻐기는 무적함대가 보낸 편지로군.
베로운　그 내용은 아무리 저급해도 언어는 제발 고급이길 바　　　190
　　　　랍니다.
롱빌　　저급한 말에 대한 고급 희망이로군. 신은 저희에게 인
　　　　내심을 주소서!
베로운　들으려고, 아님 안 들으려고?
롱빌　　순순히 듣고 적당히 웃거나, 둘 다 안 하려고.　　　　　195
베로운　글쎄, 그 문체에 우리의 즐거움을 높여 줄 근거가 있는

182~183행 대포…순경　대표, 순경.
188행 내욕　내용.

지 봐서.

골통   그 내용은, 나리, 저와 자크네타에 관한 거랍니다. 그 방식은요, 제가 그 방식으로 하다가 잡혔다는 거고요. 200

베로운   무슨 방식인데?

골통   방식과 형식과 따르는 일, 그 셋을, 나리, 다 했죠. 제가 그 여자와 영주의 저택에서 방석 깔린 긴 의자에 포개진 형식으로 앉아 있다가 들켰고, 그다음엔 여자를 수렵장 안으로 따르는 일을 하다가 잡혔는데, 그걸 다 205 합치면, '방식과 형식과 따르는 일'이 되죠. 이제 나리, 그 방식은, 남자가 여자에게 말 거는 방식이고, 그 형식은 어떻든 형식이죠.

베로운   그럼 '따르는 일'은 뭐지?

골통   이제 따라올 제 처벌에 달렸는데, 신은 옳은 자를 지켜 210 주소서!

국왕   이 편지를 주의 깊게 들어 볼 텐가?

베로운   신탁을 듣는 듯이요.

골통   육신의 일에 귀를 기울이다니 인간은 참 순진해.

국왕   (읽는다.)

"위대하신 대리인, 하늘의 대리자, 나바라의 유일한 215 지배자, 제 영혼에게는 지상의 신이시며 육신의 양육 후원자이신 — ."

골통   골통 얘기는 아직 한마디도 없군요.

국왕   "사실은 — ."

골통   그럴지도 모르죠. 하지만 그가 사실은, 그렇게 말하는 건 솔직히 얘기해서 그저 그렇죠. 220

국왕   조용해!

골통   저와, 또 감히 못 싸우는 모두는 그래야겠죠.

국왕   입 다물어!

골통   간청컨대, 남의 비밀에 대해선 그래 주시죠.   225

국왕   "사실은 검은담비 색깔의 우울증에 갇혀 있던 저는
      그 시커먼 짓누르는 기분을 건강 주는 당신 공기의 가
      장 건전한 약에 맡겼고, 또한 제가 신사이기 때문에
      걷기를 했답니다. 시간은 언제냐? 6시쯤, 짐승들은
      대부분 풀 뜯고, 새들은 가장 많이 모이 쪼고, 사람들   230
      은 저녁이라 부르는 음식과 마주 앉는 때죠. 시간은
      언제냐, 그건 이쯤 해 두죠. 이제 땅은 어느 거냐? 제
      말은 제가 걸었던 그거요. 그건 당신의 수렵장이라
      명명되죠. 그리고 장소는 어디냐? 제 말은, 저의 흰
      눈 같은 펜촉에서 칠흑색 잉크를 뽑아내어 당신께서   235
      여기에서 고찰하시는, 쳐다보시는, 개관하시거나 아
      니면 보시는 저 역겹고도 가장 얼토당토않은 사건을
      제가 조우했던 곳 말입니다. 하지만 그 장소로 돌아
      가서, 어디냐? 그건 복잡하게 배치된 당신 정원의 서
      쪽 구석에서 동으로 북북동쪽에 있답니다. 거기에서   240
      제가 본 게 그 저질 촌놈, 당신께 기쁨을 주는 그 천
      한 피라미 — .

골통   나야?

국왕   "그 무식하고 아는 것 없는 인간 — "

골통   나야?   245

국왕   "그 얄팍한 종놈이 — "

골통   아직도 나야?

국왕   "제 기억엔 골통이라고 하는데 — "

골통   오, 나야!

국왕	"확정되어 공포된 당신의 칙령과 행동 강령에 반하여	250
	그자가 누구와, 오, 누구와 어울리고 교제했는지 — 하	
	지만 이 누구와는, 슬퍼서 누구라고 말 — ."	
골통	계집과 말이죠.	
국왕	"우리의 할머니 이브, 여성, 또는 좀 더 상쾌한 이해를	
	돕기 위해, 여자와 그랬어요. 그자를, 언제나 존중받는	255

국왕   "확정되어 공포된 당신의 칙령과 행동 강령에 반하여   250
그자가 누구와, 오, 누구와 어울리고 교제했는지 — 하
지만 이 누구와는, 슬퍼서 누구라고 말 — ."

골통   계집과 말이죠.

국왕   "우리의 할머니 이브, 여성, 또는 좀 더 상쾌한 이해를
돕기 위해, 여자와 그랬어요. 그자를, 언제나 존중받는   255
제 의무에 자극 받아, 처벌의 보답을 받으라고 제가 당
신께, 고우신 전하의 관리, 훌륭한 평판과 언행, 몸가
짐과 명성을 지닌 사람인 앤서니 우둔 순경을 통해, 보
내 드렸습니다."

우둔   황송합니다만 전데요. 제가 앤서니 우둔입니다.   260

국왕   "자크네타는 제가 앞서 말씀드린 그 촌놈과 함께 체포
한 더 약한 그릇의 이름인데, 제가 당신 법의 분노를
담을 그릇으로 잡고 있고, 최소한의 고운 통지만 주시
면 재판을 열 것입니다. 헌신적인 불타는 의무로 열렬
한 인사를 다 드리면서, 당신의 종   265

            돈 아드리아노 무적함대"

베로운   이건 제가 기대했던 것만큼 좋지는 않으나 여태껏 들
은 것 중 최고입니다.

국왕   맞아, 최악으로는 최고야. 근데, 이봐, 넌 뭐라고 할 테
냐?   270

골통   전하, 그 계집 건은 자백합니다.

국왕   그 포고령을 들었어?

골통   여러 번 듣긴 했지만 거의 주목하지 않았다고 자백하

262행 더…그릇 여성을 가리키는 말, 출처는 「베드로 전서」 3장 7절.
(아든)

옵니다.

국왕   계집과 함께 있다가 잡히면 일 년 징역이라고 공포되   275
     었다.

골통   계집과 함께 잡히진 않았답니다, 전하. 전 소녀와 함께
     잡혔어요.

국왕   그럼, 소녀라고 공포됐다.

골통   소녀도 아니었답니다, 전하. 처녀였어요.   280

국왕   그렇게도 표현됐다, 처녀라고 공포됐으니까.

골통   그럼 전 그녀의 처녀성을 부인합니다. 전 아가씨와 함
     께 잡혔어요.

국왕   이봐, 이 아가씨도 네겐 소용없을 거야.

골통   전하, 이 아가씨는 제게 소용 있을 겁니다.   285

국왕   자, 내가 판결을 내리겠다. 넌 밀겨와 물만 먹고 일주
     일을 굶을 것이다.

골통   전 차라리 양고기와 죽을 먹으며 한 달을 기도하렵
     니다.

국왕   그리고 그 무적함대가 너를 감시할 거야.   290
     베로운 경, 그를 넘겨주도록 조처하라.
     그리고 경들이여, 우리는 서로에게
     강력하게 맹세한 걸 실천하러 갈 것이네.

                     (국왕, 롱커빌, 뒤멘 함께 퇴장)

베로운 이 맹세와 법률이 실없는 조롱거리 되는 데
     내 머리를 자작농 모자에 맞서 걸 것이다.   295
     이봐, 가자.

골통   나리, 전 진실 때문에 고통받아요, 제가 자크네타와 함
     께 있다가 잡힌 건 진실이고 자크네타는 진실한 소녀
     니까. 그러니 번영의 쓴 잔이여, 어서 오라! 고통이 언

젠가 다시 미소 지을 수 있으니 그때까진 슬픔아, 넌   300
앉아 있어라.   (함께 퇴장)

1막 2장

무적함대와 그의 시동 티끌 등장.

무적함대   애, 마음이 큰 사람이 우울해지는 게 무슨 표시인지 알
          아?

티끌   슬퍼 보일 거라는 커다란 표시죠, 나리.

무적함대   아니, 슬픔이란 하나의 아주 똑같은 물건이란다, 귀여
          운 꼬맹이야.   5

티끌   아니, 아니, 원, 세상에, 아녜요.

무적함대   그럼 슬픔과 우울증을 어떻게 분간할 수 있지, 어린 청
          년아?

티끌   그 작용에 대한 손쉬운 논증으로요, 늙은 아저씨.

무적함대   늙은 아저씨? 왜 늙은 아저씨야?   10

티끌   어린 청년? 왜 어린 청년이죠?

무적함대   난 그 말을, 어린 청년아, 너의 어린 나이와 관련하여,
          그건 어리다고 명명할 수 있는데, 적절한 형용어로 썼
          단다.

티끌   저도, 늙은 아저씨, 당신의 높은 나이에 알맞은, 그건   15
          늙었다고 이름할 수 있는데, 칭호로 썼답니다.

무적함대   예쁘고 어울려.

티끌   무슨 뜻이죠? 전 예쁘고 제 말은 어울려요, 아니면 전
          어울리고 제 말은 예뻐요?

무적함대   네가 예쁘다고, 작으니까.   20

티끌	작게 예쁘네요, 작으니까. 뭣 때문에 어울리죠?
무적함대	그 때문에 어울려, 빠르니까.
티끌	저를 칭찬하는 말이에요, 주인님?
무적함대	지당한 칭찬이지.
티끌	꼭 같은 칭찬으로 제가 뱀장어를 칭찬할게요.
무적함대	뭐, 뱀장어가 재간둥이라고?
티끌	뱀장어가 빠르다고요.
무적함대	내 말은 네 대답이 빠르다는 거야. 너 때문에 내가 열 받아.
티끌	대답을 들었어요.
무적함대	내 말 뒤집는 거 난 안 좋아해.
티끌	(방백) 완전 반대로 얘기하네, 뒤집히는 줄도 모르면서.
무적함대	난 공작님과 삼 년을 같이 공부하기로 약속했어.
티끌	그건 한 시간이면 할 수 있어요, 나리.
무적함대	불가능해.
티끌	하나를 세 번 말하면 몇이죠?
무적함대	난 셈을 잘 못 해. 그건 술 따르는 자의 기질에나 어울려.
티끌	당신은 신사에다 노름꾼입니다, 나리.
무적함대	둘 다라고 고백해. 둘 다 완전한 인간의 백미야.
티끌	그럼 주사위에서 두 점과 한 점의 합은 얼마가 될지 아실 게 분명하군요.
무적함대	둘보다 하나가 더 많게 되지.
티끌	그걸 천한 일반인들이 삼이라고 하죠.
무적함대	맞아.
티끌	아니, 나리, 그게 그렇게 공부할 일인가요? 지금 여기

25

30

35

40

45

에서 당신은 눈을 세 번 감기도 전에 삼을 공부했어요.
그러니 '삼'에 '년'을 붙이고, 그 삼 년을 두 단어로 공
부하는 게 아주 쉽다는 건 그 춤추는 말이라도 알려 줄
거예요.   50

무적함대   참으로 훌륭한 비유야!

티끌   (방백) 당신이 꽝이란 증명이지.

무적함대   이제부터 난 사랑에 빠졌다고 고백할 거야. 그런데 군
인이 사랑에 빠지는 건 천하니까 난 천한 계집과 사랑
에 빠졌어. 내가 애정이라는 기질에 맞서 칼을 뽑는 걸   55
로 그에 대한 불량한 생각을 면제받는다면, 난 욕망을
포로로 잡은 뒤 어느 프랑스 궁정인이든 신식 예절을
배우는 대가로 그걸 그에게 풀어 줄 거야. 난 한숨 쉬
는 것도 경멸해. 큐피드는 맹세코 버려야 할 것 같아.
위로해 줘, 애. 위대한 인물인데 사랑에 빠진 게 누구   60
였지?

티끌   헤라클레스요, 주인님.

무적함대   참으로 달콤한 헤라클레스! 더 많은 근거를, 귀한 애
야, 이름을 대 봐. 그런데, 예쁜 어린애야, 훌륭한 평판
과 행실을 보였던 사람들로 해 줘.   65

티끌   삼손이요, 주인님. 그는 훌륭한 행실을, 위대한 행실을
보였던 사람이랍니다. 마을의 대문을 짐꾼처럼 등에
지고 나르는 행실을 보였는데, 그가 사랑에 빠졌더랬

49행 춤추는 말
아마 1591년 잉글랜드에 있었던 '모로코'
라는 공연용 말을 가리키는 듯하다. 그
것은 춤추고 발굽으로 땅을 때려 숫자를
셀 수 있었다고 한다. (아든)

62행 헤라클레스
열두 가지 난제를 해결한 그리스의 영웅.
66행 삼손
엄청난 힘을 가진 성경 속의 인물.

어요.

무적함대   오, 근육 좋은 삼손, 관절 강한 삼손! 당신이 대문을 나   70
르는 행실에서 나를 이긴 만큼 난 검술에서 당신을 이
긴다오. 나도 사랑에 빠졌답니다. 삼손의 애인은 누구
였지, 사랑하는 티끌아?

티끌   여자요, 주인님.

무적함대   어떤 기질을 가졌는데?   75

티끌   네 가지 다요, 또는 셋, 또는 둘, 또는 넷 가운데 하
나요.

무적함대   정확하게 어떤 기질이라고?

티끌   푸른 바닷물이요, 나리.

무적함대   그게 네 가지 기질 가운데 하나야?   80

티끌   제가 읽은 바로는요. 그 가운데 최고이기도 하죠.

무적함대   연인들의 색깔은 정말 푸르지. 하지만 삼손이 그런 색
깔의 애인을 가질 이유는 거의 없었던 것 같아. 그는
분명 그녀를 재치 때문에 좋아했어.

티끌   그랬어요, 나리, 그녀의 재치는 푸르렀으니까.   85

무적함대   내 애인은 가장 순결하게 희고 붉어.

티끌   가장 오염된 생각이, 주인님, 그런 색깔 뒤에 감춰져
있답니다.

무적함대   설명, 설명해 봐, 교육 잘 받은 유아야.

티끌   아버지의 재치와 어머니의 혀는 저를 도와주소서!   90

무적함대   어린이의 아름다운 호소, 참 예쁘고 감동적이야!

티끌   그녀가 희고 붉은 사람이면

75행 기질
인간의 기질은 네 가지 체액인 피, 점액,   끌의 대답은 기질에 따라 피부색이 결정
담즙, 흑담즙의 혼합으로 결정된다. 티   된다는 주장에 근거를 두고 있다. (아든)

결점은 절대 아니 드러나죠.
붉은 뺨은 결점으로 생기고
　두려움은 하얘져서 표 나니까.　　　　　　　95
그래서 겁나거나 욕먹을 게 있어도
　안색 보곤 알아채지 못하죠.
그녀 뺨은 태어날 때 받은 것과
　같은 색을 늘 지니고 있으니까.

희고 붉은 여자의 변명을 조심하라는 위험한 시랍니　　100
다, 주인님.

무적함대　얘, 그 왕과 거지라는 노래가 있잖으냐?

티끌　　　3세대 전쯤에 세상에 그런 아주 죄스러운 노래가 있
었지만 지금은 찾을 수 없거나, 있다 해도 가사 때문
에라도, 곡조 때문에라도 받아들여질 것 같지 않은　　105
데요.

무적함대　내가 그 주제로 글을 새로 쓰게 만들 거야, 그러면 내
탈선을 막강한 전례로 정당화할 수 있을 테니까. 얘,
난 그 합리적인 촌놈 골통과 함께 수렵장에서 잡은
그 시골 처녀를 정말 사랑해. 그녀는 그럴 만한 가치　　110
가 커.

티끌　　　(방백) 채찍 맞을 가치가 크지. 하지만 주인님보다는 나
은 애인이야.

무적함대　얘, 노래해. 내 기분이 사랑으로 무거워지고 있어.

티끌　　　(방백) 엄청 놀랍네, 가벼운 계집을 사랑하는데 말이야.　　115

무적함대　노래하라니까.

102행 왕과⋯노래　거지 처녀 제노로폰을 사랑한 코페투아 왕에 관한
민요. (리버사이드)

티끌	이 일행이 지나갈 때까지 참으세요.

광대 골통, 우둔 순경, 계집 자크네타 등장.

우둔	나리, 공작님의 뜻은 당신이 골통을 잘 감시하라는 것이고, 당신은 그가 어떤 기쁨도, 불쾌감도 못 느끼게 하고 일주에 사흘은 굶겨야 합니다. 이 소녀는 제가 수렵장에 잡아 둬야 하는데, 젖 짜는 일은 허락됩니다. 안녕히 계십시오.	120
무적함대	(방백) 붉어져서 내 진심이 탄로 나겠네. — 아가씨 —	
자크네타	아저씨.	
무적함대	내가 숙소로 널 찾아갈게.	125
자크네타	이 근처인데요.	
무적함대	그게 어디에 놓여 있는지 알아.	
자크네타	아이, 참 똑똑도 하셔라!	
무적함대	놀라운 걸 얘기해 줄게.	
자크네타	정말로요?	130
무적함대	난 너를 사랑해.	
자크네타	그러신다고 들었어요.	
무적함대	그러니 잘 가.	
자크네타	앞길이 환하시길 빌게요.	
우둔	자, 자크네타, 가자. (우둔과 자크네타 퇴장)	135
무적함대	악당아, 네 죄를 용서받기 전에 넌 굶어야 해.	
골통	그럼 나리, 제가 그렇게 할 땐 배를 가득 채우고 그렇게 했으면 합니다.	
무적함대	넌 무거운 벌을 받을 거야.	
골통	전 당신에게 당신 하인들보다 더 큰 신세를 지는군요,	140

그들은 가벼운 보상밖엔 못 받으니까.

무적함대   이 악당을 데려가. 가둬 버려.

티끌   가자, 이 범법하는 노예야, 어서!

골통   감금되지 않게 해 줘, 난 풀린 채 굶을 테니까.

티끌   안 돼, 그건 야바위야. 넌 감옥으로 가야 해.   145

골통   글쎄, 내가 봤던 환멸의 즐거운 날들을 언젠가 정말로 보게 된다면, 누군가는 보게 될 ―.

티끌   누가 뭘 볼 건데?

골통   아, 티끌 도령, 누구도 그들이 쳐다보는 것 말고는 아무것도 못 봐. 죄수들이 아무 말이나 막 해선 안 되니   150 까 난 아무 말도 않을게. 신에게 고맙게도 난 딴 사람만큼 인내심이 적고 그래서 조용할 수 있어.

(티끌과 골통 퇴장)

무적함대   난 바로 이 땅을, 천한 건데, 그녀의 신발이, 더 천한 건데, 발의 인도를 받아, 가장 천한 건데, 밟은 곳을 정말 좋아해. 내가 만약 사랑하면 난 맹세를 깰 테   155 고, 그건 거짓의 커다란 증거다. 그럼, 거짓으로 시작된 게 어떻게 참사랑이 될 수 있지? 사랑은 악귀야. 사랑은 악마야. 사랑 말고 다른 악령은 없어. 그런데도 삼손은 그렇게 유혹받았고, 그는 빼어난 힘을 가졌었다. 그럼에도 솔로몬은 그렇게 현혹됐고   160 그는 아주 훌륭한 지능을 가졌었다. 큐피드의 촉 없는 화살은 헤라클레스의 방패로 막기엔 너무 힘들고, 그러므로 스페인 사람의 검에 비해 너무 우세하다. 결투의 첫째와 둘째 규칙은 내게 소용없을 거야.

152행 적고   아마도 '많고'를 잘못 말한 듯하다. (아든)

전방 공격, 그는 걱정 안 해, 규칙 따위 신경 안 써.   165
그에게 모욕은 애라고 불리는 거지만, 그의 영광은
어른을 굴복시키는 거다. 용기여, 안녕. 검이여, 썩
어라. 북이여, 조용하라, 널 두들길 사람이 사랑에
빠졌으니까. 맞아, 그는 사랑해. 도와줘요, 즉흥시의
신이시여, 전 분명 소네트 작가가 될 테니까. 기지   170
여, 창안하라. 펜이여, 써라, 난 큰 책을 여러 권 낼
테니까.
                                                    (퇴장)

2막 1장

프랑스 공주와, 로잘린, 마리아, 카트린의 세 시녀,

그리고 세 귀족 (부아예와 다른 두 명)

함께 등장.

부아예   이제 마마, 최고의 기운을 불러내십시오.
          부왕께서 누구를 누구에게 보내는지,
          그리고 임무가 무엇인지 고려하십시오.
          세상에서 소중한 평가 받는 마마께선
          한 남자가 가질 수 있는 완벽한 자질을   5
          홀로 다 소유한 무비의 나바라 국왕과
          협상하고, 아키텐 못지않은 무게 지닌
          왕비의 지참금을 청원하실 것입니다.
          자연이 매력을 비싸게 만들면서 그것을

164행 결투의⋯규칙
결투는 첫째, 사형을 받아 마땅한 죄를

고발할 때, 둘째, 결투의 이유가 명예일
때 벌어질 수 있다. (아든)

당신에게 아낌없이 다 주고 나머지 세상은 10
전부 굶긴 때처럼, 귀중한 그 매력을
이제는 아낌없이 다 발산하십시오.
공주 부아예 경, 내 미모는 비록 별것 아니지만
당신의 칭찬 분칠까지는 필요 없답니다.
미모는 눈으로 판단하여 사는 거지 15
장사치가 천하게 팔면서 내뱉는 건 아니오.
난 당신이 내 기지 칭찬에 자기 걸 쓰면서
크게 현명하다고 평가받길 바라는 것만큼
내 가치 말하는 걸 듣는 게 기쁘진 않아요.
근데 이젠 과제를 내줄게요. 부아예 경, 20
나바라가 엄격한 공부로 삼 년을 쓸 때까지
그 어떤 여자도 자신의 조용한 궁정에
못 들어온다고 서약했단 소문이 온 세상에
시끄럽게 퍼진 걸 모르진 않겠지요.
그러므로 우리가 금지된 그의 문 안으로 25
들어서기 이전에 그의 뜻을 아는 게
필요한 절차인 것 같고, 그렇기 때문에
당신의 가치를 자신하고 있는 우린
가장 설득력 있는 청원자로 당신을 골랐소.
그에게 말하시오, 프랑스 왕의 딸이 30
빠른 처결 필요한 중대한 사안으로
전하와 개인적 면담을 요망하고 있다고.
우리가 겸손한 모습의 간청자로 그의 고견
기다리는 동안에 서둘러 그만큼 알리시오.
부아예 임무를 자랑하며 기꺼이 갑니다. 35
공주 자랑은 다 기꺼운데, 당신 것도 그렇군요.

(부아예 퇴장)

친애하는 경들이여, 덕 높은 이 공작과
동료로서 서약한 신도들은 누군가요?

귀족 롱빌이 그 하나죠.

공주   그 사람을 아느냐?

마리아 압니다, 공주 마마. 노르망디에서 거행된   40
페리고르 경과 제이키즈 파우컨브리지의
아름다운 상속녀 사이의 결혼 피로연에서
제가 이 롱빌이라는 사람을 봤답니다.
최고의 자질을 갖춘 이로 평가되고
학예에 능통하고, 무예도 빛나지요.   45
잘하려 하는 건 뭐든지 그에게 어울려요.
그의 미덕 광채에 유일한 흠이라면 —
미덕의 광채에 무슨 흠이 생긴다면 —
냉혹한 의지와 결합된 날카로운 기지인데,
그 날은 자를 힘이 있으며 그 힘 안에 드는 건   50
뭐든지 봐줘선 안 된다는 의지를 늘 요구하죠.

공주 유쾌하게 희롱하는 귀족 같군. 그러냐?

마리아 그 기질을 가장 잘 아는 이는 대개 그리 말하죠.

공주 그런 짧은 기지는 자라면서 시들어.
그 나머진 누구야?   55

카트린 뒤멘 청년인데, 재능 많은 젊은이로
미덕을 아끼는 모두가 미덕 보고 아꼈죠.
최고로 해 끼칠 힘 최고인데 악은 거의 모르죠,
안 좋은 몸매를 멋지게 만드는 기지와
기지가 없어도 호의를 살 몸매는 있으니까.   60
전 그를 알랑송 공작님 댁에서 한 번 봤고,

제가 본 장점에서 제가 알려 드린 건
그의 큰 가치에 비하면 너무나 적답니다.

로잘린　그 당시 이 학생들 가운데 또 하나가
　　　　제가 옳게 들었다면, 그와 함께 있었어요.　　　　　　　65
　　　　베로운이랬는데, 그보다 더 유쾌한 사람과
　　　　적절히 기쁜 범위 안에서 한 시간을
　　　　제가 함께 얘기해 본 적은 없었어요.
　　　　그의 눈은 기지를 발휘할 기회를 찾아서
　　　　한쪽이 포착하는 사물을 다른 쪽이　　　　　　　　　　70
　　　　모두 다 환희의 농담으로 돌렸는데,
　　　　그것을 기상의 해설가인 고운 혀가
　　　　대단히 적절하고 우아한 언어로 전달하여
　　　　노인들은 그의 얘기 들으려 게으름 피우고,
　　　　청년들은 완전히 황홀경에 빠질 만큼　　　　　　　　75
　　　　그이의 담화는 달콤하고 유창하답니다.

공주　　이 시녀들 좀 봐라! 각자가 이토록
　　　　자기 사람 장식하고 꾸며 주는 찬사를
　　　　아끼지 않다니, 모두들 사랑에 빠졌어?

귀족　　부아예가 왔습니다.

부아예 등장.

공주　　　　　　　　　자, 어떻게 입장하죠?　　　　　　　80
부아예　나바라는 당신의 접근 통지 받았고,
　　　　그와 그의 맹세 동참자들은 모두 다
　　　　제가 이리 오기 전에 당신을 만날 준비
　　　　갖췄어요, 마마. 참, 제가 알아낸 바로는

그분은 하인 없는 집 안에 당신을 들이려고   85
자기 서약 회피할 구실을 찾기보단 당신을
자신의 궁정을 포위하러 여기에 온 자처럼
차라리 들판에 묵게 할 작정이랍니다.

나바라 국왕, 베로운, 롱빌, 뒤멘 및 시종들 등장.

나바라가 오네요.

국왕 고운 공주님, 나바라 궁정에 오신 걸 환영합니다.   90
공주 '고운'이라는 말은 되돌려 드리고, '환영'은 아직 못 받
      았답니다. 이 궁정의 지붕은 당신 것이 되기에는 너무
      높고, 이 드넓은 들판은 제 것이 되기에는 너무 낮답
      니다.
국왕 당신을 궁정으로 환영할 것입니다, 마마.   95
공주 그럼 환영받겠네요. 안내해 주시죠.
국왕 한마디만, 공주님. 난 서약을 했답니다.
공주 성모님 맙소사! 맹세를 깨시게 됐군요.
국왕 원해서는, 고운 마마, 절대로 안 깹니다.
공주 아니, 원해서 깨겠죠, 원할 때만 깨지니까.   100
국왕 공주께선 그게 뭔지 모르고 계십니다.
공주 전하가 그러시면 그분의 무식은 현명하나,
      이제 그분 지식은 무식임이 드러나야겠죠.
      전하는 접대를 않기로 맹세했다 들었어요.
      그 서약을 지키는 건 죽을죄고, 전하,   105
      깨는 것도 죄랍니다.
      하지만 죄송해요, 너무 급히 대담해져서.
      선생을 가르치는 일은 제게 맞지 않답니다.

제가 온 목적을 읽어 봐 주시고
제 청을 곧 해결해 주시기 바랍니다.　　　　　　　　110

　　　　　　　　　　　　(국왕에게 서류를 준다.)

국왕　마마, 곧장 할 수 있다면 그러지요.

공주　당신은 제가 빨리 떠나기를 바라시죠,
　　　절 머물게 하시면 위증죄를 지을 테니. (국왕은 읽는다.)

베로운　(로잘린에게)
　　　브라반트에서 나와 함께 춤추지 않았나요?

로잘린　브라반트에서 나와 함께 춤추지 않았나요?　　　115

베로운　그런 줄로 압니다.

로잘린　　　　　　　　　그럼 그 질문은
　　　하나 마나잖아요!

베로운　　　　　　　　　그렇게 성급하면 안 되죠.

로잘린　질문해서 날 그렇게 자극한 건 당신이죠.

베로운　당신 기지 너무 세고, 너무 빨라, 지칠 거요.

로잘린　기수를 진창에 내버릴 때까진 안 그래요.　　　120

베로운　지금이 몇 시죠?

로잘린　바보들이 물어야 할 시간이죠.

베로운　그럼 당신 가면에 행운 있길.

로잘린　가려진 그 얼굴에 행운 있길.

베로운　그래서 많은 연인 찾아오길.　　　　　　　125

로잘린　아멘, 당신만 아니라면.

베로운　아니, 그럼 난 갑니다.　　　　(그가 그녀를 떠난다.)

국왕　공주 마마, 당신의 부왕께선 여기에
　　　10만의 금화를 지불한 사실을 알리는데,
　　　그것은 내 부친이 그분의 전쟁에서　　　　130
　　　지출하신 총액의 절반밖에 안 됩니다.

그런데도 내 부친 또는 짐이 그 금액을
받았다고 하는데 — 둘 다 아뇨. — 그래도
안 갚은 10만이 더 있고, 그 담보로
그 돈의 가치만큼 평가되진 않지만   135
아키텐 일부가 짐에서 잡혀 있답니다.
그러니 부왕께서 아직도 변제 안 된
그 절반을 되돌려 주시기만 한다면
짐으로선 아키텐 소유권을 포기하고
전하와 우호적인 관계를 유지할 것입니다.   140
하지만 그럴 뜻이 없으신 것 같군요.
여기에서 부왕께선 10만의 금화를
갚으라고 요구하고, 10만의 금화를
받게 되면 자신의 아키텐 소유권을
살리겠단 요구를 않겠다고 하는데,   145
짐은 그리 거세된 아키텐보다는
차라리 그것을 떠나보내 버리고
내 부친이 빌려주신 그 돈을 갖겠어요.
공주님, 그분의 요청이 따르기엔 너무나
무리하지만 않다면, 고운 그대 자신은   150
좀 무리하지만 내 가슴을 움직여
매우 만족한 채로 프랑스로 갈 겁니다.

공주   당신은 제 부왕께 너무 크게 잘못하고
         당신의 명성 또한 해치고 있답니다,
         그토록 성실히 갚은 걸 수령했단 사실을   155
         그토록 고백하지 않으시려 해서요.

국왕   확실히 단언컨대 들은 적이 없어요.
         그래서 그 사실을 입증하면 되갚거나

아키텐 양도하죠.

공주 　　　　　　　　짐은 그 말 믿어요.
부아예, 당신은 그의 부친 찰스 왕의　　　　　　　　　160
특보에게 받아 둔 그런 금액 영수증을
내놓을 수 있지요.

국왕 　　　　　　　　그렇게 날 납득시키게.

부아예 황송하나 그것과 다른 계약서들이
묶여 있는 꾸러미가 도착하지 않았어요.
내일이면 그것들을 보실 수 있습니다.　　　　　　　165

국왕 그걸로 충분하네. 짐은 그 회합에서
합리적인 조건이면 다 들어줄 것이다.
그동안에 명예를 해치지 않으면서
그대처럼 빼어난 분에게 명예롭게
제공하는 환영을 내 손에서 받으시오.　　　　　　　170
공주님은 내 성문 안으로는 못 오지만
여기 바깥에서는 대단한 대접을 받아서
내 집에선 아름다운 숙소를 거부당했으나
내 심장에 머문다고 여기게 될 겁니다.
선심으로 날 용서해 주시고, 잘 있어요.　　　　　　175
짐은 내일 당신을 다시 방문할 것이오.

공주 전하께 건강과 소원 성취 따르기를.

국왕 어디 있든 그대의 바람을 나 또한 바라오.

　　　　　　　　　　　　(국왕, 롱빌, 뒤멘 퇴장)

베로운 아가씨, 난 당신을 내 가슴에 믿고 맡기렵니다.

로잘린 부탁인데, 내 인사도 거기에 전하세요. 기꺼이 거길　　180
보고 싶네요.

베로운 그 신음을 당신이 들었으면.

로잘린	그 바보가 아픈가요?	
베로운	가슴이 아프답니다.	
로잘린	저런, 피를 뽑으라고 해요.	185
베로운	그러면 좋아져요?	
로잘린	내 의술에 따르면요.	
베로운	당신 눈으로 거길 찔러 줄래요?	
로잘린	천만에, 내 칼로 해 보죠.	
베로운	그럼 신께서 당신 목숨 지키시길.	190
로잘린	당신 것도, 오래 못 살도록.	
베로운	고마워할 시간이 없네요.	(퇴장)

뒤멘 등장.

뒤멘	저, 한마디 부탁건대, 저 아가씬 누구죠?	
부아예	알랑송의 상속녀로 카트린이랍니다.	
뒤멘	화사한 아가씨야. 안녕히 계십시오.	(퇴장) 195

롱빌 등장.

롱빌	한마디 청할게요. 흰옷 입은 저 여인은?	
부아예	환한 데서 본다면 때로는 여자지요.	
롱빌	환한 데선 환하군요. 이름을 원합니다.	
부아예	그건 하나뿐인데 갖는다면 창피한 일이죠.	
롱빌	누구 따님인지요?	200
부아예	그 어머니 딸이라고 들었소.	
롱빌	수염까지 기른 분이!	
부아예	이보시오, 화내지 마시오.	

	파우컨브리지의 상속녀랍니다.	
롱빌	그렇다면 내 화는 끝났어요.	205
	참 어여쁜 아가씨로군요.	
부아예	그럴 리는 아마도 없겠죠. (롱빌 퇴장)	

베로운 등장.

베로운	모자 쓴 저 여자 이름은요?	
부아예	운 좋게도 로잘린이라죠.	
베로운	결혼했소, 안 했소?	210
부아예	그녀의 뜻, 그런 거에 달렸죠.	
베로운	고맙습니다, 나리. 안녕히.	
부아예	나와는 작별하고 가 주면 고맙겠소. (베로운 퇴장)	
마리아	마지막이 베로운, 유쾌하게 무모한 귀족이죠.	
	뭔 말이든 농담일 뿐이고.	
부아예	농담도 다 말일 뿐.	215
공주	당신이 그의 말을 받아친 건 잘했어요.	
부아예	갑판에 오르려 하기에 기꺼이 맞붙어 줬지요.	
카트린	열 받은 양 두 마리네, 참!	
부아예	왜 '배'가 아니지?	
	예쁜 양, 그 입술 못 빨면 우린 양이 아니야.	
카트린	당신은 양, 난 목장. 그걸로 이 농담 끝이죠?	220
부아예	그 목장 내게 허락한다면. (그녀에게 키스하려고 한다.)	
카트린	안 돼요, 순한 짐승.	
	내 입술은 사유지고 공유지가 아녜요.	
부아예	누구에게 속하지?	
카트린	내 행운과 내게요.	

공주	뛰어난 기지로 싸우고 싶겠지만 화해해.	
	이 기지의 내란은 나바라와 그 학자들에게	225
	훨씬 더 쓸모 있어, 여기에선 잘못 쓰여.	
부아예	두 눈에 드러나는 마음의 조용한 웅변을	
	잘못 관찰한 적이 거의 없는 제가 지금	
	헛본 게 아니라면, 나바라는 감염됐답니다.	
공주	무엇에?	230
부아예	우리들 연인이 '연정'이라 부르는 것에요.	
공주	그 이유는?	
부아예	그야, 그의 모든 행동이 욕망 통해 엿보면서	
	눈이라는 궁정으로 다 후퇴했으니까.	
	또 그의 심장은 당신의 초상 새긴 마노처럼	235
	그 형상을 뽐내며 자랑을 눈으로 드러냈죠.	
	그의 혀는 말은 해도 못 보는 게 짜증 나	
	시력을 가지려 서두르다 확 꼬부라졌어요.	
	감각은 다 그 감각 쪽으로 몰려가서	
	최고 미녀 보는 것만 느끼려고 했지요.	240
	제 생각에 그의 모든 감각은 군주가 사 가는	
	수정 속의 보석처럼 그의 눈에 갇힌 것 같았고,	
	유리 용기 안에서 자기네 가격을 제시하며	
	지나갈 때 사 가라고 당신을 지목했답니다.	
	그의 얼굴 여백에는 비상한 경탄이 나타나	245
	모든 눈은 응시로 매혹된 그의 눈을 봤어요.	
	저를 위해 그에게 사랑 키스 한 번만 해 주시면	
	아키텐과 그의 것 모두를 당신께 드리죠.	
공주	가자, 우리들 천막으로. 부아예가 유쾌하셔.	
부아예	그의 눈이 밝힌 것을 말로 했을 뿐입니다.	250

	저는 그냥 그의 눈을, 거짓말하지 않을
	혀 하나를 덧붙여 입으로 바꿔 놓았답니다.
마리아	늙은 연애 장사치로 말재주도 좋으셔.
카트린	큐피드의 할아비로 그의 소식 듣고 계셔.
로잘린	비너스는 그러면 엄마를 닮았네, 아빠는 험해서. 255
부아예	내 말 들려, 미친 것들?
마리아	아뇨.
부아예	보이긴 해?
마리아	예, 우리가 갈 길은.
부아예	감당 못 할 애들이야.

(함께 퇴장)

3막 1장

허풍쟁이 무적함대와 그의 소년 티끌 등장.

무적함대	애, 지저귀어 봐, 내 청각을 열불 나게 해 봐.
티끌	(노래한다.) 콘콜리넬.
무적함대	멋진 노래야! 가, 연소한 애야, 이 열쇠로 그 촌놈에게
	방면을 내리고 잽싸게 이리로 데려와. 그를 고용해서
	내 애인에게 편지를 보내야겠어. 5
티끌	주인님, 프랑스 춤으로 사랑을 얻으려 하세요?
무적함대	그게 무슨 말이야? 프랑스말로 춤춘다고?
티끌	아뇨, 완벽하신 주인님, 혀끝으로 노래 한 곡 쏘고

2행 콘콜리넬 아일랜드나 프랑스 노래의 시작 부분으로 추정되는 티끌의 노래 제목. (RSC)

거기에 맞춰 발로 활발히 춤추며, 눈꺼풀을 치켜올
려 기분 맞추고, 한 음은 한숨 쉬고 한 음은 노래하   10
는데, 때로는 목구멍으로 마치 사랑을 노래하면서
애인을 삼키듯, 때로는 콧구멍으로 마치 사랑을 냄
새 맡으면서 애인을 들이쉬듯 하고, 모자는 눈이라
는 가게 위에 드리운 차양처럼 쓰고, 팔은 토끼 꼬
치처럼 날씬한 당신 조끼 위로 팔짱을 끼거나 두 손   15
을 옛 그림 속의 사람처럼 주머니에 넣고, 한 곡조
만 너무 오래 부르지 말고 쪼금 한 뒤 건너뛰는 거
말입니다. 이런 게 예의고, 이런 게 변덕이고, 이런
걸로 이런 것 없이도 넘어올 음탕한 계집들을 넘어
오게 하고, 또 이런 걸 가장 하고 싶어 하는 이들을   20
주목할 만한 남자들로 — 제 말 주목해요? — 만든
답니다.

무적함대   넌 이런 경험을 어떻게 구입했어?

티끌   관찰이란 푼돈으로요.

무적함대   근데, 오 — 근데, 오 — .   25

티끌   '목마는 잊혔다.'

무적함대   넌 내 애인을 '목마'라고 부르냐?

티끌   아뇨, 주인님. 목마는 그냥 어린 말인데, 당신 애인은
아마도 돈 내고 타는 말이겠죠. 근데 애인을 잊었어
요?   30

무적함대   잊을 뻔했어.

티끌   게으른 학생 같으니! 그녀를 마음에 새기세요.

무적함대   마음에 새기고 넣는단다, 애야.

26행 목마 창녀를 뜻하는 속어. (아든)

티끌	그리고 밖으로 꺼내죠, 주인님. 제가 이 세 가지를 다
	합쳐 증명할 겁니다.	35
무적함대	뭘 증명할 거야?
티끌	맹세코, 한 남자요. 그리고 새긴다, 넣는다, 밖으로 꺼
	낸다, 이 셋을 곧바로요. 당신은 그녀를 마음에 '새겨'
	요, 그녀를 갖지 못하니까. 그녀를 마음에 '넣어'요, 당
	신 마음이 그녀를 사랑하니까. 그리고 그녀를 마음 '밖	40
	으로 꺼내'요, 그녀 마음 밖에 있어서 그녀를 즐기지
	못하니까.
무적함대	난 이 세 가지 다야.
티끌	게다가 세 배나 더 많은 건데도 아무것도 아니죠.
무적함대	그 촌놈을 데려와. 그가 내 편지를 전해야 해.	45
티끌	짝을 잘 맞춘 전갈이네요, 말이 나귀의 사절이 될 테니
	까요.
무적함대	하, 하, 뭐라고 그랬어?
티끌	나리도 참, 그 나귀를 그 말 위에 태워 보내야 한다고
	요, 걸음이 아주 느리니까. 근데 전 갑니다.	50
무적함대	아주 짧은 길이야. 어서 가!
티끌	납처럼 빠르게요, 나리.
무적함대	뭔 뜻이야, 어여쁜 재간둥이?
	무거운 금속이 납 아냐, 무디고 느린 거?
티끌	결단코 아뇨, 정직한 주인님, 또는 아뇨, 주인님.	55
무적함대	납은 느려.
티끌	그런 말을 너무 빨리 하셔요.
	대포에서 발사된 그 납이 느린가요?
무적함대	향기로운 수사법의 연기야!
	그는 날 대포라 여긴다, 탄환은 자기고.

너를 그 촌놈에게 쏘겠다.

티끌　　　　　　　　　　　　　　　그럼 꽝, 날아가요.　　(퇴장)　60

무적함대　참 영리한 소년이야, 달변에다 매력 만점이야!
하늘아, 네 호의로 네 얼굴에 한숨 쉬어야겠다.
가장 거친 우울증아, 용기가 자리를 내줄게.
내 전령이 돌아왔군.

시동 티끌과 광대 골통 등장.

티끌　기적이요, 주인님! 이 골통의 무릎이 깨졌어요.　65

무적함대　어떤 암호, 어떤 수수께끼야. 자, 해설을 — 시작해.

골통　암호랑이도, 수수께끼도, 해설도, 약통 안의 고약도
아니에요, 나리. 오, 나리, 질경이, 그냥 질긴 질경이
요! 해설도 아닌, 해설도 아닌, 고약도 아닌 질경이랍
니다!　70

무적함대　허 참, 강제로 날 웃기는군. 너의 우스운 생각은 내 폭
소를, 부풀어 오르는 내 허파는 실소를 터뜨리게 해.
오, 나의 별들이여, 용서하소서! 이 몰지각한 인간이
고약을 해설로, '해설'이란 말을 고약으로 받아들인단
말이야?　75

티끌　현명한 사람은 그걸 달리 생각하나요? 해설이 고약 아
닌가요?

무적함대　아니다, 애. 그것은 종결부나 앞서 말이 있었던
불분명한 이전 말을 명확히 해 주는 담화란다.

68행 질경이　약초. 골통은 외국어 이름을 가진 이상한 처방이 아니라
평범한 민간약을 원한다. (리버사이드)

그 예를 들어 주지.   80

　　　여우와 원숭이와 호박벌은

　　　셋밖에 없으니까 늘 싸웠네.

이것이 교훈이야. 자 이제 해설이다.

티끌　　　제가 해설을 붙일게요. 다시 교훈을 말해 봐요.

무적함대　　　여우와 원숭이와 호박벌은   85

　　　셋밖에 없으니까 늘 싸웠네.

티끌　　　그러다가 기러기가 밖에 나와

　　　짝 맞추며 그 싸움을 끝냈다네.

이제 당신 교훈을 제가 시작할 테니 당신은 제 해설로

따르세요.   90

　　　여우와 원숭이와 호박벌은

　　　셋밖에 없으니까 늘 싸웠네.

무적함대　　　그러다가 기러기가 밖에 나와

　　　짝 맞추며 그 싸움을 끝냈다네.

티끌　　　기러기로 끝나는 훌륭한 해설이죠. 더 원하세요?   95

골통　　　이 소년이 거위로 그를 엿 먹였네, 분명해.

나리, 그 거위가 살찐 거면 한 푼어친 됩니다.

엿을 잘 먹이는 건 야바위만큼 약빠르죠.

어디 보자. 살찐 해설 — 예, 그건 살찐 거위죠.

무적함대　　　이리 와, 이리 와. 이 논란이 어떻게 시작됐지?   100

티끌　　　이 골통의 무릎이 깨졌다고 말해서요.

그리고 당신이 해설을 요구했죠.

골통　　　맞아요, 그리고 전 질경이를. 그래서 당신의 논증이,

그런 다음 이 아이의 살찐 해설이, 당신이 먹은 엿이

끼어들었죠. 그리고 애가 매매를 끝냈죠.   105

무적함대　　　근데 골통의 무릎이 어떻게 깨졌는지 말해 볼래?

티끌	실감 나게 말씀드리죠.
골통	넌 그걸 실감 못 해, 티끌. 그 해설 내가 말할게.
	이 골통이 안전한 안에서 밖으로 내닫다가
	문지방 너머로 넘어져 무릎을 깼답니다. 110
무적함대	우린 이 문제를 더 얘기하지 않을 거야.
골통	이 무릎 문제가 더 심해질 때까지요.
무적함대	이봐, 골통, 난 널 석방할 것이다.
골통	오, 저를 프란시스와 결혼시켜 줘요! 이번 일은 해설
	냄새가 좀, 엿 냄새가 좀 나는데요. 115
무적함대	아름다운 내 영혼에 맹세코, 내가 널 해방시키고 네 몸
	을 자유롭게 해 주겠단 말이다. 넌 감금되고, 구속되
	고, 붙잡혔고, 묶여 있었어.
골통	맞아요, 맞아요, 그래서 이제 당신이 저의 죄를 사하고
	풀어주겠다는 거지요. 120
무적함대	난 네게 자유를 주고, 구금에서 풀어주는 대신 오로
	지 이것만 네게 부과한다. (골통에게 편지를 주면서) 이
	의미심장한 물건을 시골 처녀 자크네타에게 가져가.
	이게 보수다, (골통에게 동전 한 닢을 주면서) 내 명예 수
	호의 최선책은 내 종자들에 대한 사례니까. 티끌은 125
	따라와. (퇴장)
티끌	속편처럼 따르죠. 골통 씨, 안녕. (퇴장)
골통	달콤한 인간 살점 한 덩이, 멋진 녀석 같으니! 이제 그
	가 준 보수를 좀 볼까. '보수!' 오, 그건 서 푼을 뜻하는
	라틴어다. 서푼이 — 보수라. '이 끈 하나 값이 얼마 130
	요?' '네 푼이요.' '아뇨, 난 당신에게 보수를 주겠소.' 그

124행 보수 4분의 3페니 값어치의 동전.

럼, 그걸로 되잖아! '보수!' 아니, 이건 프랑스 금화보
다 더 고운 이름인걸. 나는 이 말을 빼놓고는 절대 사
고 팔지 않을 거야.

베로운 등장.

베로운	나의 멋진 골통 녀석, 엄청나게 잘 만났어.	135
골통	나리, 부탁인데, 보수를 주고 분홍 끈을 몇 개나 살 수 있지요?	
베로운	그 보수란 게 얼만데?	
골통	참, 나리도, 한 푼짜리 셋이죠.	
베로운	그렇다면 명주 서푼어치지.	140
골통	어른께 감사합니다. 안녕히 계십시오.	
베로운	멈춰라, 노예야, 너를 꼭 써야겠다.	
	너는 내 호의를 얻으려 할 테니, 녀석아,	
	내 간청 한 가지를 나를 위해 들어 줘라.	
골통	언제 들어 주기를 원하세요?	145
베로운	오늘 오후에.	
골통	좋습니다, 하지요. 잘 가십시오.	
베로운	그게 뭔지도 모르잖아.	
골통	그 일을 끝내면, 나리, 알겠죠.	
베로운	아니, 이놈아, 먼저 알아야 해.	150
골통	내일 아침에 제가 어른에게 가겠습니다.	
베로운	오늘 오후에 꼭 끝내야 해. 잘 들어, 노예야, 이렇게만 하면 돼.	
	공주가 이 수렵장에 사냥을 나올 테고,	
	그녀의 수행원 중 숙녀가 한 명 있다.	155

사람들이 예쁘게 말할 때 그녀의 이름을
로잘린이라고 부른단다. 그녀를 찾아서
그녀의 흰 손에 이 봉인된 밀서를
맡기도록 하여라.　　　　　(골통에게 편지를 준다.)
　　　　　　이건 그 보답이다. 가.

　　　　　　　　　　　　(골통에게 돈을 준다.)

골통　　보답, 오, 달콤한 보답! 보수보다 나아, 열한 푼이나 더　160
　　　　나아. 최고로 달콤한 보답이야! 그리하겠습니다, 나
　　　　리, 정확히. 보답이다! 보수다!　　　　　　(퇴장)

베로운　근데 난 정말로 사랑해! 사랑을 혼내던 나,
　　　　슬프게 한숨 쉬면 벌주던 그 형리가,
　　　　비판자, 아니지, 야경 도는 순경이,　　　　　165
　　　　보다 더 오만한 인간은 전혀 없는 소년을
　　　　압도하는 현학자인 이 몸이 말이다!
　　　　이 눈 가린, 징징대는 까막눈 변덕 소년,
　　　　어르신 어린이, 거인 꼬마, 주인님 큐피드,
　　　　연애시의 통치자, 팔짱 낀 자들의 군주님,　　　170
　　　　한숨과 신음의 성유 바른 지배자,
　　　　떠돌이와 불평분자들의 봉건 제후,
　　　　치마를 겁주는 최고수, 바지의 왕,
　　　　소환장 들고 뛰는 관리들의 유일한 황제이며
　　　　위대한 장군님 — 아, 졸아든 내 심장이여!　　175
　　　　그런데 내가 그의 야전군 장교가 된 다음
　　　　곡예사의 테 같은 채색옷을 입는다고!
　　　　뭐라고? 사랑하고, 구애하고, 아내 구해?
　　　　복잡한 독일제 시계 같은 여자를,
　　　　늘 고장 나 있어서 항상 수선 중이며　　　180

시계인데 한 번도 제대로 안 가서
계속 바로 가도록 지켜봐야 할 여자를!
아니, 맹세를 깨다니, 그것이 최악이야.
그리고 셋 가운데 최악을 사랑하다니.
우단 같은 눈썹에 희멀건 바람둥이,   185
얼굴엔 칠흑 단추 두 눈알이 박혔는데.
맞아, 맹세코, 아르고스가 그녀의 환관에다
감시자라 하더라도 그 짓을 할 여자야.
근데 난 그녀 위해 한숨 쉬고 잠 못 자고
그녀 위해 기도해! 나 원 참, 이것은 큐피드가   190
전능하고 무서운 그의 작은 능력을
내가 무시한 죄로 내리는 재앙이다. 좋아, 난
사랑하고, 편지 쓰고, 한숨 쉬고, 기도하고,
구애하고, 신음할 것이야. 누군가는 내 숙녀를,
누군가는 촌 여자를 사랑해야 할 테니까.   (퇴장)   195

4막 1장
공주, 산림관, 세 시녀(로잘린, 마리아, 카트린),
부아예 및 그 밖의 귀족들 등장.

공주   저 가파른 언덕의 오르막을 향하여
        힘든 박차 가했던 사람은 국왕이죠?
부아예 모르지만 그분은 아닌 것 같습니다.

187행 아르고스 100개의 눈을 가졌는데, 그 모두가 절대 한꺼번에 닫
히지는 않는다는 괴물.

공주	누가 됐든 오르고픈 마음을 가졌군요.	
	자, 여러분, 우린 오늘 퇴거 명을 받아서	5
	토요일엔 프랑스로 되돌아갈 겁니다.	
	그럼, 산림관 친구여, 우리는 숲 어디에서	
	살해자 역을 하며 서 있어야 하는가?	
산림관	바로 근처, 저 건너 잡목 숲 언저리에	
	가장 곱게 쏠 수 있는 자리가 있답니다.	10
공주	내 미모가 고맙군, 곱게 쏘는 미녀니까.	
	그래서 자네는 '가장 곱게 쏜다.' 했어.	
산림관	죄송하나 공주 마마, 그런 뜻은 없었어요.	
공주	뭐, 뭐라고? 칭찬 먼저 해 놓고 아니라고?	
	오, 덧없는 자랑이여! 안 고와? 비통해라!	15
산림관	마마는 고우세요.	
공주	분칠은 이제 그만.	
	미모가 없으면 칭찬으론 그 용모를 못 바꿔.	
	자, 나의 거울이여, 참말을 했으니 이걸 받게.	
	(그녀가 그에게 돈을 준다.)	
	나쁜 말에 고운 보상, 지극히 당연하네.	
산림관	당신이 소유한 건 고운 것뿐이셔요.	20
공주	봐, 봐, 내 미모는 그 진가로 구제 받아!	
	오, 미에 대한 이견이라, 이 시절에 맞는군!	
	후한 손은 더러워도 고운 칭찬 받을 거야.	
	하지만 활을 줘. 자비 품고 죽이려 하니까	
	잘 쏘는 건 나쁜 일로 간주될 것이다.	25
	사격에서 난 이렇게 내 명성을 지킬 거야.	
	안 다치면 동정 땜에 그랬고, 다친다면	
	죽이려는 의도보단 칭찬을 더 받으려는	

내 기술을 보이려 그랬다고 할 테니까.
의심할 여지없이 가끔 있는 일이지만   30
우리는 명성 위해, 피상적인 칭찬 위해
마음을 그쪽으로 작동하게 만들고
영광을 바라면서 몹시 미운 죄를 범해,
오로지 칭찬 받기 위하여 해칠 뜻 없이도
이 불쌍한 사슴 피 흘리려는 지금의 나처럼.   35

부아예   못된 아낙네들이 남편을 호령할 때에도
칭찬만을 바라면서 그와 같은 지배력을
가지지 않나요?

공주   칭찬만을 바라서고, 우리는 남편 굴복시키는
그 어떤 부인도 칭찬할 수 있답니다.   40

광대 골통, 편지를 가지고 등장.

부아예   이 나라의 구성원 하나가 오는군요.

골통   다들 좋은 오후 맞으십시오! 부탁인데 어느 쪽이 머리
숙녀이신지요?

공주   이보게, 머리가 없는 나머지 사람들로 그녀를 알게 될
걸세.   45

골통   어느 쪽이 가장 큰, 가장 높은 숙녀이신지?

공주   가장 두껍고, 가장 키가 큰 사람이지.

골통   가장 두껍고 가장 키가 크다. 그러네요, 진실은 진실이
죠. 아가씨의 허리가 제 기지만큼 가늘다면, 이 처녀들
의 허리띠 가운데 하나가 당신 허리에 맞아야겠지요.   50
당신이 최고 여자 아닌가요? 여기선 당신이 가장 두껍
답니다.

공주	이보게, 무슨 일인가? 무슨 일인가?
골통	베로운 씨가 로잘린 숙녀에게 보내는 편지가 저에게 있답니다.

55

공주	오, 네 편지, 네 편지! 그이는 내 친한 친구야.

(그녀가 편지를 받는다.)

전달자는 비켜서라. 부아예, 잘라 봐요,

이 통닭 좀 뜯어 봐요.

부아예	그렇게 해야겠죠.

(편지를 검사한다.)

배달 사고 편지로 여기와는 무관하답니다.

자크네타에게 썼어요.

공주	우리가 꼭 읽을 거요.

60

봉인 목을 딸 것이니 다들 귀를 기울여라.

부아예	(읽는다.)

"맹세코, 그대가 고운 건 절대 확실하오. 그대가 아
름다운 건 진실이고, 그대가 사랑스러운 건 진실 그
자체요. 고움보다 더 곱고, 아름다움보다 더 아름다
우며, 진실 그 자체보다 더 진실된 그대여, 그대의   65
영웅적인 종에게 동정을 보이소서. 관대하고 가장
결출한 코페투아 왕께서는 사악하고 의심할 바 없
는 거지 제노로폰에게 눈길을 주셨고, "왔노라, 보
았노라, 이겼노라."라고 올바로 말할 수 있는 사람
은 바로 그인데, 그 말을 속어로 해부하자면 — 오,
천하고 불확실한 속어로다! — 즉, 그는 왔고 보았

70

68~69행 왔노라…이겼노라 줄리어스 시저의 유명한 말.

고 이겼다, 그런 말이오. 첫째, 그는 왔다. 둘째, 본
다. 셋째, 이겼다. 누가 왔죠? 왕이. 그가 왜 왔죠?
보려고. 그가 왜 봤죠? 이기려고. 누구에게 왔죠?
거지에게. 무엇을 봤죠? 거지를. 누구를 이겼죠? 거   75
지를. 그 결론은 승리죠. 누구 편의? 왕의 편이죠.
그 포로는 부유해졌어요. 어느 편이? 그 거지 편이
죠. 그 결말은 혼례랍니다. 어느 편의? 왕의 편의?
아뇨, 하나의 양편 또는 양편의 하나죠. 제가 그 왕
이고 비유가 그러하니까, 그대가 거지랍니다, 그대   80
의 가난으로 입증되니까. 제가 그대의 사랑을 요구
할까요? 그럴 수 있죠. 그대의 사랑을 강제할까요?
할 수 있죠. 그대의 사랑을 애걸할까요? 할 겁니다.
그대는 넝마를 무엇과 바꿀 거죠? 예복이죠. 잡동
사니는? 작위지요. 자기 자신은? 이 몸이죠. 이렇게   85
그대의 응답을 기대하며 저는 입술은 그대의 발에,
두 눈은 그대의 초상화에, 마음은 그대의 모든 부위
에 삼가 보내 드립니다.

　　　　진력을 다하려는 가장 소중한 계획을 가지고,
　　　　　　그대의 돈 아드리아노 무적함대 올림.   90
그대는 이렇게 그대 향한 네메아 사자후를
　그의 먹이 신세인 양으로서 듣고 있소.
그의 후한 발 앞에 복종하며 엎드리면
　그럼 그는 약탈을 놀이로 바꿀 거요.
하지만 싸운다면, 불쌍해라, 뭐가 되죠?   95

91행 네메아 사자　헤라클레스의 열두 가지 난제 가운데 첫 번째가 포
악하기로 유명한 네메아 골짜기의 사자를 죽이는 일이었다.

격노의 밥, 우리 속의 식사가 되겠지요."

공주 이 편지 작성자는 대체 어떤 뻥쟁이죠?

웬 풍향계? 바람개비? 더 나은 거 들어 봤소?

부아예 그 문체를 잊었다면 제가 크게 속았겠죠.

공주 안 그럼 기억력이 나쁘죠, 좀 전에 읽었는데.   100

부아예 이 무적함대는 궁정 안의 스페인 사람인데

공상가, 광인으로 군주와 책 읽는 동료들의

장난 상대랍니다.

공주   친구여, 한마디만.

이 편지를 누가 줬지?

골통   귀족이라 했는데요.

공주 그걸 받을 사람은?

골통   그 귀족의 숙녀지요.   105

공주 그 어느 귀족의 어느 숙녀 말이냐?

골통 훌륭한 제 주인님, 베로운 귀족께서

로잘린이라는 프랑스 숙녀에게 보냈어요.

공주 네가 잘못 받아 온 편지야. 자, 다들 가요.

(로잘린에게)

애, 넣어 둬. 언젠가는 네 차례가 올 거야.   110

(부아예, 로잘린, 마리아와 골통만 남고 모두 퇴장)

부아예 누가 쐈어? 누가 쐈어?

로잘린   가르쳐 드릴까요?

부아예 그래, 미모의 결정체야.

로잘린   그야, 활 가진 여자죠.

멋지게 피했죠!

부아예 마마께선 뿔 사슴 잡으러 가는데, 만약 뿔이

네가 결혼한 해에 안 자라면 내 목을 매.   115

멋지게 맞혔지!

로잘린 좋아요, 쏜 사람은 저예요.

부아예   사슴은 누구지?

로잘린 뿔로 선택한다면 당신은 근처에도 못 와요.
　　　정말로 멋지게 맞혔죠!

마리아 당신은 늘 그녀와 다투고, 이마를 얻어맞죠.   120

부아예 그녀는 아래가 문제야. 이제 내가 맞혔나?

로잘린 제가 프랑스의 페핀 왕이 어린아이였을 때 맞히다와
　　　관련하여 한 남자가 있었다는 옛 얘기로 맞받아쳐 볼
　　　까요?

부아예 그럼 나도 브리튼의 기네비어 왕비가 어린 소녀였을   125
　　　때 맞히다와 관련하여 한 여자가 있었다는 옛 얘기로
　　　맞받아쳐 볼 수 있어.

로잘린 　　　당신은 못 맞혀, 못 맞혀, 못 맞혀,
　　　　　당신은 못 맞혀요, 내 남자여.

부아예 　　　난 못 해도, 못 해도, 못 해도,   130
　　　　　난 못 해도 딴 사람은 할 수 있어.

　　　　　　　　　　　　　　　　(로잘린 퇴장)

골통 정말이지 참 즐거워! 둘 다 정말 잘 맞추네!

마리아 놀랍게 잘 맞춘 과녁이야, 둘 다 맞혔으니까.

부아예 과녁! 오, 그 과녁만 주목해! 숙녀 과녁이니까.
　　　그 과녁에 꽂을 수 있는 화살도 날리라고 해.   135

114~115행 만약…매
오쟁이 진 남편의 이마에 뿔이 돋는다는
속설에 빗댄 말.
122행 페핀 왕
샤를마뉴대왕의 아버지로 지나간 날의

상징이었다. (아든)
125행 기네비어 왕비
아서왕의 아내로 남편 몰래 바람피운 일
로 유명했다. (아든)

마리아	손을 잘못 놓았어요! 실은, 당신 손이 빠졌어요.
골통	정말로, 더 가까이서 쏴야지 안 그럼 적중 못 하셔.
부아예	내 손이 빠졌으면 네 손이 들어간 것 같군.
골통	그러면 그녀가 물건 잡고 뒤처리해야겠죠.
마리아	저런, 저런, 상스러운 얘기야, 네 입이 탁해졌어.
골통	그녀와 적중 얘긴 힘들어요. 볼링으로 도전해요.
부아예	너무 세게 칠까 봐 겁난다. 올빼미야, 잘 자라.

140

(부아예와 마리아 퇴장)

골통 맹세코 촌것이야, 대단히 단순한 촌놈이야!
암, 암, 숙녀들과 내가 그 콧대를 확 꺾어 놨어!
그토록 말끔히, 음란하게, 말하자면, 딱 맞게   145
끝내다니 참 달콤한, 참 멋진 보통의 기지야.
반면에 무적함대는 — 오, 참 꼼꼼한 남자야!
숙녀 앞을 걸으며 그녀의 부채를 들 때 봐!
자기 손에 키스하고 대단히 고운 맹세 할 때 봐!
근데 그의 시동은 반면에 기지가 한 줌이야!   150
아, 맙소사, 대단히 가엾은 꼬마야!   (안에서 고함)
어이, 어이!   (퇴장)

4막 2장

우둔 순경, 현학자 홀로페르네스, 부목사 나다니엘

등장.

나다니엘	매우 존경할 만한 사냥이었소, 정말로, 그리고 깨끗한 양심의 보증하에 벌어졌소.
홀로페르네스	그 사슴은 아시다시피, 절정기에 있었고 홍옥처럼 익

	었는데, 그것은 한동안 천, 하늘, 대기, 창공의 귀에 보	
	석처럼 걸려 있지만, 곧 능금처럼 지, 땅, 육상, 지구의	5
	표면에 떨어진답니다.	

나다니엘   정말이오, 홀로페르네스 선생, 형용사들을 예쁘게, 적
어도 학자처럼 변화시켰소. 하지만, 선생, 그 짐승은
분명히 첫 뿔 난 오년생 수사슴이었어요.

홀로페르네스   나다니엘 목사, 난 그걸 삼 년간 불신할 것이오.   10

우둔   '삼 년'이 아니라 이년생 수사슴이었어요.

홀로페르네스   가장 무식한 발언이군! 그렇지만 암시의 한 종류로, 말
하자면 해설의 경로, 방법인데, 응답을, 말하자면 작
성, 아니면 차라리 자신의 무질서한, 무례한, 미개한,
무절제한, 미숙련된, 아니면 차라리 무식한, 아니 뭣보   15
다도 무경험한 방식에 따라 나의 '삼 년'을 사슴으로 다
시 끼워 넣으려는 자신의 의향을 과시, 보여 주려고 한
말이로군.

우둔   전 그 짐승이 '삼년'생이 아니라 이년생 수사슴이라고
했어요.   20

홀로페르네스   바보짓을 두 번이나, 재탕이야!
오, 무식이란 괴물이여, 넌 얼마나 기형인가!

나다니엘   선생, 이자는 책이 주는 진미를 맛본 적 없어요.
말하자면 종이를 안 먹었고 잉크를 못 마셨죠.
지력은 채워지지 않았어요. 그는 그냥 동물로서   25
둔감한 부위에만 감각이 있답니다.
이 같은 불모의 식물이 우리 앞에 있기에 —
미각과 감각 가진 우리는 — 그보다 더
결실 많은 우리의 부위에 감사해야 합니다.
모자라고 덜되거나 바보인 게 제게 안 어울리듯   30

	이자를 학교에서 보는 건 멍청이를 교육하는 셈이죠.
	하지만 난 노친의 마음으로 만사형통 바랄게요.
	많은 이가 바람은 싫어도 기후는 참을 수 있어요.
우둔	두 분은 학자니까, 카인의 출생 때 한 달은 됐지만 오
	주일은 안 된 게 뭣인지 말해 줄 수 있나요?
홀로페르네스	딕티나, 우둔 아저씨. 딕티나야, 우둔 아저씨.
우둔	딕티나가 뭐죠?
나다니엘	포이베, 루나, 달의 명칭이네.
홀로페르네스	아담이 한 달도 안 됐을 때 달님은 되었고,
	그가 100세 됐을 때도 오 주일엔 못 미쳤네.
	이 수수께끼는 그 둘을 맞바꿔도 유효해.
우둔	정말 그렇군요. 그 수작은 당신 둘을 맞바꿔도 유효하
	니까.
홀로페르네스	제발 그 머리 좀 굴려 봐! 나는 그 수수께끼가 그 둘을
	맞바꿔도 유효하다고 했어.
우둔	그래서 전 그 술수가 당신 둘을 맞바꿔도 유효하다
	고 말하죠, 달은 한 달밖엔 절대 안 되니까. 게다가
	저는 공주께서 죽인 건 이년생 수사슴이었다고 말합
	니다.
홀로페르네스	나다니엘 목사, 사슴의 죽음에 대한 즉흥 묘비명을 들
	어 보시겠소? 그리고 난 이 무식꾼을 달래려고 공주가
	죽인 건 이년생 수사슴이라고 하겠소.
나다니엘	진행, 홀로페르네스 선생, 진행해요, 천박성을 청소해
	서 당신이 즐거워진다면 말이오.
홀로페르네스	같은 글자를 좀 많이 쓰겠습니다, 능숙함을 증명하

35

40

45

50

55

38행 포이베, 루나 태양신 포이보스 아폴론의 누이, 그리고 달의 이름.

니까.

마구 잡는 공주가 예쁜 기쁜 이년생 꿰뚫고 찔렀네.
누군 사년생이라는데 쏜 살 상처 없다면 안 상했네.
개는 짖고, 사 년에 일을 뺀 삼년생이 숲에서 나왔네.
이년, 사년, 삼년생이든 사람들은 외치기 시작하네.   60
사년생이 상하면 십을 더해 사년생 사십을 만들고,
난 십을 또 더해 사년생 사백 마리 만든다네.

나다니엘   희한한 재능이오!

우둔   재능이 아양이라면 그가 그에게 얼마나 아양을 떠는
          지 좀 봐.   65

홀로페르네스 이건 내가 받은 천품으로 — 하찮아요, 하찮아. 어리
          석은 얼토당토않은 기질로서, 형상, 비유, 형태, 대상,
          생각, 견해, 충동, 성찰로 가득하죠. 이것들은 기억의
          뇌실에서 생겨나 뇌막이란 자궁에서 양육되고 기회
          가 무르익으면 분만되오. 하지만 이 천품은 영리한 사   70
          람들의 경우에는 좋은 것이고, 그래서 난 그걸 고마워
          하오.

나다니엘   선생님, 전 당신을 주신 하느님을 찬양하고 제 교구민
          들도 그럴 겁니다. 아들들이 당신에게 교육을 잘 받고,
          딸들도 당신 밑에서 큰 혜택을 입고 있으니까. 당신은   75
          이 나라의 훌륭한 인물이오.

홀로페르네스 헤라클레스에 맹세코! 그 아들들이 똑똑하다면 교육
          이 모자라진 않을 거요. 그 딸들이 능력 있다면 내가
          그걸 쓰게 하겠소. 하지만 눌변이 현명한 법. 웬 여인
          이 인사를 하는군요.   80

편지를 든 자크네타와 광대 골통 등장.

자크네타	안녕하세요, 목수님.
홀로페르네스	목수님, 이를테면, 집 짓는 사람이잖아? 그런데 목사 가 무슨 집을 지어?
골통	원 참, 선생님도, 믿음의 집을 짓죠.
홀로페르네스	'믿음의 집'이라고 했어. ─ 흙덩이에 담긴 반짝이는 85 재주, 부싯돌에서 나는 것만큼 큰 불꽃, 돼지에게 줄 만큼 멋진 진주야. 귀여워, 좋았어.
자크네타	착하신 목사님, 착하신 마음으로 이 편지 좀 읽어 줘 요. 골통이 제게 준 건데 무적함대가 보냈답니다. 읽어 주시기를 애원해요. 90
홀로페르네스	"파우스트여, 가축들이 모두 그늘에서 되새김질하는 동안 그대에게 비나니" ─ 기타 등등. 아, 착한 만토바 노인이여, 난 그대에 대해 여행자가 베네치아를 얘기 하듯 말할 수 있소.
	"베네치아여, 베네치아여. 95
	너를 못 본 자는 너를 평가 못 해."
	만토바 노인이여, 만토바 노인이여, 그대를 이해 못 하 는 자는 그대를 사랑하지 않소. (노래한다.)
	도, 레, 솔, 라, 미, 파.
	죄송하지만 그 내용이 뭐요? 아니면, 차라리 호라티우 100 스의 말처럼 ─ 뭐야, 이 양반아, 시야?
나다니엘	예, 선생님, 그리고 아주 유식해요.

91~92행 파우스트여⋯비나니
엘리자베스 여왕 시대에 잘 알려졌던
이탈리아 시인 바티스타 만투바누스
(1448~1516)의 전원시 첫 행. (RSC)
92~93행 만토바 노인

앞서 말한 바티스타 만투바누스.
95~96행 베네치아여⋯해
이탈리아 속담.
100~101행 호라티우스
아우구스투스 시대의 로마 시인.

| 홀로페르네스 | 한 연, 한 절, 한 구절을 들려줘요. |
| 나다니엘 | (읽는다.) |

"사랑해서 맹세를 깨는데 어떻게 사랑을 맹세하죠?
아, 미녀에게 맹세 않은 믿음은 계속될 수 없어요.   105
나 자신에게는 맹세 깨도 그대에겐 충실할 것이오.
참나무 같던 내 생각이 그대에겐 버들처럼 휘었소.
학생은 자기 취향 버리고, 학술로 이해해 보려는
온갖 기쁨 사는 곳인 그대 눈을 책 삼아요.
지식이 목적이면 그대를 아는 걸로 족할 거요.   110
그대 칭찬 잘 할 수 있으면 잘 배운 사람이고
안 놀란 채 그대를 보는 자 완전 무식쟁이이며,
그대 자질 찬탄으로 난 칭찬을 좀 받아요.
그대 눈엔 조브 번개, 목소리엔 천둥 굉음 있는데,
그것은 화 안 내는 음악이고 상냥한 불꽃이오.   115
천국 같은 그대여, 이 못난 지상의 혀를 놀려
하늘을 찬미하는 내 사랑의 잘못을 용서하오."

| 홀로페르네스 | 당신은 생략 부호를 못 찾아서 강세를 놓치고 있어요. |

그 단가, 내가 좀 점검해 봅시다. (편지를 빼앗는다.) 여
긴 오직 음절의 숫자만 맞췄고, 우아함, 능숙함, 시의   120
황금 같은 운율은 결여됐군요. 오비디우스 나소가 안
성맞춤인 사람이오. 정말이지, 상상의 향기로운 꽃 냄
새, 창작의 발작을 탐지하는 일이 아니라면 왜 '나소,
코'라고 했겠소? '모방'은 헛것이오. 사냥개도 주인을,
원숭이도 보호자를, 치장한 말도 탄 사람을 모방하오.   125

121행 오비디우스 나소 『변신 이야기』를 쓴 로마 시인의 성명으로, 성에
해당하는 나소는 '큰 코'라는 의미의 라틴어다.

	하지만, 처녀 아가씨, 이게 자네 앞으로 왔었나?
자크네타	예, 선생님, 낯선 나라 여왕의 귀족 가운데 하나인 베로운 씨로부터요.
홀로페르네스	수신인을 좀 넘겨다보자. "가장 아름다운 로잘린 아가씨의 흰 눈 같은 손에 바침." 이 편지의 내용을 다시 보고, 그것을 받는 사람에게 써 보낸 쓰는 편의 명명을 찾아보자. "아가씨께서 제게 무슨 용무를 주시든 간에 다 받아들이며, 베로운." 나다니엘 목사, 이 베로운은 국왕의 신도 가운데 하나인데, 그가 여기에 편지 한 장을 낯선 나라 여왕의 추종자 한 명에게 작성했고, 그것이 사고로 아니면 거쳐 가는 길에서 잘못 전달됐소. 예쁜이는 어서 가서 이 편지를 국왕의 멋진 손에 전달하게. 중요한 일일지도 몰라. 인사하려고 멈추지는 말고, 자네의 존경은 안 받아도 되니까, 잘 가.

130

135

140

자크네타	골통님, 같이 가요. 선생님, 만수무강을 빕니다.
골통	같이 가자, 얘야. (골통과 자크네타 퇴장)
나다니엘	선생, 당신은 하느님이 무서워 이 일을 했군요, 아주 종교적으로. 그리고 어떤 아버지 말씀처럼 —
홀로페르네스	목사, 그 아버지 얘기 내게 하지 마시오, 난 그럴듯한 구실을 정말 무서워하니까. 하지만 그 시로 다시 돌아가죠. 그게 즐거움을 주었소, 나다니엘 목사?
나다니엘	그 필체 때문에 기가 막히게요.
홀로페르네스	난 오늘 어떤 학생의 아버지와 저녁을 먹는데, 거기에서 당신이 식사 전에 그 식탁을 감사 기도로 꾸며 주신다면 난 앞서 말한 아이 또는 학생의 부모에게 내가 가진 특권으로 당신의 '왕림'을 보증할 것이오. 거기에서

145

150

난 그 시가 매우 무지하여 시도, 기지도, 창작의 맛도
나지 않는다는 사실을 입증할 것이오. 동석을 간청합
니다.   155

나다니엘 그리고 동석에 고마워하는 건 성경 말씀처럼 제 삶의
행복이랍니다.

홀로페르네스 그리고 분명, 성경은 아주 틀림없이 그렇게 결론 내리
지요. (우둔에게) 이보게, 자네도 초청하네. '아뇨' 하면
안 되네. '각설하고' 갑시다, 높은 분들은 사냥하니 우   160
리는 우리의 오락으로.   (함께 퇴장)

4막 3장

베로운, 손에 종이 한 장을 들고 홀로 등장.

베로운 국왕은 사슴을 사냥하는데 나는 나 자신을 뒤쫓는
다. 그들은 덫을 놓았는데 나는 역청, 불결한 역청에
빠져 고생한다. 불결하다, 그건 더러운 말이야. 좋
아, 넌 앉아 쉬어라, 슬픔아, 왜냐하면 바보가 그렇
게 말했다고들 하고 그래서 나도 그렇게 말한다, 내   5
가 그 바보니까. 잘 입증했다, 기지야! 맙소사, 이 사
랑은 아이아스만큼이나 미쳤어. 그게 양들을 죽이
고, 그게 나도 죽여 — 난 양이야. 다시 잘 입증했다,
내 편에서! 난 사랑하지 않을 테고, 한다면 내 목을
매라! 참말로, 안 할 거야. 오, 하지만 그녀의 눈! 이   10

7행 아이아스
죽은 아킬레스의 갑옷이 오디세우스에   이아스는 양들을 적군으로 착각하여 죽
게 주어진 것에 격분한 그리스의 장군 아   인다.

빛에 맹세코, 그녀의 눈만 아니라면 난 그녀를 사랑
하지 않을 거야. — 맞아, 그 두 눈만 아니라면. 글
쎄, 난 이 세상에서 거짓말만 하고, 그것도 새빨갛게
거짓말해. 맹세코, 난 정말 사랑해, 그래서 난 시 짓
는 법도, 우울해지는 법도 배웠다. 그리고 여기에 내   15
시의 일부가, 여기엔 우울증의 일부가 있다. 좋아,
그녀는 이미 내 소네트 한 편을 가졌어. 광대가 가져
갔고 바보가 보냈으며, 그 아가씨가 가졌다. 달콤한
광대, 달콤한 바보, 가장 달콤한 아가씨! 이 세상에
맹세코, 난 나머지 셋이 빠졌거나 말거나 조금도 개   20
의치 않는다. 그들 중 하나가 종이 한 장을 들고 여
기로 오는군. 신은 그에게 은총을 내려 신음하게 하
소서!   (그는 옆으로 비켜선다.)

국왕, 종이 한 장을 들고 등장.

국왕   아, 이런!
베로운 맙소사, 한 방 맞았어! 계속해라, 멋진 큐피드, 넌 그의   25
     왼편 젖꼭지 밑을 뭉툭한 화살로 콱 찔렀어. 맹세코,
     비밀이다!
국왕   (읽는다.)
     "그대 눈이 내 뺨에 흐르는 밤의 눈물 이슬을
       신선한 빛으로 무찔렀을 때만큼
     감미로운 키스는, 저 금빛 태양도 장미 위의   30
       신선한 아침 이슬방울에 해 주지 못하오.
     그리고 저 은빛 달님도 그대의 얼굴이
       내 눈물을 통하여 빛을 내는 반만큼도

한밤의 투명한 가슴 통해 밝은 빛을 못 내오.

　그대는 내가 정말 흘리는 눈물마다 빛나고　　　　　35

그 모두는 마차처럼 그대를 태우고

　그렇게 의기양양 내 비탄을 지나가오.

내 안에 차는 눈물 보기만 해 주면 그것은

　내 비탄을 통하여 그대 영광 보일 거요.

하지만 자애는 마시오. 그러면 그대는　　　　　　40

내 눈물 거울을 가질 테고, 나를 늘 울릴 거요.

오, 여왕 중 여왕이여, 그대가 빼어난 정도는

생각을 하거나 인간 혀로 말할 수 없다오."

내 한탄을 그녀가 어찌 알까? 종이를 떨구자.

친절한 잎들이 바보짓을 감추네. 누가 오지?　　　45

　　　　　　　　　　　　　(옆으로 비켜선다.)

롱빌, 종이 한 장을 들고 등장.

　　　뭐, 롱빌이, 읽고 있어? 귀야, 들어 봐!

베로운　자, 당신 같은 바보가 하나 더 나타났소!

롱빌　아, 이런, 난 맹세를 깼다!

베로운　아니, 이 사람은 종이 딱지를 붙인 위증 죄인처럼 오고

　　　있군.　　　　　　　　　　　　　　　　　　50

국왕　사랑에 빠졌기를. 수치 나눌 달콤한 동료다.

베로운　술고래는 같은 이름 가진 자를 좋아해.

롱빌　이렇게 위증한 첫 번째 사람이 나인가?

베로운　아니라고 위로해 줄 수 있어, 두 명을 아니까.

　　　자넨 삼두, 동료애 삼각모, 우둔함을 목매는　　　55

　　　큐피드의 삼각형 교수대를 완성해.

롱빌	이 뻣뻣한 시행은 호소력이 없을까 봐 겁나네.
	오, 아름다운 마리아, 내 사랑의 황후여,
	이 시구를 찢은 다음 산문으로 쓸 것이오.
베로운	오, 운문은 음탕한 큐피드의 바지 장식이니까
	그 안의 물건은 해치지 마.
롱빌	이 시를 보내야지.

60

(그가 소네트를 읽는다.)

"이 세상도 맞서서 논쟁을 할 수 없는
　그대 눈의 웅변에 내 마음이 설득당해
이 거짓된 위증을 하게 된 것 아닙니까?
　그대 위해 깬 서약은 벌 받을 일 없답니다.

65

난 여자를 부인했소, 하지만 그대가 여신이니
　그대를 부인한 건 아님을 입증할 것이오.
내 맹세는 지상의 것, 그대는 천상의 사랑이니
　그대 호의 얻으면 내 모든 수치는 치유되오.
맹세란 입김일 뿐이고, 입김은 증기라오.

70

　그러니 내 땅을 비추는 그대 고운 태양이여,
이 증기 맹세를 안으로 빨아들여 버려요.
　그래서 깨졌다면 내 잘못이 아니오.
내가 깬 거라면, 그 어떤 바보가 서약 잃고
낙원을 얻을 만큼 현명하지 못하겠소?"

75

베로운	간덩이가 부어서 육신을 신으로, 풋계집을
	여신으로 만드는군. 완전, 완전, 우상 숭배.
	맙소사, 하느님 맙소사! 우린 한참 빗나갔어.

56행 삼각형　런던의 타이번에 있었던 실제 교수대의 형태.

뒤멘, 종이 한 장을 들고 등장.

롱빌	누굴 통해 보낼까? 일행이? 머무르자. (그는 비켜선다.)
베로운	다 숨었다, 다 숨었어, 옛적 애들 놀이야.

80

반신반인처럼 난 여기 하늘 위에 앉아서
비참한 바보들의 비밀을 유심히 엿본다.
볼거리가 늘었어. 맙소사, 난 소원을 이뤘다!
뒤멘이 변신했어! 네 바보가 한통속!

뒤멘	오, 가장 성스러운 케이트!	85
베로운	오, 가장 속된 바보!	
뒤멘	하늘 걸고, 인간 눈에 나타난 기적이다!	
베로운	땅을 걸고, 장교여, 그건 거짓말이야.	
뒤멘	그 호박색 머리칼에 비하면 호박은 더러워.	
베로운	호박색 까마귀를 주의 깊게 잘 보았군.	90
뒤멘	마치 삼나무처럼 올곧아.	
베로운	굽었단 말이지.	

어깨가 툭 불거졌어.

뒤멘	낮처럼 아름다워.	
베로운	암, 며칠은, 하지만 해는 나지 말아야지.	
뒤멘	오, 내 소원이 이루어졌으면!	
베로운	내 것도!	
국왕	그리고 하느님, 내 것도!	95
베로운	아멘, 그래서 내 것도! 친절한 말 아닌가?	
뒤멘	난 그녀를 잊으려 하지만 그녀는 열병처럼	

내 핏속에 군림하며 기억될 것이다.

베로운	자네 핏속 열병이야? 그렇다면 채혈로	

그녀를 꺼내면 되겠네. 달콤한 오해로다!

100

뒤멘	내가 지은 송가를 한 번 더 읽어야지.
베로운	연인의 정신이상 가능성, 한 번 더 봐야지.
뒤멘	(뒤멘이 자신의 소네트를 읽는다.)

"어느 날 — 아, 슬픈 날이다! —
언제나 오월 같은 사랑은
흥겨운 공기 속에 춤추는   105
빼어나게 고운 꽃을 보았네.
바람은 우단 같은 그 잎 새로
흔적 없이 지나갈 수 있다네.
그래서 죽도록 아픈 그 연인은
자기도 하늘 입김 되기를 바랐네.   110
'공기는' 그의 말이, '그대 뺨 만지는데,
공기야, 나도 그리 우쭐해 봤으면!
근데, 아, 내 손은 가시 속의 그대를
절대 아니 꺾기로 맹세했소.
아, 청춘에겐 맞지 않은 서약이오,   115
고운 꽃 꺾기에 딱 좋은 청춘인데.
그대 땜에 내가 맹세 깬 것을
나의 죄라 부르지 마시오.
조브도 주노는 흑인일 뿐이라고
그대 위해 맹세하고, 조브 그 자신을   120
부인한 다음에 그대 사랑 얻으려고
인간이 되고자 하였을 그대여.'"
이것을 보낼 거야, 참다운 내 사랑의
곪는 고통 표현하는 더 분명한 것과 함께.

119행 조브…주노 로마 신화 최고의 신 부부.

오, 국왕, 베로운, 롱빌도 연인이었으면!　　　　125
비행은 비행을 선례로 삼으려고
내 이마의 위증 딱지 없애려 할 거야,
다 같이 혹할 땐 죄 짓는 자 없으니까.

롱빌　　(앞으로 나온다.)
사랑의 비탄 속에 동참을 원하는 뒤멘,
자네의 사랑은 박애와는 한참 머네.　　　　130
자네는 창백해도 좋지만 난 몰래 듣다가
이렇게 딱 들켰으니, 알아, 붉혀야 해.

국왕　　(앞으로 나온다.)
자, 자네는 붉히게. 둘은 같은 처지니까.
자넨 그를, 두 배로 죄지으면서 꾸짖네.
자네가 마리아를 사랑 안 해? 롱빌이　　　　135
그녀 위해 소네트를 지은 적은 절대 없고,
자기 심장 누르려고 사랑하는 가슴 위에
두 팔 엮어 팔짱을 낀 적도 절대 없지.
나는 이 숲속에 꼭꼭 숨어 둘 다 주목했고
둘 때문에 정말로 얼굴을 붉혔네.　　　　140
난 둘의 죄지은 시편 듣고, 행동을 관찰했고,
내뿜는 한숨 봤고, 열정을 잘 살폈지.
하나는 '아 이런,' 또 하난 '오, 조브여,' 그랬어.
이쪽 여인 금발이고, 저쪽 눈은 수정과 같았어.
(롱빌에게)
자네는 낙원을 바라며 믿음 맹세 깨려 했고,　　　　145
(뒤멘에게)
조브는 자네 애인 위하여 서약 위반 하려 했어.
자네들이 그토록 열렬히 맹세했던 믿음을

위반한 걸 들으면 베로운은 뭐라 할까?
얼마나 조소할까, 얼마나 기지를 내뿜을까!
얼마나 의기양양 날뛰면서 비웃을까!   150
지금껏 내가 봤던 모든 부를 다 준대도
그가 나에 대해선 정말 많이 모르길 바라네.

베로운   (앞으로 나온다.)

위선을 벌주려고 이제 제가 나섭니다.
아, 전하, 절 용서해 주시기 바랍니다.
당신은 그 무슨 특권으로 사랑에 푹 빠진 채   155
사랑을 이유로 이 벌레들 그렇게 꾸중하죠?
당신 눈은 마차를 못 만들고, 그 눈물 속에는
그 어떤 공주님도 나타나지 않습니다.
위증을 안 하고 싶으시죠, 혐오할 일이니까.
쳇, 악사들만 소네트 짓는 것 좋아해요!   160
그런데 창피하지 않으셔요? 아니, 당신들
셋 모두가 큰 실수를 범하는 거 아닙니까?
자네는 그의 티끌, 국왕께선 자네 티끌 보았네.
근데 난 셋 모두에서 대들보를 찾았어.
오, 난 한숨, 신음, 슬픔, 괴로움이 빚어낸   165
바보짓 장면을 얼마나 또렷이 봤던가!
오 이런, 난 얼마나 꾹 참으며 앉아서
왕 한 분이 각다귀로 변신한 걸 봤던가!
위대한 헤라클레스가 팽이 치고
심원한 솔로몬이 유행가를 부르며,   170
네스토르가 애들과 자치기 놀이하고
비평가 티몬이 실없는 장난에 웃는 걸 봤던가.
자네 비탄 어디에? 오, 말해 줘, 뒤멘 님.

그리고 롱빌 님, 자네 고통 어디에?
그리고 전하의 것은요? 다 가슴 근처에?   175
여봐라, 약 술 한 잔!

국왕   자네 농담 너무 써.
우리가 자네의 검열에 그렇게 들통났어?

베로운   들통난 게 아니라 제가 배신당했지요.
고결한 저 말입니다, 제가 했던 서약을
깨는 것은 죄라고 여기는 이 몸이 —   180
여러분과 같은 사람, 일관성 없는 분과
친하게 지내다가 배신을 당했지요.
제가 시 쓰는 걸 보실 날이 올까요?
아녀자를 두고 신음한다거나, 몸치장에
일 분을 쓰는 날이? 제가 어떤 부위를   185
칭찬하는 소리를 들을 날이 올까요?
손, 발, 얼굴, 눈, 걸음, 몸짓, 이마, 가슴이나
허리, 다리, 몸통 —

국왕   쉿! 어딜 그리 빨리 가?
그렇게 내빼다니 정직한 자인가, 도둑인가?

베로운   사랑 피해 뜁니다. 연인이여, 놔주세요.   190

편지를 든 자크네타와 광대 골통 등장.

자크네타   국왕 만세!
국왕   네가 가진 그 선물은 뭣이냐?

170행 솔로몬   노령과 지혜로 유명한 그리스의 지휘관.
현인으로 유명한 이스라엘의 왕.   172행 티몬
171행 네스토르   인간 혐오로 유명한 그리스 철학자.

골통	반역이란 건데요.
국왕	여기 누가 반역하지?
골통	아무도 안 해요, 전하.
국왕	아무 일도 없다면

반역과 넌 평화로이 함께 걸어가겠구나.

자크네타	전하께 청컨대 이 편지 읽게 해 주세요.	195

목수님이 의심하길, 반역이야, 그랬어요.

국왕	베로운, 읽어 보게. (베로운이 편지를 읽는다.)
	누구에게 받았느냐?
자크네타	골통에게서요.
국왕	넌 누구에게서 받았지?
골통	무직함대라고 하는 무직함대에게서요.	200

(베로운이 편지를 찢어 버린다.)

국왕	아니, 무슨 일로 그러나? 왜 찢어 버리나?
베로운	하찮은 겁니다, 전하. 겁내실 것 없습니다.
롱빌	그가 격한 반응을 보이니까 한번 들어 볼까요.
뒤멘	(조각을 집어 든다.)
	베로운의 필체고 여기에 그 이름이 있습니다.
베로운	(골통에게)
	아! 이 상놈의 골통이 나에게 수치를 안겼네.	205
	유죄요, 전하, 유죄요. 자백, 자백합니다.
국왕	무엇을?
베로운	세 바보가 바보 하나 모자라 넷이 못 된 사연을.

그와 자네 ─ 그리고 전하와 ─ 그리고 전

196행 목수 목사, 나다니엘.
200행 무직함대 무적함대를 잘못 발음한 것.

사랑의 소매치기로서 죽어 마땅합니다.   210
오, 이 관중을 물리시면 더 말씀드리지요.
뒤멘   이제야 짝수가 되었군.
베로운   맞아, 맞아, 우리 넷.
이 산비둘기들은 갈 거죠?
국왕   너희는 물러가라!
골통   참된 이들 비켜서고 역도들은 남게 하자.

                              (골통과 자크네타 퇴장)

베로운   고운 연인 여러분, 오, 우리 서로 포옹해요!   215
         피와 살의 우리가 진실할 수 있는 만큼
바다는 늘고 줄고, 하늘은 얼굴을 보이겠죠.
         젊은 피는 낡은 법에 복종하지 않습니다.
우리는 태어난 이유를 어길 수 없답니다.
         그러니 어떡하든 맹세를 깰 수밖에 없어요.   220
국왕   뭐, 찢긴 이 시행 안에 자네 사랑 좀 넣었어?
베로운   "넣었어?" 그러시네! 그 누가 하늘 같은
로잘린을 보고서 인도의 거친 야만인처럼
         찬란한 동쪽이 처음 열린 그 순간에
깊이 고개 숙이고 갑자기 눈먼 채로   225
         복종심의 키스를 천한 땅에 하지 않겠어요?
아무리 위압적인 독수리 시각을 가졌대도
         하늘 같은 그녀 얼굴 감히 쳐다본다면
그녀의 당당함에 눈멀지 않겠어요?
국왕   자넨 지금 웬 열정, 웬 격정에 고무됐나?   230
그녀의 여주인, 내 애인은 우아한 달님이고
시녀 별인 그녀는 거의 빛을 못 낸다네.
베로운   그럼, 제 눈은 눈 아니고, 전 베로운 아니죠.

오, 제 애인이 없다면 낮은 밤이 될 겁니다!
모든 혈색 가운데 절대자로 뽑힌 것이 235
　고운 그녀 뺨 위에 장터처럼 모이는데,
거기에서 각각의 미점은 한 미녀를 만들고
　거기에서 원하는 건 무엇이든 이뤄지죠.
고귀한 분들의 미사여구 제게 다 준대도 —
　쳇, 분칠한 수사법! 오, 그녀에겐 필요 없죠. 240
판매자의 칭찬은 팔 물건에 걸맞은데,
　칭찬 넘은 그녀 칭찬 너무 적어 흠이 되죠.
백 번의 겨울 동안 말라 시든 은둔자,
　그녀의 눈을 보면 오십 년은 떨치겠죠.
미녀는 노인에게 신생아의 빛을 주고 245
　목발에겐 유모차의 어린 시절 돌려줘요.
오, 만물을 빛내는 건 바로 태양이랍니다.

국왕　맹세코, 자네의 애인은 흑단처럼 검다네!

베로운　흑단이 그녀 같다? 오, 신성한 말씀이오!
　그러한 나무가 아내라면 지복일 것입니다. 250
오, 서약은 누가 할 수 있죠? 성경은 어디 있죠?
　그럼 전 미녀가 그녀 눈을 본받지 못하면
　그 미녀는 미가 없다 맹세할 수 있답니다.
　그토록 완전히 아니 검은 얼굴은 안 고와요.

국왕　오, 역설이다! 흑색은 지옥의 휘장이고 255
　지하 감방 빛깔이며 야밤의 학교라네.
미모의 최정상은 하늘에 잘 어울려.

베로운　악마는 빛의 정령 닮았을 때 더 빨리 유혹하죠.
오, 내 아가씨 얼굴이 검게 장식됐다면
　분칠과 강탈한 머리칼이 거짓된 용모로 260

미혹된 자들을 홀린다고 애도하는 겁니다.

그래서 그녀는 검정을 곱게 하려 태어났죠.

그녀의 안색은 오늘날의 유행을 바꿉니다,

타고난 혈색을 이제는 분칠로 여기니까.

그러므로 붉은색은 비방을 피하려고   265

자신을 검게 칠해 그녀 얼굴 흉내 내죠.

뒤멘 검은 굴뚝 청소부가 그녀처럼 보이고,

롱빌 그녀의 세대 이래 탄부들은 빛난다고 여겨지며,

국왕 흑인들은 자기네 고운 혈색 뼈기었고,

뒤멘 어둠은 초가 필요 없어졌어, 어둠이 빛이니까.   270

베로운 당신네 아가씨들, 감히 비를 못 맞아요,

자기네 색깔이 지워질까 두려워서.

국왕 자네 애인 그리되면 좋겠군. 솔직히 말하면

난 오늘 안 씻어서 더 고운 얼굴을 볼 테니까.

베로운 그녀가 안 곱다면 최후심판 날까지 우기죠.   275

국왕 그날에 그녀만큼 자넬 놀랠 악마는 없을걸.

뒤멘 추한 걸 저토록 사랑하는 남자는 못 봤어.

롱빌 (자기 신발을 보여 주며)

봐, 자네 애인 내 발과, 그녀의 얼굴을 보라고.

베로운 오, 거리가 자네의 눈으로 포장돼 있다 해도

그녀 발은 그런 걸 밟기엔 너무나 우아해.   280

뒤멘 오, 더러워! 그럼 그 거리는 그녀가 걸을 때

머리 위로 뭐가 지나가는 걸 보게 될까.

국왕 하지만 이게 뭔가? 우린 다 사랑에 빠졌잖아?

베로운 오, 더 분명한 건 없어서 모든 맹세 다 깨졌죠.

국왕 그럼 이 잡담은 치우고, 우리 사랑 합법이고   285

우리 믿음 안 깨진 걸 입증하게, 베로운 님.

뒤멘	예, 참, 그렇죠. 이 악행을 덮어 줄 감언 좀.
롱빌	오, 어떻게 진행할지에 대한 근거 좀.
	악마를 속여 먹을 속임수나 핑계 좀.
뒤멘	위증에 쓸 연고 좀.
베로운	오, 그런 게 꼭 필요하죠. 290

그럼 들어 보시죠, 무장한 애정 병사들이여.
처음 맹세했던 게 뭔지 곱씹어 보시죠.
굶으며 공부하고 여자를 안 보는 것인데 —
청춘의 옥좌를 넘보는 명백한 반역이죠.
어디, 굶을 수 있어요? 당신들의 위장은   295
너무나 약하여 금욕하면 병 생길 겁니다.
오, 우리는 공부할 거라고 서약했죠, 여러분,
그리고 그 서약에 따라서 책을 멀리했어요.
그래서 전하께선, 또 자네, 또 자네는
그 미의 교사들이 자극적인 눈으로   300
풍부히 넣어 준 것과 같은 불타는 시구들을
납과 같은 사색에서 언제 찾아냈겠어요?
뇌를 온통 차지한 다른 느린 학예들은
종사자들이 다 무반응이라는 걸 알고는
중노동의 수확물을 거의 못 보여 준답니다.   305
하지만 아가씨의 눈에서 처음 배운 사랑은
뇌 속에 갇힌 채 홀로 살지 않으며
세상 모든 원소들의 움직임과 더불어
모든 능력 안에서 생각처럼 빠르게 흐르고,
그 모든 능력에 기능과 임무를 넘어서는   310
두 배의 능력을 보태어 준답니다.
그것은 눈에게 소중한 시력을 더해요,

연인 눈은 독수리를 노려봐 멀게 할 테니까.
연인 귀는 의심 많은 강도조차 못 듣는
가장 작은 소리라도 들을 것입니다.   315
사랑의 느낌은 껍질 안의 저 예민한
달팽이 뿔보다 더 부드럽고 민감하죠.
사랑 혀엔 까다로운 바쿠스의 미각도 무디고,
용기라면 사랑은 헤스페리데스의 나무를
언제나 오르는 헤라클레스가 아닌가요?   320
스핑크스만큼 영리하고, 빛나는 아폴로가
머리칼로 울리는 루트만큼 곱고 음악적이죠.
또 사랑이 말할 때면 모든 신의 목소리가
화음으로 하늘을 꾸벅꾸벅 졸게 해요.
시인은 사랑 신의 한숨이 자신의 잉크에   325
녹아들 때까진 감히 펜을 못 잡았답니다.
오, 그랬을 때 그의 시는 야만 귀를 매혹하고
폭군에게 온화한 겸손을 심어 준답니다.
여성의 눈에서 저는 이 원칙을 배웁니다.
그것은 프로메테우스의 불을 항상 지피고,   330
세상을 다 보여 주고, 포함하고 키워 주는
최고의 책이고, 학예이고, 학당이라고요.
아니라면, 아무도 뭘 하든 빼어나지 못해요.
그래서 이 여성들을 부인한 당신들은 바보거나
맹세한 걸 지키려다 바보가 될 겁니다.   335

318행 바쿠스
술의 신.
319행 헤스페리데스
그리스 신화에서 황금 사과나무를 지키

는 여신들. 헤라클레스의 열두 가지 난
제 가운데 열한 번째가 이 사과를 훔치는
것이었다.

모두가 좋아하는 한마디, 지혜를 위하여,
또는 다들 사랑하는 한마디, 사랑을 위하여,
또는 이 여성들 처음 만든 남자들을 위하여,
또는 남자들을 남자 만든 여자들을 위하여
우리 한 번 우리를 찾기 위해 서약을 버리죠.   340
안 그러면 서약을 지키려다 우리를 잃어요.
이렇게 맹세를 깨는 건 종교에 맞습니다,
박애 그 자체가 법을 충족시키니까.
근데 누가 박애에서 사랑을 잘라 낼 수 있지요?

국왕   그럼 성자 큐피드여! 또 군인들이여, 전장으로!   345

베로운   군기를 앞세우고 그들을 덮칩시다, 여러분!
엉겨 붙어 자빠뜨리시오! 근데 최우선으로
싸움할 땐 그들이 눈 못 뜨게 만들어요.

롱빌   이젠 솔직해지게. 그 억지 논리는 관두고.
이 프랑스 처녀들에게 꼭 구애할 결심인가?   350

국왕   얻기도 해야지! 그러므로 그들의 막사에서
그들에게 보여 줄 여흥을 궁리해 보자고.

베로운   먼저, 그들을 그 수렵장에서 이리로 안내하죠.
그런 다음 각자가 고운 자기 아가씨의
손을 잡고 집에 가고, 오후에는 우리가   355
짧은 시간 안으로 만들어 낼 수 있는
별난 소일거리로 그들을 위로할 것입니다.
잔치와 춤, 가면극과 즐거운 시간이
비너스가 오는 길에 꽃 뿌리며 앞서니까.

330행 프로메테우스
신들의 불을 훔쳐 인간에게 건네준 반인   여 영원히 독수리에게 간을 파 먹히는 벌
반신. 그 죄로 코카서스 산의 바위에 묶   을 받았다.

국왕	어서, 어서! 우리에게 딱 맞는 시간이	360
	만약 다가온다면 놓치는 일 없을 거야.	
베로운	가요, 가! (국왕, 롱빌, 뒤멘 퇴장)	

뿌린 대로 거두는 법이고

정의는 언제나 공평하게 빙빙 돈다.

맹세 깬 자에게 헤픈 여잔 재앙일지 모르나

우리의 푼돈으론 더 나은 보물을 못 산다. (퇴장) 365

5막 1장

현학자 홀로페르네스, 부목사 나다니엘, 그리고

우둔 순경 등장.

홀로페르네스	충분하고 족하오.	
나다니엘	선생님은 실로 놀라운 분입니다. 저녁때 내놓으신	
	의견은 날카롭고 교훈적이었으며 상스럽지 않으면	
	서 즐겁고, 허식 없이 재치 있고 무례하지 않으면서	
	과감하고, 자만하지 않으면서 학식 있고, 이견 없이	5
	별났답니다. 제가 전일에 국왕의 동료 한 명과 대화	
	를 나눴는데, 그의 호칭, 명칭, 이름은 무적함대였	
	어요.	
홀로페르네스	나도 그를 당신만큼 잘 알지요. 그의 기질은 도도하	
	고 담화는 독단적이며, 혀는 세련됐고 눈은 야심만	10
	만하며, 걸음은 위엄 있고 전반적인 행동은 허영심	
	이 강하며 우스꽝스럽고 허풍이 심하오. 그는 너무	
	까다롭고 너무 깔끔하며, 너무 가식적이고 너무 특	
	이해서 말하자면, 표현하자면, 너무 외국물을 먹은	

	것 같답니다.	15
나다니엘	아주 독특하고 우수한 형용사로군요.	

(자기 공책을 꺼낸다.)

홀로페르네스 그는 자기 다변의 실을 자기 논지의 끈보다 더 가늘
고 길게 끌어내지요. 난 그런 광적인 공상가, 그런
비사교적이고 극히 꼼꼼한 친구, 그런 철자법 파괴
자를 혐오하는데, 그는 예컨대 '의심한다'라고 말해 20
야 할 때 '의' 자를 빼고 '심한다' 그러고, '빚지다'라
고 해야 할 때 '비지다'라고, 즉, 빚에서 지읒을 빼 버
리고 발음하죠. 그는 송아지를 '소아지', 절반을 '저
반'이라 칭하고, 이웃집에서 이웃을 '윷'으로 축약하
여 '윷집'이라고 하오. 이건 언어도단인데, 그는 '어 25
느도단'이라고 하죠. 그게 내게 광증을 주입시킨다
오. 이해하시겠소? 나를 광란하게, 미치게 만든단
말이오.

나다니엘 맹세코, 잘 이해헙니다.

홀로페르네스 헙니다? '합니다' 대신 '헙니다!' 모음 사용이 약간 빗 30
나갔지만 괜찮소.

허풍쟁이 무적함대, 그의 시동 티끌 및 골통 등장.

나다니엘 누가 오는지 보이시는지요?

홀로페르네스 보이고, 또 반갑소.

무적함대 햐!

홀로페르네스 왜 '야'가 아니고 '햐' 그러지? 35

무적함대 평화로운 사람들, 잘 만났소.

홀로페르네스 대단히 호전적인 분, 인사드립니다.

티끌	(골통에게)
	이들은 커다란 말의 향연에 갔다가 부스러기를 좀 훔쳐 왔나 봐.
골통	(티끌에게)
	오, 저들은 말의 적선을 오래 받아먹고 살았어! 네 주인이 너를 한마디 말처럼 먹어 치우지 않았다니 놀랄 일이야. 넌 머리까지 합쳐도 그 길이가 '송사리메뚜기새끼오리궁둥이'만큼도 되지 않으니까. 넌 독한 브랜디 잔에 뜬 체리보다 더 삼키기 쉬워.
티끌	쉿! 큰 소리가 울리기 시작해.
무적함대	(홀로페르네스에게)
	저, 당신은 배운 사람 아니오?
티끌	예, 예! 애들에게 암기 책을 가르치시죠. 아와 바를 거꾸로 발음하고 머리에 뿔을 달면 뭐가 되죠?
홀로페르네스	뿔을 더한 '바아'가 돼, 아동아.
티끌	바아, 아주 어리석은, 뿔 달린 양이 되죠. 당신은 그의 학식을 들으십니다.
홀로페르네스	누구, 누구 말이냐, 이 자음 같은 좀팽이야?
티끌	당신이 되풀이하시면 다섯 모음 가운데 마지막이고, 제가 하면 다섯 번째죠.
홀로페르네스	내가 되풀이할게. 에이, 이, 아이 —
티끌	나는 양. 나머지 둘로 끝내면, 오, 유, 당신이유.
무적함대	자, 저 지중해의 짠물에 맹세코, 달콤한 일격이야, 재빠른 재치의 가격이야! 재깍재깍 재빨리 급소로! 내 지능이 즐거워해. 참된 재치야!
티끌	어린애가 노인에게 — 쥐뿔도 모르는 노인에게 — 바친 겁니다.

40

45

50

55

60

홀로페르네스	그게 무슨 비유야, 무슨 비유야?
티끌	뿔이요.
홀로페르네스	넌 유아처럼 논박하는구나. 가서 팽이나 쳐.
티끌	당신 뿔을 빌려주시면 그걸로 팽이 만들어 당신의 오 65
	명을 재까닥 칠게요. 오쟁이 진 자의 뿔 팽이를!
골통	원 세상에, 내게 돈이 일 페니만 있었어도 넌 그걸
	로 생강 빵을 사 먹을 텐데. 잠깐, 내가 네 주인에게
	받은 바로 그 보수가 여기 있다, 너, 눈곱만큼의 기
	지, 너 비둘기 알만큼의 분별력아. 오, 만약 신들이 70
	매우 기뻐서 너를 그냥 내 사생아로 만들어 줬더라
	면 난 너 때문에 엄청 환희에 찬 아버지가 됐을 거
	야! 원 참, 넌 그걸 철두미 손에 넣었어, 시쳇말로 완
	전히.
홀로페르네스	오, 틀린 문자를 썼어. '철두철미'가 맞는데 '철두미'라 75
	고 했어.
무적함대	학인은 앞서가요. 우린 이 야만인들과 분리될 것이오.
	당신은 젊은이들을 교육하지 않소, 저 산꼭대기 학교
	에서?
홀로페르네스	또는 구릉, 언덕에서. 80
무적함대	당신의 고운 뜻대로, 산이란 말 대신 그걸 쓰시오.
홀로페르네스	그러죠, 불문가지로.
무적함대	선생, 국왕께서는 최고로 향기로운 뜻과 의향으로 오
	늘의 후미, 조잡한 대중들이 오후라고 부르는 때에

55행 아이
영어 모음 I(아이), 그리고 나(I)의 주격인
'나는'. 그래서 티끌은 56행에서 홀로페
르네스를 양으로 만든다.

73행 그걸
앞서 골통이 무적함대에게 '보수'로 받은
4분의 3페니 값어치의 동전.

| | 공주님을 그분의 천막에서 축하해 드리려고 하신답 | 85 |

공주님을 그분의 천막에서 축하해 드리려고 하신답 85
니다.

홀로페르네스 오늘의 후미는, 매우 관대하신 분이여, 오후라고 하는
게 알맞고 어울리며 들어맞는데요. 그 단어는 잘 골랐
고 엄선되었으며, 예쁘고 적절해요, 정말 틀림없소, 틀
림없소. 90

무적함대 선생, 국왕께서는 고귀한 신사이시고 내 절친으로,
확실히 말하지만 아주 좋은 친구라오. 우리 둘 사
이의 사적인 것으로 말하자면, 그건 넘어가죠. 당
신에게 간청컨대, 예를 갖춰 줘요. 간청컨대, 그 머
리에 모자를 장착해 줘요. 또 다른 성가시고 매우 95
심각한 그리고 대단히, 정말 중요하기도 한 목적 중
에 — 하지만 그건 넘어가죠. 왜냐하면 전하께선 이
세상에 맹세코, 때론 하찮은 내 어깨에 기대시어 그
당당하신 손가락으로 내 몸의 분비물, 내 턱수염과
이렇게 희롱하는 걸 즐거워하실 거라는 얘기를 당 100
신에게 꼭 해 줘야 하니까. 하지만, 여보시오, 그건
넘어가죠. 이 세상에 맹세코, 난 동화를 읊는 게 아
니오! 주상께서 황공하옵게도 어떤 특별 영예를 이
무적함대, 군인, 세상을 둘러본 여행자에게 내리셨
소. 하지만 그건 넘어가죠. 모든 것의 핵심은 — 그 105
런데, 여보시오, 정말로 비밀로 해 주길 애원하는
데 — 국왕께서는 내게 그 공주님 — 어여쁜 병아리
에게 — 무언가 즐거운 과시나 공연이나 구경거리
나 괴기극이나 불놀이를 보여 주길 바라시오. 그래
서 난 부목사와 상냥한 당신 자신이 말하자면, 그런 110
돌발 사태와 갑작스러운 환희 표출에 능하다는 걸

	알고서 당신들에게 이걸 알려 줬고, 그 목적으로 협
	조를 갈망하오.
홀로페르네스	아, 당신은 그녀에게 아홉 명사를 공연해야 할 것이오.
	나다니엘 목사, 우리의 도움과 국왕의 명령과 가장 씩
	씩한, 혁혁하고 학식 많은 이 신사에 의해 공주님 앞에
	서 연출될 그 어떤 시간 때우기, 오늘 후미의 그 어떤
	볼거리에 관해서는 — 분명코, 아홉 명사를 공연하는
	것보다 더 적합한 건 없답니다.
나다니엘	그들을 연기해 낼 만큼 훌륭한 배우들을 어디서 찾으
	시렵니까?
홀로페르네스	여호수아는 당신이, 이 씩씩한 신사는 유다스 마카바
	이우스를, 이 촌놈은 커다란 사지와 관절 때문에 위대
	한 폼페이우스로 통할 테고, 이 시동은 헤라클레스가
	될 거요.
무적함대	미안하지만 그건 실수요! 얘는 양적으로 그 명사의 엄
	지에도 못 미치오. 그의 몽둥이 끄트머리만큼도 크지
	않소.
홀로페르네스	내 말 들어 보시겠소? 얘는 미성년 헤라클레스를 연
	기할 거요. 그는 등장과 퇴장 때 뱀 한 마리를 목 조를
	겁니다. 그리고 내가 그 목적에 맞춰 양해를 구할 거
	고요.

115

120

125

130

114행 아홉 명사
아홉 명의 영웅으로, 세 명의 성경 인물 (여호수아, 다윗, 유다스 마카바이우스), 세 명의 고전 인물(트로이의 헥토르, 알 렉산더 대왕, 줄리어스 시저) 그리고 세 명의 로맨스 인물(아서, 샤를마뉴, 부용 의 고드프리)을 말한다. 셰익스피어의

극 이전에는 폼페이우스와 헤라클레스 도 포함되었다고 한다. (아든)
115~119행 나다니엘…없답니다
좀 조리 없는 말. 아마도 홀로페르네스 는 자신의 착상에 흥분했을지도 모른다. (아든)

티끌	빼어난 방책이에요! 그래서 관중들 중 누가 야유하면 당신은 외칠 수 있거든요, "잘했다, 헤라클레스! 이제 뱀을 바수는구나!" 그게 반격을 품위 있게 하는 방법 135 이죠, 그걸 할 만큼 품위를 갖춘 사람은 거의 없지만 서도.
무적함대	나머지 명사들은?
홀로페르네스	내가 몸소 세 사람 역을 하겠소.
티끌	삼중의 명사 신사네요. 140
무적함대	내가 한마디 해 볼까요?
홀로페르네스	우린 기다립니다.
무적함대	만약 이게 굴러가지 않으면, 우린 괴기극을 할 거요. 간청컨대 따라와요.
홀로페르네스	가세, 우둔 순경! 자넨 여태껏 아무 말도 안 했어. 145
우둔	또한 아무것도 이해 못 했어요, 선생님.
홀로페르네스	가! 우린 자네를 쓸 거야.
우둔	저는 춤이나 그런 데 한몫하거나, 그 명사들에게 작은 북을 쳐서 원무를 추게 하겠습니다.
홀로페르네스	참 우둔한, 정직한 우둔 순경! 우리의 놀이로 어서 가 150 세! (함께 퇴장)

5막 2장

숙녀들. 공주. 로잘린, 마리아와 카트린 등장.

공주	애들아, 선물이 이토록 풍족하게 들어오니 우리는 떠나기도 전에 부자가 되겠어. 사랑하는 국왕에게 내가 뭘 받았나 봐.

	금강석에 둘러싸인 아가씨의 초상이야!	
로잘린	마마, 그것과 함께 온 건 아무것도 없나요?	5
공주	이것만 왔냐고? 아니, 시로 적은 사랑이	
	편지지의 양면을 꽉 채우고 여백에도	
	모조리 써넣을 만큼 많아서, 봉인은	
	큐피드의 이름 위에 할 수밖에 없었어.	
로잘린	그게 그의 신성을 키우는 방법이죠,	10
	오천 년 동안이나 어린애였으니까 말이죠.	
카트린	응, 심술궂은 말썽꾼 흉악범이기도 해.	
로잘린	넌 그와 못 친해져. 그가 네 아우를 죽였잖아.	
카트린	그 애를 우울하게, 슬프고 무겁게 만들었고	
	그래서 죽었어. 너처럼 가볍게 살았으면	15
	유쾌한, 민첩한, 활발한 기질이었더라면	
	그녀는 죽기 전에 할머니가 됐을 거야.	
	넌 그리될 거야, 가벼운 마음은 오래 살아.	
로잘린	생쥐야, 이 가벼운 네 말 속의 검은 뜻은?	
카트린	검은 미녀 안에 있는 가벼운 성향이지.	20
로잘린	네 뜻을 알려면 촛불이 더 필요하군.	
카트린	넌 심지를 잘라서 촛불을 망칠 거야.	
	그래서 난 이 언쟁을 어둡게 끝낼 거야.	
로잘린	너는 뭘 하든지 늘 어둠 속에서 해.	
카트린	넌 그렇게 안 하지, 밝히는 계집애야.	25
로잘린	정말 난 너처럼 눈멀까 봐 불 밝혔어.	
카트린	나처럼 눈멀어? 오, 넌 내 사정 전혀 몰라!	
로잘린	당연하지, 네 사정은 오리무중이니까.	
공주	티격태격 잘했어! 기지 시합 잘 뛰었어.	
	하지만 로잘린, 너도 정표 받았지.	30

누구에게? 무엇을?

로잘린 　　　　　　　　　알려 드리겠습니다.
제 얼굴이 공주님 것만큼만 고왔어도
정표도 그만큼 컸겠지요. 이걸 보십시오.
아니, 운문도 있어요, 베로운에게 고맙게도.
운율이 올바르고 그 숫자도 맞는다면 　　　　　　　35
저는 이 지상의 가장 고운 여신일 거예요.
이만 명의 미녀들과 비교됐답니다.
오, 그는 자기 편지에서 제 그림을 그렸어요.

공주 비슷한 점이라도?

로잘린 글씨체엔 많은데 찬사에선 전혀 없죠. 　　　　　　　40

공주 잉크처럼 아름답다, 근사한 결론이야.

카트린 시커멓게 써 놓은 '로' 자만큼 곱구나.

로잘린 너, 화장할 때 조심해! 난 빚지고 못 살아,
이 붉은 공휴일 글자가 네게 꼭 맞겠어.
오, 네 얼굴에 곰보 자국 가득하진 않기를! 　　　　　45

공주 염병할 농담이고 욕쟁이는 다 욕먹어라.
하지만 카트린, 뒤멘 그는 뭘 보냈지?

카트린 마마, 이 장갑을.

공주 　　　　　　　　　두 짝을 보내지 않았어?

카트린 예, 마마, 그리고 덧붙여
충실한 연인의 시 천 편도 함께 왔죠. 　　　　　　　50
천박하게 긁어다 모아 놓은 위선의
거대한 변형이고, 심원한 어리석음이죠.

마리아 제게는 롱빌이 이것과 진주를 보냈어요.
이 편지는 그 길이가 10리나 된답니다.

공주 그렇구나. 넌 마음속으로 목걸인 더 길고 　　　　　55

	편지는 더 짧기를 바라지 않았어?	
마리아	예, 이 두 손을 칭칭 감을 정도로 길면 좋죠.	
공주	우리가 똑똑해서 애인들을 이렇게 놀리네.	
로잘린	이런 놀림 당하다니 그들은 더 바보죠.	
	전 떠나기 전에 이 베로운을 고문할 거예요.	60
	그가 제게 엄청 빠졌다는 걸 알았으면!	
	저에게 얼마나 아양 떨고, 구걸하고, 뒤쫓고,	
	때맞추려 기다리고, 규칙을 지키고,	
	방탕한 기지를 실없는 운문에 낭비하고,	
	온전히 제 명령에 맞추어 봉사하고,	65
	짓궂어도 고마워하도록 만들고 싶은지!	
	전 그 사람 전체를 송두리째 잡아서	
	그는 제 바보가, 전 그의 운명이 돼야 해요.	
공주	그들이 바보 된 재사처럼 잡힌다면 더 세게	
	잡힌 사람 없을 테지. 지혜 품은 바보짓은	70
	지혜의 인증과 배움의 도움과 기지 그 자체의	
	매력을 통하여 유식한 바보를 장식해 줘.	
로잘린	청춘의 혈기조차 근엄한 사람이 방탕으로	
	회귀하는 때만큼 극렬히 불타진 않아요.	
마리아	바보들의 우행에는, 기지가 미혹된	75
	현자들의 우행만큼 큰 오점은 없어요,	
	미혹된 기지는 기지로써 우둔의 가치를	
	입증해 내는 데 온 힘을 다 쏟으니까.	

부아예 등장.

| 공주 | 부아예가 오는군, 얼굴에 기쁨을 띤 채로. |

부아예	오, 우스워 죽겠구나! 마마는 어디 계셔?	80
공주	부아예, 소식은?	
부아예	마마, 준비, 준비해요!	

아가씨들, 무장, 무장! 당신들의 평화 해칠
회전이 임박했소. 논쟁으로 무장한 사랑이
변장하고 다가와요. 급습당할 것입니다.
기지를 동원하고 방어 위해 맞서거나   85
겁보처럼 머리를 숨기고 여기서 달아나요.

공주   큐피드를 상대할 드니 성자시여! 우릴 향해
숨 장전한 그들은 누구죠? 자, 척후, 말해 봐요.

부아예   한 삼십 분 전쯤에 제가 어느 무화과의
서늘한 그늘 아래 눈 감을 생각을 했을 때,   90
아 저런, 의도했던 제 휴식을 방해하며
그 그늘을 향해 오는 국왕과 그 동료들을
쳐다볼 수 있었어요. 저는 조심하면서
근처의 잡목 숲속으로 숨어 들어간 다음
당신들이 엿듣게 될 것을 엿들었답니다.   95
즉, 그들이 변장하고 이리로 곧 온다고.
그들의 전령은 예쁜 시동 녀석인데,
자신의 전갈을 단단히 외웠지요. 거기에서
그들은 그에게 동작과 억양도 가르쳤죠.
"넌 이렇게 말하고 이런 자세 취해야 해."   100
그리고 이따금 그들은 녀석이 공주님 앞에선
정신을 못 차릴 거라고 걱정했답니다.
"왜냐하면," 국왕 말이, "넌 천사를 볼 테니까.

87행 드니 성자 프랑스의 수호성인.

그래도 두려워하지 말고 과감히 말해라.”
그 소년의 응답은, “천사는 악마가 아녜요.   105
그녀가 악마라면 무서워해야겠지만.”
그 말에 모두 웃고 그의 어깨 다독이며
용감한 그 까불이가 더 용감해지게 칭찬했죠.
그중의 하나가 기분이 좋아서 씩 웃으며,
더 나은 말은 들은 적 없다고 맹세했죠.   110
또 하나는 손가락 소리를 딱 내며 외쳤죠,
“갑시다, 우리는 어쨌든 이걸 해 낼 겁니다!”
셋째는 껑충 뛰며 외쳤어요, “다 잘돼 가!”
넷째는 발끝으로 돌다가 쓰러졌답니다.
그러다가 그들은 다 공중제비 돌면서   115
얼마나 열심히, 가슴속 깊숙이 웃었던지
격정의 눈물이 나타나 어이없이 발작하는
그들의 바보짓을 딱 멈추게 했답니다.

공주   근데 참, 근데 참, 그들이 우릴 보러 오나요?
부아예   그럼요, 그럼요, 제 추측엔 이렇게   120
모스크바인이나 러시아인 치장을 하고서요.
그들의 목적은 담판, 구애, 춤추는 것이며,
각자는 모두 다 자신의 애인에게
사랑을 간청할 텐데, 그게 누구인지는
그들이 앞서 준 정표로 알아내실 겁니다.   125

공주   그렇게 될까요? 한량들을 시험해 봐야죠.
애들아, 우린 모두 가면을 쓸 테니까
그 어느 남자도, 간청에도 불구하고,
아가씨의 얼굴 보는 특혜는 얻지 못해.
받아라, 로잘린, 네가 이 정표를 지니면   130

	국왕께선 널 자신의 임으로 구애할 것이야.	
	받아라, 얘, 넌 이걸 가지고 네 건 날 줘,	
	그러면 베로운이 나를 로잘린으로 알 거야.	
	너희도 정표 바꿔, 그러면 애인들은	
	이 교환에 속아서 잘못 구애할 거야.	135
로잘린	자 그럼, 정표를 눈에 확 띄도록 달아요.	
카트린	하지만 이렇게 바꾸는 의도가 뭐지요?	
공주	내 의도의 효과는 그들 것을 꺾는 거야.	
	그들은 이 일을 조롱의 재미로만 하는데,	
	조롱에 맞서는 조롱이 내 유일한 의도야.	140
	그들은 각자의 비밀을 엉뚱한 애인에게	
	드러낼 것이고, 우리가 만나는 이다음 기회에,	
	얼굴을 노출한 채 말을 하고 인사할 때	
	이번 일로 말미암아 조롱받을 것이야.	
로잘린	그들이 춤추기를 원하면 어떡하죠?	145
공주	안 돼, 죽더라도 한 발짝도 안 뗄 거야.	
	또 적어 온 연설에도 은혜를 안 베풀고	
	말하는 동안엔 각자의 얼굴을 돌릴 거야.	
부아예	아니, 그렇게 경멸하면 그 연사의 기가 죽어	
	자신의 역할을 하나도 기억 못 할 겁니다.	150
공주	그 때문에 하는 거고, 그 말문이 막히면	
	나머지 것들도 열리지 않을 게 분명해요.	
	장난으로 장난 엎는 것 같은 장난은 없어요,	
	그들은 우리가, 우린 오직 우리만, 갖고 놀죠.	
	그럼 우린 의도된 놀이를 조롱하며 남는데,	155
	확실히 조롱당한 그들은 수치 안고 떠나겠죠.	

(나팔 소리)

부아예	나팔이군. 가면 써요, 가면 쓴 이들이 옵니다.

검은 피부의 악사들, 연설문을 든 소년 티끌, 그리고
그 나머지 가장한 귀족들 등장.

티끌	"지상에서 최고로 화려한 미녀들 만만세!"	
부아예	화려한 명주보다 화려한 미녀들은 아닌데.	
티끌	"가장 고운 숙녀들의 성스러운 한 무리가	160
	(숙녀들이 그에게 등을 돌린다.)	
	인간이 못 보게 그들 — 등을 — 돌렸도다."	
베로운	"그들 눈을", 이 악당아, "그들 눈을."	
티끌	"인간이 못 보게 그들 눈을 돌렸도다.	
	호의를 — "	
부아예	정말로! 진짜로 까먹었네!	165
티끌	"하늘 정령들이시여, 호의를 베풀어	
	아니, 봐주소서 — "	
베로운	"한번 봐주소서," 이 악동아!	
티끌	"당신들의 햇살 같은 눈으로 한 번 봐 —	
	당신들의 햇살 같은 눈으로" —	170
부아예	그들은 그 형용사에 답하지 않을 거야.	
	'화살 같은 눈으로'가 가장 맞을 테니까.	
티끌	그들이 저를 주목 안 하니까 전 나가요.	
베로운	정확히 외웠다고? 저리 가, 악동아! (티끌 퇴장)	
로잘린	이방인들이 뭘 원하지? 알아봐요, 부아예.	175
	그들이 우리말을 한다면 솔직한 누군가가	
	그들의 목적을 밝히는 게 우리의 뜻이오.	
	원하는 걸 알아봐요.	

부아예	공주님께 무슨 일로?
베로운	평화와 예의 갖춘 방문일 뿐입니다.
로잘린	원하는 게 뭐라고 합니까?
부아예	평화와 예의 갖춘 방문일 뿐이랍니다.
로잘린	그럼, 그렇게 했으니 가 보라고 하시오.
부아예	그녀 말은, 그렇게 했으니 가도 좋답니다.
국왕	말해 줘요, 우리는 그녀와 이 풀밭 위에서 한 박자 밟으려고 수십 리를 왔다고.
부아예	그들 말은, 당신과 이 풀밭 위에서 한 박자 밟으려고 수십 리를 왔답니다.
로잘린	아니죠. 그들에게 물어봐요, 10리 안에 몇 발짝이 들었죠? 여러 발짝 밟았으면 10리 안의 발짝 수는 쉽게 셀 겁니다.
부아예	이쪽으로 수십 리를, 10리를 여러 번 밟아서 왔다면 10리는 몇 발짝이 채우는지 공주님은 당신이 말하라고 하십니다.
베로운	피곤한 걸음으로 측정한다 말해 줘요.
부아예	직접 들으십니다.
로잘린	당신들이 걸어온 피곤한 수십 리 가운데 10리를 여행하며 피곤한 발짝 숫자 몇 번이나 셌는지요?
베로운	당신들 위하여 걷는 건 전혀 세지 않아요. 우리의 존경은 정말 크고 정말 끝이 없어서 계산 없이 언제나 보여 줄 수 있답니다. 당신의 얼굴이란 햇빛을 제발 보여 주시면 우린 야만인들처럼 그걸 숭배하렵니다.
로잘린	내 얼굴은 달일 뿐 구름도 끼었어요.

180

185

190

195

200

국왕	그렇게 낀 구름은 축복받은 구름이오.
	밝은 달과 그 별들이 물 머금은 우리 눈에 ― 205
	그 구름이 걷힌 뒤 ― 빛나도록 해 주소서.
로잘린	오, 시시한 걸 청하셔! 더 큰 걸 구걸해요.
	그대는 지금 그저 물속 달빛 요청해요.
국왕	그러면 박자 밟고 춤 한 번만 춰 줘요.
	구걸하라 하시니 이 구걸은 괜찮겠죠. 210
로잘린	그러면 연주하라! 아뇨, 곧 춰야 하십니다.

(음악이 연주된다.)

못 해요? 춤은 취소! 전 이렇게 달처럼 변해요.
국왕	안 추실 겁니까? 당신은 어찌 이리 멀어졌죠?
로잘린	꽉 찬 달을 잡고 계셨는데, 지금은 변했어요.
국왕	그래도 그녀는 달이고 전 달 속의 남자요. 215
	음악이 연주되니 동작을 좀 더 해 줘요.
로잘린	우린 귀를 줬어요.
국왕	하지만 다리를 주셔야죠.
로잘린	우연히 여기 오신 이방인들이니까
	깐깐하진 않을게요. 손을 잡죠, 춤은 말고.
국왕	그럼 왜 손을 잡죠?
로잘린	친구로 헤어지려고요. 220
	얘들아, 인사해, 이렇게 춤 박자는 끝나요.

(음악이 멈춘다.)

국왕	이 박자를 몇 박자 더! 깐깐하진 마시오.
로잘린	그 가격엔 더 이상 맞춰 줄 수 없답니다.
국왕	직접 가격 매기시오. 동행값은 얼마죠?
로잘린	떠나시는 값이죠.
국왕	그건 절대 안 됩니다. 225

로잘린	그럼 우릴 못 사셔요. 그러니 작별을 —
	그 가면엔 두 번 하고, 당신에겐 반만 하죠!
국왕	춤을 거절하신다면 얘기를 좀 더 합시다.
로잘린	그러면 남몰래.
국왕	그게 가장 마음에 듭니다.

(그들은 따로 대화한다.)

베로운	손이 흰 아가씨, 그대와 달콤한 말 한마디.	230
공주	꿀과 우유, 설탕으로 세 마디 해 드리죠.
베로운	아니, 그렇게 깐깐해진다면 또다시 세 가지,
	꿀물, 식혜, 감주를 드리죠. 아, 멋진 주사위!
	달콤한 육 점이요.
공주	일곱짼 달콤한 안녕이오.
	당신은 속일 수 있어서 더는 같이 안 놀래요.	235
베로운	비밀 얘기 한마디만.
공주	달콤한 건 빼고요.
베로운	저의 애를 태우네요.
공주	애? 쓰리죠.
베로운	맞았어요.

(그들은 따로 대화한다.)

뒤멘	이 몸과 한마디 주고받으시렵니까?
마리아	말해요.
뒤멘	고운 아가씨 —
마리아	그래요? 고운 아저씨!
	'고운 아가씨'의 대가예요.
뒤멘	괜찮으시다면	240
	그만큼 몰래 받고 작별하겠습니다.

(그들은 따로 대화한다.)

카트린	아니, 당신의 가면엔 혀가 전혀 없나요?
롱빌	왜 묻는지, 숙녀여, 전 이유를 알지요.
카트린	오, 당신의 이유를! 빨리 듣고 싶네요.
롱빌	당신의 가면 안엔 혀가 둘이 있으니까 245
	하나는 말 없는 제 가면에게 줄 수 있죠.
카트린	'송아지'란 말 아시죠. 송아진 소 새끼죠?
롱빌	아가씨, 소 새끼요.
카트린	아뇨, 아저씨 소 새끼요.
롱빌	우리 같아집시다.
카트린	아뇨, 당신 반쪽 안 될래요.
	다 가지고 젖 떼 줘요, 바보 될지 모르니까. 250
롱빌	참 날 선 농담으로 자신을 치받고 있군요.
	뿔을 들이댈 거요, 숙녀가? 그러지 마시오.
카트린	그러면 당신 뿔 크기 전에 새끼로 죽으세요.
롱빌	죽기 전에 비밀히 한 말씀만 드리죠.
카트린	그럼 낮게 음매요. 외치면 도살자가 들어요. 255

(그들은 따로 대화한다.)

부아예	조롱하는 아가씨들 혓바닥은 면도칼의
	안 보이는 날처럼 날카로워
	눈에 띄는 것보다 작은 털도 자른다.
	감각의 감각을 넘어선 그들의 대화는
	참 놀라워 보인다. 그들의 기상은 화살, 총알, 260
	바람, 생각, 날랜 것들보다도 더 빨리 날아가.
로잘린	얘들아, 한마디도 더 안 돼. 떨어져, 떨어져.
베로운	맙소사, 순전히 조롱당해 참패했어!
국왕	미친 여인들이여, 안녕. 당신들은 둔하오.

(국왕, 귀족들, 검은 피부의 악사들 함께 퇴장)

공주	스무 번 잘 가요, 얼어붙은 모스크바인들이여.	265
	이들이 그토록 놀라운 머리 가진 품종이오?	
부아예	당신들이 어여쁜 숨으로 불어 끈 촛불이죠.	
로잘린	양호한 머리를 가졌어요, 무지막지 살쪘어요.	
공주	오, 부족한 머리와 국왕의 그 딱한 비웃음!	
	그들이 오늘 밤 스스로 목을 매지 않을까?	270
	아니면 늘 가면 쓴 얼굴만 보여 줄까?	
	이 민첩한 베로운은 체면을 확 구겼어.	
로잘린	그들은 다 애처로운 상태에 빠졌어요.	
	멋진 말 찾느라고 국왕은 울 뻔했답니다.	
공주	베로운은 사랑 맹세 완전히 바닥냈어.	275
마리아	뒤멘은 저를 섬긴댔어요, 자신의 칼과 함께.	
	"아파요," 했더니 추종자는 곧 침묵했어요.	
카트린	롱빌은 제가 자기 마음을 확 덮쳤답니다.	
	그가 절 뭐랬는지 아세요?	
공주	현기증 아닐까?	
카트린	예, 맞아요.	
공주	저리 가, 메스꺼운 애 같으니!	280
로잘린	글쎄요, 옷차림의 귀천과 좋은 머린 별개죠.	
	근데 이건 어때요? 국왕은 맹세코 제 애인이에요.	
공주	또 성급한 베로운도 내게 사랑 서약했어.	
카트린	롱빌도 절 섬기러 태어났답니다.	
마리아	뒤멘은 나무껍질처럼 제 것이 분명해요.	285
부아예	마마, 어여쁜 아가씨들, 제 말 들어 보세요.	
	그들은 곧 원래의 모습으로 또다시	
	여기로 올 겁니다, 이 가혹한 수모를	
	절대로 소화할 수 없을 테니까요.	

공주	되돌아올까요?
부아예	그럼요, 그럼요, 맹세코. 290
	얻어맞아 절뚝대도 기뻐서 날뛰겠죠.
	그러니 정표를 바꾸고 그들이 왔을 땐
	이 여름 바람 속의 어여쁜 장미로 피어나요.
공주	어, 어떻게 '피어나죠?' 알아듣게 말해 봐요.
부아예	가면 쓴 미녀들은 장미꽃 봉오리랍니다. 295
	가면 벗고 붉고도 흰 고운 안색 드러내면
	구름 떨친 천사거나 활짝 핀 장미지요.
공주	저리 가요, 복잡해! 그들이 원래의 모습으로
	구애하러 돌아오면 우리는 어떡하지?
로잘린	공주 마마, 제 충고를 들으시겠다면 300
	그들을 잘 알면서도 가장한 척 쭉 놀려요.
	그들에게 불평해요, 바보 떼가 여기로
	허름한 모스크바 복색을 한 채로 왔었다고.
	그리고 알고 싶어 하세요, 그들이 누군지,
	또 무슨 목적으로 그들의 얄팍한 공연과 305
	서문을 졸렬히 썼는지, 또 우리의 천막에서
	참 우스운 거친 몸짓 우리에게 보였는지.
부아예	아가씨들, 물러나요. 한량들이 왔습니다.
공주	노루가 내달리듯 후딱 천막 안으로 뛰어가.

(공주와 아가씨들 퇴장)

국왕과 베로운, 롱빌, 뒤멘 그들의 원래 모습으로

등장.

국왕	공께선 안녕하시지요. 공주님은 어디에? 310

부아예	천막으로 가셨어요. 전하께서 소신을
	그쪽으로 보내실 용무라도 있으신지?
국왕	한 말씀 드릴 알현 허락해 달라고.
부아예	그러죠. 공주님도 그러실 줄 압니다, 전하. (퇴장)

베로운 이 친구는 기지를 비둘기 모이처럼 쪼아 먹고   315
절묘한 시점에 그걸 다시 내뱉어요.
그는 기지 행상으로 자신의 물건을 소매로
축제, 잔치, 모임, 저자, 장터에서 파는데
도매상인 우리는 주님께서 아시지만,
그만큼 잘 꾸며서 보여 줄 자질이 없답니다.   320
이 한량은 여자들을 꽉 잡고 있어요.
그가 아담이라면 이브도 유혹했을 겁니다.
몸 비틀고 혀도 꽈요. 허, 바로 이 사람이
키스로 손이 다 닳도록 예의를 표했어요.
이 사람은 격식의 원숭이, 까탈님으로서   325
주사위놀이를 할 때면 점잖은 언어로
주사위를 꾸짖죠. 게다가 높은음을
꽤나 잘 낼 수 있고, 안내역은 최고지요.
숙녀들은 그를 상냥하다고 한답니다.
그가 밟는 계단은 그의 발에 키스해요.   330
이 사람은 모두에게 웃음 짓는 꽃으로서
바다코끼리 상아처럼 흰 이를 보여 주고,
빚지고 못 사는 양심 있는 이들은 그에게
'꿀 바른 혀 부아예'란 권리금을 지불하죠.

국왕 무적함대의 시동을 혼란에 빠뜨렸던   335
달콤한 그 혓바닥은 갈라져라, 진심이야!

공주, 로잘린, 마리아와 카트린, 부아예와 함께 등장.

베로운　보십시오, 저기 와요! 예절아, 이 남자가
　　　　　널 보여 줄 때까지 넌 어땠고 지금은 어떠냐?

국왕　　　상냥하신 마마, 우박 환영 드립니다.

공주　　　'우박' 속의 '환영'은 사나운 것 같네요.　　　　　　340

국왕　　　가능하면 내 말을 잘 이해해 주시오.

공주　　　그렇다면 더 나은 인사를 허락해 드리죠.

국왕　　　우리는 당신을 찾아왔고, 이제는
　　　　　궁정으로 모시려 합니다. 허락해 주시오.

공주　　　이 들판이 절 지키듯 전하도 서약을 지키시죠.　　　345
　　　　　신도 저도 위증한 이들은 안 좋아합니다.

국왕　　　당신 땜에 생긴 일로 날 꾸짖진 마시오.
　　　　　당신 눈 덕분에 내 맹세는 깨져야 합니다.

공주　　　덕분에는 틀린 말씀, 탓이라고 하셔야죠.
　　　　　남의 신념 깨는 건 덕의 일이 아니니까.　　　　　　350
　　　　　그런데 아직은 안 더러워진 백합처럼
　　　　　순수한 제 처녀성 걸고서 단언컨대,
　　　　　말로 하는 고문은 견뎌야만 하겠으나
　　　　　귀댁의 손님은 절대 아니 될 겁니다.
　　　　　고결하게 맹세한 하늘 같은 서약을 깨게 하는　　　355
　　　　　원인이 되는 건 너무너무 싫답니다.

국왕　　　오, 당신은 여기에서 고독하게 안 보인 채
　　　　　내왕 없이 살아서 짐이 무척 창피하오.

공주　　　아녜요, 전하. 그렇지 않아요, 맹세코.
　　　　　소일거리, 즐거운 놀이가 있었어요.　　　　　　　360
　　　　　러시아인 네 명이 방금 전에 떠났어요.

국왕	뭐라고요? 러시아인?
공주	예, 전하, 정말로요.

깔끔한 한량들로 예절과 위엄이 가득했죠.

| 로잘린 | 마마, 바르게 말하세요! 아녜요, 전하. |

공주님은 요즈음 예법에 따라서   365

예의상 분에 넘친 칭찬을 하십니다.

저희 넷에게 러시아인 복장의 네 명이

진짜 들이닥쳤고, 한 시간을 머물면서

빠르게 말했어요. 근데 그 한 시간 동안에

적절한 말은 한마디도 못 했어요, 전하.   370

바보라곤 감히 말 못 해도, 바보들도

목마르면 기꺼이 마실 거란 생각은 합니다.

| 베로운 | 그건 내게 메마른 재담이오. 귀여운 분, |

당신의 기지는 현명한 걸 어리석게 만들어요.

우리가 최고의 시력으로 불타는 태양 보면   375

빛에 의해 빛을 잃죠. 당신의 지능도

그 특성이 같은데 그 거대한 수량에 비하면

현명한 건 바보 같고 값진 것도 쌀 뿐이오.

로잘린	그래서 당신은 현명하고 값진데, 내 눈에 —
베로운	난 바보고 빈곤으로 가득 차 있지요. 380
로잘린	당신이 자기 것을 가져가니 망정이지

내 입에서 말을 낚아채는 건 잘못이오.

베로운	오, 나와 내 소유물은 다 당신 것이오.
로잘린	그 바보도 다 내 거예요?
베로운	더 적게는 못 주죠.
로잘린	당신이 쓴 가면이 어느 것이었지요? 385
베로운	어디, 언제, 무슨 가면? 왜 그걸 따지죠?

로잘린	거기, 그때, 그 가면요. 못난 얼굴 감추고
	잘난 걸 보여 줬던 과잉 덮개였으니까.
국왕	탄로 났네. 이제 우릴 마구 조롱할 걸세.
뒤멘	실토하고 그 일을 농담으로 돌려 보죠.	390
공주	놀랐어요, 전하? 왜 슬퍼 보이시는지요?
로잘린	사람 살려! 이마 잡아 드려요! 기절하셔. 왜 하얗죠?
	모스크바에서 오셨으니 뱃멀미 같네요!
베로운	별들이 위증의 대가로 이렇게 재앙을 퍼붓네.

　그 어떤 철면피가 더 버틸 수 있을까?　　　　395
난 여깄소, 아가씨, 당신 재주 내게 써요.
　조소로 날 짓이기고 야유로 날 파괴하고,
날카로운 기지를 내 무식에 팍 찔러 넣고,
　날선 당신 기상으로 나를 조각내시오,
그럼 난 당신이 춤추기를 더 이상 바라거나　　　400
　러시아인 복장으로 기다리지 않을 거요.
오, 나는 절대 써 놓은 연설을 믿거나
　초짜 혀의 움직임을 믿지 않을 것이고,
절대로 친구에게 가면 쓰고 간다거나
　눈먼 하프 주자의 노래처럼 시로 구애 않겠소.　405
미사여구, 지나치게 정확한 비단결 말,
　세 겹의 과장법, 영리하게 뽐내는 말,
현학적인 비유법, 이런 여름 파리들은
　나에게 구더기 겉치레를 잔뜩 슬어 놨어요.
난 그걸 싹 버리고 여기에서 단언컨대,　　　　410
　이 흰 장갑 걸고서 ─ 손이 정말 흰지는 몰라도! ─
구애하는 내 마음은 지금부터 소박한 '예,'
　정직하고 분명한 '아뇨'로 표현될 것이오.

그 첫째로, 처녀여, 신께선 도우소서, 흠!
나의 그대 사랑은 온전하오, 무균열, 무결함.　　　　415

로잘린　그 '무'자 좀 빼 줘요.

베로운　　　　　　　　오래된 광기의 특징이
아직 남아 있답니다. 병든 나를 참아 줘요,
조금씩 버릴 테니. 잠깐만, 어디 보자.
저 셋에게 '병자 조심' 이렇게 써 붙이죠.
그들은 감염됐고 가슴속이 아픕니다.　　　　420
역병에 걸렸고 당신들 눈에서 옮았어요.
이분들이 받은 천벌 당신들도 못 피해요,
당신들에게도 그 증상이 보이니까.

공주　아뇨, 우리에게 정표 준 이들은 무사해요.

베로운　우리 지위 박탈됐소, 파멸로 몰지 마오.　　　　425

로잘린　그렇지 않아요. 구애는 당신들이 하는데
어떻게 그 지위가 박탈될 수 있지요?

베로운　조용해요! 난 당신과 관계 않을 테니까.

로잘린　내 의도대로라면 나도 않을 거예요.

베로운　(다른 귀족들에게)
직접 말해 보십시오. 제 재주는 끝입니다.　　　　430

국왕　마마, 거친 우리 반칙을 변명할 고운 말씀
좀 가르쳐 주시오.

공주　　　　　　　　최고로 고운 건 자백이죠.
좀 전에 변장하고 여기로 오시지 않았나요?

국왕　마마, 그랬지요.

공주　　　　　　　제정신이셨나요?

국왕　예, 고운 마마.

공주　　　　　　　그때 여기 있었을 때　　　　435

아가씨 귀에다 뭘 속삭이셨지요?

국왕 　이 세상 전체보다 그녀를 더 존중한다고.

공주 　그녀가 그렇게 해 달라면 거절하실 겁니다.

국왕 　명예에 맹세코, 아뇨.

공주 　　　　　　　　쉿, 멈추세요!

　　　한 번 서약 깼으니 또 깨는 건 쉬우시죠.　　　　　440

국왕 　이 서약을 어긴다면 나를 경멸하시오.

공주 　그러죠, 그러니 그것을 지키세요. 로잘린,

　　　그 러시아인이 네 귀에 뭐라고 속삭였지?

로잘린 　마마, 그는 저를 소중한 시력처럼 귀하게

　　　여긴다고 맹세했고, 세상보다 더 높이　　　　　　445

　　　저를 평가했어요. 게다가, 저와 결혼하든지

　　　아니면 제 연인으로 죽겠다고 했답니다.

공주 　그분과 즐겁게 지내라. 고귀한 그분은

　　　자신의 약속을 참 명예롭게 지키셔.

국왕 　뭔 말이죠, 마마? 내 생명과 믿음 걸고,　　　　　450

　　　이 숙녀께 그런 서약 절대로 한 적 없소.

로잘린 　맹세코 하셨어요! 게다가 그걸 확증하려고

　　　이걸 제게 주셨죠. 근데 도로 가지세요.

국왕 　내 신의와 이것을 난 공주에게 드렸소.

　　　소매에 단 보석으로 그녀인 줄 알았죠.　　　　　455

공주 　용서해 주세요, 이 보석은 저 애가 달았고

　　　베로운 경이 참 고맙게도 내 애인이랍니다.

　　　허! 날 갖든지, 당신 진주 받든지 할래요?

베로운 　양쪽 다 아닙니다. 둘 다 포기하렵니다.

　　　무슨 장난 쳤는지 보여요. 우리의 오락을　　　　　460

　　　미리 알고 그것을 크리스마스 희극처럼

놀리자는 합의가 여기에서 있었어요.
고자쟁이, 알랑쇠, 낮은 광대 하나가,
수다쟁이, 접시 기사, 웃음 짓는 뺨 위에
노인 주름 지으면서 마나님이 내키시면   465
웃길 계책 알고 있는 어떤 사내 하나가
우리의 의중을 귀띔했죠. 그게 탄로 났을 때
숙녀들은 정표를 교환했고, 그래서 우리는
그 표시를 따라가 그녀 표식에게만 구애했죠.
이제 우린 위증에 공포를 더하면서   470
맹세를 의지와 실수로 다시 깨뜨렸어요.
이렇게 된 겁니다. (부아예에게) 그리고 당신이
우리 장난 미리 막아 우리는 허튼사람 됐잖소?
당신이 마님의 취향을 정확히 알고서
그녀와 눈동자 웃음을 주고받지 않았소?   475
그리고 접시 들고 유쾌하게 농담하며
그녀 향한 불기운을 막아 주지 않았소?
우리의 시동도 내쫓았고. — 가도 좋소.
원할 때 죽으면 수의는 속치마가 될 거요.
나를 흘끔 쳐다봐요? 납 칼 같은 그 눈빛   480
아무 상처 못 입혀요.

부아예   대단히 유쾌하게
이 멋진 질주를, 이 돌격을 하셨군요.

베로운   저런, 곧바로 창 시합이로군. 쉿! 난 끝냈소.

광대 골통 등장.

어서 와, 순수한 기지야! 명승부를 깨는구나.

골통　　　원, 세상에, 그들이 알고 싶어 합니다,　　　　　　　　　485
　　　　　세 명사가 들어올지 말지를 말입니다.

베로운　　뭐, 셋뿐이야?

골통　　　　　　　　아뇨, 나리, 하지만 썩 좋아요.
　　　　　각자가 셋 몫을 하니까.

베로운　　　　　　　　삼삼은 구로군.

골통　　　아뇨, 나리 — 괜찮으시다면 — 아니길 바랍니다.
　　　　　우린 바보 아녜요, 나리, 분명. 알 건 알죠.　　　　490
　　　　　나리, 바라건대 삼삼은, 나리.

베로운　　　　　　　　　　　구가 아냐?

골통　　　괜찮으시다면, 나리, 우리도 그게 얼마가 되는지는 압
　　　　　니다.

베로운　　맹세코, 나는 늘 삼삼은 구라고 알았는데.

골통　　　아이고, 나리, 당신께서 셈으로 먹고살아야 한다면 불　　495
　　　　　쌍하겠네요, 나리.

베로운　　그게 얼만데?

골통　　　아이고, 나리, 그 사람들 스스로, 배우들이, 나리, 그게
　　　　　얼마가 되는지 보여 줄 겁니다. 제 역할로 말하자면 전
　　　　　말마따나 불쌍한 한 사람으로서 한 사람 — 위대한 폼　　500
　　　　　푸스를 — 완생할 뿐입니다, 나리.

베로운　　너도 명사들 가운데 하나야?

골통　　　그들은 즐거이 제가 위대한 폼페이우스가 될 자격이
　　　　　있다고 여겼어요. 저로서는 명사의 급은 몰라도 전 그
　　　　　를 대신합니다.　　　　　　　　　　　　　　　　505

베로운　　가서 그들에게 준비하라고 해.

500~501행 폼푸스…완생 폼페이우스, 완성.

골통	저희가 멋지게 할 거고, 나리, 신경 좀 쓸 겁니다.
	(퇴장)
국왕	베로운, 저들은 우리의 창피야. 못 오게 해.
베로운	우리는 철면피고, 국왕과 그 일행의 놀이보다
	더 못한 걸 보여 주는 것 또한 방책이랍니다.

510

국왕	못 오게 해야 한단 말이네.
공주	아뇨, 전하, 지금은 제 뜻에 따라 주십시오.
	뭘 어쩔 줄 모르는 오락이 가장 재미있어요. —
	열정으로 만족을 주려는데 그 내용이
	그 제공자들의 열정으로 죽을 때 말입니다.

515

	위대한 것들이 산고 속에 사라질 땐
	망가지는 방식에 최고의 기쁨이 들었어요.
베로운	우리의 오락을 옳게 설명하셨어요, 전하.

허풍쟁이 무적함대 등장.

| 무적함대 | 성유 바른 분이시여, 말씀 한 쌍을 내뱉을 만큼만 당신 |
| | 의 달콤한 왕의 숨 지출을 간청 드립니다. |

520

	(무적함대와 국왕은 따로 얘기한다.)
공주	이 사람도 신을 섬깁니까?
베로운	왜 물으시는지?
공주	말하는 게 신이 빚은 사람 같지를 않아서.
무적함대	그건 매일반입니다, 곱고 달콤한 꿀맛의 군주시여. 단
	언컨대 그 선생은 굉장히 기상천외하고, 너무너무 뽐
	내고 너무너무 뽐내지만 저희는 그걸 시쳇말로, 전쟁

525

518행 우리의 오락 모스크바 가면극.

의 운세에 맡길 겁니다. (국왕에게 종이 한 장을 준다.) 가
장 군주다운 한 쌍이시여, 마음을 편히 가지시기 바랍
니다.   (퇴장)

국왕　　훌륭한 명사들의 모임이 될 것 같군요. 그는 트로　　530
　　　　이의 헥토르를, 그 촌놈은 위대한 폼페이우스를,
　　　　교구 부목사는 알렉산더를, 무적함대의 시동은 헤
　　　　라클레스를, 그 현학자는 유다스 마카바이우스를
　　　　연기한답니다.
　　　　"또한 이 네 명사가 첫 번째 공연을 잘 치르면
　　　　이 넷은 복장 바꿔 남은 다섯 연기할 것입니다."　　535
베로운　첫 공연에 다섯이 있는데요.
국왕　　자네가 속았네, 그렇지 않으니까.
베로운　현학자, 허풍쟁이, 하급 목사, 바보와 그 소년.
　　　　주사위 판 새로 짜도 개별 성향 봤을 때　　　　　540
　　　　세상에서 그런 다섯 골라낼 순 없답니다.
국왕　　배는 항해 중이고 쏜살같이 이리 오네.

폼페이우스 역의 골통 등장.

골통　　"난 폼페이우스 ─"
베로운　　　　　　　　거짓말, 넌 그가 아니야.
골통　　"난 폼페이우스 ─"
부아예　　　　　　　　무릎에 표범 머리 얹었네.
베로운　옳소, 노인 조롱꾼. 난 당신과 친구해야겠소.　　　545
골통　　"난 폼페이우스다. 덩치 큰 폼페이우스."
뒤멘　　위대한.
골통　　"위대한" 맞습니다. "위대한 폼페이우스로 작고 큰 방

패 들고 전장 나가 적의 땅을 빼 놨다. 이 지역을 여행
중에 난 여기 우연히 왔는데, 이 멋진 프랑스 아가씨 550
다리 앞에 무기를 놓겠다." "고맙네, 폼페이" 해 주시
면, 제 말은 끝입니다.

공주 크게 고맙네, 큰 폼페이우스.

골통 그만큼 큰 가치는 없지만 제가 완벽했기를 바랍니다.
'위대한'에서는 좀 잘못했어요. 555

베로운 단돈 반 푼에 내 모자 걸고, 폼페이우스가 최고 명사가
됐어.

알렉산더 역의 나다니엘 부목사 등장.

나다니엘 "내가 이 세상에 살았을 때 난 세상의 지휘자로
동서와 남북으로 정복하는 나의 힘을 펼쳤소.
내 문장은 내가 알렉산더임을 분명히 선포하오." 560

부아예 당신 코가 '아뇨'라고 하네요, 너무 쪽 곧아서.

베로운 그 코가 '아뇨' 냄새 맡네요, 참 예민한 후각 기사.

공주 정복자가 당황했어. 계속해요, 알렉산더 님.

나다니엘 "내가 이 세상에 살았을 때 난 세상의 지휘자로 —"

부아예 참말로, 맞아요. 당신은 그랬소, 알리산더. 565

베로운 위대한 폼페이우스 —

골통 예, 하인 골통 대령이오.

베로운 그 정복자 데려가, 알리산더 데려가.

골통 (나다니엘에게)
오, 목사님, 당신은 정복자 알리산더를 파멸시켰어
요. 이 일로 당신은 걸개그림에서 지워질 거랍니다. 570
장대 도끼 들고 실내 변기 위에 앉은 당신의 사자는

아이아스에게 주어질 겁니다. 그가 아홉째 명사가
된단 말이죠. 정복자이면서 무서워서 말을 못 해요?
창피하니 달아나요, 알리산더. (나다니엘 물러난다.) 저
런, 괜찮으시다면 어리석고 순한 사람이고 정직한   575
사람인데, 보십시오, 금방 기가 죽었어요. 그는 기막
히게 좋은 이웃이고, 참말로, 아주 뛰어난 볼링 선수
랍니다. 하지만 알리산더로는, 아아, 어떤지 보셨듯
이 — 배역이 좀 과하죠. 하지만 다른 명사들이 나와
서 좀 다른 방식으로 자기네 속마음을 털어놓을 겁   580
니다.

공주 비켜서게, 폼페이우스 님.

유다스 역의 현학자 홀로페르네스. 그리고 헤라클레스 역의
티끌 소년 등장.

홀로페르네스 "위대한 헤라클레스가 이 꼬맹이의 역할인데
    곤봉으로 머리 셋의 케르베로스를 죽였고,
그가 아기, 어린이, 새우였을 적에는   585
    두 손으로 독사 목을 이렇게 졸랐어요.
그는 아직 미성년자처럼 보입니다.
그러므로 이렇게 사과드립니다."
퇴장에선 품위를 좀 지키고, 사라져라.   (티끌 퇴장)
"난 유다스 —"   590

뒤멘 배반자!
홀로페르네스 가롯 유다 아니고요.

584행 케르베로스 그리스 신화에서 지하세계의 입구를 지키는 개.

"난 유다스 마카바이우스라고 합니다."

뒤멘	'유다스'에서 '스'를 빼면 그냥 유다인데.
베로운	키스하는 배신자. 어때, 유다임이 입증됐나?

홀로페르네스 "난 유다스 — "

뒤멘 그건 더 큰 수치요, 유다.

홀로페르네스 무슨 말씀이신지?

부아예 유다에게 자기 목을 매게 하는 건.

홀로페르네스 먼저 매시죠, 제 연장자이시니까.

베로운 잘 받아쳤네, 유다는 연장 없이 목을 맸으니까.

홀로페르네스 전 체면을 잃지 않을 것입니다.

베로운 자넨 얼굴이 없으니까.

홀로페르네스 이건 뭐죠?

부아예 괴상한 시턴 머리.

뒤멘 머리핀 장식.

베로운 반지에 새겨진 해골.

롱빌 거의 보이지 않는 옛 로마의 동전 얼굴.

부아예 시저 칼자루 끝.

뒤멘 화약통 뼈에 새긴 얼굴.

베로운 브로치 안의 조지 성자 옆얼굴이지.

뒤멘 암, 싸구려 납 브로치 안에 있지.

베로운 암, 이 뽑는 자의 모자에 달렸지. 그러니 이제 계속하
게, 우리가 자네 체면을 세워 줬으니까.

홀로페르네스 여러분은 제가 체면을 잃게 했습니다.

베로운 틀렸네! 우린 자네에게 여러 얼굴을 주었어.

595

600

605

610

615

605행 시턴 기타 비슷한 악기로 그 머리 부분에 괴이한 형상을 새겨
넣었다. (아든)

홀로페르네스	하지만 그걸 다 무색하게 만드셨어요.
베로운	자네가 사자여도 우린 그랬을 거야.
부아예	근데 그는 나귀니까 가도록 해 줍시다.
	그럼 안녕, 상냥한 유대인. 아니, 왜 안 가? 620
뒤멘	나귀라는 이름이 마음에 안 들어서.
베로운	그러면 등신이라 불러 줄까? 가, 등신아!
홀로페르네스	여러분의 출생, 신분, 겸손에 안 맞아요.
부아예	등신님께 횃불을! 어두워서 넘어질라.

(홀로페르네스가 물러난다.)

공주	아, 불쌍한 마카바이오스, 크게 시달렸어! 625

헥토르 역의 허풍쟁이 무적함대 등장.

베로운	당신 머리를 숨겨요, 아킬레스! 무장한 헥토르가 이리로 와요.
뒤멘	내가 했던 조롱이 내게 돌아오더라도 난 지금 즐거워할 거야.
국왕	이자와 비교하면 헥토르도 그냥 트로이 사람일 뿐이 630 었어.
부아예	하지만 이자가 헥토르입니까?
국왕	내 생각에 헥토르는 저렇게 체격이 좋진 않았소.
롱빌	그의 다리는 헥토르의 것치고 너무 큰데요.
뒤멘	장딴지가 더 커, 확실히. 635
부아예	아뇨, 그게 가늘어진 데가 최고요.
베로운	이자는 헥토르일 수 없어요.
뒤멘	그는 신이거나 화가야, 인상을 쓰고 있으니까.
무적함대	"만능의 창을 가진 무력 무쌍 마르스가

	헥토르에게 선물 줬고 — ”
뒤멘	노른자 입힌 육두구를.
베로운	레몬을.
롱빌	정향꽃을 꽂아서.
뒤멘	아니, 씹어서.
무적함대	쉿!

"만능의 창을 가진 무력 무쌍 마르스가
   일리온의 후계자 헥토르에게 선물 줬고,
잘 훈련된 그 남자는 아침부터 밤까지
   막사 밖에 나가서, 예, 싸우려 했답니다.
나는 그 꽃인데 — ”

뒤멘	그 박하꽃!
롱빌	그 매발톱꽃!
무적함대	롱빌 경, 그대 혀의 고삐를 당기시오.
롱빌	난 오히려 고삐를 놓아야겠소, 그게 헥토르를 향해 달리니까.
뒤멘	암, 헥토르는 사냥개처럼 빠르니까.
무적함대	그 멋진 전사는 죽어 썩어 버렸답니다. 어여쁜 병아리들이시여, 죽은 자들의 뼈를 건드리지 마시오. 그가 숨을 쉬었을 때 그는 남자였소. 하지만 전 공연을 계속하겠습니다. 어여쁜 마마시여, 저에게 청각을 하사해 주십시오. (베로운이 앞으로 나선다.)
공주	말하오, 용감한 헥토르여. 짐은 크게 기쁘오.
무적함대	전 어여쁜 마마의 실내화까지 사모하옵니다.
부아예	그녀의 발 곁에서 사랑하죠.

640

645

650

655

660

647행 일리온 트로이.

| 뒤멘 | 배 위에선 할 수 없죠. | 665 |

무적함대   "이 헥토르, 한니발을 훨씬 넘어섰는데
그 사람들은 갔고 — "

골통   헥토르 친구, 그녀가 갔어요! 처녀를 잃은 뒤로 두 달
이 갔단 말입니다.

무적함대   그게 무슨 소리야?   670

골통   참말로, 당신이 정직한 남자 역을 안 한다면 불쌍한 그
계집은 신세 망칠 겁니다. 임신했어요, 애기가 이미 배
속에서 떠벌려요. 그건 당신 거요.

무적함대   네놈이 유력자들 앞에서 내게 오명을 씌운단 말이냐?
죽여 버릴 거야!   675

골통   그럼 헥토르는 자크네타를 임신시킨 죄로 채찍 맞고,
폼페이우스를 죽인 죄로 목매달릴 겁니다.

뒤멘   아주 희귀한 폼페이우스야!

부아예   유명한 폼페이우스야!

베로운   '위대한'보다 더 위대해. 위대, 위대, 위대한 폼페이우   680
스! 거대한 폼페이우스!

뒤멘   헥토르가 떨어.

베로운   폼페이우스가 화났어. 불화를 더, 불화를 더 키워라!
그들을 부추겨라, 부추겨!

뒤멘   헥토르는 그에게 도전할 거야.   685

베로운   암, 그의 배 속에 남자 피가 벼룩 한 마리 먹일 만큼도
없다 해도.

무적함대   북극성에 맹세코, 난 네게 도전한다.

666행 한니발 알프스산맥을 넘어 로마로 진격한 카르타고의 장군.
674행 오명 오명.

골통	전 북쪽 사람처럼 장대로 싸우진 않을래요. 전 치고 벨 겁니다, 칼로 할 거란 말입니다. 빌간대 제 무기를 다 시 빌려주십시오.
뒤멘	성난 명사들에게 싸울 자리를.
골통	전 셔츠 입고 할 겁니다.
뒤멘	아주 결심이 굳은 폼페이우스야!
티끌	주인님, 제가 당신 윗옷을 벗기게 해 줘요. 안 보여요? 폼페이우스가 결투하려고 옷 벗고 있답니다. 어쩌시 려고요? 당신은 명성을 잃을 겁니다.
무적함대	신사 군인들이여, 용서하십시오. 전 셔츠 입고 싸우진 않을 겁니다.
뒤멘	그걸 거절할 수는 없어요. 도전은 폼페이우스가 했답 니다.
무적함대	피 끓는 신사들이여, 난 거절할 수 있고 할 거요.
베로운	그러는 까닭이 무엇이오?
무적함대	적나라한 진실은 제게 셔츠가 없다는 것입니다. 전 속 죄하려고 모직물 하나만 입습니다.
티끌	사실이에요, 아마 부족으로 로마에서 그걸 금지했답 니다. 그 이후로, 맹세코, 그는 자크네타의 행주밖에 걸친 게 없으며, 또 그걸 정표로서 자기 심장 가까이 지녔어요.

690

695

700

705

사자 마르카데 씨 등장.

마르카데	마마, 안녕하신지요.

690행 빌간대 빌건대.

공주	어서 와, 마르카데,	710

공주   어서 와, 마르카데,   710
우리 오락 방해만 않는다면 말이네.

마르카데   죄송합니다만, 마마, 제가 전할 소식이
제 혀를 무겁게 누릅니다. 부왕께서 ―

공주   가셨어, 맹세코!

마르카데   바로 그게 제 얘기랍니다.

베로운   명사들은 떠나라! 극이 점차 어두워져.   715

무적함대 저로서는 한숨 돌리겠네요. 전 제 잘못을 거의 분별하
지 못한 채 나날을 보냈으니 자신을 군인답게 바로잡
겠습니다.   (명사들 퇴장)

국왕   여왕께선 괜찮으신지요?

공주   부아예, 준비하라. 오늘 밤 떠나겠다.   720

국왕   마마, 안 됩니다. 간청컨대 머물러 주시오.

공주   준비하란 말이다. 친절하신 여러분,
여러분의 가상한 노력과 간청에
새로이 슬퍼진 심정으로 다 고맙고,
우리가 대화에서 너무 뻔뻔스럽게   725
행동을 했다면 여러분의 큰 지혜로
거침없이 적대적이었던 우리 마음
봐주거나 덮어 주십시오. 여러분의 예의가
원인이랍니다. 안녕히 계십시오, 전하!
마음이 무거워 혀가 잘 안 도네요.   730
그러니 아주 쉽게 얻어 낸 큰 청원에
내 감사가 크게 모자라더라도 봐주세요.

국왕   시간이 막바지에 이르면 모든 일이
그 속도에 맞추어 막바지로 치닫고,
오랜 절차 속에서 조정되지 못한 일도   735

아주 느슨해졌을 때 결정된답니다.
애도하는 여식의 얼굴을 마주한 채
신성한 청혼을, 웃음 짓는 사랑의 예절로
기꺼이 믿게 해 드리지는 못하지만,
그래도 사랑의 논의가 개시되었으므로   740
그 목적이 슬픔의 구름에 떠밀리진
않도록 하시죠. 친구 잃고 울부짖는 것은,
방금 생긴 친구에 크게 기뻐하는 것이
건강에 유익한 그만큼 유익하진 못하니까.

공주 제 비탄이 두 겹이라 못 알아듣겠어요.   745

베로운 비탄의 귀에는 솔직담백한 말이 최고죠.
그러니 이 증표로 국왕을 이해하십시오.
고운 분들 때문에 우리는 시간을 무시했고
서약을 저버렸죠. 숙녀들의 미모 땜에
우린 크게 망가졌고, 우리의 비위를   750
우리의 의도와는 정반대에 맞췄어요.
또 우리가 우스꽝스럽게 보였던 건 ―
사랑은 부적합한 충동으로 가득하고
철없고 어리석은 애처럼 몹시 장난치는데,
눈에 의해 형성되기 때문에 눈처럼   755
이상한 형체, 습관, 형상이 가득하고,
시야에 들어오는 다양한 객체 따라
눈이 굴러가듯이 주체마다 다양하죠.
그래서 우리가 걸쳤던 느슨한 사랑의

745행 두 겹   747행 증표
아버지의 죽음에 더하여 국왕의 말을 이   그가 이어서 하는 말.
해하지 못하기 때문에.

색동옷이 만약에 그 천사 눈으로 보기에   760
우리의 서약과 위엄에 아니 어울렸다면
우리의 결점을 꿰뚫어 본 천사 눈이
유혹해서 그랬어요. 따라서 숙녀분들,
우리 사랑 당신들 것이니 사랑의 실수도
당신들 것이겠죠. 한 번 거짓됨으로써   765
자신에게 거짓됐던 우리는 늘 참될 겁니다. ― -
양쪽 다 되게 하는 ― 고운 숙녀 여러분께.
또한 바로 그 거짓도 그 자체론 죄이지만
이렇게 자체를 정화하여 미덕이 된답니다.

공주   우리는 사랑이 가득한 당신들의 편지와,   770
사랑의 대리인인 정표를 받은 다음
우리의 처녀다운 의논 끝에 그것을
구애라고, 유쾌한 농담이며 예의라고,
허풍이며 시간 때우기라고 평가했죠.
하지만 그보다 더 진지하게 그 일을   775
고려하진 않았고, 그래서 당신들의 사랑을
원래의 모습으로, 여흥으로 맞았어요.

뒤멘   마마, 그 편지엔 농담보다 많은 게 담겼어요.

롱빌   우리의 표정에도.

로잘린   우린 그리 안 봤어요.

국왕   이제 이 시간의 끝자락에 우리에게   780
사랑을 허락해 주시오.

공주   내 생각에 시간은
영원한 가약을 맺기엔 너무나 짧습니다.
아뇨, 아뇨, 전하께선 너무 많이 위증하여
중한 죄가 가득해요. 그러므로 이러시죠.

나에 대한 사랑으로 — 까닭은 모르지만 — 785
뭘 하시겠다면 날 위해 이렇게 하십시오.
당신 서약 나는 믿지 않으니까 신속하게
세상의 온갖 쾌락들과는 동떨어진
외지고 초라한 암자로 가신 다음
거기에서 천상의 십이궁 표시가 790
일 년을 다 채울 때까지 기다려요.
만약 이 엄격한 비사교적 생활에도
혈기로 내놓은 당신의 제안이 안 변하면,
서리와 금식과 험한 숙소, 헐벗은 옷에도
그 사랑의 화려한 꽃봉오리 안 꺾이고 795
이 시련을 견디면서 사랑으로 지속되면,
그러면 그 일 년이 만료되는 시점에
날 요구하세요, 그 공로로 날 요구하시면
당신 손 맞잡은 이 처녀 손에 맹세코
난 당신 것입니다. 그리고 그 순간까지 800
비통한 난 자신을 애도의 집 속에 가두고
아버지의 죽음을 기억하기 위하여
애통의 눈물을 쏟아낼 것입니다.
이걸 거절하신다면 우리 손은 놔야겠죠,
양쪽 다 상대방 마음의 청구권은 없으니까. 805

국왕   내가 만약 내 몸의 기능을 즐겁게 하려고
　　　이것 또는 이보다 더한 것을 거절하면
죽음은 손을 뻗어 내 눈 감겨 버리기를!
　　　그럼 난 은둔자고 — 마음은 그 가슴에 있어요.

　　　　　　　　　　　　　　(그들은 떨어져서 대화한다.)

뒤멘   근데 난 뭘 받아요, 내 사랑? 뭘 받아요? 810

아내인가?

카트린 　　　　수염과 양호한 건강과 정직성,
셋 모두를 세 겹의 사랑으로 바랄게요.

뒤멘 오, '고맙소, 친절한 아내여' 그럴까요?

카트린 안 됩니다. 난 멀끔한 얼굴의 구혼자 말,
열두 달과 하루 동안 안 들을 거예요.　　　　　815
국왕께서 마마에게 오실 때 오세요,
내 사랑이 그때도 크다면 좀 나눠 줄게요.

뒤멘 그때까지 그대를 진실하고 성실히 섬기죠.

카트린 그래도 맹세는 마세요, 다시 깨지 않도록.

　　　　　　　　　　　　(그들은 떨어져서 대화한다.)

롱빌 마리아가 하실 말은?

마리아 　　　　　　열두 달 끝에 가서　　　　　　820
내 검은 상복을 성실한 친구 위해 벗을게요.

롱빌 참고 있을 테지만 그 시간은 길군요.

마리아 당신처럼. 참 젊은데 더 긴 사람 없으니까.

　　　　　　　　　　　　(그들은 떨어져서 대화한다.)

베로운 뭘 그리 공부해요? 아가씨, 날 좀 봐요.
마음의 창, 내 눈을 쳐다봐요, 무슨 청이　　　　825
겸손하게 그대 답을 기다리고 있는지.
그대 사랑 얻기 위한 임무를 좀 줘 봐요.

로잘린 베로운 경, 난 당신을 보기 전에 당신 얘기
여러 번 들었는데, 세상은 큰 입으로
당신은 조롱으로 가득하고, 비교법과　　　　830
상처 주는 경멸로 꽉 찼다고 공포했고,
당신은 그것들을 당신의 기지에 노출되는
모두에게 계급 불문 실행에 옮겼지요.

이 독소를 당신의 풍성한 뇌에서 제거하고
그로써 나를 얻기 위하여, 괜찮다면 —   835
이 일을 하지 않고 나를 얻진 못할 텐데 —
당신은 이 열두 달 기간 동안 매일매일
말 없는 병자들을 찾아가 신음하는 자들과
대화를 쭉 해야 합니다. 또한 당신 임무는
당신의 온 기지를 치열하게 동원하여   840
아픈 불구자들을 강제로 웃기는 겁니다.

베로운   죽어 가는 목구멍에 폭소를 일으켜라?
그건 안 될 말이오, 불가능합니다.
기쁨도 사투하는 인간은 못 일으킵니다.

로잘린   아니, 그것이 비웃는 기질을 죽이는 길인데,   845
그것의 영향력은 웃어 주는 천박한 청중이
바보에게 건네는 손쉬운 호의에서 나오죠.
농담의 성공은 절대로 그것을 하는 자의
혓바닥에 달린 게 아니라 듣는 자의
귀에 달렸답니다. 그러니 병든 자가   850
자신의 심한 신음 소리에 귀먹었음에도
실없는 당신 조롱 듣는다면 계속해요,
그럼 난 당신과 그 결점을 가질게요.
하지만 안 들으면 그 기질은 내버려요,
그럼 난 그 결점이 없는 걸 발견하고   855
당신의 개심에 아주 기뻐할 거예요.

베로운   열두 달? 좋습니다, 무슨 일이 있더라도
열두 달 동안은 병원에서 농담할 것이오.

공주   (국왕에게)
예, 다정하신 전하, 그럼 난 떠납니다.

| 국왕 | 아뇨, 마마, 우리가 바래다줄 것입니다. | 860 |

베로운 우리의 구애는 옛 연극과 다르게 끝나네요,

처녀 총각 짝 못 짓고. 우리의 오락은

숙녀들의 예의로 희극이 될 수도 있었어요.

국왕 자, 열두 달에 하루가 지나면 그리되고,

그때 그게 끝난다네.

베로운   연극치곤 너무 길죠.   865

허풍쟁이 무적함대 등장.

무적함대 다정하신 전하, 황공하오나 —

공주 저건 헥토르 아니었나요?

뒤멘 트로이의 훌륭한 기사였죠.

무적함대 저는 국왕의 손가락에 키스하고 떠납니다. 저는 헌신

하기로 했어요. 자크네타의 달콤한 사랑을 얻으려고   870

삼 년 동안 쟁기를 잡겠다고 서약했답니다. 하지만 최

고로 존중받는 위대한 분이시여, 학식 많은 두 사람이

올빼미와 뻐꾸기를 찬양하며 작성한 대화를 들으시

렵니까? 이것은 저희 공연 끝자락에 나왔어야 했습니

다만.   875

국왕 빨리 그들을 불러오라. 우리가 듣겠다.

무적함대 여봐라! 다가오라.

모두 등장.

이쪽은 동장군 겨울이고, 이것은 춘절인 봄인데, 한

쪽은 올빼미가, 다른 쪽은 뻐꾸기가 대변하죠. 춘절

은 시작하라.　　　　　　　　　　　　　　　　　　　880

노래

춘절　알록달록 들국화와 푸른색 제비꽃
　　　온통 흰 은빛의 황새냉이
　노란색 뻐꾸기꽃 봉오리가
　　　풀밭을 싹 기쁨으로 물들일 때,
　뻐꾸기는 저마다 나뭇가지 위에서　　　　885
　이렇게 노래하며 남편들 조롱하네.
　"뺏겼다!
　뺏겼다, 뺏겼다!" 오, 무서운 말,
　결혼한 남자가 듣기엔 기분 나빠.

　목동들이 귀리 꺾어 피리 불고　　　　　890
　　　즐거운 종다리가 농부의 시계일 때,
　산비둘기, 당까마귀, 갈까마귀 짝짓고
　　　처녀들이 여름 속옷 삶아 널 때,
　뻐꾸기는 저마다 나뭇가지 위에서
　이렇게 노래하며 남편들 조롱하네,　　　895
　"뺏겼다!
　뺏겼다, 뺏겼다!" 오, 무서운 말,
　결혼한 남자가 듣기엔 기분 나빠.

동장군　담벼락에 고드름 매달리고
　　　딕 목동이 손톱에 온기 불고　　　　900
　톰은 큰방 안으로 장작을 나르고

통 안에서 언 우유가 집에 올 때,
피가 얼고 길은 진흙탕일 때
응시하는 올빼미는 밤마다 노래하네,
"흐흐, 흐흐!"   905
그 즐거운 곡조에
기름에 전 조안은 솥 젓고 있다네.

바람은 아주 큰 소리로 불고 있고
  목사님 설교는 기침에 잠기고,
새들은 눈 속에 알 품듯이 앉았고   910
  마리안의 코는 붉고 갈라져 보일 때,
술잔 안의 구운 능금 쉬잇 할 때
응시하는 올빼미는 밤마다 노래하네.
"흐흐, 흐흐!"
그 즐거운 곡조에   915
기름에 전 조안은 솥 젓고 있다네.

무적함대   아폴로의 노래에 뒤이은 머큐리의 말은 귀에 거슬린
          답니다. 여러분은 저쪽, 저희는 이쪽으로.

                                         (함께 퇴장)

917행 아폴로…머큐리 음악의 신, 신들의 전령.

실수 희극

The comedy of Errors

역자 서문

　　『실수 희극』은 인간의 정체성 문제를 다루는 희극이다. 그리고 이 문제는 극에서 첫째, 물리적으로 복제된 자아를 식별하지 못하여 생기는 단순한 착각과 혼란, 둘째 내적이고 심리적인 자아 분열의 초기 단계와 그 증상, 그리고 마지막으로 좀더 분명하고 지속적인 감정 분화와 그 결과를 다루는 삼중 구조를 통하여 전개된다. 또한 모든 등장인물이 이 과정을 제한적으로 또는 다층적으로 보여 주지만 첫째 단계는 주로 두 쌍둥이 형제들에게, 둘째 단계는 에페수스 안티폴루스, 아드리아나, 루치아나에게, 셋째 단계는 시라쿠사 안티폴루스에게 가장 뚜렷하게 나타난다. 그리고 이 삼중 구조를 통해 극은 소극(그냥 웃고 마는)에서 출발하여 인간 본성에 대해 좀 더 진지한 생각거리를 남기는 희극의 영역으로 의미가 확장된다. 즉, 실수 연발의 우스개 얘기에서 제목에 명시한 희극으로 격상된다.

　　이제 본격적인 극 해설에 들어가기 전에 꼭 짚고 넘어가야 할 한 가지가 있는데, 그것은 이 극의 주무대에 대한 지리적 사회적 설명이다. 왜냐하면 이 극의 배경인 시라쿠사, 에피다미움, 에피다우로스, 코린트, 그리고 에페수스는 극의 사건, 인물, 주제에 커다란 영향을 미치기 때문이다. 그 가운데 현재의 아드리아해 동쪽 해안에 있었던 에피다미움과 에피다우로스, 그리고 그리스 반도 남쪽에 위치한 코린트는 에게온 일가의 파란만장한 여정에서 중간 기착지 이상의 역할은 하지 않지만 그 출발지 시라쿠사와 종착지 에페수스, 특히 에페수스는 거의 모든 사건이 벌어지는 핵심 장소로 약간의 설명이 필요하다.

안티폴루스 쌍둥이의 아버지 에게온은 바다에서 잃어버린 첫째 아들을 찾아 현재의 시칠리아 동쪽에 위치한 옛 도시 시라쿠사를 떠나는데, 이때 둘째 아들과 그의 하인 드로미오도 동행한다. 그리고 무슨 이유에서인지 아버지와 아들은 각자 7년 동안 아들과 형을 찾아 이곳저곳을 따로 누비다가 마지막으로 현재 터키 서쪽 해안의 옛 도시 에페수스에 도착한다. 그런데 그곳에 먼저 도착한 에게온은 불행하게도 이곳에서 체포되어 몸값을 지불할 돈이 없어 처형될 지경에 처한다. 그 원인은 시라쿠사와 에페수스 사이에 "치명적 내란"(1.1.12)이 벌어졌기 때문이다. 두 도시의 다툼이 마치 이웃 나라 사이의 "내란"처럼 언급되는 이유는 이 둘을 갈라놓는 엄청난 거리에도 불구하고 둘은 모두 그리스인들이 해외에 건설한 도시 국가로서 같은 정치, 문화, 인종적인 영향권에 속하기 때문이다. 따라서 이 두 도시 사이의 알력은 이 극의 핵심 주제인 정체성과 자아 분열의 문제를 다루는 출발점의 역할을 한다.

에게온 다음으로 등장하는 시라쿠사 안티폴루스에게 에페수스는 한마디로 번성하는 무역 도시이다. 이 극에서 계속 언급되는 돈과 금, 상인과 금세공업자, 값비싼 목걸이와 반지 등이 그런 물질적인 풍요의 증거이다. 그러나 이 부유한 에페수스는 창녀로 대표되는 도덕적인 타락과 핀치 의사로 대표되는 마술과 폭력의 위험을 감추고 있는 곳이기도 하다. 그 결과 이방인인 시라쿠사 안티폴루스에게 에페수스는 때로는 넘치는 친절과 호의를(4.3.1~9), 때로는 칼을 들고 그를 잡으려는(5.1.32) 폭력의 두 상반되는 모습을 보인다. 하지만 시라쿠사 안티폴루스와 시라쿠사 드로미오에게 에페수스는 다른 무엇보다도 마술적인 특성이 두드러져 보이는 장소이다. 생면부지의 여인이 자기를 남편으로 환대하고 또 다른 여인은 그를 매혹하여 사랑에 빠지게 만들며, 값비싼 목걸이를 공짜로 받는가 하면 이상한 패거리가 칼을 들고 자신을 죽이려 하는 곳을 경이로운 마법의 나라로 생각하지 않을 이방인은 아무도 없을 것이다. 적어도 이 모든 일이 두 쌍의 쌍둥이 형제를 둘인데 하나로 착각한 인물들의 오류에서 시작된 것으로 밝혀지기 전까지는 말이다.

이처럼 실수, 오류, 착각이 많이 생겨날 수밖에 없는 이상한 환경에서 『실수 희극』은 인간의 정체성 문제를 본격적으로 제기한다. 나는 누구인가, 무엇인가? 자아는 무엇으로 어떻게 구성되는가? 내가 생각하는 나는 과연 나인가? 나와 꼭 같은 나를 만난다면 나는 어떻게 반응할까? 그 첫 단계는 앞서 말했듯이 둘을 하나로 착각하는 시각적인 오류와 그로 인한 혼란이다. 예를 들면, 에페수스에 갓 도착한 시라쿠사 안티폴루스가 자기 하인 시라쿠사 드로미오에게 그들의 소중한 여행 자금을 숙소에 잘 보관해 두라고 시킨 다음, 곧이어 자기 주인 에페수스 안티폴루스를 찾으러 나온 에페수스 드로미오를 만나는 장면을 보자. 시라쿠사 안티폴루스는 당연히 자기가 맡긴 자금을 잘 감춰 뒀는지 궁금해 어떻게 됐는지 초조하게 질문하는데, 에페수스 드로미오는 당연히 남편과 형부를 기다리는 두 여인과 배고픈 자신의 처지 때문에 그에게 빨리 집으로 가자고 조르게 되고, 그 결과 화난 주인 시라쿠사 안티폴루스는 죄 없는 남의 하인 에페수스 드로미오를 두들겨 패게 된다. 단순한 착각 때문에. 이런 일은 두 남자 주인과 두 남자 하인에게 극이 끝날 때까지 이런저런 식으로 되풀이되고 그 결과는 육체적인 폭력, 즉 때리거나 맞는 것이다. 그러나 비슷한 착각이 시라쿠사 안티폴루스와 아드리아나(루치아나) 사이에 일어났을 때 주인과 하인의 반응은 약간 달라진다. 그들이 아드리아나의 초청으로 에페수스 안티폴루스의 집으로 빨려 들어갔을 때 시라쿠사 드로미오는 자기가 마술에 홀렸다고 생각한다. "우리는 도깨비, 올빼미, 정령과 얘기해!/ 복종하지 않으면 놈들은 우리 숨을/ 빨아먹어 버리고 시퍼렇게 꼬집을걸."(2.2.187~189) 그런 다음 자신의 육체적인 정체성을 의심하면서("주인님, 제 형체가 변했지요, 안 그래요?"(2.2.192)) 자기 몸과 마음이 모두 변해 원숭이, 나귀가 되었다고 결론 내린다. 하지만 주인의 반응은 하인과 비슷하면서도 상당히 다르다.

> 내가 땅에, 하늘에, 아니면 지옥에 와 있나?
> 잠자거나 깨어 있나? 미쳤거나 신중한가?
> 이들을 알면서도 나 자신을 가장하나?
> 난 이들의 말을 하고 꾸준히 그럴 것이며,
> 이 안개 속에서 모든 모험 다 할 거야. (2.2.209~213)

즉, 그는 존재와 의식의 변화를 의심하면서도 이 기분 좋은 마술에 몸을 맡기는 태도를 취한다. 이는 인간 정체성의 중요한 부분을 차지하는 이성에 대한 관심이 본격적으로 분화하기 전 단계에 나타나는 증상이다. 그는 이들, 아드리아나와 루치아나를 아직 구별하지 않은 채 합쳐서 여성으로 보고 그 미지의 세계로 바야흐로 첫발을 내딛는다. 그리고 이성에 대한 그의 이끌림은 아직 사랑과 미움으로 갈라지지 않은 상태에서 여성이란 모호한 안개에 가려져 있다.

시라쿠사 안티폴루스의 현재 심리 상태와 비슷한 것으로 루치아나의 결혼에 대한 의구심이 있다. 남편이 식사하러 오기를 기다리며 안달하는 아드리아나에게 루치아나는 남자란 원래 바깥으로 나도는 자기만의 주인이고, 다른 모든 수컷처럼 "여성들의 주인이며 그들의 지배자"(2.1.24)임을 역설하며 참으라고 충고한다. 이에 아드리아나는 루치아나가 그런 노예 근성 때문에 결혼을 못 하는 거라고 대꾸하지만 그녀의 대답은 의외로 다음과 같다. 그녀가 결혼을 머뭇거리는 이유는 종속의 두려움이 아니라 "부부의 잠자리가 걱정돼서"(2.1.27)라고 한다. 다시 말하면, 지금 자기가 처녀로서 가지고 있는 성적 매력(권력)은 결혼하면 언니처럼 사라질 것이고 남편은 형부처럼 집으로 들어오기 싫어할 것이라고 지레짐작한다. 그래서 결혼으로 자신의 성적 주도권을 잃을까 봐 막연히 두려운 루치아나는 남성의 우위를 인정하고 그 힘에 절대복종하는 것을 대안으로 내세워 자신의 불안을 잠재우려 한다. 그러나 이는 루치아나가 처녀로서 겪는 성 정체성의 혼란일 뿐, 부부 생활에서 누가 성적 주도권을 가지게 될지는 결혼하기 전에는 아무도 모르는 일이다.

이런 맥락에서 아드리아나의 질투는 루치아나의 막연한 불안감보다 좀 더 현실적이고 근거가 있으며, 그녀의 남편에 대한 사랑은 사랑과 미움으로 확실하게 분열된 상태에 있다. 그녀는 남편의 무관심과 추정된 외도의 원인으로 이런저런 이유를 대지만 그 핵심은 자신의 성적 매력이 줄어들었거나 사라진 데 있다고 여기며 그렇게 만든 장본인으로 남편을 꼽는다. 그래서 그녀는 자기 미움의 표적으로 창녀를 지목하고 그녀를 질투하는 격렬한 감정의 소용돌이에 빠진다. 그녀의 질투는 자기 남편이 자기 여동생 루치아나에게 사랑을 고백했다는 말을 들었을 때 그 절정에 이른다. 그녀는 그를 "불구, 곱사등에 늙고 말라빠졌으며,/ 추한 얼굴, 더 추한 몸통에 다 찌그러졌고,/ 사악하며 무례하고 멍청하며 무정하고,/ 몸은 원래 기형이며 마음은 더 나빠."(4.2.19~22)라고 말하며 한껏 미워한다. 하지만 곧 "난 그가 내 말보단 낫다고 여기고,/ 딴 여자들 눈은 더 나빴으면 좋겠어 …… 혀로는 그이를 욕해도 마음으론 기도해."(4.2.25~28)라면서 사랑하는 마음을 버리지 못한다.

그러나 그녀의 질투와 그로 인한 갈등과 괴로움은 극의 결말에서 말끔히 사라진다. 혼란과 갈등의 원인이 모두 제거되었기 때문이다. 하나인 줄 알았던 안티폴루스와 드로미오가 각각 두 다른 개체라는 사실이 드러났을 뿐 아니라 그들의 부모인 에게온과 수녀원장 에밀리아의 기적 같은 재결합과 두 쌍둥이 형제의 재탄생에, 정체성의 혼란과 그로 인한 물리적이고 심리적인 변형과 분열은 설 자리를 잃는다. 만약 이 환상적인 결말에서 유일하게 남을 수 있는 정체성 혼란의 흔적이 있다면 그것은 시라쿠사 안티폴루스의 루치아나에 대한 사랑이다. 그가 "아내로는 혐오한"(3.2.153) 아드리아나는 이제 형수로 드러나 그 혐오는 사라졌지만 그녀의 여동생 루치아나, 최고의 기품과 대단히 매력적인 자태와 화술로 그를 자신의 "배반자"(3.2.156)로 만든 그녀에 대한 사랑은 살아남아 결혼을 바라보기 때문이다.(5.1.373~375) 그리고 이 극은 이 사랑의 탄생 과정을 상당한 정도의 심리적인 개연성을 가지고 추적했기 때문에 단순한 소극에서 본격적인 희극으로 발돋움할 수 있게 되었다.

끝으로 이번 번역은 켄트 카트라이트(Kent Cartwright) 편집의 아든 3판(The Arden Shakespeare, 3rd Edition) 『실수 희극(The

Comedy of Errors)』을 기본으로 하고, G. 블레이크모어 에번스 편집의 리버사이드 셰익스피어 판과, 조너선 베이트와 에릭 라스무센 편집의 로열 셰익스피어 컴퍼니 판을 참조했다. 본문의 주에 나타나는 '아든', '리버사이드', 'RSC'는 이들 판본을 가리킨다. 그리고 편리함을 목적으로 한글 『실수 희극』 대사의 행수를 5단위로 명기했으며 이는 원문의 행수와 정확히 일치하지 않음을 밝힌다.

등장인물

에게온 시라쿠사의 상인, 안티폴루스 형제의 아버지
이자 수녀원장의 남편

솔리누스 에페수스의 공작

시라쿠사의 안티폴루스 ⎤ 쌍둥이 형제로 시라쿠사 상인과 수녀원장의
에페수스의 안티폴루스 ⎦ 아들

시라쿠사의 드로미오 ⎤
에페수스의 드로미오 ⎦ 쌍둥이 형제로 안티폴루스 형제의 노예

아드리아나 에페수스 안티폴루스의 아내

루치아나 아드리아나의 여동생

에밀리아 에페수스 수녀원장으로 에게온의 아내

간수

상인 1 시라쿠사 안티폴루스의 친구

안젤로 금세공인

발사자 상인

루스 (넬) 아드리아나 집안의 부엌 하녀

상인 2 안젤로의 채권자

순경

창녀

핀치 의사 교사이자 마술사

사자

공작의 수행원들, 핀치 의사의 수행원 서너 명,
망나니 및 다른 순경들

1막 1장

에페수스의 공작 솔리누스, 시라쿠사의 상인 에게온과
간수 및 다른 수행원들과 함께 등장.

에게온	솔리누스여, 계속해서 제 몰락을 불러오고
	사형 선고 내려서 모든 불행 끝내시오.
공작	시라쿠사 상인은 더 이상 간청 마라,
	난 우리의 법 조항을 어길 생각 없으니까.

5

최근에 일어난 반목과 불화는 상인들,
거래를 잘하는 우리 동포들에 대한
당신네 공작의 악성 폭력 때문인데,
동포들은 목숨을 구해 줄 금화가 모자라
그의 엄한 법령을 피로 확인해 줬기에
우리의 위협적인 표정엔 동정이 전혀 없다.

10

왜냐하면 선동적인 네 동포와 우리들 사이에
그 치명적 내란이 벌어진 이래로
시라쿠사 사람들과 우리들 양쪽에서
적대 도시들과는 교역을 않기로
엄숙한 회의 끝에 공포됐기 때문이다.

15

더 나아가, 에페수스 태생의 누군가가
시라쿠사 시장과 장터에서 눈에 띄면,
또는 그 반대로 시라쿠사 태생의 사람이

1막 1장 장소 에페수스.

12행 내란
에페수스와 시라쿠사는 둘 다 독립된 도
시국가이지만 '내란'은 그들이 그리스의
정치적 영향권 안에 있음을 가정한 표현

이다. 또한 시라쿠사는 도리아인, 에페
수스는 이오니아인들의 나라였기 때문
에 둘 사이에 인종 간의 갈등이 있을 수
도 있다. (아든)

에페수스 항구로 들어오면 그는 죽고,
물품들은 본인이 처벌을 면하고   20
보석되기 위하여 천 마르크를 못 낼 경우
공작이 처분하는 조건으로 몰수된다.
네 자산은 최고로 높이 평가하더라도
일백 마르크에도 미치지 못한다.
그러므로 법에 의해 넌 죽을 운명이다.   25

에게온 하지만 제 위안은 당신 말이 실천될 때
제 불행도 해가 지듯 끝난다는 것입니다.

공작 좋아, 시라쿠사인, 간단히 말해 보라.
너는 왜 고향을 떠나게 되었는지,
뭣 때문에 에페수스 쪽으로 왔는지.   30

에게온 말 못 할 제 비탄을 말하는 것보다
더 무거운 부담을 짊어질 순 없겠지요.
그래도 제 결말이 추한 죄 때문이 아니라
저절로 왔다는 걸 이 세상이 알 수 있게
슬픔의 허락 받아 털어놓겠습니다.   35
시라쿠사 태생인 전 한 여자와 결혼했고,
그녀는 우리 운이 나쁘지만 않았다면
저만 위해, 저로 인해 행복했을 겁니다.
전 그녀와 환희하며 살았고, 재산은
대리인의 사망 전에 제가 가끔 떠났던   40
에피다미움 쪽 항해의 성공으로 커졌으며,
전 마구 버려둔 상품을 크게 걱정하느라
배우자를 정답게 포옹하진 못했는데,
그녀를 떠나온 지 여섯 달도 안 되어
그녀는 (여자들이 견디는 즐거운 벌,   45

임신으로 거의 기절할 것 같은 상태로)
저를 따라오려는 채비를 갖추었고
곧 무사히 제가 있는 그곳에 도착했죠.
그녀는 거기에 머문 지 얼마 안 돼
두 멋진 아들의 환희에 찬 어미가 됐는데,   50
색다른 건 한 애가 다른 애와 너무 닮아
이름밖엔 구별할 수 없었다는 점이었죠.
바로 그 시각에 바로 같은 여관에서
보잘것없는 한 여인이 양쪽이 꼭 닮은
쌍둥이 남아를 비슷하게 해산했답니다.   55
걔들을, 그 부모가 대단히 가난하여
제가 사서 아들들을 시중들게 키웠죠.
아내는 그런 두 아들이 크게 자랑스러워
집에 돌아가자고 매일 졸라 댔답니다.
전 부득이 동의했죠. 아! 우리는 너무 일찍   60
배에 올랐답니다.
에피다미움을 떠난 지 5리가 될 때까진
언제나 바람에 복종하는 그 깊은 바다에
비극적 해를 입힐 증거는 조금도 없었어요.
근데 우린 큰 희망을 오래 갖진 못했죠,   65
하늘이 우리에게 허락한 흐릿한 빛으로
우리의 겁먹은 가슴에 전달된 건
무서운 즉사의 보증밖엔 없었으니까요.
그것을 저 자신은 기꺼이 껴안으려 했지만
반드시 다가올 거라고 보았던 운명을   70
미리 울며 끊임없이 울고 있는 아내와,
공포의 대상도 모른 채 어미 따라 슬퍼하는

그 어여쁜 아기들의 딱한 울부짖음에
전 그들과 저를 위해 지연책을 찾게 됐죠.
이렇게 말이죠, 별도리 없었으니까.   75
선원들은 쪽배로 안전을 도모했고, 그때쯤
곧 침몰할 그 배를 우리에게 남겼지요.
아내는 둘째 애를 더 걱정하면서
수부들이 폭풍우용으로 준비한 것과 같은
조그만 보조 돛에 개를 동여매었고   80
걔와 함께 딴 쌍둥이 한 명을 묶었는데,
그동안 전 꼭 같이 다른 쌍에 신경 썼죠.
애들을 그렇게 처리한 뒤 아내와 전
우리 눈을 걱정되는 그들에게 고정하고
그 돛의 양쪽 끝에 우리 몸을 동여맨 뒤   85
흐름에 복종하며 곧바로 물 위를 떠돌아
코린트 쪽으로 실려 갔다 생각했답니다.
드디어 태양이 지구를 바라보며
우리를 괴롭혔던 안개를 흩어 놨고,
우리가 바랐던 햇빛의 도움으로   90
바다는 잠잠해졌으며 우리는 쏜살같이
우리를 향하는, 이쪽은 코린트 배, 저쪽은
에피다우로스 배, 두 척을 발견했답니다.
근데 둘이 오기 전에 — 오, 더는 말 못 합니다!
앞선 일로 그 속편을 추측해 보십시오.   95

공작   아니, 노인, 계속해, 그렇게 끊지 말고.
난 사면은 못 해도 동정할 순 있으니까.

에게온 오, 신들도 그랬으면 전 지금 당연히
그들이 무자비했다고 말하진 않겠죠.

50리 밖의 그 배들을 만날 수 있기 전에   100
우리는 엄청나게 큰 바위와 마주쳤고,
그것이 급격하게 다가오는 바람에
도움 주던 우리 돛은 중간에서 부러졌죠.
그리하여 이 부당한 우리의 이별로
운명은 기뻐할 것 슬퍼할 것 두 가지를   105
우리 둘 모두에게 꼭 같이 남겨 줬죠.
아내 쪽은, 불쌍해라, 몸무게는 덜 나가도
비탄의 무게는 덜하지 않은 것 같았는데,
바람 맞아 더 빠른 속도로 실려 갔고
우리가 보는 데서 그들 셋은 생각건대,   110
코린트 어부들이 건져 올렸답니다.
한참 뒤엔 다른 배가 우리를 붙잡았고,
그들이 우연히 구한 게 누군지 알고는
파선한 손님에게 유익한 환영을 해 주며
그들의 쪽배가 퍽 느리지만 않았어도   115
그 어부들의 노획물을 빼앗고 싶어 했죠.
하지만 그들은 본국으로 진로를 정했어요.
그래서 당신은 지복과 단절된 제 말 듣고,
그리하여 불행으로 생명이 늘어난 전
불운한 저 자신의 슬픈 얘기 한답니다.   120

공작   그리고 네 슬픔의 대상인 그들을 위하여
그들과 너에게 여태껏 뭔 일이 있었는지
상세히 다 말해 주는 호의를 보이게.

에게온 제 둘째가, 걱정에 있어서는 첫째지만,
열여덟이 되었을 때 자기 형에 대하여   125
꼬치꼬치 캐물으며 자신의 하인을,

그도 마찬가지로 형을 빼앗겼지만
그 이름은 가졌는데, 형 찾아가는 길에
동행시켜 달라고 제게 졸라 댔답니다.
전 개가 보고 싶어 죽을 지경이었기에   130
사랑하는 애를 잃을 위험을 감수했죠.
전 다섯 여름을 가장 먼 그리스에서 보냈고,
아시아 지역을 모조리 돌아다니면서
해안 따라 귀향 중 에페수스에 왔답니다.
찾아낼 희망은 없지만 인간을 품은 곳은   135
이곳 또는 어디든 안 찾고 두기가 싫어서죠.
하지만 제 삶의 얘기는 여기서 끝나야죠.
제 모든 여행으로 그들 삶이 보장될 수 있다면
저는 이 때맞춘 죽음에 행복해할 겁니다.

공작   불행한 에게온, 운명이 가혹한 불운의   140
극한을 겪으라고 점찍은 사람이군.
자, 믿어 주게, 국법을 어기는 게 아니고,
군주들이 원해도 취소할 수는 없는
내 왕관, 서약과 지위에 반하지 않는다면
내 영혼은 너를 위한 변호인이 되겠다.   145
비록 네게 사형이 선고되었지만,
또, 내 명예에 커다란 훼손이 없이는
내려진 판결을 돌이킬 순 없지만
난 네게 가능한 한 호의를 베풀겠다.
그러니 상인은 오늘 하루 기한으로   150
유리한 도움 얻어 네 희망을 이뤄 보라.
에페수스의 친구들을 다 시험해 보고
구걸하든 빌리든 그 금액을 맞추어

	살아 봐라. 안 되면 넌 죽을 운명이다.	
	간수, 데려가서 구금하라.	155
간수	예, 공작님.	
에게온	생명 없는 삶의 끝을 질질 끌며 미루려고	
	희망 없이, 도움 없이, 에게온은 나아간다. (함께 퇴장)	

1막 2장

시라쿠사의 안티폴루스, 상인 1, 그리고
시라쿠사의 드로미오 등장.

상인 1	그러니, 물건이 곧장 몰수 안 당하게	
	당신은 에피다미움 출신이라고 해요.	
	바로 오늘 시라쿠사 상인 한 사람이	
	여기에 도착했단 이유로 체포됐고,	
	자신의 목숨을 살 능력이 없어서	5
	지겨운 저 해가 서쪽에서 지기 전에	
	이 도시의 법령에 따라서 죽는다오.	
	(안티폴루스에게 지갑을 내민다.)	
	내가 맡아 간직했던 당신 돈입니다.	
시 안티폴루스	(지갑을 드로미오에게 주면서)	
	이걸 갖고 우리 숙소 켄타우로스로 가서	
	내가 거기 갈 때까지 있어라, 드로미오.	10
	한 시간 안이면 저녁 식사 때가 된다.	

1막 2장 장소 에페수스, 시장. 원래는 반인반수, 여기에서는 그 형상을
9행 켄타우로스 간판으로 내건 여관 이름.

	그때까지 나는 이 도시의 풍습을 살피고	
	교역자들 조사하며 건물 쳐다보다가	
	여관으로 되돌아가 잠이나 잘 거야.	
	먼 여행에 뻣뻣하고 지쳤으니 말이다.	15
	넌 가 봐.	

시 드로미오 대다수 하인들은 당신 말을 곧이듣고
밑천도 두둑하니 진짜로 가 버릴 겁니다.　　　　(퇴장)

시 안티폴루스 믿을 만한 악당인데, 제가 아주 여러 번
걱정과 우울증 때문에 둔감해졌을 때　　　　　　20
즐거운 농담으로 기분을 돋워 주죠.
보시오, 저와 함께 이 도시를 거닐다가
제 여관에 간 다음 식사하시렵니까?

상인 1 하지만 전 큰 이익을 이끌어 내고 싶은
상인들 몇 사람의 초대를 받아서　　　　　　　25
용서를 구하겠습니다. 곧 5시쯤에
괜찮다면 당신을 시장에서 만나서
그 후로 취침까지 당신과 어울리죠.
지금은 당장의 볼일로 가야겠습니다.

시 안티폴루스 그때까지 안녕히. 전 길 잃은 상태로　　　　30
아래위를 오가면서 이 도시를 구경하죠.

상인 1 당신을 자신의 만족에 맡기겠습니다.　　　　(퇴장)

시 안티폴루스 내 만족에 나를 맡기겠다는 사람은
내가 얻지 못할 것에 나를 맡기려 한다.
이 세상에 비하면 한 방울의 물 같은 난　　　　35
대양에서 또 다른 한 방울을 찾는데,
자기 짝을 찾으려고 거기에 뚝 떨어지면서
안 보인 채, 조사 중에, 자신을 파괴한다.

나 또한 그렇게 어머니와 형을 찾아
탐색 중에 불행히도 나 자신을 잃는다.   40

에페수스의 드로미오 등장.

나하고 생일이 진짜 같은 녀석이 오는군.
— 뭔 일이야? 왜 이렇게 일찍 돌아왔는데?

에 드로미오   '일찍 돌아왔다'고요? 너무 늦게 접근했죠!
닭은 타고 돼지는 쇠꼬챙이에서 빠지고,
시계는 열두 번 종을 때려 치고 있고,   45
아씨도 제 뺨을 한 번 때려 쳤답니다.
그녀는 음식이 식어서 매우 화가 나 있고,
음식은 당신이 집으로 안 와서 식었고,
당신은 식욕이 없어서 집으로 안 왔고,
음식을 먹었으니 식욕이 없겠지요.   50
하지만 굶고 기도하는 게 뭔지 아는 우리는
당신이 안 와서 금식 고행 한답니다.

시 안티폴루스   헛소리 좀 그만하고, 이건 제발 말해 줘.
너에게 내가 준 돈, 어디에 두고 왔어?

에 드로미오   아, 지난주 수요일에 아씨 등자값으로   55
그 마구 장사에게 주려 했던 16펜스?
그 마구 장사가 가졌죠, 저한테는 없어요.

시 안티폴루스   난 지금 농담할 기분이 아니니까
까불지 말고 말해. 그 돈은 어디 있어?
여기에서 우린 이방인인데 네가 감히   60
그렇게 큰돈을 직접 관리 안 한단 말이냐?

에 드로미오   주인님, 농담은 저녁을 들면서 하시죠.

전 아씨가 보내서 급하게 왔답니다.

돌아가면 전 진짜 박 터져요, 그녀가

제 골통에 당신 잘못 때려 박을 테니까요.   65

제 생각엔 당신 배도 제 것처럼 시계 되어

심부름꾼 없이도 당신을 쳐 집에 보내야겠어요.

시 안티폴루스 자, 드로미오, 자. 이런 농담, 철 지났어.

이보다 더 유쾌한 때를 위해 보관해 둬.

너에게 믿고 맡긴 그 금은 어디 있어?   70

에 드로미오 제게요? 허, 어떤 금도 주지 않으셨어요!

시 안티폴루스 나 원 참, 악당님, 바보짓은 그만두고

맡은 걸 어찌 처리했는지 말해 봐.

에 드로미오 맡은 일은 오로지 당신을 시장에서 데려와

피닉스 저택의 저녁상에 앉히는 것뿐인데,   75

아씨와 여동생이 당신을 기다려요.

시 안티폴루스 난 기독교인이니까 대답해, 내 돈을

어느 안전 장소에 보관해 뒀는지.

안 그럼 내가 기분 나쁠 때 계속해서

술수를 부리는 그 대갈통을 깰 테니까.   80

내게 받은 천 마르크, 어디에 있느냐?

에 드로미오 당신이 남긴 제 골통의 흉터가 마르크고,

아씨가 남긴 제 어깨의 흉터가 마르크라 해도

다 합쳐서 천 마르크까지는 안 됩니다.

제가 그걸 주인님께 되갚아 드린다면   85

아마 참고 견디지는 않으실 겁니다.

시 안티폴루스 "아씨가 남긴 흉터?" 어떤 "아씨", 이 종놈아?

75행 피닉스 원래는 불사조, 여기에서는 안티폴루스의 집 이름.

에 드로미오	주인님의 아내인 피닉스의 제 아씬데,
	당신이 집에 와 저녁 드실 때까지 굶으면서
	빨리 와서 저녁 식사 하시라고 기도해요. 90
시 안티폴루스	뭐, 내 앞에서 대놓고 날 이렇게 놀릴 거야,
	그런 짓은 금했는데? (드로미오를 때린다.)
	자, 맞아 봐, 악당님아.
에 드로미오	왜 이러십니까? 부디 그 손 멈추세요!
	예, 안 그러면 전 도망치겠습니다. (퇴장)
시 안티폴루스	맹세코, 이 악당은 이런저런 계책으로 95
	내 돈을 모조리, 감쪽같이 빼돌렸어.
	이 도시엔 협잡꾼이 가득하다고 했어. —
	예컨대 눈 속이는 날렵한 요술사들,
	사람 마음 바꿔 놓는 음험한 마술사들,
	몸을 변형시키는 영혼 살해 마녀들, 100
	변장한 협잡꾼들, 허풍 치는 돌팔이와
	그런 유의 수많은 — 방탕한 죄인들 말이야.
	만약에 그렇다면 난 더 빨리 떠날 거야.
	켄타우로스로 가서 이 종놈을 찾아야지.
	내 돈이 무사하지 못할까 봐 크게 겁나. (퇴장) 105

2막 1장

에페수스 안티폴루스의 아내인 아드리아나,
여동생 루치아나와 함께 등장.

2막 1장 장소 에페수스, 안티폴루스의 집.

아드리아나	남편도, 내가 그리 급하게 주인님을
	찾으라고 내보낸 그 종놈도 안 돌아와?
	루치아나, 이제 분명 2시가 됐잖아.
루치아나	아마도 웬 상인이 그를 초대하였고,
	시장에서 어딘가 식사하러 가셨겠지.	5
	착한 언니, 식사하고 안달은 하지 마.
	남자란 자신의 자유 가진 주인이야.
	때가 그들 주인이고 그들은 때를 봐서
	가거나 오거나 해. 그러니, 참아, 언니.
아드리아나	왜 그들의 자유가 우리보다 많아야지?	10
루치아나	그들의 볼일은 늘 집 밖에 있으니까.
아드리아나	내가 밖에 나갈 때면 안 좋게 받아들여.
루치아나	오, 그는 언니의 소망에 굴레란 걸 알아 둬.
아드리아나	그런 굴레 쓰는 건 바보들밖에 없어.
루치아나	허 참, 자유를 고집하면 비탄의 채찍 맞아.	15
	저 태양 아래에 자리한 것 가운데
	땅, 바다, 하늘에 안 매인 건 없으니까.
	짐승과 물고기, 날개 달린 새들도
	수컷들의 부하이고 그들의 통제 받아.
	이 모두의 주인인 남자는 더 신성해서	20
	이 넓은 세상과 저 거친 바다의 지배자로
	물고기와 날짐승보다는 훨씬 더 탁월한
	지적인 감각과 영혼을 부여받아
	여성들의 주인이고 그들의 지배자야.
	그러니 언니의 소망을 그들 것과 일치시켜.	25
아드리아나	그러한 노예근성 때문에 넌 결혼 못 해.
루치아나	그거 말고 부부의 잠자리가 걱정돼서.

아드리아나	그래도 결혼하면 주도권을 좀 갖게 될 거야.
루치아나	난 사랑을 알기 전에 복종 연습 할 거야.
아드리아나	네 남편이 딴 데로 휙 떠나면 어쩌지?
루치아나	다시 집에 올 때까지 나를 억누를 거야.
아드리아나	부동의 인내심! — 애가 망설이는 건 당연해.

아드리아나 딴 이유가 없다면 온순할 수도 있어. —
우리는 역경으로 상처 입은 불행한 사람이
외치는 소리를 들으면 조용하라고 해.   35
하지만 우리도 같은 유의 아픔을 겪는다면
그만큼 또는 더 크게 불평할 것이야.
그처럼 넌 널 아프게 하는 짝이 없으니까
무력한 인내를 역설하며 날 안심시키려 해.
근데 네가 같은 권리 빼앗기는 날이 오면   40
너의 그 바보 같은 인내심은 버리겠지.

루치아나 글쎄, 난 그냥 시험 삼아 언젠가 결혼할래.

에페수스의 드로미오 등장.

언니 하인이야. 이제는 남편도 가까이 왔어.

아드리아나	이봐, 지각생 주인님은 이제 곧 오시냐?
에 드로미오	아뇨, 하지만 그의 두 손은 벌써 제 뺨 위에 올라왔어 45
	요, 이 두 귀가 증언할 수 있답니다.
아드리아나	이봐, 그와 말을 나눴어? 그 맘을 아느냐고?
에 드로미오	예, 예, 자기 맘을 제 귀에다 말했어요.
	염병할 그의 손, 도저히 이해할 수 없었죠.
루치아나	말씀이 참 모호해서 그 의미를 못 느꼈어? 50
에 드로미오	아뇨, 그는 아주 분명히 저를 쳐서 저는 그 주먹을 너

30

무 잘 느낄 수 있었고, 그 결과 저는 매우 흐리멍덩해
져서 거의 이해할 수 없었죠.

아드리아나   근데 제발 말해 봐, 집으로 오고 있어?
아내를 기쁘게 해 줄 맘이 많은 것 같은데.   55

에 드로미오   허 참, 아씨, 주인님은 뿔나서 미쳤어요.

아드리아나   "뿔이 나서 미쳤다고," 악당아?

에 드로미오   오쟁이 져서가 아녜요! 분명코 확 미쳤지만.
집으로 식사하러 오시라고 했더니
금으로 천 마르크를 제게 요구하셨어요.   60
"식사 시간" 그랬는데 "금 내놔!" 하셔요.
"고기가 탔어요," 했는데, "금 내놔!" 하셔요.
"오실 거죠?" 그랬는데 "금 내놔!" 하셔요.
"내가 준 천 마르크 어디 있어, 악당아?"
"돼지가 탔어요." 했는데 "금 내놔!" 하셔요.   65
"아씨께서 — " 했는데 "빌어먹을 네 아씨,
네 아씨 난 몰라, 우라질 네 아씨!" 하셔요.

루치아나   누가 그리하시나?

에 드로미오   주인님이 그러시죠.
"난 집도, 아내도, 아씨도 모른다." 하셔요.   70
그래서 제 혀로 되가져올 심부름을
그분 덕에 제 어깨로 받아서 집에 왔죠.
왜냐하면 결국 거길 때리셨으니까.

아드리아나   종놈아, 돌아가서 집으로 모시고 와.

에 드로미오   '돌아가서' 새롭게 얻어맞고 집에 와요?   75

56행 뿔나서
드로미오는 이 말을 '화나서'란 뜻으로
썼지만 아드리아나는 그것을 오쟁이 진   남편의 이마에 뿔이 돋는다는 속설을 연
상시키는 말로 받아들인다.

맙소사, 좀 다른 심부름꾼 보내세요!

아드리아나 돌아가, 종놈아, 안 그럼 그 골통을 깨 놓겠다.

에 드로미오 그럼 그는 깨진 곳을 십자로 또 깨서
성스러운 머리로 만들어 주시겠죠.

아드리아나 어서 가, 허풍 치는 촌놈아! (그를 때린다.)
　　　　　　　　　　　　　주인님 모셔 와.　　　　　　　80

에 드로미오 둘이서 절 이렇게 축구공 차듯이 할 만큼
둘의 눈엔 이 몸이 둥글게 보이나요?
저를 차 쫓아내면 그가 차서 쫓겨와요.
저를 계속 쓰려면 가죽을 꼭 씌우세요.　　　　(퇴장)

루치아나 에이, 못 참아서 험악한 언니의 얼굴 좀 봐!　　　85

아드리아나 난 집에서 즐거운 표정에 목말라하는데
그는 자기 계집들과 노는 게 틀림없어.
불쌍한 내 뺨의 매력과 미색이 나이 들어
초라해져 버렸나? 그럼 그가 파괴했어.
내 대화가 지루해? 기지가 메말랐어?　　　　　90
유창하고 날카로운 대화가 죽었다면
대리석보다 더 냉혹한 무정으로 무뎌졌어.
그들의 야한 옷이 그의 애정 꾀어내나?
그건 내 잘못 아냐, 내 꼴의 주인은 그니까.
그가 아니 망쳤는데 내게서 망가진 게　　　　95
뭐가 있지? 그렇다면 내 외모 훼손의
원인은 바로 그야. 무너진 내 미모는
그의 밝은 표정으로 곧 회복될 거야.
근데 그는 막 날뛰는 사슴처럼 울짱 넘어
외박하고, 딱한 나는 놀림감일 뿐이야.　　　　100

루치아나 자해하는 질투심! 그런 거 쫓아 버려.

아드리아나   우둔한 바보나 그런 잘못 참을 수 있겠지.

그의 눈은 딴 데 충성하는 줄 알고 있어,

안 그렇담 뭐에 막혀 여기로 못 오지?

얘, 그가 내게 팔찌를 약속한 거 넌 알아.   105

그런 일, 그런 일은 좀 뒤로 미뤄 두고

자기 침대, 고운 자리 지켰으면 좋겠어.

난 알아, 최고로 채색된 보석도

그 광채를 잃을 거고 ― 금은 누가 만져도

늘 그대로이지만, 그래도 여러 번 만지면   110

금도 닳아. ― 그래서 거짓과 타락으로

명성을 얻는 자는 그 명성에 치욕을 줘.

그의 눈이 내 미모로 즐겁지 못하니까

남은 것도 다 울어 없애고, 울면서 죽을 거야.

루치아나   미친 질투 섬기는 바보 등신, 정말 많네!   (함께 퇴장)   115

2막 2장

시라쿠사의 안티폴루스 등장.

시 안티폴루스   드로미오에게 줬던 금은 켄타우로스에

안전하게 있었고, 주의 깊은 그 종놈은

걱정하며 날 찾으러 이리저리 돌아다녀.

내 계산과 여관 주인 보고에 따르면,

드로미오를 장터에서 처음 보낸 이후로   5

난 그와 얘기를 못 나눴어.

2막 2장 장소   에페수스, 시장.

저 봐, 왔어.

— 그래 이제, 즐거운 기분이 바뀌었어?

넌 주먹이 좋다니까 나와 다시 농담해 봐.

켄타우로스를 몰라? 금을 받지 않았어?

아씨가 "식사하러" 오라고 널 내게 보냈어?   10

내 집이 피닉스에 있다고? 너 미쳤어,

그래서 그렇게 미친 듯이 대답했어?

시 드로미오   무슨 대답인데요? 그런 말 언제 했죠?

시 안티폴루스   바로 지금, 바로 여기, 반 시간도 안 지났어.

시 드로미오   당신이 절 여기서 켄타우로스 집으로   15

금을 줘서 보낸 뒤로 전 당신을 못 봤어요.

시 안티폴루스   악당아, 너는 금 받은 걸 정말로 부인했고

나에게 웬 아씨와 식사 얘길 했었어.

그래서 내 불쾌감을 맛봤기 바란다.

시 드로미오   이렇게 즐거운 주인님 보는 전 기쁘지만   20

이 무슨 장난이죠? 꼭 얘기해 줘요.

시 안티폴루스   응, 면전에서 날 비웃고 무시한단 말이지?

장난하는 것 같아? 자, 먹어라, (그를 때린다.)

이것도!

시 드로미오   맙소사, 멈춰요! 당신 장난, 이제는 진지해요.

무슨 일 때문에 저를 한 방 먹이시죠?   25

시 안티폴루스   왜냐하면 때로는 내가 너를 바보처럼

편하게 대하면서 잡담을 나눴다고

네놈이 건방지게 내 호의를 희롱하고

내가 심각할 때도 마구 끼어드니까.

	어리석은 날벌레는 해가 날 땐 장난쳐도 30
	그 빛이 가려지면 틈새로 숨어야 해.
	네가 나와 농담할 거라면 내 안색 살피고
	네 거동을 내 표정에 맞춰라, 안 그러면
	이 교훈을 대갈통에 때려 넣어 주겠다.

시 드로미오 "대갈통"이라고요? 두들겨 패는 걸 멈추시면 전 그걸   35
머리로 갖고 싶은데요. 당신이 이런 주먹질을 오래 하
면 전 머리에 보루를 쌓고 보강도 해야겠어요, 안 그러
면 제 기지를 어깨에서 찾아야 할 판입니다. 그런데,
저, 제가 왜 얻어맞죠?

시 안티폴루스 모른단 말이냐?   40

시 드로미오 제가 얻어맞은 것밖엔 모릅니다.

시 안티폴루스 이유를 말해 줘?

시 드로미오 예, 주인님, 그 까닭도요. 사람들 말이 모든 이유엔 까
닭이 있다고 하니까.

시 안티폴루스 "이유"는 첫째 날 조롱해서이고, 다음으로   45
"까닭"은 그걸 내게 거듭 재촉해서야.

시 드로미오 그 누가 이렇게 때 아니게 맞은 적 있었지,
그 이유와 까닭이 도무지 도리에 안 맞는데?
여하튼 고마워요.

시 안티폴루스   고맙다고, 뭣 때문에?

시 드로미오 그야, 아무것도 아닌 일로 당신이 저에게 먹여 준 그   50
무엇 때문이죠.

시 안티폴루스 다음번에는 내가 방법을 좀 고쳐서 네가 뭔 일을 해도
아무것도 안 먹일게. 근데 말이야, 저녁 먹을 시간 됐
어?

시 드로미오 아뇨, 저는 됐는데 고기는 안 된 것 같아서요.   55

시 안티폴루스	정말, 뭐가 안 됐는데?
시 드로미오	기름칠요.
시 안티폴루스	그럼 말라 있겠구나.
시 드로미오	그렇다면 제발 그건 하나도 먹지 마세요.
시 안티폴루스	그 이유는?
시 드로미오	그게 당신을 성마르게 하고, 그래서 저를 마른 명태 패듯이 패게 할 테니까요.
시 안티폴루스	글쎄, 때맞춰 농담하는 법을 배워라, 만사엔 때가 있으니까.
시 드로미오	전 그 사실을 당신이 그토록 성마르기 전에는 감히 부정했을 겁니다.
시 안티폴루스	무슨 법칙에 의해서?
시 드로미오	그야, 시간 노친의 훤한 대머리만큼이나 훤한 법칙에 의해서요.
시 안티폴루스	그거 좀 들어 보자.
시 드로미오	인간에겐 저절로 대머리가 되는 걸 회복할 시간이 없답니다.
시 안티폴루스	이전 증서나 양도 확인으로 그렇게 할 순 없을까?
시 드로미오	예, 가발 이전 비용을 내고 딴 사람이 잃은 머리털을 양도받으면 되죠.
시 안티폴루스	시간 노친은 왜 그렇게 털에 대해 인색하지, 지금 상태로도 아주 풍성하게 자라는데?
시 드로미오	그건 그가 짐승들에게 내리는 축복이니까요. 그가 인간에게 털을 가지고 아낀 몫은 지능의 형태로 줬답니다.
시 안티폴루스	그래, 하지만 지능보다 털이 더 많은 인간도 많아.
시 드로미오	그 사람들 중 누구도 털을 잃을 지능은 없답니다.

60

65

70

75

80

시 안티폴루스	그럼 넌 털 많은 사람은 지능 없이 순진한 사람이라는 결론을 내렸어.	
시 드로미오	더 순진할수록 더 빨리 잃죠. 근데 약간은 기쁘게 잃는 답니다.	85
시 안티폴루스	왜 그럴까?	
시 드로미오	두 가지, 그것도 건강한 이유로요.	
시 안티폴루스	아니, 건강하진 않아, 참말로.	
시 드로미오	그럼, 확실한 걸로 하죠.	90
시 안티폴루스	아니, 확실하지도 않아, 믿을 수 없으니까.	
시 드로미오	그럼, 분명한 걸로 하죠.	
시 안티폴루스	말해 봐.	
시 드로미오	하나는 머리 손질하는 데 드는 돈을 아끼는 거고, 또 하나는 식사 때 그게 국물에 안 떨어지는 거죠.	95
시 안티폴루스	넌 여태껏 만사에 맞는 때는 없다는 사실을 증명하려고 했어.	
시 드로미오	아 참, 그랬죠. 즉, 저절로 빠진 머리털을 회복할 시간조차 없다고 말이죠.	
시 안티폴루스	그런데 왜 회복할 시간이 없는지에 대한 이유는 확실한 근거가 없었어.	100
시 드로미오	그럼 이렇게 고칠게요. 시간은 그 자신이 대머리고, 그래서 그를 따르는 자들은 이 세상이 끝날 때까지 대머리일 거라고.	
시 안티폴루스	난 그게 대머리 같은 결론일 줄 알았어.	105

그들에게 손짓하는 아드리아나, 그리고 루치아나 등장.

근데 잠깐! 누가 손을 흔들지?

아드리아나	예, 예, 안티폴루스, 낯선 척 찌푸려요.
	부드러운 안색은 딴 여자에게 줬으니까.
	전 아드리아나도 당신의 아내도 아녜요.
	한때는 당신이 재촉도 안 받은 채 맹세했죠. 110
	어떤 말도 당신 귀엔 음악이 아니었다,
	어떤 것도 당신 눈엔 즐겁지 않았다,
	그 누가 내 손을 잘 만져도 환영 못 받았다,
	고기는 전혀 맛이 없었다고, 제가 만약
	말하거나, 보거나, 만지거나, 안 썰어 먹이면요. 115
	근데 이젠 어째서, 서방님, 오, 어째서,
	당신이 스스로 낯선 사람 되었나요?
	'스스로' 된 것이 맞아요, 소중한 당신의
	영혼보다 더 나은, 떼려야 뗄 수 없는
	한 몸이 된 저에게 낯설게 구니까. (그에게 손을 뻗는다.) 120
	아, 자신을 제게서 떼 가지 마세요!
	여보, 당신이 자신을 제게서 빼 가면서
	저 또한 안 가져가는 것보단 소용돌이 속으로
	물 한 방울 떨어뜨린 다음에 그 방울을
	물 전체의 가감 없이 따로 가져가는 게 125
	더 쉬울 수 있다는 걸 아셔야 합니다.
	당신은 제가 음탕하다고 듣기만 하여도
	얼마나 뼛속 깊이 상처를 받겠어요?
	그런데 당신에게 바쳐진 이 몸이
	불한당인 욕망에게 더럽혀졌다면요? 130
	당신은 저에게 침 뱉고 발길질하면서
	제 얼굴에 '남편'이란 이름을 내던지고,
	저의 창녀 이마에서 물든 피부 찢어 내며

거짓된 제 손에서 결혼반지 잘라 내어

독한 이혼 맹세하며 깨뜨리지 않겠어요?　　　　135

그럭할 수 있다고 아니까 그렇게 해 봐요!

전 간통범 오점에게 점령됐고, 제 피는

욕정이란 죄악과 뒤섞여 있답니다.

우리 둘이 하나인데 당신이 부정하면

전 당신에 의하여 감염된 창녀로서　　　　140

당신 몸의 독성을 소화 흡수하니까요.

당신이 참된 침대, 고운 협정 지키면

전 아무런 오염 없이, 당신은 치욕 없이 살아요.

시 안티폴루스　고운 부인, 제게 간청하셔요? 당신을 몰라요.

에페수스에 온 지는 두 시간도 안 됐고,　　　　145

당신 애기만큼이나 이 도시는 낯설어

당신 말을 지능 다해 낱낱이 살펴봐도

지능이 모자라 한마디도 이해 못 합니다.

루치아나　쳇, 형부! 당신도 세상도 참말로 변했네요.

언제부터 언니를 이렇게 대했어요?　　　　150

집에서 식사하시라고 드로미오 보냈는데.

시 안티폴루스　드로미오를 보내?

시 드로미오　저를요?

아드리아나　널 보냈고, 넌 이렇게 그의 말을 전했어.

그는 널 두들겼고 주먹을 날리면서　　　　155

집도 나도 자기 것과 자기 아내 아니랬어.

시 안티폴루스　(드로미오에게)

이봐, 네가 이 귀부인과 대화를 나눴지?

네 계책의 목적과 의미가 무엇이냐?

시 드로미오　저요? 전 그녀를 이때껏 본 적이 없어요.

시 안티폴루스	거짓이야, 악당아! 넌 바로 그녀 말을	160
	시장에서 나에게 정말 전달했으니까.	
시 드로미오	전 그녀와 생전에 얘기한 적 없어요.	
시 안티폴루스	그러면 우리 이름 어떻게 알 수 있지? ―	
	영감을 받은 게 아니라면 말이야.	
아드리아나	당신이 종놈과 이토록 명백히 위장하고	165
	그에게 제 기분 거스르라 사주하시는 건	
	당신의 위엄에 정말로 안 어울려요.	
	당신이 제게서 멀어진 게 제 잘못이라도	
	그 잘못을 더욱 큰 경멸로 모욕은 마세요.	
	자, 제가 당신 소매를 꼭 잡을게요. (그의 팔을 잡는다.)	170
	여보, 당신은 느릅나무, 전 포도 덩굴인데	
	연약한 그것은 더 강한 당신과 결합하여	
	당신의 강한 힘과 소통하게 되었어요.	
	당신을 제게서 뺏는 게 있다면, 찌꺼기,	
	찬탈하는 담쟁이, 찔레나 불모의 이끼인데	175
	잘라 내지 않으니까 다들 당신 수액을	
	침범해 더럽히며 당신의 파멸로 살아가요.	
시 안티폴루스	(방백)	
	그녀는 나에게 말을 걸고 나를 주제 삼는다.	
	뭐, 내가 이 여자와 꿈속에서 결혼했나?	
	아니면 자면서 이걸 다 듣는다 생각하나?	180
	뭔 실수로 우리 눈과 귀가 다 빗나갔지?	
	분명한 이 불가사의를 알아낼 때까지	
	제안 받은 이 오류를 난 받아들이겠다.	
루치아나	드로미오, 가서 하인들에게 저녁상 차리라 해.	
시 드로미오	(방백)	

오, 맙소사! 죄인 위한 십자를 그어야지.　　　　　　185

　　　　　　　　　　　　(가슴에 십자를 긋는다.)

이건 요정 나라야. 오, 엎친 데 덮쳤어,

우리는 도깨비, 올빼미, 정령과 얘기해!

복종하지 않으면 놈들은 우리 숨을

빨아먹어 버리고 시퍼렇게 꼬집을걸.

루치아나　너는 왜 씨부렁거리면서 대답 안 해?　　　　　190

드로미오, 이 달팽이, 느림보, 술고래야.

시 드로미오　(안티폴루스에게)

주인님, 제 형체가 변했지요, 안 그래요?

시 안티폴루스　네 마음이 그런 것 같은데, 나처럼.

시 드로미오　아뇨, 주인님, 마음과 생김새 둘 다요.

시 안티폴루스　네 모습은 그대로야.

시 드로미오　　　　　　　　　아뇨, 원숭이랍니다.　　　　195

시 안티폴루스　어떤 걸로 변했다면 그건 바로 나귀야.

시 드로미오　맞아요. 그녀가 저를 타고 전 풀을 갈망하죠.

예, 저는 나귀에요. 그녀가 절 아는 만큼

그녀를 모를 수는 절대로 없잖아요.

아드리아나　자, 자, 전 더 이상 바보처럼 손가락으로　　　　200

눈 찔러 울면서 하인과 그 주인이

제 비탄을 비웃도록 놔두지 않겠어요.

자, 여보, 식사해요. — 드로미오, 그 문 지켜.

　— 서방님, 전 오늘 당신과 위에서 식사하며

당신의 천 가지 헛된 장난 사해 줄 거예요.　　　　205

　— 야, 누가 만약 너에게 주인님을 찾거든

외식 중이라고 하고, 아무도 들이지 마.

　— 가자, 동생. — 드로미오, 문지기 역할 잘 해.

시 안티폴루스 (방백)

내가 땅에, 하늘에, 아니면 지옥에 와 있나?

잠자거나 깨어 있나? 미쳤거나 신중한가?　　　　210

이들을 알면서도 나 자신을 가장하나?

난 이들의 말을 하고 꾸준히 그럴 것이며,

이 안개 속에서 모든 모험 다 할 거야.

시 드로미오 주인님, 제가 이 문에서 문지기를 할까요?

아드리아나 암, 그 골통 안 부수게 아무도 들이지 마.　　215

루치아나 자, 자, 안티폴루스, 너무 늦은 식사예요.

　　　　　　　　　　(드로미오를 마지막으로 함께 퇴장)

3막 1장

에페수스의 안티폴루스. 그의 하인 드로미오.

금세공인 안젤로와 상인 발사자 등장.

에 안티폴루스 안젤로 씨, 모든 걸 꼭 해명해 주시오.

내 아내는 시간을 안 지키면 성질내요.

내가 당신 가게에 함께 지체하면서

그녀의 목걸이 제작을 구경했고, 내일은

당신이 집으로 가져온단 말도 해요.　　　　5

(드로미오를 가리키며)

근데 이 악당이 뻔뻔하게 우기면서

시장에서 날 만났고 내가 그를 때렸으며,

그에게 금으로 천 마르크 맡겼고, 또

3막 1장 장소　에페수스, 안티폴루스의 집 앞.

내 아내와 집을 부인했다고 말했어요.

(드로미오에게)

이 주정뱅이야, 너, 그게 무슨 말이야?　　　　　10

에 드로미오　맘대로 말하세요, 하지만 전 아는 건 압니다.

시장에서 절 때린 건 당신 손이 밝혀 줘요.

피부는 양피지, 제게 먹인 주먹이 잉크라면

당신의 필체가 제 생각을 말해 줄 겁니다.

에 안티폴루스　넌 나귀 같아 보여.

에 드로미오　　　　　　　참, 그렇게 비치겠죠,　　　　　15

받았던 학대와 견뎠던 주먹으로 본다면.

차였던 전 차야겠고 궁지에 몰렸으니

제 발길질 피하고 나귀 조심하십시오.

에 안티폴루스　발사자 씨, 심각해 보이오. 부디 우리 음식이

내 호의와 환영받는 당신에게 걸맞기를.　　　　　20

발사자　난 당신 과자는 값싸게, 환영은 소중히 여기오.

에 안티폴루스　오, 발사자 씨, 식탁을 환영으로 꽉 채워도

고기든 물고기든 맛있는 요리만은 못하죠.

발사자　맛 좋은 음식은 흔해서 촌사람도 다 내놔요.

에 안티폴루스　환영은 더 흔하죠, 오로지 헛말일 뿐이니까.　　　　　25

발사자　적은 음식, 큰 환영에 잔치는 유쾌해지지요.

에 안티폴루스　예, 구두쇠 주인과 더 검소한 손님에겐 그렇죠.

내 진미는 약소하나 기분 좋게 드십시오.

더 나은 음식은 있어도 더 나은 마음씬 없어요.

(자기 집 문을 열려고 한다.)

잠깐만, 이 문이 잠겼군요.

(드로미오에게)　　　　　가서 열어 달라고 해.　　　　　30

에 드로미오　(부른다.)

모드와 브리짓, 마리안, 시슬리, 길리안, 진!

시 드로미오 (문의 반대편, 안에서)

멍청이, 미련퉁이, 내시, 바보, 백치, 광대!

그 문에서 썩 물러나든지 쪽문에 앉아 있어.

계집들을 싸잡아 부르다니, 하나도 지나친데

걔들에게 마술 거냐? 저리 가, 문에서 물러나.　　　35

에 드로미오 웬 광대 문지기야? ─ 주인님이 길에서 기다리셔.

시 드로미오 (안에서)

발 시리지 않도록 왔던 데로 걸어가시라고 해.

에 안티폴루스 말하는 게 누구냐? 여봐라, 문 열어!

시 드로미오 (안에서)

좋아요, 이유를 대 주면 언제 열지 말해 주죠.

에 안티폴루스 '이유'라고? 식사하러. 난 오늘 식사를 못 했어.　　　40

시 드로미오 (안에서)

오늘은 여기서도 못 해요. 때가 되면 오세요.

에 안티폴루스 내 소유의 집에서 나를 쫓아내는 넌 누구냐?

시 드로미오 (안에서)

이 시간의 문지기로 이름은 드로미오랍니다.

에 드로미오 오, 악당, 넌 내 지위, 내 이름을 다 훔쳤어.

하나는 인정도 못 받고, 또 하난 큰 욕만 먹었어.　　　45

네가 만약 오늘 내 위치의 드로미오였다면

네 위치를 내주고 나귀란 이름을 받았을걸.

루스, 집 안에서 등장.

루스 (안에서)

웬 난리야, 드로미오? 저 문에 있는 이들 누구야?

에 드로미오	주인님 들여보내, 루스.	
루스	(안에서)　　　　　　　정말 안 돼, 너무 늦게 오셨어.	
	그렇게 말씀드려.	
에 드로미오	맙소사, 웃어야 하겠네!	50
	속담 공격 할 테니까 받아 봐. — '내 뼈를 묻을까?'	
루스	(안에서)	
	내 것도 받아 봐. '언제요? 말해 줄 수 있나요?'	
시 드로미오	(안에서)	
	네 이름이 '루스'라면, 루스, 넌 대꾸 잘했어.	
에 안티폴루스	(루스에게)	
	계집애야, 내 말 들려? 들여보내 줄 거지?	
루스	(안에서)	
	너한테 물어보려 했는데.	
시 드로미오	(안에서)　　　　　근데 넌 '안 돼' 했어.	55
에 드로미오	자, 좀 — 도와줘요. (그들이 문을 두들긴다.)	
	잘 쳤어요! 주먹엔 주먹이죠.	
에 안티폴루스	이 잡것아, 들여보내!	
루스	(안에서)　　　누굴 위해 그래야죠?	
에 드로미오	주인님, 문을 세게 치세요.	
루스	(안에서)　　　　　　깰 때까지 치라고 해.	
에 안티폴루스	계집애야, 내가 문을 부수면 넌 울게 될 거야.	
	(문을 두드린다.)	
루스	(안에서)	
	족쇄 있는 도시에서 이게 다 왜 필요해?　　(퇴장)	60

아드리아나 등장.

아드리아나	(안에서)
	문간에서 이런 소음 다 내는 게 누구란 말이냐?
시 드로미오	(안에서)
	맹세코, 이 도시는 날뛰는 애들이 성가셔요.
에 안티폴루스	(아드리아나에게)
	여보, 당신이오? 좀 앞서서 나오지 그랬소.
아드리아나	(안에서)
	여보라고, 건달께서? 저리 가, 문에서 떨어져.　(퇴장)

에 드로미오　주인님, 당신이 아프면 이 '건달'은 쓰리겠죠.　　65

안젤로	(안티폴루스에게)
	음식도 환영도 없군요. 뭐든지 있으면 좋겠소.

발사자　어느 게 최고인지 따질 동안 하나도 못 받아요.

에 드로미오　이분들은 문간에 서 있으니 환영을 표하세요.

에 안티폴루스　바람이 이상해서 우리가 못 들어가는 거야.

에 드로미오　입은 옷이 얇다면 그렇게 말씀하시겠지요.　　70

당신 떡은 안에서 따뜻한데 추운 데 서 계셔요.

누구든 이런 놀림 당하면 수사슴처럼 미치겠죠.

에 안티폴루스　가서 뭐든 집어 와, 문을 깨서 열 테니까.

시 드로미오	(안에서)
	뭘 깨든 깨 봐라, 그 건달 골통을 깨 줄 테니.

에 드로미오　너에게 말을 쏠 순 있지만 말은 그냥 가스니까,　　75

암, 뒤쪽으로 안 쏘려고 네 얼굴에 쏘는 거야.

시 드로미오	(안에서)
	넌 깨지길 원하는 것 같군. 썩 꺼져라, 상놈아!

에 드로미오　'썩 꺼져!'는 너무 심한 말이야. 제발 들여보내 줘.

68행 이분들　안젤로와 발사자.

시 드로미오	(안에서)
	암, 새에게 깃털 없고 고기에게 지느러미 없을 때.
에 안티폴루스	좋아, 깨고 들어가겠다. 지레 좀 빌려 와.
에 드로미오	깃털 없는 쇠를요? 주인님, 그런 뜻인가요?
	지느러미 없는 물고기처럼 깃털 없는 쇠막대야.

(시라쿠사의 드로미오에게)

야, 우리가 쇠지레로 들어가면 한판 붙자.

에 안티폴루스	가, 가 보란 말이다. 쇠지레를 가져와.
발사자	인내심을 가지시오. 오, 그러지 마시오!

이 점에서 당신은 당신의 평판과 싸우고,
여태껏 훼손 안 된 아내의 순결을
의심의 범위 안에 끌어들이고 있소.
간략히, 당신이 오래 겪은 그녀의 지혜와
정숙한 미덕, 나이, 겸손으로 봤을 때
당신이 모르는 이유가 그녀 편에 있으니
그녀가 저 문을 왜 이 시각에 닫았는지
잘 해명할 것임을 의심하지 마시오.
내 충고에 따라서 인내하며 떠난 다음
모두들 호랑이 여관에서 식사하고
저녁때쯤 당신이 혼자서 여기로 와
이 이상한 통제의 원인을 알아봐요.
만약에 당신이 강제로 지금 이 대낮에
사람들이 붐비는데 깨고 들어간다면
그에 관한 추문이 생겨날 것이고,
대중들은 그것을 아직은 훼손 안 된
당신의 명성과 어긋나게 믿을 테고,
당신이 죽었을 땐 당신의 무덤에

80

85

90

95

100

더럽게 침투하여 머물 수도 있을 거요.
왜냐하면 비방은 그 대상자 속에서   105
영원한 집을 짓고 대를 물려 사니까.

에 안티폴루스 당신 말에 설복됐소. 난 조용히 떠나서
격노에도 불구하고 유쾌해질 것이오.
대화술이 뛰어난 계집을 난 아는데,
예쁘고 재치 있고 거친데도 부드럽소.   110
거기서 식사하죠. 내가 말한 이 여자 때문에
내 아내가 — 하지만 단언컨대 부당하게 —
여러 번에 걸쳐서 날 꾸짖었답니다.
그녀에게 식사하러 갑시다. (안젤로에게) 집에 가서
그 목걸이 가져와요, 지금쯤 다 됐을 겁니다.   115
제발 그걸 두더지 여관으로 가져와요,
저게 그 업소니까. 나는 그 목걸이를 —
오로지 내 아내를 곯리려고 — 거기 있는
그 여주인에게 선사할 것이오. 서둘러요.
내가 내 문전에서 박대를 당했으니   120
딴 데를 두드리고, 날 무시하는지 볼 거요.

안젤로 몇 시간 뒤 그곳에서 당신을 만나겠소.

에 안티폴루스 그러시오. 이 장난엔 비용이 좀 들겠군요.

> (에페수스의 안티폴루스와 드로미오, 안젤로, 발사자,
> 함께 퇴장. 시라쿠사의 드로미오, 따로 퇴장)

117행 업소 두더지 여관을 말하고, 안티폴루스는 무대 위의 한쪽을 가
리킨다. (아든)

3막 2장

루치아나, 시라쿠사의 안티폴루스와 함께 등장.

루치아나　　당신이 남편의 임무를 싹 잊어버리는 게
　　　　　　　가능한 일인가요? 안티폴루스, 사랑의 봄
　　　　　　바로 그 속에서 당신의 사랑 싹은 썩나요?
　　　　　　　사랑이 자라면서 그렇게 파괴돼요?
　　　　　　당신이 재산 보고 언니와 결혼한 거라면　　　　　5
　　　　　　　재산 위해 그녀를 더 다정히 대하세요.
　　　　　　딴 데 마음 주더라도 은밀히 그리하고,
　　　　　　　그 거짓 사랑을 눈먼 척하면서 감춰서
　　　　　　언니가 당신 눈 속에선 못 읽게 만들며,
　　　　　　　당신 혀로 당신 수치, 웅변하진 마세요.　　　10
　　　　　　고운 모습, 살가운 말, 배신에 어울리니
　　　　　　　악덕을 미덕의 선구자처럼 옷 입혀요.
　　　　　　마음은 오염됐더라고 몸가짐은 잘하고,
　　　　　　　죄에게는 성자의 행동거지 가르쳐요.
　　　　　　비밀히 외도해요. 그녀가 알 필요 뭐 있죠?　　　15
　　　　　　　어떤 바보 도둑이 자기 오점 떠벌려요?
　　　　　　당신이 잠자리를 빼먹고 식사 때 그녀에게
　　　　　　　그 사실을 들키는 건 이중 잘못이랍니다.
　　　　　　수치는 잘 다루면 가짜 명성 얻는 반면
　　　　　　　못된 짓은 실토하면 두 배가 된답니다.　　　20
　　　　　　아아, 불쌍한 여자들! 신뢰 꽉 찬 우리를
　　　　　　　사랑하고 있노라고 믿게만 만들고,

3막 2장 장소　에페수스, 안티폴루스의 집 앞.

팔은 남이 가져도 소매는 우리에게 보여요.
　당신들 몸짓 따라 돌면서 영향도 받으니까.
그러니, 형부, 안으로 다시 들어가세요.　　　　　　　　25
　언니를 위로 격려하면서 아내라고 불러요.
달콤한 아침의 숨결로 다툼을 녹일 때
　약간은 속이는 게 성스러운 장난이랍니다.

시 안티폴루스　어여쁜 아가씨 — 딴 이름이 있는진 몰라도,
　그 어떤 기적으로 내 것을 맞혔는진 몰라도 —　　30
당신의 지식과 미덕은 당신이 이 땅의
　기적이고, 이 땅보다 신성함을 보여 줘요.
알려 줘요, 귀인이여, 생각과 말 어찌할지.
　흙처럼 둔탁한 내 이해력을 위하여 —
오류에 숨 막혀 허하고, 얕고도 약하니까 —　　　35
　속이는 당신 말의 숨은 뜻을 밝혀 줘요.
왜 당신은 내 영혼의 순수한 진실 덮고
　그것을 미지의 들판에서 방황케 만들죠?
당신은 신이오? 나를 재창조하렵니까?
　그럼 날 바꿔요, 당신 힘에 복종할 테니까.　　　40
근데 내가 나라면, 울고 있는 당신 언니
　내 아내가 아니고, 난 그녀의 잠자리에
충성을 빚지지도 않았음을 잘 압니다.
　훨씬 더, 훨씬 더, 난 당신께 기울어요.
오, 어여쁜 인어여, 그 노래로 날 유인해　　　　　45
　언니의 눈물 강에 빠뜨리지 마시오.

47행 세이렌　인어와 더불어 고혹적인 노래로 사람을 익사시키는 바다
의 요정.

자기 위해 노래하면, 세이렌, 난 혹할 겁니다.

당신의 금빛 머리 저 은빛 물결 위에 펼치면

난 그대를 침대 삼아 거기에 누운 다음

그 빛나는 상상 속에 그렇게 죽는 자는   50

죽음으로 덕 본다고 생각할 것이오.

사랑이 가벼워서 가라앉는다면 익사하길!

루치아나	아니 당신 미쳤어요, 그런 논리 펼치다니?
시 안티폴루스	미친 게 아니고 미혹됐죠, 왠지는 몰라요.
루치아나	당신의 눈에서 솟아난 결함이랍니다. 55
시 안티폴루스	곁에 있는 고운 태양, 당신 빛을 응시해서.
루치아나	응시해야 할 곳만 쳐다보면 시야가 맑아져요.
시 안티폴루스	자기야, 그것은 눈 감고 밤을 보는 것과 같아.
루치아나	내가 왜 '자기'죠? 언니를 그렇게 부르세요.
시 안티폴루스	자매의 자매니까.
루치아나	그건 내 언니죠.
시 안티폴루스	아뇨. 60

그것은 그대 자신, 내 영혼, 내 눈의 맑은 눈,

소중한 내 심장보다 더 소중한 심장이고,

내 음식, 행운과 내 고운 희망의 목표이며

내 유일한 지상 천국, 그 천국 청구권입니다.

루치아나	이게 다 언니거나, 언니여야 한다고요. 65
시 안티폴루스	자신을 '언니'라고 불러요, 난 그대이니까.

그대를 난 사랑할 테고 그대와 살 텐데,

그댄 아직 남편 없고 나도 아내 없어요.

52행 사랑이…익사하길 참사랑은 공기 같은 부력이 있어서 가라앉지
않을 것이고, 만약 가라앉는다면 살아남을 가치가 없다. (아든)

	그대 손을 이리 쥐요.　　　　(그녀 손을 잡으려 한다.)	
루치아나	오, 잠깐만, 꼼짝 마요.	
	언니를 데려와 그녀의 호의를 얻을게요.　　　(퇴장)	70

시라쿠사의 드로미오. 달려오며 등장.

시 안티폴루스	아니, 왜 그래, 드로미오, 어딜 그리 빨리 뛰어가?	
시 드로미오	저를 아십니까? 제가 드로미오인가요? 당신의 하인이	
	고? 저 자신인가요?	
시 안티폴루스	너는 드로미오, 너는 내 하인, 너는 너 자신이야.	
시 드로미오	저는 나귀, 한 여자의 남자이고 넋이 나갔답니다.	75
시 안티폴루스	어떤 여자의 남자인데? 넋은 또 어떻게 나갔어?	
시 드로미오	허 참, 한 여자 때문에 넋이 나갔답니다. 저를 요구하	
	고, 제게 자주 나타나서 저를 갖겠답니다.	
시 안티폴루스	그녀가 뭘 요구하는데?	
시 드로미오	허 참, 당신 말에게나 할 법한 요구죠. 그녀는 또 저를	80
	짐승처럼 가지려 해요. — 제가 짐승이어서 갖겠다는	
	게 아니라 그녀가 아주 짐승 같은 인간이어서 저를 요	
	구하는 거죠.	
시 안티폴루스	어떤 여자야?	
시 드로미오	크게 존경할 만한 인물인데, 예, 남자가 '형씨'라고 부	85
	르지 않고는 얘기할 수 없는 그런 인물이죠. 제가 짝짓	
	기 운은 바싹 말랐지만, 그래도 이 여자는 놀랍도록 뚱	
	뚱한 결혼이랍니다.	
시 안티폴루스	'뚱뚱한 결혼'이라니 그게 뭔 말이야?	
시 드로미오	허 참, 그녀는 부엌 하녀인 데다 기름투성이어서 그	90
	녀로 등불을 만들고 그 빛으로 그녀에게서 달아나	

는 것 말고는 어디에다 써먹을지 모르겠어요. 그녀
의 넝마와 그 안에 담긴 수지라면 폴란드의 겨울도
태울 거라고 장담합니다. 그녀가 최후의 심판 날까
지 산다면 이 세상 전체보다 일주일은 더 오래 탈 겁   95
니다.

시 안티폴루스   혈색은 어때?

시 드로미오   제 신발처럼 검은데, 그 얼굴도 아주 깨끗하게 간수한
건 전혀 아니랍니다. 왜냐고요? 땀을 흘려서 그 검댕
에 신발이 잠길 지경이니까.   100

시 안티폴루스   그런 결함은 물로 고쳐질 거야.

시 드로미오   아뇨, 타고난 거라서 노아의 홍수로도 못 고쳐요.

시 안티폴루스   이름이 뭔데?

시 드로미오   넬이요. 그건 짧지만, 그녀의 엉덩이는 두 팔로 안아
도 — 그게 얼추 두 아름 반도 넘을 텐데 — 두 뼘이 더   105
들어갈 정도랍니다.

시 안티폴루스   그럼 폭이 좀 넓다는 말이야?

시 드로미오   엉덩이 둘레가 머리에서 발끝보다 더 길다는 말이죠,
그녀는 지구본처럼 둥그니까. 여러 나라를 그 안에서
찾을 수 있었답니다.   110

시 안티폴루스   아일랜드는 그 몸의 어느 부위에 있지?

시 드로미오   허 참, 둔부에 있죠, 늪지대로 그걸 찾아냈답니다.

시 안티폴루스   스코틀랜드는 어디 있지?

시 드로미오   척박한 데서 찾았는데, 굳은 그녀 손바닥에서요.

시 안티폴루스   프랑스는 어디 있어?   115

시 드로미오   그녀의 이마에요, 무장하고 반역을 일으켜 그녀의 머

119행 백악 절벽 도버에 있는 흰 절벽.

리털과 전쟁을 벌이고 있죠.

시 안티폴루스 영국은 어디 있지?

시 드로미오 백악 절벽 같은 그녀의 이를 살폈으나 거기에서 흰
빛은 못 찾았죠. 하지만 그건 그녀 뺨에, 프랑스와 그 120
것 사이에 흐르는 짠 분비물 곁에 있는 걸로 추측됩
니다.

시 안티폴루스 스페인은 어디 있어?

시 드로미오 참말로, 못 봤지만 뜨거운 그녀 숨결에서 느꼈어요.

시 안티폴루스 아메리카는, 여러 인도는 어디 있지? 125

시 드로미오 아, 그건 홍옥, 석류석, 청옥 장식으로 온통 뒤덮인
그녀의 코 위에 있는데, 그것들은 풍요로운 표정을
지으면서 그녀 코에서 짐을 싣기 위해 무장 상선 함
대를 보낸 저 스페인의 더운 입김을 굽어보고 있답
니다. 130

시 안티폴루스 저지대, 네덜란드는 어디 있어?

시 드로미오 아, 그렇게 아래 부분은 못 봤어요. 결론은 이 하녀 또
는 주술사가 저를 요구하면서 '드로미오'라고 불렀고,
제가 그녀와 약혼했다고 맹세했으며, 제게 어떤 비밀
반점이 — 예컨대 어깨 위의 반점, 목의 점, 왼팔의 커 135
다란 사마귀가 — 있는지 말해 줘서 깜짝 놀란 저는
마녀 피하듯이 그녀를 피해 달아났어요. 그리고 만약
제 가슴은 믿음으로, 심장은 쇠로 만들어지지 않았더
라면 그녀는 절 꼬리 잘린 개로 변신시켜 쳇바퀴 안에
서 돌렸을 것 같아요. 140

125행 여러 인도 15, 16세기에 유럽인들이 발견한 서반구 여러 지역,
인도의 일부로 여겨졌다. (아든)

시 안티폴루스	넌 곧장 서둘러 정박지로 급하게 달려가.
	바람이 해안에서 바다로 불기만 한다면
	난 오늘 밤 이 도시에 숙박하진 않겠다.
	아무 배든 나간다고 하면 넌 시장에 와,
	네가 돌아올 때까지 난 거길 거닐 거야.	145
	다 우리를 아는데 우리는 아무도 모른다면
	성큼성큼 짐 싸서 갈 때라고 생각해.
시 드로미오	사람이 목숨 걸고 곰에게서 달아나듯
	저도 제 아내가 되려는 이 여자를 피합니다. (퇴장)
시 안티폴루스	여기에 거주하는 것들은 마녀들뿐이고,	150
	그래서 여기를 뜰 때가 무르익었구나.
	내 영혼조차도 나를 '남편'이라는 그녀를
	아내로는 혐오한다. 하지만 고운 그 동생은
	대단히 온순한, 최고의 기품을 지녔고
	대단히 매력적인 자태와 화술로	155
	나를 거의 나 자신의 배반자로 만들었다.
	하지만 난 스스로 자해를 못하도록
	그 인어의 노래에 내 귀를 막을 거야.

안젤로, 목걸이를 들고 등장.

안젤로	안티폴루스님 —
시 안티폴루스	예, 그게 내 이름이오.
안젤로	잘 압니다. 보시오, 이게 그 목걸이요.	160
	당신을 두더지 여관에서 만날까 했는데
	목걸이가 안 끝나 이리 오래 지체됐소.
	(목걸이를 내민다.)

시 안티폴루스	내가 이걸 가지고 어쩌란 말입니까?	
안젤로	맘대로 하시오, 당신 위해 만든 것이니까.	
시 안티폴루스	날 위해 만들어요? 그런 주문 안 했는데.	165
안젤로	한두 번이 아니라 스무 번은 했어요.	
	집으로 가져가 아내를 즐겁게 해 줘요.	
	나는 곧 저녁때 당신을 방문하여	
	그 목걸이 대금을 받아 낼 것입니다.	
시 안티폴루스	부탁인데, 지금 그 돈 받으시오, 당신은	170
	목걸이도 돈도 다시는 못 볼까 봐 겁나니까.	
안젤로	당신은 유쾌한 남자군요. 잘 가시오. (퇴장)	
시 안티폴루스	이 일을 어찌 생각해야 할지는 모르지만	
	내 생각은 이렇다. 이런 멋진 목걸이를	
	준다는데 거절할 만큼이나 바본 없다.	175
	거리에서 이런 황금 선물을 만나니까	
	여기선 술수로 살 필요가 없다는 걸 알았다.	
	시장으로 간 다음 드로미오 기다리고,	
	아무 배나 떠나면, 그럼 나는 바로 간다! (퇴장)	

4막 1장

상인 2, 금세공인 안젤로, 그리고 순경 한 명
등장.

상인 2	(안젤로에게)
	그 금액이 오순절에 만기된 건 아실 테고,

4막 1장 장소 에페수스, 시장.

그 후로 제가 크게 독촉하진 않았지요.
지금도 그렇소. 하지만 난 페르시아로
가기로 돼 있고, 여비로 금화가 필요하오.
그러니 곧바로 지불해 주시오, 아니면   5
이 순경을 통하여 당신을 체포할 것이오.

안젤로   당신에게 빚진 것과 꼭 같은 금액을
안티폴루스가 나에게 갚아야 하는데,
그는 내가 당신을 만났던 바로 그 순간에
내게서 목걸이를 가져갔소. 5시에   10
그에 대한 대금을 내가 받을 겁니다.
나와 함께 그 집으로 걸어가 주신다면
채무를 이행하고 당신께 감사도 할 겁니다.

창녀의 반지를 낀 에페수스의 안티폴루스. 그리고
에페수스의 드로미오. 그 창녀의 집에서 나오면서 등장.

순경   수고를 아끼게 됐군요. 보시오, 그가 와요.
에 안티폴루스   (드로미오에게)
내가 그 금세공인 집으로 가는 동안   15
넌 가서 채찍 밧줄 사 와라. 난 그것을
아내와 그 공범들에게 대낮에 내 집 문을
날 못 들게 잠근 죄로 휘두를 것이야. —
근데 잠깐, 금세공인이야. — 넌 가 봐라.
밧줄을 사 가지고 집으로 가져다줘.   20
에 드로미오   일 년에 천 파운드어치 사는 내가, 밧줄을 사.   (퇴장)
에 안티폴루스   (안젤로에게)
당신을 신뢰하는 사람은 도움을 잘 받는군요.

난 당신과 목걸이가 올 거라고 약속했소,
그런데 목걸이도 금세공인도 안 왔소.
당신은 우리 우정의 결합이 아주 오래   25
지속될 거라고 여기고 안 왔던 모양이오.

안젤로　즐거운 기분은 죄송하나, (서류를 내놓으면서)

　　　　　　　　　　　　　이게 그 증서로

당신의 목걸이가 정확히 몇 캐럿이고,
그 금의 순도와 값비싼 도안이 적혔는데,
그 액수는 내가 이 신사에게 진 빚보다   30
3다카트 남짓 더 많답니다. 부탁인데,
당신이 그에게 곧바로 지불해 주시오,
이것 땜에 바다로 못 나가고 있으니까.

에 안티폴루스　난 지금 현금을 쥐고 있진 않습니다.
게다가 시내에서 볼일도 좀 있고요.   35
안젤로 씨, 이방인을 내 집으로 데려가고,
목걸이도 함께 가져간 다음 아내에게
그걸 받고 그 총액을 지불하라 하시오.
아마 나도 당신들만큼이나 빨리 갈 것이오.

안젤로　그럼 그 목걸이를 직접 가져가실 거요?   40

에 안티폴루스　아뇨, 난 늦으면 안 되니까 당신이 지녀요.

안젤로　좋습니다, 그러죠. 그 목걸이 갖고 있소?

에 안티폴루스　나에게 없다면 당신이 가졌길 바랍니다.
안 그러면 돈 없이 돌아갈지 모르니까.

안젤로　아니, 자, 부탁인데 그 목걸이 주시오,   45
바람과 조수가 이 신사를 기다리고
나 때문에 여기에 너무 오래 잡혀 있소.

에 안티폴루스　맙소사! 두더지 여관에 오겠다는 약속을

	파기한 변명으로 이따위 장난을 치는군요.
	그것을 두고 온 당신을 내가 꾸짖을 판에　　　　50
	당신이 바가지를 먼저 긁기 시작하오.
상인 2	(안젤로에게)
	시간이 촉박하니 속히 처리해 주시오.
안젤로	(안티폴루스에게)
	얼마나 그가 재촉하는지 들었소. — 그 목걸이!
에 안티폴루스	아니, 아내에게 준 다음 돈 받아 가시오.
안젤로	자, 자, 알다시피 방금 내가 줬지 않소.　　　　55
	목걸이를 보내든지, 신표 줘서 날 보내요.
에 안티폴루스	쳇! 이제는 당신의 농담이 과해졌소.
	자, 목걸이 어디 있소? 제발 보여 주시오.
상인 2	내 사업 때문에 이런 장난, 용납 못 합니다.
	(안티폴루스에게)
	이봐요, 보상을 해 줄 건지 말 건지 말하시오.　　　　60
	못 한다면, 그를 이 순경에게 넘기겠소.
에 안티폴루스	당신에게 보상을? 무엇을 보상해야 하지요?
안젤로	그 목걸이값으로 당신이 빚진 돈이지요.
에 안티폴루스	그 목걸이 받기까진 빚진 게 없답니다.
안젤로	알다시피 반 시간 전에 주지 않았습니까.　　　　65
에 안티폴루스	준 게 없소. 그런 말 나에겐 큰 모욕이오.
안젤로	당신은 그것을 부인해서 나를 더 모욕하오.
	그게 내 신용에 끼칠 영향 고려해 보시오.
상인 2	그럼, 순경, 요청하니 체포하오.
순경	(안젤로에게)　　　　　　　　그럴 테고,
	공작의 이름으로 복종을 명하오.　　　　70
안젤로	이건 내 명망과 관계된 일입니다.

(안티폴루스에게)

이 총액을 갚는 데 동의하지 않으면

이 순경을 통하여 당신을 체포할 것이오.

에 안티폴루스   받지도 않은 것을 갚는 데 동의하라!

체포해, 이 바보 녀석아, 할 용기 있으면.   75

안젤로   (순경에게 돈을 준다.)

수고비요. 순경은 그를 체포하시오.

   — 이처럼 명백하게 날 경멸할 경우엔

내 동생일지라도 봐주지 않을 거야.

순경   (안티폴루스에게)

당신을 체포하오, 요청은 들었을 것이오.

에 안티폴루스   보석금을 낼 때까진 복종할 것이오.   80

(안젤로에게)

이봐, 이 장난 때문에 넌 점포 안의 귀금속

다 팔아야 할 만큼 비싼 대가 치를 거야.

안젤로   이보시오, 에페수스 법대로 난 당신에게

엄청난 수치를 안길 거요, 틀림없이.

시라쿠사의 드로미오, 항구에서 오면서 등장.

시 드로미오   주인님, 에피다미움 배 한 척이 있는데   85

선주가 오를 때까지만 머물러 있다가

바람을 탄답니다. 우리의 화물은, 주인님,

제가 그 배 위로 날라 뒀고, 기름과

향유와 독한 술도 다 샀답니다.

그 배는 장비를 갖추었고 유쾌한 바람은   90

육지에서 잘 불어요. 그들은 선주와

	당신 빼곤 아무것도 기다리지 않아요.	
에 안티폴루스	뭐라고? 너 미쳤어? 아니, 철없는 녀석아,	
	에피다미움의 무슨 배가 날 기다려?	
시 드로미오	저를 보내 수송 대금 알아봤던 그 배요.	95
에 안티폴루스	이 술 취한 노예 놈아, 밧줄 땜에 보냈어,	
	무슨 목적, 용도에 쓸 건지도 말해 줬고.	
시 드로미오	그런 밧줄 때문에 그리 빨리 보냈다고!	
	배를 알아보라고 항구로 저를 보냈답니다.	
에 안티폴루스	그 문제는 여유가 더 있을 때 논하면서	100
	내 말을 더 잘 듣게 네놈 귀를 때려 주마.	
	악당아, 아드리아나에게 곧바로 달려가.	
	(드로미오에게 열쇠를 내밀면서)	
	이 열쇠를 전하고, 터키 무늬 주단 깔린	
	그 책상 안쪽에 금화가 든 지갑이	
	있다고 얘기한 다음에, 그걸 보내라고 해.	105
	난 길에서 체포됐고, 그게 내 보석금이	
	될 거라고 얘기해. 서둘러, 상놈아. 어서 가!	
	— 자, 순경, 그것이 올 때까지 감옥으로.	

(시라쿠사의 드로미오만 남고 모두 퇴장)

시 드로미오	'아드리아나에게.' 거기는 우리가 식사했고,	
	귀요미가 남편으로 나를 요구한 곳이다.	110
	그녀는 안아 볼 희망을 가지기엔 너무 커.	
	난 거기로 내 뜻엔 안 맞아도 가야 한다.	
	하인들은 주인 뜻을 채워 줘야 하니까.	

(열쇠를 가지고 퇴장)

4막 2장

아드리아나와 루치아나 등장.

아드리아나	아, 루치아나, 그가 너를 그렇게 유혹했어?
	그의 눈을 엄숙히 쳐다보고 그 간청이
	진지했다는 걸 알았어? 그런 거야, 아니야?
	빨개졌어, 창백했어? 슬프거나 유쾌했어?
	넌 그 사람 마음의 별똥별이 얼굴에서 5
	창 시합 벌이는 걸 얼마만큼 관측했니?
루치아나	첫째, 그는 언니가 그에게 아무 권리 없댔어.
아드리아나	권리 요구 안 했단 뜻인데, 더 크게 상처 주네.
루치아나	그리고 이곳에선 이방인이라고 맹세했어.
아드리아나	그 맹세는 맞았어, 남편의 맹세는 깼지만. 10
루치아나	그래서 난 언니 위해 간청했지.
아드리아나	그랬더니?
루치아나	언니 위해 구걸한 사랑을 나에게 구걸했어.
아드리아나	어떻게 설득하며 네 사랑을 유혹했니?
루치아나	정직한 구애라면 감동 받을 말을 썼지.
	우선 내 미모를, 다음엔 화술을 칭찬했어. 15
아드리아나	그를 좋게 말했어?
루치아나	인내심 좀 가져, 제발.
아드리아나	난 가만 있을 수도, 있지도 않을 거야.
	내 혀는, 마음 말고, 내 뜻대로 놀릴 거야.
	그는 불구, 곱사등에 늙고 말라빠졌으며,

4막 2장 장소
에페수스, 안티폴루스의 집 앞.

5행 마음의 별똥별
그의 얼굴에 붉으락푸르락하게 나타나
는 격정.

	추한 얼굴, 더 추한 몸통에 다 찌그러졌고,	20
	사악하며 무례하고 멍청하며 무정하고,	
	몸은 원래 기형이며 마음은 더 나빠.	
루치아나	근데 그런 사람을 누가 질투하겠어?	
	불길한 건 없어져도 아무도 한탄 안 해.	
아드리아나	아, 하지만 난 그가 내 말보단 낫다고 여기고,	25
	딴 여자들 눈은 더 나빴으면 좋겠어.	
	난 도요새처럼 주의를 돌리려고 울부짖고,	
	혀로는 그이를 욕해도 마음으론 기도해.	

시라쿠사의 드로미오. 열쇠를 가지고 달리며 등장.

시 드로미오	(열쇠를 내민다.)	
	여기, 어서. — 책상, 지갑! 자, 아씨, 서둘러요!	
루치아나	왜 그렇게 헐떡거려?	
시 드로미오	빨리 뛰느라고요.	30
아드리아나	주인님은 어디 있어, 드로미오? 잘 지내셔?	
시 드로미오	아뇨, 지옥보다 더 나쁜 생연옥에 있어요.	
	영원한 옷 입은 악마가 그를 차지했는데,	
	그놈은 단단한 심장에 쇠단추 꽉 채운	
	가혹하고 사나운 악귀이고 요정이며,	35
	늑대, 아니, 더 나쁜, 온통 가죽 두른 녀석,	
	뒤통수치는 자, 어깨 꽉 잡는 자, 골목길과	
	샛길과 좁은 땅 통과하지 못하게 막는 자,	

33~40행 지옥보다…자죠   안티폴루스를 체포한 순경에 대한 장황한
설명.

반대로 달려도 먹잇감 안 놓치는 사냥개로
불쌍한 녀석들을 판결 앞서 감방에 넣는 자죠.   40

아드리아나   아니, 이봐, 뭔 일이야?

시 드로미오   뭔지는 모르는데, 그 건으로 치포됐답니다.

아드리아나   뭐, 체포됐어? 누가 고소했는지 말할래?

시 드로미오   누구의 고소로 체포된 건지는 잘 몰라도
물소 옷 입은 자가 체포한 건 말할 수 있어요.   45
아씨, 구조금 — 책상 안에 있는 돈 — 보낼 거죠?

아드리아나   동생, 그거 좀 가져 와.   (루치아나, 열쇠 갖고 퇴장)
                                   — 그가 나도 모르게

빚을 지고 있다는 건 이상한 일이야.
말해 봐, 약속 어음 때문에 체포됐어?

시 드로미오   약속 어음 말고요, 더 힘센 거 때문이죠.   50
목걸이요, 목걸이 — 둥근 모습 안 보여요?

아드리아나   뭐, 목걸이?

시 드로미오   아니, 아니, 시계요. 가야 해요.
제가 올 땐 2시였고, 종은 지금 한 번 쳐요.

아드리아나   시간이 되돌아와! 그런 말은 못 들었어.

시 드로미오   아, 예, 시간은 경관에게 확 겁먹고 뒤로 가죠.   55

아드리아나   시간이 빚을 진 것처럼? 참 바보 논리야!

시 드로미오   시간은 순 파산자로 순간에게 큰 빚 졌죠.
도둑이기도 한데, 시간은 밤낮을 안 가리고
몰래 다가온다는 얘기도 못 들으셨어요?
빚진 도둑 시간이 길에서 경관을 만나면   60
하루에 한 시간씩 뒤로 갈 이유가 있잖아요?

루치아나, 지갑 갖고 등장.

아드리아나   (지갑을 내민다.)

가, 드로미오, 그 돈이다. 바로 가져간 다음

주인님을 집으로 곧장 모셔 오너라.

(드로미오, 지갑 갖고 퇴장)

가자, 동생, 내 마음은 상상으로 짓눌렸어.

상상은 내 위안이자 상처야.   (함께 퇴장)   65

4막 3장

시라쿠사의 안티폴루스, 목걸이를 갖고 등장.

시 안티폴루스   날 만나는 사람마다 내가 마치 그들과

잘 아는 친구인 것처럼 인사하고

모두들 나를 내 이름으로 부른다.

누군 내게 돈을 주고, 누군 날 초대해.

누군 내가 친절하다면서 감사하고   5

누군 내가 사들일 상품들을 권한다.

방금도 재단사가 나를 자기 가게로 불러서

나를 위해 샀다는 비단을 보여 주고

거기에 맞추어 내 몸의 치수를 막 쟀어.

이건 다 상상 속의 농간이고, 여기엔   10

라플란드 요괴들이 사는 게 분명하다.

시라쿠사의 드로미오, 지갑을 갖고 등장.

4막 3장 장소 에페수스, 시장.

| 시 드로미오 | 주인님, (지갑을 주면서) 가져오라고 하신 금입니다. — 아니, 그 아담 노인에게 새 옷 한 벌 사 주고 풀려났어요? |
| 시 안티폴루스 | 이건 무슨 금인데? 어느 아담 말이냐? |

15

| 시 드로미오 | 낙원을 지키던 그 아담 말고 감옥을 지키는 그 아담 말입니다. 돌아온 탕아를 위해 잡았던 소의 가죽을 걸치고 돌아다니는 자, 당신 뒤로 다가와 악한 천사처럼 자유를 포기하라고 하는 자 말입니다. |
| 시 안티폴루스 | 네 말 못 알아듣겠어. |

20

| 시 드로미오 | 그래요? 아니, 분명하잖아요. 가죽 상자 안의 첼로처럼 돌아다니는 자, 신사가 지쳤을 때 한숨과 휴식을 주는 자, 몰락한 이들을 동정하여 오래 가는 죄수복을 입히는 자, 곤봉으로 창보다 더 큰 위업을 이루겠다고 결심하는 자 말입니다. |

25

| 시 안티폴루스 | 뭐, 순경 말이냐? |
| 시 드로미오 | 예, 주인님, 그 족쇄 채우는 경관요. 계약을 깨는 사람은 누구든지 잡아가서 책임지게 하는 자, 사람은 늘 자러 간다고 생각하고, '푹 쉬시오.'라고 하는 자 말입니다. |

30

| 시 안티폴루스 | 자, 네 바보짓은 거기서 멈춰. 오늘 밤에 떠나는 배가 있대? 우린 갈 수 있어? |
| 시 드로미오 | 원 참, 주인님도, 한 시간 전에 제가 오늘 밤에 '급행' 호가 떠난다는 말을 전했는데, 그때 당신은 그 경관의 방해를 받아서 '지체'라는 쪽배를 기다리게 됐잖아요. (지갑을 내밀면서) 이게 저더러 가져오라고 하신 금화랍니다. |

35

| 시 안티폴루스 | 이 녀석은 혼 빠졌어, 나도 마찬가지고, |

우리는 여기에서 환상 속에 헤맨다. —
축복받은 신령이여, 우릴 구해 주십시오!   40

창녀 등장.

창녀   잘 만났어요, 잘 만났어요, 안티폴루스 씨.
         이제야 그 금세공인을 찾은 걸로 보이네요.
         오늘 제게 약속한 게 그 목걸이인가요?

시 안티폴루스   사탄아, 물러가라! 명령이다, 유혹 마라!

시 드로미오   주인님, 이게 사탄 아줌마인가요?   45

시 안티폴루스   이건 악마야.

시 드로미오   아뇨, 더 나쁜 건데, 악마의 어미로서 가벼운 계집의
         복장을 하고 여기 왔고, 그래서 계집들은 '어머나'라고
         하는데 — 그건 '어머 날 가지세요.'라고 하는 거나 다
         름없죠. 그들은 남자에게 가벼운 천사처럼 나타난다   50
         는 말이 있는데, 가벼운 건 불의 효과로서 불은 타죠.
         고로 가벼운 계집들은 불탈 거랍니다. 그녀 가까이 가
         지 마세요.

창녀   당신의 하인과 당신은 엄청 유쾌하군요. 나랑 같이 갈
         래요? 여기서 식사를 좀 더 하죠.   55

시 드로미오   주인님, 그러실 거라면 연한 음식을 기대하거나 긴 숟
         가락을 주문하십시오.

시 안티폴루스   왜, 드로미오?

시 드로미오   허 참, 악마와 같이 먹어야 하는 사람은 긴 숟가락이
         있어야 하잖아요.   60

56~57행 긴 숟가락 악마에게 너무 가까이 가면 안 되니까. (아든)

시 안티폴루스 (창녀에게)

그러면 물러가라, 악마야! 먹는 얘긴 왜 해?

너희가 다 그렇듯이 넌 여자 요술사야.

너에게 엄명한다, 나를 떠나 사라져라.

창녀 식사 때 받아 간 내 반지나, 금강석 대신에

당신이 약속했던 그 목걸이 내게 주면 65

사라진 다음에 괴롭히지 않을게요.

시 드로미오 어떤 악마들은 오로지 깎은 손톱 조각, 갈댓잎, 머리카

락, 핏방울, 옷핀, 호도, 버찌씨만 달라고 하는데, 욕심

이 더 많은 이 여자는 목걸이를 가지려고 하네. 주인

님, 조심해요, 그걸 주시면 이 악마가 자신의 목걸이를 70

흔들면서 우리를 놀랠 겁니다.

창녀 제발 내 반지나 그 목걸이 부탁해요.

그렇게 날 속일 마음은 없기를 바라요.

시 안티폴루스 썩 꺼져라, 마녀야! — 자, 드로미오, 가자.

시 드로미오 오만한 공작새 같은 게 속이는 얘기 하네. 75

(시라쿠사의 안티폴루스와 드로미오 퇴장)

창녀 안티폴루스는 이제 미친 게 틀림없어,

아니라면 절대로 저렇게 천박해지진 않아.

그가 받은 내 반지는 40다카트짜리로

그것 대신 그는 내게 목걸이를 약속했다.

이젠 그가 둘 모두를 나에게 거절한다. 80

내가 그를 미쳤다고 추측하는 이유로

그의 광분이라는 이 증거 외에도

그가 오늘 식사 때 내게 해 준 미친 얘기,

자기 집 문이 닫혀 못 들어간 것도 있다.

아마 그의 아내가 그의 발작 알아채고 85

일부러 문을 닫고 길을 막은 것 같아.
이제 내가 할 일은 그의 집에 급히 가서
아내에게 말하기를, 정신이 나간 그가
내 집에 쳐들어와 강제로 내 반지를
빼 갔다고 하는 거다. 그게 최고 선택이야,   90
이 40다카트는 잃기엔 너무나 크니까.   (퇴장)

4막 4장

문제의 반지를 낀 에페수스의 안티폴루스.

간수(순경)와 함께 등장.

에 안티폴루스   이봐요, 걱정 마요, 도망치지 않을 테니.
난 당신을 떠나기 이전에 당신에게
체포를 보증할 만큼의 돈을 줄 것이오.
내 아내가 오늘은 기분이 좀 뒤틀려
내가 보낸 사자를 쉽게 믿진 않겠지만   5
에페수스에서 내가 잡혀 있다는 사실은
그녀 귀에 모질게 들릴 게 틀림없고 ─

에페수스의 드로미오. 채찍 밧줄 가지고 등장.

내 하인이 오는군. 돈을 가져온 것 같소.
(드로미오에게)
이젠 어때? 심부름 보낸 건 가져왔어?

4막 4장 장소 에페수스, 시장.

에 드로미오	(밧줄을 내밀면서)
	보증컨대, 이것이면 다 되갚을 겁니다.	10
에 안티폴루스	근데 돈은 어디 있어?
에 드로미오	허 참, 돈은 밧줄값으로 줬는데요.
에 안티폴루스	밧줄 하나 값으로, 악당아, 오백 다카트를?
에 드로미오	그 돈이면, 주인님, 오백 개를 사 드리죠.
에 안티폴루스	내가 널 뭣 때문에 집으로 급파했지?	15
에 드로미오	그 밧줄 때문에요, 또한 그 때문에 돌아왔죠.
에 안티폴루스	그리고 '그 때문에' 너를 환영해 주지.

(채찍 밧줄로 드로미오를 때린다.)

순경	이보시오, 참아요.
에 드로미오	아니, 참아야 할 사람은 접니다. 제가 역경에 처했단
	말입니다!	20
순경	원 참, 그 입 좀 다물어.
에 드로미오	아뇨, 오히려 그에게 손 좀 멈추라고 설득해 줘요.
에 안티폴루스	이 상놈, 지각없는 악당 놈이! (그를 때린다.)
에 드로미오	전 지각이 없었으면 좋겠어요, 그러면 당신 주먹을 못
	느낄 테니까.	25
에 안티폴루스	넌 오로지 주먹만 지각해, 나귀와 마찬가지로.
에 드로미오	전 진짜 나귀랍니다. 그건 저의 긴 귀로 입증될 수 있

어요. — 전 출생 때부터 이 순간까지 그에게 봉사했
지만 그 봉사의 대가로 그의 손에서 주먹질밖에는 얻
은 게 없답니다. 제가 추울 때면 그는 저를 매질로 데 30
우고, 제가 따뜻할 때면 매질로 식힌답니다. 잠잘 때
는 그걸로 깨고, 앉았을 때는 그걸로 일어나며, 집 밖
으로 나갈 때면 그걸로 문밖으로 내쫓기고, 돌아올
때면 그걸로 환영받는답니다. 예, 전 그걸 여자 거지

가 새끼 달고 다니듯이 어깨에 달고 다니며, 그가 저   35
를 불구로 만들 땐 그걸 달고 이집 저집 드나들며 구
걸할 겁니다.

아드리아나, 루치아나, 창녀, 그리고 핀치라고 불리는
교사 등장.

에 안티폴루스	자, 갑시다. 내 아내가 저기 오고 있어요.
에 드로미오	아씨, '끝부분을 보세요,' '끝을 주의하세요,' 아니면 더
	정확히 앵무새처럼 예언하자면, '채찍 밧줄 조심하세 40
	요.'
에 안티폴루스	계속 얘기할 거야? (드로미오를 때린다.)
창녀	(아드리아나에게)
	이제 어쩔 거예요? 미친 남편 아닌가요?
아드리아나	무례한 그를 보니 바로 확인되는군.
	— 핀치 의사 선생님, 당신은 마술사이니까 45
	이이가 제정신 차리도록 해 주시면
	무엇을 요구하든 보답해 드릴게요.
루치아나	아아, 저 얼마나 불같은 날카로운 표정인가!
창녀	넋 나간 채 얼마나 떠는지 잘 보세요.
핀치	손을 이리 주시오, 맥박 좀 짚어 보게. 50
에 안티폴루스	여기 있소, 그걸로 당신 귀나 느낍시다.
	(핀치를 치려고 한다.)
핀치	이 사람 안에 든 사탄아, 너에게 명한다,
	성스러운 내 기도에 거주지를 양보하고
	너의 어둠 속으로 곧바로 서둘러라.
	하늘의 성자를 다 걸고 너에게 엄명한다. 55

에 안티폴루스	조용해, 노망난 마법사야, 나는 안 미쳤어.
아드리아나	오, 그랬으면 좋겠어요, 딱하고 아픈 사람.
에 안티폴루스	계집아, 너 말이야, 이들이 네 고객이야?
	이 누리끼리한 상판대기 친구가
	오늘 내 집에서 흥청망청 노는 동안 60
	내 집 문은 죄책감에 나에 맞서 닫혔고
	나는 내 집 안으로 출입이 거부됐어?
아드리아나	오, 여보, 당신이 집에서 식사한 건 신이 알고,
	지금까지 그곳에 있었다면 이런 욕설
	그리고 이 공개된 수치는 면했을 거예요. 65
에 안티폴루스	"집에서 식사해?"
	(드로미오에게) 악당아, 넌 뭐라고 할 거야?
에 드로미오	주인님은, 참말로, 집에서 식사 안 하셨어요.
에 안티폴루스	내 집 문은 잠겼고 난 거기서 쫓겨났지?
에 드로미오	맹세코, 당신 문은 잠겼고 당신은 쫓겨났죠.
에 안티폴루스	또 그녀가 거기서 직접 나를 욕하지 않았어? 70
에 드로미오	확실히, 그녀가 거기서 직접 당신을 욕했죠.
에 안티폴루스	그녀 부엌 하녀도 날 꾸짖고, 비웃고, 멸시했지?
에 드로미오	분명히 그랬죠. 그 부엌 처녀가 멸시했죠.
에 안티폴루스	그래서 난 격분하여 떠나지 않았어?
에 드로미오	진실로 그랬죠. — 그 뒤로 그 격분의 박력을 75
	계속해서 느끼는 제 뼈가 그 증인이죠.
아드리아나	(핀치에게)
	궤변에 빠진 이 녀석은 달래는 게 좋나요?
핀치	수치는 아니죠. 녀석은 그의 기질 알아내고
	그를 따라 주면서 그의 광분을 잘 달래니까.
에 안티폴루스	(아드리아나에게)

	너는 그 금세공인을 사주해 날 체포했어.	80
아드리아나	아아, 당신을 구하려고 그 돈을 보냈어요,	
	급하게 뛰어온 여기 이 드로미오를 통해.	
에 드로미오	저를 통해 돈을요? — 마음과 호의는 몰라도,	
	주인님은 분명히 한 푼도 못 받으셨어요.	
에 안티폴루스	넌 다카트 지갑 땜에 그녀에게 간 거 아냐?	85
아드리아나	내게 왔고, 그래서 난 그걸 전달했죠.	
루치아나	그리고 난 그녀가 그랬단 증인이랍니다.	
에 드로미오	전 오로지 밧줄만 사러 갔단 증언을	
	신과 밧줄 장사가 해 주실 겁니다.	
핀치	아씨, 하인과 주인은 다 무엇에 홀렸어요,	90
	창백하고 죽음 같은 표정으로 압니다.	
	묶어서 어두운 방 안에 꼭 넣어 둬야 해요.	
에 안티폴루스	(아드리아나에게)	
	말해 봐, 넌 오늘 왜 내 집 문을 잠갔지?	
	(드로미오에게)	
	그리고 왜 너는 그 금화 자루를 부인하지?	
아드리아나	친절한 서방님, 난 문을 잠그지 않았어요.	95
에 드로미오	친절한 주인님, 전 금을 받지는 않았지만	
	우리 문이 잠겨 있었다는 건 실토하죠.	
아드리아나	시치미 떼는 악당, 네 말은 둘 다 거짓이야.	
에 안티폴루스	시치미 떼는 갈보, 넌 온통 거짓되고,	
	저주받은 패거리와 공모하여 나를 이런	100
	메스껍고 비참한 조롱거리 만들지만	
	나는 이 손톱으로 이 수치스러운 장난에	
	빠진 날 보려는 그 거짓된 눈, 뽑을 거야.	
	(아드리아나를 위협한다.)	

아드리아나	오, 묶어, 묶어! 내 근처에 못 오게 하세요!
핀치	더 불러요!

서너 명이 들어와 그를 묶으려 하고. 그는 뻗댄다.

	강력한 악마가 그 안에 있어요.	105
루치아나	아, 불쌍해라, 얼마나 창백하고 파리한지.	
에 안티폴루스	아니, 나를 살해하려고? — 이봐요, 간수,	
	난 당신 죄수요. 그들이 나를 탈취하는 걸	
	내버려 둘 거요?	
순경	여러분, 놔주시오.	
	그는 내 죄수이고, 당신들은 손 못 대오.	110
핀치	이 사람도 묶어요, 그도 정신없으니까.	

(그들이 드로미오를 묶으려 한다.)

아드리아나	(순경에게)
	어리석은 순경, 당신은 어떡할 겁니까?
	불행한 사람이 자신에게 폭행과 자해를
	범하는 걸 보면서 기뻐한단 말이오?

순경	그는 내 죄수요. 내가 그를 놔주면	115
	그가 지고 있는 빚이 내게 청구될 거요.	
아드리아나	내가 여길 뜨기 전에 당신에게 변제하죠.	
	그의 채권자에게 나를 바로 데려가면	
	웬 빚인지 알고 나서 내가 갚아 주지요.	
	— 착한 의사 선생님, 저이를 안전하게	120
	내 집으로 모셔요. 오, 참 나쁜 날이다!	
에 안티폴루스	오, 참 나쁜 매춘부다!	
에 드로미오	주인님, 당신 일로 저도 구속당합니다.	

에 안티폴루스	우라질 놈! 왜 나를 미치게 만들어?
에 드로미오	이유 없이 묶이시려고요? 착한 주인님, 미친 다음에 125 '악마야!' 하고 외쳐요.
루치아나	맙소사, 딱한 이들! 헛소리를 마구 하네.
아드리아나	(핀치에게)
	그를 데려가세요. (핀치와 그의 사람들이
	안티폴루스와 드로미오를 데리고 함께 퇴장)
	— 동생, 넌 나와 함께 가.
	(순경에게)
	이봐요, 누구의 고소로 그가 체포됐지요?
순경	금세공인 안젤로요. 그이를 아십니까? 130
아드리아나	알아요. 그가 빚진 총액이 얼마지요?
순경	이백 다카트요.
아드리아나	그런데 왜 지불해야죠?
순경	남편이 그에게서 받은 목걸이 때문이죠.
아드리아나	목걸이 얘기는 했어도 갖지는 않았어요.
창녀	당신의 남편이 오늘 온통 격분한 채 135 내 집에 와 내 반지 — 그의 손가락에서 방금 봤던 그 반지를 — 가져간 바로 뒤에 목걸이 가진 그를 내가 정말 만났어요.
아드리아나	그럴지도, 하지만 난 그걸 본 적 없어. — 자, 간수, 금세공인 있는 곳에 데려가요. 140 이에 관한 진실을 다 알고 싶으니까.

문제의 목걸이를 찬 시라쿠사의 안티폴루스가 단검을 뽑아 들고
시라쿠사의 드로미오와 함께 등장.

루치아나	하느님, 자비를! 그들이 다시 풀려났어요.
아드리아나	뽑은 칼을 들고 왔어! 저들을 묶을 사람
	다시 더 부르자.
순경	가요, 우릴 죽일 겁니다!

(시라쿠사의 안티폴루스와 드로미오만 남고
모두들 가능한 한 빨리, 겁먹은 채 퇴장)

시 안티폴루스	마녀들이 칼을 무서워하는 건 알겠군.	145
시 드로미오	아내가 되겠다던 그녀도 이젠 달아났어요.	
시 안티폴루스	우리 물건 챙기러 켄타우로스로 가자.	
	난 우리가 안전하게 배 타기를 바라니까.	
시 드로미오	참말로, 오늘 밤은 여기 머물죠. 그들은 분명 우릴 해	
	치지 않을 겁니다. 우리에게 고운 말 하는 거 봤잖아	150
	요. 제 생각에 그들은 아주 순한 족속들로 제게 결혼을	
	요구하는 그 미친 산더미 살덩이만 아니라면 여기에	
	계속 남아 요술쟁이가 될 맘도 있어요.	
시 안티폴루스	이 도시를 다 줘도 오늘 밤엔 안 머물러. 그러니까 어	
	서 가서 우리 물건 실어 놓자. (함께 퇴장)	155

5막 1장

둘째 상인 2와 금세공인 안젤로 등장.

안젤로	당신을 지체시켜 미안하오. 하지만
	단언컨대 그 사람은 목걸이를 내게서,
	아주 부정직하게 부인해도, 받았어요.

5막 1장 장소 에페수스, 수녀원 앞.

상인 2	그는 여기 도시에서 어떻게 평가받죠?	
안젤로	아주 존경할 만한 명성을 얻고 있고	5
	신용은 무한대로 큰 사랑을 받으며	
	여기 도시 사람들 가운데 최고지요.	
	그의 말에 내 재산을 언제든 넘길 거요.	

문제의 목걸이를 찬 시라쿠사의 안티폴루스와 시라쿠사의
드로미오. 다시 등장.

상인 2	목소리 낮춰요, 그가 저기 걷는 것 같으니까.	
안젤로	예, 참 괴이하게도 안 가졌다 위증하던	10
	바로 그 목걸이를 목에 차고 있군요.	
	자, 내 옆으로 다가와요, 그에게 말 걸 테니.	
	― 안티폴루스 씨, 이거 엄청 놀랍군요,	
	이제는 이렇게 공공연히 찬 이 목걸이를	
	변명과 서약으로 부인하기 위하여	15
	내게 그런 수치와 고통을, 자신의 추문도	
	마다하지 않은 채, 주려고 했다니 말이오.	
	그 비용과 그 수치와 투옥 사건 외에도	
	당신은 정직한 내 친구에게 잘못했소.	
	그는 우리 논란으로 지체만 안 됐어도	20
	오늘 돛을 올리고 출항했어야 하오.	
	이 목걸이 내가 줬죠, 부인할 수 있나요?	
시 안티폴루스	그런 것 같은데, 그걸 부인한 적은 없었소.	
상인 2	예, 당신이 부인했소, 위증도 했고요.	
시 안티폴루스	부인이나 위증한 걸 들은 게 누구요?	25
상인 2	내 귀로, 너도 알다시피, 분명히 들었다.	

	쳇, 철면피 같으니! 정직한 이들이 오는 곳에
	네가 살아 걸어 다닌다는 게 유감이다.
시 안티폴루스	날 이렇게 고발하는 네놈은 악당이다!
	네가 감히 맞선다면 나는 내 명예와	30
	내 정직을 곧바로 입증할 것이다.
상인 2	난 악당인 너에게 감히 맞서 도전한다.

(그들이 칼을 뽑는다.)

아드리아나, 루치아나, 창녀 및 밧줄을 가진 다른 사람들
등장.

아드리아나	잠깐, 제발 그를 해치진 마세요. 미쳤어요!	
	누가 바싹 다가가서 그의 칼을 빼앗고	
	드로미오도 묶어서 내 집으로 데려가요.	35
시 드로미오	주인님, 뛰어요. 제발, 집 안으로 피신해요!	
	웬 수녀원인데, 안으로 못 들면 망해요!	

(시라쿠사의 안티폴루스와 드로미오, 수녀원 쪽으로 퇴장)

수녀원장 에밀리아 등장.

수녀원장	여러분, 조용해요. 왜 여기로 몰려왔죠?	
아드리아나	딱하게도 넋 나간 제 남편을 데려가려고요.	
	그를 꽉 묶어서 집으로 데려가	40
	회복시킬 수 있도록 안으로 들어가죠.	
안젤로	난 그가 온전한 정신이 아니란 걸 알았어요.	
상인 2	그에게 칼 뽑은 건 이제 미안합니다.	
수녀원장	이런 홀림 상태가 얼마나 오래됐죠?	

아드리아나	이번 주 그이는 무겁고, 언짢고, 진지해서	45
	이전의 그이와는 크게 다른 사람이었어요.	
	하지만 오늘 오후까지는 그이의 열정이	
	극단적인 격분으로 터진 적은 없었어요.	
수녀원장	그가 큰 재산을 난파로 잃지는 않았나요?	
	소중한 친구를 묻었거나, 불륜에 빠져서	50
	한눈팔며 애정을 옮긴 일은 없었나요? —	
	그런 죄는 자유로이 응시할 눈이 있는	
	젊은 남자들에게 널리 퍼져 있답니다.	
	그는 이 가운데 어떠한 슬픔을 겪고 있죠?	
아드리아나	마지막, 즉, 웬 애인이 그이를 집에서	55
	여러 번 꾀어낸 것 말고는 맞는 게 없어요.	
수녀원장	그럴 땐 당신이 그를 질책했어야죠.	
아드리아나	어, 했어요.	
수녀원장	예, 심하게 하지는 않았군요.	
아드리아나	정숙하게 할 수 있는 만큼은 심했는데.	
수녀원장	아마도 사적으로.	
아드리아나	여러 회합에서도요.	60
수녀원장	예, 그런데 심하진 않았군.	
아드리아나	그것은 우리들 대화의 화제였답니다.	
	제가 그걸 재촉 않고 그는 잠을 못 잤고,	
	제가 그걸 재촉 않곤 밥도 못 먹었으며	
	오로지 그것만이 저의 주제였답니다.	65
	저는 모임에서도 그걸 자주 암시했고	
	그 짓은 더럽고 나빴다고 늘 말해 줬어요.	
수녀원장	그 때문에 그 사람이 미치게 됐군요.	
	질투하는 여자의 앙심 품은 소란은	

미친개 이빨보다 더 무서운 독입니다.   70
그는 당신 욕설로 수면을 방해받고,
그래서 머리가 가벼워진 것 같네요.
그 사람 음식에 꾸지람 양념을 쳤다는데,
불안한 식사는 소화불량 일으키고,
그로 인해 그 극심한 열병이 생겼는데,   75
열병은 미친 발작 아니면 뭐겠어요?
그이의 놀이를 소란으로 방해했다는데,
달콤한 오락이 막히면 암울하고 쓸쓸한
절망의 친척인 뚱하고 우둔한 우울과,
그것에 바싹 붙어 창백한 부조화와   80
생명의 적들로 구성된 거대한 전염 부대,
그것 말고 무엇이 뒤따르겠어요?
음식, 놀이, 생명을 유지하는 휴식을
흐트러뜨리면 사람이든 짐승이든 미치고,
그래서 그 결과 당신의 질투심 발작에   85
남편은 겁나서 머리를 못 쓰게 됐군요.

루치아나   언니는 형부가 거칠게, 험하게, 함부로
행동했을 때에도 순하게만 나무랐답니다.

(아드리아나에게)

왜 이런 질책을 당하고도 대꾸 안 해?

아드리아나 그녀는 나를 정말 자책하게 만들었어.   90
— 여러분, 들어가서 그를 잡아 주세요.

수녀원장   안 돼요, 아무도 내 집에 못 들어갑니다.

아드리아나 그러면 하인들 시켜서 남편을 데려와요.

수녀원장   안 돼요. 그는 여길 성역으로 삼았으니
내가 그의 정신을 되돌려 놓든지 아니면   95

	그러한 시도가 무위로 돌아가기 전에는	
	당신 손에 안 잡히는 특권을 가질 거요.	

아드리아나　제가 남편 보살피고 간호사가 되어서
　　　　　병을 치료할게요, 그게 제 임무이고
　　　　　저 말고 딴 대리인은 두지 않을 겁니다.　　　　　100
　　　　　그러니 집으로 데려가게 해 주세요.

　수녀원장　참아요, 내가 그를 유익한 과즙, 약물,
　　　　　성스러운 기도와 더불어 내가 가진
　　　　　입증된 수단 써서 정상으로 되돌릴 때까지
　　　　　그가 움직이는 건 허락 않을 테니까.　　　　　105
　　　　　그것은 내 수녀 서약의 중요한 부분으로
　　　　　자선을 베푸는 내 교단의 의무요.
　　　　　그러니 그는 여기 남겨 두고 떠나시오.

아드리아나　남편을 여기 두고 전 이곳을 못 떠나요.
　　　　　그리고 남편과 아내를 떼 놓는 건　　　　　110
　　　　　성스러운 그 모습에 안 맞는 것 같네요.

　수녀원장　입 다물고 떠나요, 내주지 않을 테니.　　(퇴장)

　루치아나　(아드리아나에게)
　　　　　이런 수모 당했다고 공작님께 호소해.

아드리아나　자, 가자. 난 그분의 발 앞에 이 몸을 던지고,
　　　　　눈물과 기도로 공작께서 직접 여기 오셔서　　115
　　　　　남편을 이 수녀원장에게서 강제로
　　　　　빼앗을 때까진 절대로 안 일어날 거야.

　　상인 2　지금쯤 시계가 다섯 점을 가리키겠군요.
　　　　　공작님은 분명히 그 우울한 계곡으로,
　　　　　여기 이 수녀원 도랑들 뒤에 있는　　　　　120
　　　　　죽음과 슬픔에 찬 처형의 장소로

	내려가는 이 길을 몸소 걸어오실 거요.	
안젤로	무슨 이유 때문이오?	
상인 2	이 도시의 법률과 포고령을 어기고	
	불운하게 이 항구로 뱃머리를 돌렸던	125
	존경받는 시라쿠사 상인이 그 죄로	
	공개 참수 당하는 걸 보려고 오십니다.	

에페수스의 공작 솔리누스와, 맨머리인 채로 포박된
시라쿠사의 상인 에게온, 망나니 및 다른 관리들과
함께 등장.

안젤로	그들이 왔군요. 우린 그의 죽음을 볼 거요.	
루치아나	공작님이 수녀원을 지나가기 전에 무릎 꿇어.	
공작	다시 한번 대중에게 공포하라, 만약에	130
	그 어떤 친구든 그를 위해 총액을 갚으면	
	죽게 하지 않을 만큼 짐은 그를 아낀다.	
아드리아나	(무릎을 꿇으며)	
	신성한 공작님, 정의로 수녀원장 벌하소서!	
공작	그녀는 고결하고 존경받는 여사제로	
	너를 해쳤다는 건 불가능한 일이다.	135
아드리아나	공작님, 황공하나 저는 남편 안티폴루스를	
	끈질긴 당신 편지 따라서 저와 제 모든 것의	
	주인으로 삼았는데 — 이 나쁜 날 그에게	
	참으로 엄청난 광기의 발작이 일어나	
	난폭하게 변한 그는 거리를 막 떠돌며	140
	그와 마찬가지로 미친 종과 둘이서	
	시민들의 집으로 쳐들어가 반지, 보석,	

그리고 광분한 그 마음에 드는 건 뭐든지
가지고 나가는 해악을 저질렀답니다.
저는 그를 묶어서 집으로 보내자마자   145
그이가 광기로 여기저기 저지른 잘못을
보상하기 위하여 알아보러 나갔어요.
곧, 웬 힘으로 탈출한 것인지는 모르나
그는 그를 지키는 이들의 호위를 벗어나
그의 미친 종자와 그 자신이 둘이서   150
각자가 분노에 찬 열정으로 칼 빼 들고
우릴 다시 만나서 미친 듯이 덮치면서
우리를 쫓아냈고, 우리는 더 많은 도움 받아
그를 다시 묶으러 왔는데, 그들은 이 수녀원
안으로 도망쳤고 우리는 뒤쫓았답니다.   155
근데 여기 수녀원장이 문을 걸어 잠그고
우리가 그이를 밖으로 붙잡아 가거나,
그를 데려가도록 내보내 주지를 않습니다.
그러니 참 자비로우신 공작님, 명을 내려
그이가 나와서 도움을 받게 해 주십시오.   160

공작　　　(아드리아나를 일으킨다.)
오래전 네 남편은 내 전쟁에 복무했고,
난 네게 군주로서 네가 그를 네 침대의
주인으로 맞이하면 내 능력껏 그에게
은총과 호의를 다 베풀 거라고 약속했다.
ㅡ 너희 몇은 이 수녀원 문으로 가 두드리고   165
수녀원장 여사제는 나에게 오라고 해.
난 이걸 처결하기 전에는 꼼짝도 않겠다.

사자 등장.

사자	오, 아씨, 아씨, 어서 피해 목숨을 구하세요!
	주인님과 하인이 다 결박에서 벗어나
	하녀들을 연달아 때리고 의사를 묶었는데,	170
	그들이 그 사람의 수염을 횃불로 지지다가
	그게 활활 타니까 그 불을 끄려고
	큰 바가지 흙탕물을 그에게 쏟았어요.
	주인님이 그에게 인내를 설교하는 동안에
	하인은 그의 수염 잘라서 바보 만들었어요.	175
	당신이 곧 도움을 보내 주지 않으시면
	둘이서 그 마술사를 죽일 게 분명해요.
아드리아나	조용, 바보야. 네 주인과 하인은 여기 있고,
	우리에게 전해 준 네 말은 거짓이야.
사자	아씨, 목숨 걸고, 전 사실을 말합니다.	180
	전 그걸 본 뒤로 숨도 거의 못 쉬었답니다.
	그는 큰 소리로 당신을 찾으면서 맹세해요,
	붙잡으면 그 얼굴 태워서 망쳐 놓겠다고. (안에서 외침)
	쉿, 쉿! 아씨, 그이 소리 들려요. 도망쳐요!
공작	자, 내 곁에 서. 겁내지 마. — 창으로 호위하라!	185

문제의 반지를 낀 에페수스의 안티폴루스와
에페수스의 드로미오 등장.

아드리아나	아 저런, 제 남편이에요! 저이가 무형으로
	떠돌아다닌다는 사실을 증언해 주세요.
	바로 지금 그를 여기 수녀원에 넣었는데

이제는 저기에 있다니, 불가사의해요.

에 안티폴루스   자애로운 공작님, 정의! 오, 정의를 행하소서!   190
오래전 전쟁에서 쓰러진 당신을 지키며
그 목숨 구하려고 깊은 상처 입었던
제 공적을 봐서라도, 그때 제가 당신 위해
흘린 피를 봐서라도 정의를 행하소서!

에게온   (방백)
죽음의 공포로 망령 든 게 아니라면   195
난 내 아들 안티폴루스와 드로미오를 본다.

에 안티폴루스   친절한 군주님, 저기 저 여자를 벌하는 정의요.
당신께서 저에게 아내로 주신 저 여자가
저에게 가장 크고 깊은 상처 입히면서
저를 학대하였고 욕되게 만들었답니다.   200
그녀가 오늘 제게 뻔뻔하게 저지른
그 잘못은 상상을 초월한답니다.

공작   그 이유를 밝히면 내 정의를 알려 주마.

에 안티폴루스   위대한 공작님, 그녀는 오늘 제 집에서
잡것들과 놀면서 저에겐 문을 걸었답니다.   205

공작   벌 받을 과실이다. — 여자야, 그랬느냐?

아드리아나   아뇨, 공작님. 저 자신과 그와 제 동생은
오늘 함께 식사했고, 그가 제게 씌운 이게
거짓이 아니라면 제 영혼은 벌 받기를.

루치아나   그녀가 공작님께 참 진실을 고하지 않았다면   210
저는 낮을 보거나 잠에 자지 않겠어요.

안젤로   오, 위증한 여자여! 둘 다 위증했습니다.
이 일은 저 광인의 고발이 옳습니다.

에 안티폴루스   군주님, 제가 하는 이 말은 숙고한 것으로

전 포도주 때문에 어지러워지지도   215
격노에 자극받아 성급해지지도 않았어요.
저처럼 당하면 현자도 미칠 테지만요.
이 여자는 오늘 제가 식사를 못 하게
문을 걸어 잠갔고, 그건 저기 금세공인이
한패가 아니라면 증언할 수 있는데,   220
그때 그는 저와 같이 있다가 발사자와
제가 정말 식사했던 두더지 여관으로
목걸이 가져올 걸 약속하고 떠났으니까요.
우리의 식사가 끝나도 그가 오질 않아서
전 그를 찾다가 거리에서 만났는데   225
그와 함께 있었던 게 저 신사였어요.

                                          (둘째 상인을 가리킨다.)

거기서 이 위증한 금세공인은 마구잡이 맹세로
제가 오늘 그에게 목걸이를 받았다고 했는데,
그건 신이 아시듯이 전 못 봤죠. 그 때문에
그는 저를 순경을 통하여 체포했고,   230
저는 복종하면서 종놈을 돈 가져오라고
집으로 보냈죠. 그놈은 빈손으로 돌아왔고
그때 저는 그 순경과 좋은 말로
나와 함께 우리 집에 직접 가자 그랬죠.
가는 길에 우리는   235
제 아내와 그녀 동생, 그리고 더 많은
더러운 공모자 패거릴 만났는데, 그들은
핀치라는 굶주린 말라빠진 얼굴의 악당을,
순전히 뼈만 남은 돌팔이에다가
헐벗은 마술사, 점쟁이, 극빈에 눈 푹 꺼진   240

허기진 표정의 살아 있는 죽은 자를
데려왔답니다. 이 간악한 노예 놈이
참말로, 마법사 역할을 떠맡아
제 눈을 응시하며 제 맥박을 짚어 보고
말라깽이 얼굴로 저를 노려보고는   245
'홀렸다'고 외쳤어요. 그러고는 한꺼번에
저에게 달려들어 묶은 뒤 데려가서
집에 있는 어둡고 습기 찬 광에 넣고
저와 제 하인을 같이 묶어 거기에 뒀지만,
전 마침내 제 속박을 이빨로 잘라 내고   250
자유를 얻었으며, 그런 다음 곧바로
여기로 달려와 각하께 간청드리옵니다.
이 깊은 수치와 커다란 수모를
크게 만족할 만큼 되갚아 주십시오.

안젤로　　공작님, 사실 전 이만큼은 그의 증인입니다.   255
　　　　　그는 집 밥 못 먹었고, 문은 잠겨 버렸어요.

공작　　　하지만 그 목걸인 네게서 받은 게 아니냐?

안젤로　　맞아요, 공작님, 그가 저 안으로 도망칠 때
　　　　　그 목걸이 찬 그를 이들이 봤습니다.

상인 2　　(안티폴루스에게)
　　　　　게다가 저도 이 두 귀로 당신이 그 목걸이를   260
　　　　　시장에서 처음엔 맹세코 부인한 뒤
　　　　　그에게 받았단 고백을 들었다고 맹세하오.
　　　　　그래서 난 당신에게 이 칼을 뽑았는데,
　　　　　당신은 이 수녀원 안으로 달아났고
　　　　　거기에서 기적에 의하여 나온 것 같소이다.   265

에 안티폴루스　(상인 2에게)

나는 저 수녀원 담 안에 들어가 본 적 없고,

당신이 나에게 칼 뽑은 적 또한 결코 없소.

(안젤로에게)

나는 그 목걸이, 하늘에 맹세코 본 적 없고

(아드리아나에게)

당신이 나에게 뒤집어씌운 건 거짓이오.

공작　허 참, 이 얼마나 얽히고설킨 고발인가! 270

모두들 키르케의 약 잔을 마신 것 같구먼.

(상인 2에게)

네가 그를 여기에 넣었다면, 여기에 있을 테고,

(아드리아나에게)

그가 미친 거라면, 이토록 차분히 탄원 못 해.

(루치아나에게)

그가 집밥 먹었다고 했는데, 이 금세공인은

그 말을 부인한다.

(드로미오에게)　　이봐, 넌 뭐라고 할 거야? 275

에 드로미오　(창녀를 가리키며)

공작님, 그는 저 여자와 두더지 여관에서 먹었어요.

창녀　그랬죠, 제 손가락에서 그 반지도 빼 갔고.

에 안티폴루스　맞습니다, 전하, 그녀에게 이 반지 받았어요.

공작　(창녀에게)

그가 이 수녀원에 들어가는 걸 봤다고?

창녀　각하, 제가 정말 각하를 보듯이 분명히요. 280

공작　허 참, 이상하네. — 수녀원장, 이리로 불러라.

— 당신들은 다 혼란에 빠졌거나 확 미쳤어.

271행 키르케　오디세우스의 부하들을 마법의 술로 돼지로 만든 마녀.

(수녀원으로 한 명 퇴장)

에게온　막강하신 공작님, 한마디 허락해 주십시오.
　　　　아마도 제 생명을 구하고 그 총액을 갚아서
　　　　저를 구출해 줄 친구를 본 것도 같습니다.　　　　285

　공작　시라쿠사인은 뜻한 바를 맘대로 말하라.

에게온　(안티폴루스에게)
　　　　당신의 이름은 안티폴루스가 아닙니까?
　　　　그리고 저 종복은 드로미오 아닙니까?

에 드로미오　한 시간 전만 해도 전 그의 종이었지만
　　　　고맙게도 그가 제 밧줄을 둘로 잘라　　　　290
　　　　이제는 그의 하인, 풀려난 드로미옵니다.

에게온　너흰 둘 다 분명 나를 기억할 것이다.

에 드로미오　당신 땜에 우리들 자신을 기억하죠,
　　　　최근까지 지금의 당신처럼 묶여 있었으니까.
　　　　당신은 핀치의 환자가 아니오, 그렇죠?　　　　295

에게온　(안티폴루스에게)
　　　　왜 나를 낯설게 봐? 나를 잘 알 텐데.

에 안티폴루스　지금껏 제 생전 본 적이 없습니다.

에게온　오, 네가 날 최후에 본 뒤로 난 슬퍼서 변했고
　　　　걱정에 찬 세월과 시간의 추한 손이
　　　　낯선 이의 기형을 내 얼굴에 새겨 놨다.　　　　300
　　　　그래도 말해 봐, 내 목소리 못 알아듣겠어?

에 안티폴루스　그것도 모릅니다.

에게온　　　　　　　드로미오, 너도 그래?

에 드로미오　예, 저도요, 믿으십시오.

에게온　　　　　　　아는 게 분명해!

에 드로미오　예, 하지만 전 분명히 모르고, 누가 부인하는 건 뭐가

	됐든 이젠 그걸 믿으셔야 합니다.	305
에게온	내 목소릴 모른다! — 오, 극악한 시간아,	
	넌 불쌍한 내 혀를 짧은 칠 년 동안에	
	얼마나 깨고 찢어 놨기에 여기 내 외아들이	
	걱정으로 망가진 내 약한 음조를 모르느냐?	
	골 패인 내 얼굴이 수액을 소모하는	310
	겨울철 가랑비와 같은 눈에 묻혔어도,	
	그리고 내 혈관이 다 얼어붙었어도	
	밤 같은 내 삶에 약간의 기억은 있으며	
	줄어든 이 등불에도 흐린 빛은 남았고	
	둔하게 먹은 귀도 조금은 들을 수 있는데,	315
	이 늙은 증인들 모두는 — 난 실수 안 해 —	
	네가 내 아들인 안티폴루스라고 말한다.	
에 안티폴루스	전 생전에 아버지를 본 적이 없답니다.	
에게온	하지만 칠 년 전 우리가 시라쿠사에서, 애,	
	헤어진 걸 넌 안다. 근데 아마, 아들아,	320
	넌 불운에 처한 나를 창피해서 인정 못 해.	
에 안티폴루스	공작님과 저를 아는 이 도시의 모든 이는	
	그게 아니라는 걸 증언할 수 있답니다.	
	전 생전에 시라쿠사 본 적이 없습니다.	
공작	내가 말해 주겠는데 시라쿠사인, 이십 년간	325
	나는 이 안티폴루스의 후견인이었고	
	그 기간에 그는 시라쿠사를 본 적 없다.	
	노령과 위험으로 노망이 들었구나.	

수녀원장 에밀리아, 문제의 목걸이를 찬

시라쿠사의 안티폴루스, 시라쿠사의 드로미오와

함께 등장.

수녀원장	막강한 공작님, 큰 피해 입은 이를 보십시오.

(모두 그들을 보려고 모여든다.)

아드리아나	두 남편이 보이거나, 내 눈이 날 속인다.	330
공작	둘 중에 하나는 다른 이의 수호신이구나.	
	그러니 이 가운데 어느 게 자연인 남자고	
	어느 게 혼령인가? 누가 판독해 주겠나?	
시 드로미오	제가 드로미오니까 그를 가라 명하십쇼.	
에 드로미오	제가 드로미오니까 저를 남게 해 주십쇼.	335
시 안티폴루스	에게온 아니오? 안 그럼 그분 유령이겠죠.	
시 드로미오	오, 늙은 제 어르신! ─ 누가 그를 묶어 놨죠?	
수녀원장	누가 그를 묶어 놨든 그 결박을 내가 풀어	
	그에게 자유를 주면서 남편을 얻겠어요.	

(그를 풀어준다.)

	─ 말해요, 에게온 노인, 당신이 한때는	340
	당신에게 두 고운 아들을 한꺼번에 낳아 준	
	에밀리아라는 아내를 두었던 남자인지.	
	오, 당신이 바로 그 에게온이라면 말해요,	
	그리고 바로 그 에밀리아에게 말해요.	
공작	허, 그의 아침 얘기가 제대로 시작되네.	345
	이들 두 안티폴루스, 아주 같은 이들 둘과	
	닮은꼴로 하나인 이들 두 드로미오에게 ─	
	그가 역설하였던 그녀의 난파에 더하여 ─	
	이 둘은, 사고처럼 우연히 한꺼번에	
	같이 만난 이들 네 자식의 부모니까.	350
에게온	꿈꾸는 게 아니라면 당신은 에밀리아요.	

그녀라면 말해 봐요, 그 운명적 뗏목 위에
함께 타고 떠돌던 아들은 어디 있소?

수녀원장   에피다미움 사람들에 의해서 그와 나,
그리고 드로미오 쌍둥이는 다 구조됐어요.   355
하지만 머지않아 무례한 코린트 어부들이
드로미오와 내 아들을 강제로 빼앗고
나는 그 에피다미움 어부들과 함께 됐죠.
그 뒤로 그들이 어떻게 됐는지는 몰라요.
난 당신이 보다시피 이런 처지이고요.   360

공작   (시라쿠사의 안티폴루스에게)
안티폴루스, 넌 처음에 코린트에서 왔어.

시 안티폴루스   아뇨, 아뇨. 전 시라쿠사에서 왔어요.

공작   가만, 떨어져 봐. 이쪽저쪽 분간을 못 하겠다.

에 안티폴루스   자애로운 공작님, 제가 코린트에서 왔고 —

에 드로미오   그와 함께 저도 왔죠.   365

에 안티폴루스   — 최고로 유명한 전사이신 메나폰 공작님,
고명한 당신의 삼촌이 이 도시로 데려왔죠.

아드리아나   둘 중 누가 오늘 저와 식사를 함께했죠?

시 안티폴루스   저요, 귀한 아씨.

아드리아나   당신이 제 남편 아니오?

에 안티폴루스   아뇨, 그건 안 될 말이오.   370

시 안티폴루스   나도 그래, 그래도 그녀가 날 그렇게 불렀어.
그리고 여기 이 고운 규수, 여동생이
날 형부라 불렀어.
(루치아나에게)   그때 제가 했던 말은
제가 보고 듣는 게 만약 꿈이 아니라면
여유가 생겼을 때 실천하고 싶답니다.   375

안젤로	그것이 내게서 가져간 목걸이랍니다.
시 안티폴루스	그런 것 같네요. 부인하지 않습니다.
에 안티폴루스	(안젤로에게)
	당신은 이 목걸이 때문에 날 체포했고요.
안젤로	그랬던 것 같네요. 부인하지 않습니다.
아드리아나	(에페수스의 안티폴루스에게)
	난 당신께 보석금으로 드로미오를 통해 380
	돈을 좀 보냈는데, 안 가져간 것 같네요.
에 드로미오	전 아녜요.
시 안티폴루스	(아드리아나에게 지갑을 보여 준다.)
	난 당신이 보낸 이 다카트 지갑을 받았고
	내 하인 드로미오가 그걸 내게 가져왔소.
	― 우린 계속 서로의 하인을 만났고 385
	난 그로 여겨졌고 그는 나로 여겨졌고,
	그래서 이런 실수 여럿이 생겼어요.
에 안티폴루스	(공작에게)
	이 다카트 여기 이 아버지의 담보로 냅니다.
공작	그럴 필요 없겠다. 아버진 목숨을 건졌어.
창녀	(에페수스의 안티폴루스에게)
	저는 그 금강석을 받아야겠어요. 390
에 안티폴루스	(반지를 준다.)
	자, 가져, 그리고 큰 환대는 참 고맙다.
수녀원장	고명한 공작님, 저희와 여기 이 수녀원에
	들어가는 수고를 해 주시기 바라옵고
	우리의 운명을 자유롭게 들어 주십시오.
	― 그리고 여기 모인 사람들 모두는 395
	공감을 일으킨 하루의 실수를 통하여

고통을 받았으니 우리와 동행해요,

그러면 우리가 완전히 보상해 드리죠.

― 삼십에 삼 년을 난 당신과 두 아들로

산고를 겪었고, 바로 지금까지도   400

무거운 나의 짐을 내려놓지 못했어요.

― 공작님, 제 남편과 두 자식, 그리고

달력의 출생일이 꼭 같은 너희들, 모두는

세례식 잔치로 가세요, 저와 함께 말이죠.

그토록 긴 아픔 뒤에 이런 탄생 볼 줄이야!   405

공작　　　진심으로 나는 이 예식에 참여할 것이오.

　　　　　　　　　(두 드로미오와 안티폴루스 형제만 남고 모두 퇴장)

시 드로미오　(에페수스의 안티폴루스에게)

　　　　　　주인님, 배에 실은 당신 물건 가져와요?

에 안티폴루스　드로미오, 내 물건 어떤 걸 선적해 놨는데?

시 드로미오　당신이 켄타우로스 여관에 둔 물품이죠.

시 안티폴루스　(에페수스의 안티폴루스에게)

　　　　　　그는 내게 얘기해. ― 네 주인은 나야, 드로미오.   410

　　　　　　자, 함께 가자. 그 일은 곧 처리할 거야.

　　　　　　그 동생을 껴안아 봐. 그와 함께 환희해.

　　　　　　　　　　　　　　　　　(안티폴루스 형제 퇴장)

시 드로미오　네 주인집에는 뚱뚱한 친구가 있는데,

　　　　　　식사 때 부엌에서 나를 너로 접대했어.

　　　　　　그녀는 이제 내 아내 아닌 형수가 되겠네.   415

에 드로미오　너는 내 거울이지 동생은 아닌 것 같은데.

　　　　　　너를 통해 보니까 난 잘생긴 청년이야.

　　　　　　그들의 세례식, 네가 먼저 보러 갈래?

시 드로미오　난 아냐, 네가 형이니까.

에 드로미오	그게 문제야. 어떻게 그걸 가려내지?	420
시 드로미오	형 자리를 두고 제비를 뽑자. 그때까진 네가 앞서.	
에 드로미오	이럭하자. (그를 껴안으며)	

우리는 이 세상에 형과 또 형처럼 왔으니까

누가 앞에 서지 말고 손에 손을 잡고 가자.

(함께 퇴장)

작가 연보

1564년   아버지 존 셰익스피어와 어머니 메리 아든의 장남으로
             스트랫퍼드어폰에이번에서 태어남. 4월 26일 세례 받음.

1582년   11월 여덟 살 연상의 앤 해서웨이와 결혼.

1583년   딸 수재너 태어남. 5월 26일 세례 받음.

1585년   아들 햄닛과 딸 주디스(쌍둥이) 태어남. 2월 2일 세례 받음.

1588-1589년 런던에서 최초의 극작품들이 공연됨.

1588-1590년 식구들을 두고 런던으로 감.

1590-1591년 3부작 『헨리 6세(Henry VI)』.

1592-1594년 시집 『비너스와 아도니스(Venus and Adonis)』,
             『루크리스의 강간(The Rape of Lucrece)』 출간.
             두 시집 모두 사우샘프턴 백작에게 헌정.
             로드 체임벌린스 멘 극단의 주주가 됨.
             『리처드 3세(Richard III)』,
             『실수 희극(The Comedy of Errors)』,
             『티투스 안드로니쿠스(Titus Andronicus)』,
             『말괄량이 길들이기(The Taming of the Shrew)』,
             『베로나의 두 신사(The Two Gentlemen of Verona)』.

1595-1597년	『사랑의 수고는 수포로(Love's Labour's Lost)』,
	『존 왕(King John)』,『리처드 2세(Richard II)』,
	『로미오와 줄리엣(Romeo and Juliet)』,
	『한여름 밤의 꿈(A Midsummer Night's Dream)』,
	『베니스의 상인(The Merchant of Venice)』,
	『헨리 4세 1부(Henry IV, Part 1)』,
	『윈저의 즐거운 아낙네들(The Merry Wives of Windsor)』.

1596년   아들 햄닛 사망.
부친의 문장을 사용하는 것을 허가받음.

1597년   스트랫퍼드에서 뉴 플레이스 저택 구입.

1598-1599년   『헨리 4세 2부(Henry IV, Part 2)』,
『헛소문에 큰 소동(Much Ado About Nothing)』,
『헨리 5세(Henry V)』,『줄리어스 시저(Julius Caesar)』,
『좋으실 대로(As You Like It)』.
셰익스피어의 극단이 새로운 글로브 극장으로 옮겨 감.

1600년   『햄릿(Hamlet)』.

1601-1602년   우화시「불사조와 산비둘기(The Phoenix and the Turtle)」발표.
『십이야(Twelfth Night, or What You Will)』,
『트로일로스와 크레시다(Troilus and Cressida)』,
『끝이 좋으면 다 좋다(All's Well That Ends Well)』.

1601년   부친 사망. 9월 8일 장례.

1603년	엘리자베스 여왕 사망. 스코틀랜드의 제임스 6세가 영국의 제임스 1세가 됨. 셰익스피어의 극단이 킹스 멘이 됨.
1604년	『잣대엔 잣대로(Measure for Measure)』, 『오셀로(Othello)』.
1605년	『리어 왕(King Lear)』.
1606년	『맥베스(Macbeth)』, 『안토니와 클레오파트라(Antony and Cleopatra)』.
1607년	6월 5일 딸 수재너 결혼.
1607 - 1608년	『코리올라누스(Coriolanus)』, 『아테네의 티몬(Timon of Athens)』, 『페리클레스(Pericles)』.
1608년	모친 사망. 9월 9일 장례.
1609 - 1610년	『심벨린(Cymbeline)』, 『겨울 이야기(The Winter's Tale)』. 『소네트(Sonnets)』 출간. 셰익스피어의 극단이 블랙프라이어스 극장을 매입.
1611년	『태풍(The Tempest)』. 스트랫퍼드로 은퇴.
1612 - 1613년	『헨리 8세(Henry VIII)』, 『카르데니오(Cardenio)』, 『두 귀족 친척(The Two Noble Kinsmen)』.

1616년   2월 10일 딸 주디스 결혼.
         스트랫퍼드에서 4월 23일 사망.

1623년   글로브 극장 시절의 동료 배우 존 헤밍과 헨리 콘델이
         편집한 셰익스피어의 극작품들이 이절판으로 출판됨.
         부인 앤 해서웨이 사망.

셰익스피어 전집 2
희극 II

1판 1쇄 찍음. 2024년 8월 10일
1판 1쇄 펴냄. 2024년 8월 30일

지은이. 윌리엄 셰익스피어
옮긴이. 최종철
발행인. 박근섭 · 박상준

펴낸곳. (주)민음사
출판등록 1966. 5. 19. 제16-490호
주소. 서울시 강남구 도산대로1길 62(신사동)
      강남출판문화센터 5층(135-887)
대표전화. 515-2000 | 팩시밀리 515-2007
홈페이지. www.minumsa.com

ⓒ최종철, 2024. Printed in Seoul, Korea

978-89-374-3122-7 04840
978-89-374-3120-3 (세트)

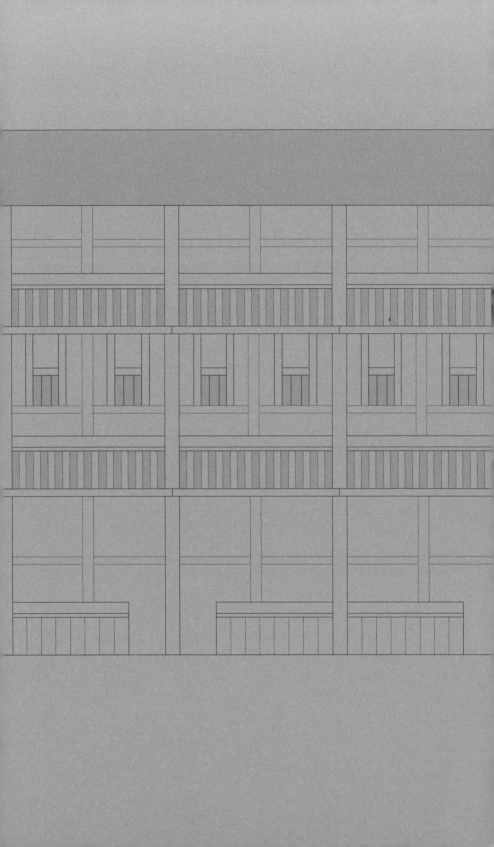